A PASSA-ESPELHOS

LIVRO 3

Christelle Dabos

A MEMÓRIA DE BABEL

MORROBRANCO

Copyright © *Gallimard Jeunesse*, 2017
Copyright © *Christelle Dabos*, 2017
Publicado em comum acordo com Gallimard Jeunesse, representada por Patrícia Natalia Seibel.
Título original: *La Passe-miroir. Livre 3: La mémoire de Babel*

DIREÇÃO EDITORIAL
Victor Gomes

COORDENAÇÃO EDITORIAL
Giovana Bomentre

TRADUÇÃO
Sofia Soter

PREPARAÇÃO
Sol Coelho

REVISÃO
Cintia Oliveira

DESIGN DE CAPA: © GALLIMARD JEUNESSE
ILUSTRAÇÕES: © LAURENT GAPAILLARD
IMAGENS INTERNAS: © SHUTTERSTOCK

ADAPTAÇÃO DE CAPA E DIAGRAMAÇÃO
Beatriz Borges

Esta é uma obra de ficção. Nomes, personagens, lugares, organizações e situações são produtos da imaginação do autor ou usados como ficção. Qualquer semelhança com fatos reais é mera coincidência.

Todos os direitos reservados. Proibida a reprodução, no todo ou em partes, através de quaisquer meios. Os direitos morais do autor foram contemplados.

Dados Internacionais de Catalogação na Publicação (CIP)

D115m Dabos, Christelle
A Memória de Babel / Christelle Dabos; Tradução Sofia Soter. – São Paulo: Editora Morro Branco, 2020.
p. 400; 14x21cm.
ISBN: 978-85-92795-76-4
1. Literatura francesa. 2. Fantasia. I. Soter, Sofia. II. Título.
CDD 843

Impresso no Brasil / 2020

Todos os direitos desta edição reservados à
EDITORA MORRO BRANCO
Alameda Santos, 1357, 8º andar
01419-908 – São Paulo, SP – Brasil
Telefone (11) 3373-8168
www.editoramorrobranco.com.br

Cet ouvrage, publié dans le cadre du Programme d'Aide à la Publication année 2020 Carlos Drummond de Andrade de l'Ambassade de France au Brésil, bénéficie du soutien du Ministère de l'Europe et des Affaires étrangères.

Este livro, publicado no âmbito do Programa de Apoio à Publicação ano 2020 Carlos Drummond de Andrade da Embaixada da França no Brasil, contou com o apoio do Ministério francês da Europa e das Relações Exteriores.

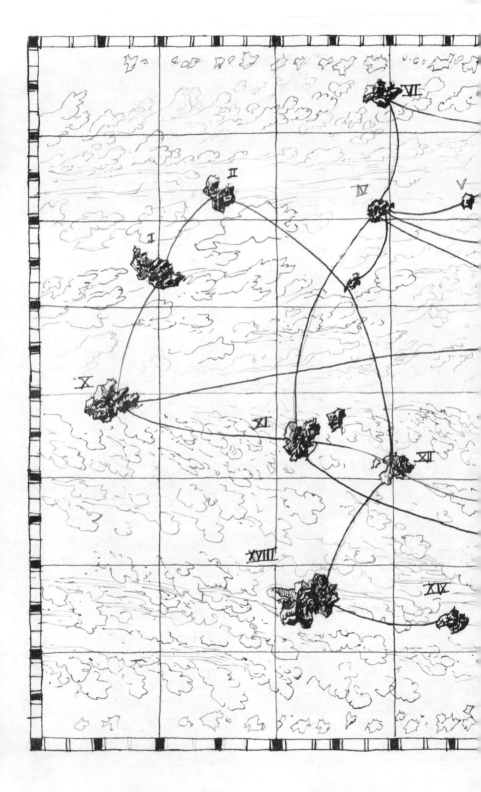

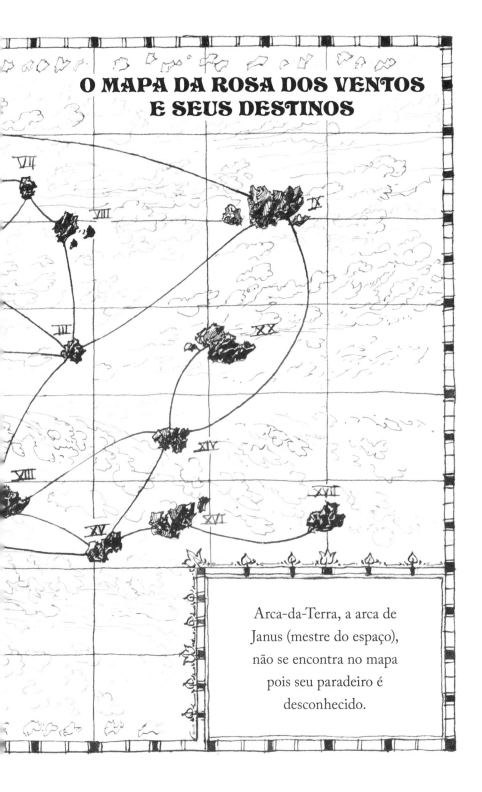

O MAPA DA ROSA DOS VENTOS E SEUS DESTINOS

   I. Anima, a arca de Ártemis (mestre dos objetos)
  II. O Polo, a arca de Farouk (mestre dos espíritos)
 III. Totem, a arca de Vênus (mestre dos animais)
  IV. Ciclope, a arca de Urano (mestre do magnetismo)
   V. Flora, a arca de Belisama (mestre da vegetação)
  VI. Chumbouro, arca de Midas (mestre da transmutação)
 VII. Faros, arca de Hórus (mestre do charme)
VIII. A Sereníssima, arca de Fama (mestre da adivinhação)
  IX. Heliópolis, arca de Lúcifer (mestre do trovão)
   X. Babel, arca dos gêmeos Pólux e Hélène (mestres dos sentidos)
  XI. O Deserto, arca de Djinn (mestre do termalismo)
 XII. O Tártaro, arca de Gaia (mestre do telurismo)
XIII. Zéfiro, arca de Olimpo (mestre dos ventos)
 XIV. Titã, arca de Yin (mestre da massa)
  XV. Córpolis, arca de Zeus (mestre da metamorfose)
 XVI. Sídhe, arca de Perséfone (mestre da temperatura)
XVII. Selene, arca de Morfeu (mestre dos sonhos)
XVIII. Vesperal, arca de Viracocha (mestre da fantasmagoria)
 XIX. Al-Ondaluz, arca de Rá (mestre da empatia)
  XX. A estrela, arca neutra (sede das instituições interfamiliares)

LEMBRANÇAS DO SEGUNDO VOLUME

DESAPARECIDOS EM LUZ DA LUA

Devido a um mal-entendido, Ophélie é nomeada vice-contista da corte de Farouk, o espírito familiar do Polo. Ela mergulha atrás das cortinas da Cidade Celeste e vislumbra a corrupção das almas sob ilusões douradas. Desaparecimentos preocupantes no seio da nobreza logo a levam a investigar – desta vez como *leitora* – um chantagista que alega agir em nome de "DEUS". Ophélie se transforma em alvo quando Farouk conta com seu poder para revelar o segredo de seu Livro, um manuscrito codificado o qual cada espírito familiar tem um exemplar, o último vestígio de uma infância escondida. A vida de Thorn, condenado à morte, acaba dependendo de tal *leitura*.

O que Ophélie descobre vai muito além do que imaginava. Deus existe de fato. É o criador dos espíritos familiares, o pai de todas as descendências, o mestre dos destinos familiares, o censor das memórias coletivas! Além disso, pode pegar os traços e poderes de todos com quem cruza. Isso é o que Ophélie e Thorn aprendem em primeira mão quando Deus os visita na prisão. Ele prevê, também, que o pior ainda está por vir: o Outro é muito mais temível do que ele... e foi libertado acidentalmente por Ophélie, quando ela atravessou um espelho pela primeira vez.

Thorn, que também se tornou um passa-espelhos graças ao casamento, usa o novo poder para fugir e desaparecer. Obrigada a deixar o Polo e voltar para Anima, Ophélie fica sozinha com todas as perguntas. Quem é o Outro? Foi ele quem provocou o Rasgo? Por que planeja causar o desmoronamento das arcas? Seria mesmo seu destino levar Deus ao Outro?

Uma pergunta, entretanto, é mais urgente do que as outras: Onde está Thorn?

*Será uma vez mais,
daqui a pouco tempo,
um mundo finalmente em paz.*

*Nesta época,
haverá novos homens
e novas mulheres também.*

Será a era dos milagres.

O AUSENTE

A FESTA

O relógio avançava à toda. Era um relógio de coluna imenso, montado em rodinhas, cujo pêndulo batia os segundos com força. Não era todo dia que Ophélie via um móvel daquele tamanho se jogar na sua direção.

— Desculpa, prima querida! — exclamou uma menina, puxando a coleira do relógio com toda a sua força. — Ela não costuma ser tão invasiva, mas a mamãe quase não a leva pra passear. Me vê um waffle?

Ophélie observou com receio o relógio, cujas rodinhas continuavam a arranhar o piso.

— Quer xarope de bordo? — perguntou, pegando um waffle crocante no mostruário.

— Nem precisa, prima. Feliz Badalada!

— Feliz Badalada — respondeu Ophélie, sem muita convicção, ao ver a menina se perder na multidão com o relógio enorme.

Se tinha algum evento que ela não queria comemorar, era aquele. Delegada à barraca de waffles, bem no meio da feira artesanal de Anima, Ophélie não aguentava mais ver relógios-cuco e despertadores desfilarem por ali. A cacofonia ininterrupta de tique-taque e "Feliz Badalada!" ecoava nas janelonas da galeria. Ophélie tinha a impressão de que todos os ponteiros só giravam para lembrá-la do que não tinha vontade de lembrar.

— Dois anos e sete meses.

Olhou para a tia Roseline, que tinha jogado as palavras ao mesmo tempo que os waffles quentinhos no mostruário. Badalada também a fazia pensar em coisas difíceis.

— Será que *a madame* responderia nossas cartas? — sibilou a tia Roseline, sacudindo a espátula. — Ah, não, acho que *a madame* tem coisa melhor a fazer.

— Você está sendo injusta — disse Ophélie. — Berenilde provavelmente tentou entrar em contato.

A tia Roseline deixou de lado a espátula na forma de waffles e limpou a mão no avental.

— Óbvio que estou sendo injusta. Depois do que aconteceu no Polo, não me chocaria se as Decanas sabotassem nossa correspondência. Eu nem devia reclamar na sua frente. Esses dois anos e sete meses foram ainda mais silenciosos para você do que para mim.

Ophélie não queria conversar. Só de pensar, sentia que engolira ponteiros. Ela correu para servir um joalheiro que usava os mais belos relógios de pulso.

— Opa, opa! — se irritou ele quando os relógios começaram a se sacudir freneticamente. — Onde estão seus modos, senhoritas? Querem que eu as devolva à loja?

— Não brigue com elas — disse Ophélie. — Sou eu que estou causando esse efeito. Quer xarope?

— O waffle puro já serve. Feliz Badalada!

Ela viu o joalheiro se afastar e apoiou na mesa a garrafa de xarope que quase derrubou.

— As Decanas não deviam me deixar trabalhar nessa barraca. Só sirvo para distribuir waffles que sou incapaz de assar. Mesmo assim, já deixei uma meia dúzia cair no chão.

A falta de jeito patológica de Ophélie era notória entre a família. Ninguém se arriscaria a lhe pedir que servisse xarope com tanta relojoaria por perto.

— Me dói admitir, mas desta vez eu concordo com as Decanas. Sua cara está de assustar e acho bom que você se ocupe um pouco.

A tia Roseline encarou a sobrinha com severidade, notando o rosto abatido, os óculos pálidos e a trança embaraçada que quebrava qualquer pente.

— Está tudo bem.

— Não, não está nada bem. Você nunca sai, mal come direito, dorme de qualquer jeito. Você nem voltou ao museu — acrescentou, com a voz grave, como se fosse o detalhe mais preocupante.

— Na verdade, voltei sim — retrucou Ophélie.

Assim que voltou do Polo, ao descer do dirigível, antes mesmo de deixar a mala em casa, ela foi ao museu. Queria ver com os próprios olhos o vazio da vitrine da coleção de armas, da rotunda de aviões militares, das paredes de bandeiras imperiais e das alcovas das armaduras de desfile.

Saiu de lá destruída e nunca mais voltou.

— Não é mais um museu — murmurou, entre os dentes. — Contar o passado e se recusar a falar da guerra é mentir.

— Você é uma *leitora* — repreendeu a tia Roseline. — Não pode ficar de dedos cruzados até... até... Ora, você precisa superar.

Ophélie se absteve de retrucar que não estava de dedos cruzados e não queria superar. Tinha investigado muito nos últimos meses, sem sair da cama, com a cara enfiada em livros de geografia. Ela precisava ir para *longe*, mas não era possível. Pelo menos enquanto estivesse sendo vigiada pelas Decanas.

Vigiada por Deus.

— Seria melhor ter deixado seu relógio em casa durante a festa — declarou a tia Roseline, de repente. — Ele está agitando o resto.

De fato, alguns relógios estavam agrupados na frente do mostruário de waffles. Instintivamente, Ophélie enfiou a mão no bolso antes de fazer sinal para que fossem todos bater em outro lugar.

— Anima é sempre assim, né. Não posso nem andar com um relógio desregulado sem sentir a decepção de todos ao redor.

— Você deveria levá-lo ao relojoeiro.

— Já levei. Não está quebrado, só muito perturbado. Feliz Badalada, tio.

Enfiado no velho casacão de inverno, com os bigodes pesados de neve derretida, o tio-avô surgiu da multidão.

— É, é, boas festas, tique-taque, coisa e tal — resmungou ele, indo direto para detrás do balcão para se servir de waffle quente. — Essa bagunça está ficando ridícula! Festa da Prataria, festa dos Instrumentos Musicais, festa das Botas, festa dos Chapéus... Todo ano tem uma balbúrdia nova no calendário! Daqui a pouco a gente vai ter que comemorar até os penicos. Na minha época, a gente não mimava os objetos desse jeito... Depois todo mundo se choca quando eles ficam de frescura. Esconde logo — cochichou ele de repente, entregando um envelope para Ophélie.

— Achou outro?

Ao enfiar o envelope no bolso do avental, ela sentiu o coração bater mais rápido que todos os relógios do festival.

— E não é pouca coisa, minha filha. Achar não é difícil. O que é complicado é esconder-se das Decanas. Elas estão de olho em mim quase tanto quanto em você. Por sinal — resmungou o tio-avô, bufando sob o bigode. — Vi a Relatora e aquele passarinho endiabrado perambulando por aí.

A tia Roseline rangeu seus dentes de cavalo ao assistir à conversa. Estava perfeitamente ciente dessas trapalhadas e, mesmo que não aprovasse por medo de Ophélie se meter em mais confusão, acabava se tornando cúmplice.

— Está acabando a massa — disse ela, secamente. — Vá buscar mais, por favor.

Ophélie se esgueirou até o armazém no mesmo instante. Estava gelado, mas era um lugar discreto. Ela acalmou o cachecol inquieto no gancho, confirmou que estava sozinha e abriu o envelope do tio-avô.

Ele continha um cartão-postal.

A legenda indicava "XXII^a Exposição Interfamiliar" e o selo tinha mais de sessenta anos. Como arquivista familiar, o tio-avô precisara usar suas conexões para encontrar este cartão. Era a foto que lhe interessava. A imagem em preto e branco, realçada em certos pontos por cores artificiais, mostrava as plataformas dos expositores e as curiosidades exóticas nas passarelas de um prédio imenso. Parecia a galeria de Anima, mas cem vezes mais imponente. Ajeitando os óculos no nariz, Ophélie aproximou o cartão da luz. Finalmente, encontrou o que procurava: através das janelas enormes do prédio, quase invisível na névoa, se erguia uma estátua decapitada.

Pela primeira vez em muito tempo, os óculos dela ficaram coloridos de emoção. O tio-avô trouxera a confirmação de todas as suas hipóteses.

— Ophélie! — gritou a tia Roseline. — Sua mãe está chamando!

Ao ouvir estas palavras, escondeu o cartão-postal imediatamente. O lampejo de euforia que a tomara logo deu lugar à frustração. Pior do que frustração, ainda. A espera, essa espera interminável, abria um buraco no fundo do seu corpo. Cada novo dia, cada nova semana, cada novo mês aumentava o buraco. Ophélie às vezes se perguntava se acabaria caindo no fundo de si mesma.

Ela pegou o relógio de bolso e abriu a tampa, com cuidado infinito. Seu mecanismo já estava suficientemente sofrido, então não podia se dar ao luxo de um acidente. Desde que o pegara entre as coisas de Thorn, logo antes de ser repatriada à força em Anima, ele não mostrava as horas. Quer dizer, mostrava horas demais. Todos os ponteiros iam de um lado para o outro, sem lógica aparente: quatro e vinte e dois, sete e trinta e oito, uma e cinco... sem nenhum tique-taque.

Dois anos e sete meses de silêncio.

Ophélie não tinha recebido notícia nenhuma de Thorn desde a fuga. Nenhum telegrama, nenhuma carta. Por mais que repetisse para si mesma que ele não podia correr o risco de se manifestar, que era procurado pela polícia e talvez até por Deus em pessoa, isso a consumia por dentro.

— Ophélie!

— Já vou!

Ela pegou um pote de massa de waffle e saiu do armazém. Do outro lado da barraca, sua mãe lhe esperava, usando um vestido bufante enorme.

— Minha filha, finalmente se dignou a sair da cama! Já era hora. Daqui a pouco iria acabar virando uma mesa de cabeceira. Feliz Badalada, querida. Sirva os pequenos, por favor.

A mãe apontou para a longa fila de crianças que a acompanhava. Ophélie viu, entre elas, seu irmão, suas irmãs, seus sobrinhos, seus priminhos e o relógio de pêndulo da sala. Já não eram "pequenos", do seu ponto de vista. Hector tinha passado por tal estirão de crescimento nos últimos meses que ultrapassara Ophélie com facilidade. Ao vê-los todos assim, altos, ruivos e sardentos, ela chegava a se perguntar se era de fato da mesma família.

— Conversei sobre o seu caso com a Agathe — disse a mãe de Ophélie, inclinando o tronco inteiro sobre o balcão. — A sua irmã concorda comigo, você precisa arranjar uma ocupação. Ela conversou com o Charles e eles concordaram em te deixar trabalhar na fábrica. Se olhe no espelho, filha! Não dá para continuar assim. Você é tão jovem! Nada mais te prende a... sabe... a *ele*.

A mãe de Ophélie pronunciou a última palavra sem emitir som. Ninguém mencionava Thorn na família, como se fosse um assunto vergonhoso. Em geral, ninguém mencionava o Polo. Tinha dias em que Ophélie se perguntava se o que tinha vivido lá era real, sem acreditar que tinha sido pajem, vice-contista ou *leitora* familiar.

— Agradeça a Agathe e ao Charles, mamãe, mas não, obrigada. Não me vejo trabalhando com renda.

— Ela pode trabalhar comigo no arquivo — resmungou o tio-avô, sob o bigode.

A mãe de Ophélie franziu tanto a boca que o rosto pareceu um fole.

— Você tem uma influência deplorável nela, tio. Passado, passado, só fala do passado! Minha filha precisa pensar no futuro.

— Ah, tá! — ironizou ele. — Você quer que ela pense bem direitinho, que nem seus livrinhos comportados da biblioteca, né? Melhor mandar sua filha lá para a Cochinchina!

— Eu quero é que ela seja bem-vista pelas Decanas e por Ártemis, para variar.

Ophélie ficou tão exasperada que, distraída, ofereceu um waffle ao relógio da família.

Nada adiantava: por mais que insistisse para todos que as Decanas não eram confiáveis, ninguém escutava. Ela queria avisar para tomarem cuidado com tantas outras coisas! Com Deus, especialmente. Não falara dele com ninguém: nem com os pais, que a interrogavam sem parar, nem com a tia Roseline, que se preocupava com seu silêncio, nem com o tio-avô, que a ajudava com a pesquisa. A família toda sabia que alguma coisa acontecera na cela de Thorn – os mais desavisados achavam que tinha sido Ophélie a ir para a cadeia –, mas ninguém ouvira dela a palavra final sobre a história. Não podia contar, considerando o que tinha descoberto sobre Deus.

A Madre Hildegarde se matara por ele.

O barão Melchior matara por ele.

Thorn quase fora morto por ele.

A própria existência de Deus era uma verdade perigosa. Guardaria o segredo pelo tempo necessário.

— Sei que vocês estão todos preocupados por minha causa — declarou ela, enfim —, mas é a *minha* vida. Não preciso dar satisfação para ninguém, nem mesmo para Ártemis, e não dou a mínima para a opinião das Decanas.

— Que bom saber, queridinha!

Ophélie enrijeceu ao ver uma mulher de meia-idade se aproximar discretamente da barraca. Ela não usava nem carregava relógios, mas trazia um chapéu absurdo, acima do qual um cata--vento em forma de cegonha rodopiava rápido. Os óculos dourados aumentavam seus olhos arregalados que bisbilhotavam cada feito e gesto dos Animistas em geral e de Ophélie em particular.

Assim como as Decanas eram cúmplices de Deus, a Relatora era cúmplice das Decanas.

— Sua filha é um espírito livre, minha querida Sophie — disse ela, com um sorriso bondoso direcionado à mãe de Ophélie.

— Acontece nas melhores famílias! Ela não quer voltar a trabalhar no museu? Devemos respeitá-la. Não quer trabalhar na fábrica? Não vamos insistir. Deixe que voe com as próprias asas... Talvez precise mudar de cenário?

Com um único movimento, o olhar e o cata-vento da Relatora se viraram para Ophélie. Ela se esforçou demais para não conferir se o cartão-postal do tio-avô estava aparente no bolso do avental.

— Está me incitando a sair de Anima? — perguntou, desconfiada.

— Ah, não estamos incitando você a nada! — afirmou a Relatora de imediato, cortando a mãe de Ophélie, que estava prestes a abrir a boca. — Já é grandinha. Pode se movimentar livremente.

Essa mulher não tinha sutileza alguma; era o motivo pelo qual jamais se tornaria uma Decana. Ophélie não tinha dúvidas de que, no segundo em que subisse em um dirigível, seria seguida e vigiada. Queria encontrar Thorn, claro, mas não tinha intenção alguma de levar Deus até ele. Nesses momentos, mais do que em quaisquer outros, ela se frustrava por ser incapaz de usar espelhos para sair de Anima: infelizmente, seu poder tinha limites.

— Eu agradeço — disse ela, depois de distribuir os waffles às crianças. — Acho que ainda prefiro meu quarto. Feliz Badalada, senhora.

O sorriso da Relatora se afrouxou.

— É uma honra imensa, uma honra imensa mesmo, que as nossas caríssimas mães se preocupem com a sua pessoinha, entendeu? Pare de segredinho e confie nelas. Elas podem ajudar, muito mais do que você imagina.

— Feliz Badalada — repetiu Ophélie, secamente.

A Relatora se afastou em um movimento brusco, como se tivesse tomado um choque. Encarou Ophélie, primeiro estupefata e depois indignada, antes de dar meia-volta. Juntou-se a um cortejo de senhoras no meio da procissão de relógios. Decanas. Elas se contentaram em assentir ao escutar a Relatora, mas o olhar que direcionaram de longe a Ophélie foi glacial.

— Olha o que você fez! — exclamou, furiosa, a mãe de Ophélie — Foi usar esse poder horroroso! Contra a própria Relatora!

— Não foi de propósito. Se as Decanas não tivessem me obrigado a sair do Polo, a Berenilde poderia me ensinar a controlar as garras.

Ophélie resmungou as palavras, limpando o balcão com o pano de prato em um gesto irritado. Ela não estava acostumada ao poder novo. Até agora não tinha ferido ninguém – nem cortado nenhum nariz, nem arrancado nenhum dedo –, mas, se alguém lhe inspirasse uma antipatia forte demais, o mesmo fenômeno se repetia sempre: *alguma coisa* nela se mexia para afastar. Não era de forma alguma a melhor maneira de resolver uma discussão.

— Você não vai escapar assim — sibilou a mãe de Ophélie, apontando para ela com uma unha vermelha. — Estou por aqui de te ver à toa na cama ou desafiando nossas caríssimas mães. Amanhã de manhã você vai à fábrica da sua irmã e ponto final!

Ophélie esperou a mãe ir embora com as crianças para apoiar as duas mãos no mostruário e inspirar profundamente. O buraco que sentia em seu interior tinha ficado um pouco mais profundo.

— Sua mãe pode falar à vontade, mas você pode vir trabalhar no arquivo — murmurou o tio-avô.

— Ou comigo no ateliê de restauração — propôs a tia Roseline, encorajadora. — Não conheço nada mais gratificante do que desinfetar um papel de traças e mofo.

Ophélie não respondeu. Não queria ir à fábrica de renda, nem ao arquivo familiar ou ao ateliê de restauração. O que ela desejava, no fundo de seu ser, era fugir da vigilância das Decanas e ir ao lugar retratado no cartão-postal.

Onde Thorn talvez estivesse naquele mesmo instante.

"Primeira sobreloja."

"Banheiro masculino."

"Não esqueça o cachecol: a senhora está de partida."

Ophélie se endireitou com tanto vigor que derrubou o vidro de xarope de bordo no balcão. Com o rosto pegando fogo, procurou entre relógios de cozinha e pêndulos astronômicos a pessoa que tinha soprado esses três pensamentos em sua cabeça. Ele já saíra de vista.

— Que bicho te mordeu? — se chocou a tia Roseline, ao vê-la enfiar o casaco às pressas, por cima do avental.

— Preciso ir ao banheiro.

— Está passando mal?

— Nunca me senti tão bem — disse Ophélie, com um sorriso enorme. — Archibald veio me buscar.

O ATALHO

Na verdade, enquanto Ophélie subia discretamente a escada com o tio-avô, a tia Roseline e o cachecol, ela não fazia a menor ideia de como Archibald tinha desembarcado ali, em plena festa animista, nem por que tinha marcado o encontro no banheiro. "A senhora está de partida", tinha declarado. Se o projeto fosse tirá-la de Anima, não seria preferível marcar o encontro em uma área externa, o mais longe possível da multidão e das Decanas?

— Você devia ter ficado cuidando da barraca — murmurou Ophélie. — Assim que notarem que não tem ninguém servindo waffles, vão vir nos procurar.

Ela estava se dirigindo à tia Roseline, que carregava debaixo do braço tudo que tinha conseguido pegar na pressa da partida.

— Não pode estar falando sério — se indignou a tia. — Se tiver qualquer chance de ir ao Polo, eu vou com você!

— E o seu trabalho no ateliê? Aquilo das traças e do mofo?

— Berenilde enfrenta cobras e depravados sozinha desde que partimos. Ela vale muito mais do que uma folha de papel.

Ophélie sentiu o coração bater mais forte quando viu Archibald do outro lado da sobreloja. Ele esperava tranquilamente na frente da porta do banheiro, envolto em uma velha capa remendada, a cartola torta na cabeça. Nem tentou se esconder, o que não teria sido uma precaução supérflua: mesmo vestido de vagabundo, era o tipo de homem que atraía olhares, especialmente das mulheres.

— Jura que isso não é um golpe? — resmungou o tio-avô, segurando o ombro de Ophélie. — Esse garotão aí é mesmo confiável?

Ophélie achou melhor não se pronunciar sobre o assunto. Confiava em Archibald até certo ponto, mas ele não era o homem mais virtuoso do mundo. Ela avançou pelo corredor, evitando aparecer sobre a balaustrada. Dali, não via nada do festival além de um mar agitado de chapéus e relógios: dizia-se a hora, dava-se corda no relógio, desejava-se "Feliz Badalada!".

— Eu avisei, senhora Thorn! — disse Archibald, como cumprimento. — Se não viesse ao Polo, o Polo viria até você.

Ele abriu a porta do banheiro como faria com a porta de uma carruagem e, com um gesto amplo, os convidou a entrar.

— O que está acontecendo aqui? Quem é este indivíduo?

— Ofegante por ter subido a escada correndo, com o cata-vento bem apontado, a Relatora tinha acabado de chegar ao andar, desesperada.

— Entrem logo — disse Archibald, empurrando Ophélie para dentro.

A tia Roseline e o tio-avô entraram logo atrás e escorregaram no piso, procurando uma saída de emergência. Estavam cercados de mictórios. Ophélie queria perguntar para Archibald por onde deviam fugir, mas, infelizmente, ele estava ocupado demais tentando impedir que a Relatora entrasse. Ela tinha sido tão rápida que conseguira bloquear a porta com uma botina.

— Caríssimas mães! — gritou ela, com a voz aguda demais. — Ela está tentando fugir! Façam alguma coisa!

Essas palavras desataram o apocalipse no banheiro. Os mictórios, vasos sanitários e pias começaram a jorrar água em estrondos abomináveis. O animismo das Decanas já estava ativo. Todos os estabelecimentos públicos obedeciam à vontade delas; a galeria da feira artesanal não era exceção.

— Não podemos ficar aqui para sempre — disse Ophélie para Archibald, gritando mais alto do que o barulho da água. — Qual é seu plano?

— Fechar esta porta — declarou sem deixar de sorrir, como se isso tudo fosse só um pequeno contratempo.

— E depois? — insistiu ela.

— Depois, você estará livre.

Ophélie não entendeu nada. Encarou a mão da Relatora, que tinha se enfiado pela porta entreaberta. Conhecia Archibald bem o suficiente para saber que jamais quebraria os dedos de uma senhora.

— Sai daí, moço! — reclamou o tio-avô. — Vou dar um jeito nessa intrometida, ajude a menina a fugir.

Com essas palavras, ele saiu de uma vez do banheiro, arrastando a Relatora junto.

Assim que Archibald bateu a porta, o silêncio se abateu no recinto. Um silêncio sobrenatural, incompreensível. A água tinha parado de jorrar dos canos. Não se ouviam mais os gritos da Relatora. Todos os tique-taques da festa tinham sido interrompidos. Ophélie se perguntou se Archibald tinha congelado o tempo. Quando saíram, não havia mais sobreloja, tio-avô, Relatora ou galeria. Em vez disso, estavam em uma loja deserta onde se via fileiras de prateleiras vazias. Considerando o forte cheiro de pó, o estabelecimento estava fechado há muito tempo.

— Cuidado com o degrau — avisou Archibald.

Ophélie e a tia Roseline saíram com cuidado do banheiro, que estava um pouco acima da altura do chão. Elas entenderam o motivo ao olhar para trás: tinham acabado de sair de um armário.

— Como você conseguiu uma façanha dessas?

— Convoquei um atalho — disse Archibald, com naturalidade. — Não é nada demais, é só efêmero. Podem conferir.

Ele fechou e abriu de novo a porta do armário. Bibelôs velhos tinham substituído os mictórios. Era difícil entender como três pessoas tinham saído de um móvel tão apertado.

— O banheiro voltou à galeria — comentou Archibald, com uma expressão alegre. — Imaginem a cara daquela mulher do cata-vento quando não encontrar vocês lá.

Ophélie torceu o cachecol encharcado e entreabriu a cortina da vitrine. O vidro estava embaçado, mas deixava entrever uma ruazinha de paralelepípedos, parcialmente nevada, repleta de pedestres agasalhados que se esforçavam para não escorregar. Lá embaixo, sob um céu pálido, um barquinho avançava devagar pela água meio congelada do canal.

— Eu reconheço este lugar — disse a tia Roseline, por cima de seu ombro. — Não estamos muito longe dos Grandes Lagos.

Ophélie ficou um pouco decepcionada. A fuga tinha sido tão prodigiosa que, por um instante, teve esperança de ter saído de Anima.

— Como você conseguiu uma façanha dessas? — insistiu ela.

Archibald era um homem cheio de recursos, capaz de se infiltrar na cabeça de todos e no coração das mulheres, mas isso já ia além da compreensão.

— É uma longa história — disse ele, revirando os bolsos furados da capa. — Saiba só que descobri novas possibilidades, novas ambições e novos amores!

Declarou isso tudo enquanto puxava, triunfante, um molho de chaves. Ophélie o observou na meia-luz da loja. Da última vez que o vira, no pontão da Cidade Celeste, ele era apenas a sombra de si mesmo. Hoje, o sol brilhava no céu de seus olhos, a faísca de uma natureza muito diferente da insolência agridoce que o caracterizava antes.

Ophélie ficou tensa. Era mesmo Archibald quem estava seguindo? Não tinha visto Deus desde o confronto na prisão de Thorn, mas não esqueceria nunca que ele podia ter qualquer rosto.

— Como você sabia onde me encontrar?

— Eu não sabia — retrucou Archibald. — Acabei de passar duas horas em uma balsa congelante e mais uma hora pedindo informações nas ruas do seu valezinho. Quando finalmente localizei a casa dos seus pais, não tinha ninguém lá. Só posso convocar atalhos entre dois lugares que já visitei, você me deu trabalho! Se as senhoras quiserem me seguir, por favor — continuou, se dirigindo aos fundos da loja.

Ophélie não estava mais ansiosa para avançar.

— Por que nos trouxe para cá?

— Berenilde está com você? — perguntou a tia Roseline.

— E Thorn? — acrescentou Ophélie.

— Calma, calma! — riu Archibald. — Eu as trouxe até aqui porque foi onde cheguei. Meus atalhos têm limites. A querida Berenilde não está comigo, não. Ela nem sabe que estou aqui... e vai me triturar em pedacinhos se eu não voltar logo ao Polo — comentou, olhando a hora. — Quanto ao arisco sr. Thorn, não tivemos notícia nenhuma desde a fuga.

A esperança que cresceu em Ophélie ao encontrar Archibald murchou como um suflê. Por um louco instante, acreditou que o próprio Thorn tinha tomado a iniciativa de buscá-la. Ela olhou com precaução para os fundos da loja, onde Archibald tinha entrado: parecia abandonado há mais tempo ainda do que a parte da frente.

— Você chegou aqui? Não entendi.

Ele experimentou várias chaves na fechadura até fazer um clique sonoro.

— Atrás de vocês, senhoras!

Diferente do que Ophélie imaginava, a porta não dava no estoque, mas em uma rotunda tão vasta quanto o saguão de uma estação de trem. Os vidros altos da cúpula emanavam uma luz diáfana, quase irreal. O chão era inteiramente composto por um mosaico imenso, representando uma estrela de oito pontas, que levavam a portas distribuídas como os pontos cardeais. Era tão grandioso quanto à loja era decadente.

Várias placas de prata repetiam o mesmo slogan:

DESEJAMOS UMA BOA PASSAGEM DE PORTA.

— Uma Rosa dos Ventos — murmurou Ophélie.

Considerando o tamanho, devia ser interfamiliar. Era a primeira vez que pisava em uma dessas. Pena que fosse logo depois de se encharcar de água do banheiro: cada passo repercutia um barulho esponjoso que não era dos mais agradáveis.

— Ouvi falar que existiam em Anima, mas nunca acreditei muito.

Mesmo que Ophélie falasse baixo, o mosaico e os vitrais faziam sua voz ecoar pela rotunda inteira.

— Há apenas uma — especificou Archibald, trancando a porta atrás dele. — E, como qualquer Rosa dos Ventos de respeito, sua localização é confidencial. Seria útil se esta daqui fosse um tiquinho mais perto da sua casa.

Ophélie se chocou ao notar uma menininha sobre o balcão no meio da rotunda. Deitada de barriga para baixo, ela desenhava com tremenda dedicação. Estava tão silenciosa que quase passava desapercebida.

— Senhoras, vocês estão olhando para minhas novas possibilidades e ambições — declarou Archibald, com um gesto possessivo para a sala inteira. — Quanto aos meus novos amores, cá estão! — continuou, levantando a menininha do balcão e a erguendo como um troféu. — Minha querida Victoire, permita que eu apresente você à sua madrinha e à madrinha de sua madrinha.

Sob o efeito da surpresa, a tia Roseline largou tudo que tinha carregado: guarda-chuva, regalo, xale e espátula de waffle.

— Pelo amor do carrinho de bebê, é a filhinha da Berenilde! Cara de uma, focinho da outra.

Emocionada e um pouco intimidada, Ophélie observou a garotinha que a encarava com grandes olhos claros. Os olhos de Berenilde. De resto, Victoire era mais parecida com o pai. O rosto era pálido de forma quase feérica e o cabelo, anormalmente comprido para a idade, era mais branco do que loiro. O jeito que entreabria a boca sem emitir som lembrava também os silêncios intermináveis de Farouk.

— Ela não sabe falar nem andar — avisou Archibald, sacudindo Victoire como se fosse uma boneca falante defeituosa.

— Também ainda não manifestou poder familiar. Mesmo assim,

não suponham que ela é burra, porque já entende muito mais do que todas as minhas ex-irmãs juntas.

A tia Roseline franziu as sobrancelhas, desconfiada.

— Berenilde sabe que a filha dela está aqui? Você é sempre tão irresponsável! — se exasperou ela, ao ver o sorriso de Archibald se abrir. — A filha de um espírito familiar! Está atrás de uma crise diplomática? Honestamente, você não vale nada como embaixador.

— Não sou mais embaixador. É minha ex-irmã Patience que ocupa o cargo. Meu clã me apagou do registro de membros vivos desde vocês-sabem-o-quê — explicou ele, fazendo um gesto para imitar uma tesoura. — Não me julgue com tanta severidade, senhora Roseline. Victoire herdou uma mãe que não quer que ela saia do berço e um pai que nunca nem lembra seu nome. É meu papel como padrinho oferecer uma vida estimulante... Não escute as más línguas que chamam você de atrasada, pequena senhorita! — declarou, cobrindo a cabeça de Victoire com sua cartola velha. — Eu prevejo que realizará grandes feitos.

Ophélie foi atravessada por uma emoção brutal. Não eram exatamente as palavras que o tio-avô dissera na ocasião de seu noivado, mas eram muito parecidas. De repente, lhe ocorreu que, se as Decanas não tivessem se metido, ela poderia ter visto Victoire crescer e agir também como uma verdadeira madrinha. Talvez já tivesse até encontrado Thorn a essa altura. De qualquer forma, não teria passado dois anos enfiada no quarto enquanto o resto do mundo continuava a andar.

— Como funciona essa Rosa dos Ventos e até onde pode nos levar? Quero a maior distância possível entre as Decanas e...

O fim da frase não saiu da boca de Ophélie. Com um gesto teatral, Archibald puxou a cortina que escondia uma mesa redonda atrás do balcão: Gaelle e Raposa debruçavam-se sobre ela. Estavam ocupados fazendo anotações e usavam, sob as ushankas, binóculos que os deixavam irreconhecíveis. Um gato gordo alaranjado, que Ophélie supunha ser Pamonha, se esfregava contra as pernas deles para chamar atenção, mas estavam tão concentrados que não pareciam notar nada além da mesa.

Pelo menos foi o que Ophélie pensou até Raposa piscar um olho, amplificado pela lente, entre duas anotações. Com o porte atlético, as sobrancelhas bagunçadas e as abundantes costeletas ruivas, se parecia cada vez mais com uma chaminé.

— Olá, patroa. Estamos terminando esse cálculo e já vamos até vocês. Se pararmos no meio do caminho, precisaremos voltar ao começo do itinerário e minha outra patroa vai ficar de mau-humor.

— Para com isso de "patroa" — resmungou Gaelle, sem erguer o olhar da mesa. — Você é um sindicalista, fale como um sindicalista.

— Claro, patroa.

Quanto mais o dia avançava, mais Ophélie se perguntava se tinha adormecido na barraca de waffles e estava só sonhando!

— Meus companheiros de viagem! — comentou Archibald, ainda segurando a pequena Victoire em um dos braços. — Não aguentamos nos ver nem pintados, mas, fora esse detalhe, formamos um bom time. Eu arranjo as Rosas dos Ventos e eles decifram. Sete das oito portas daqui levam a outras arcas onde se encontram outros acessos. Toda Rosa dos Ventos é idêntica a esta daqui: oito portas, um balcão, uma mesa de itinerários. Você nem imagina a quantidade de passagens que precisamos atravessar para vir do Polo a Anima, sem mencionar os erros de percurso.

Ophélie examinou a mesa redonda de perto e constatou que o mármore era inteiramente entalhado com números, símbolos e setas. O mapa da rede das Rosas dos Ventos evocava o maior pesadelo dos quebra-cabeças. Raposa e Gaelle apontavam as setas, utilizavam instrumentos de medição e rabiscavam indicações. Eles não se encostavam, não se olhavam, não se falavam; mesmo assim, só pela forma como se portavam, Ophélie *soube*. Ela desviou o olhar, de repente constrangida de observá-los assim, como se estivesse se intrometendo em sua intimidade. Fez carinho em Pamonha, que procurava nela o que não conseguia neles, triste ao notar o quanto ele também tinha crescido.

Continuava com a impressão desagradável de ter pulado um degrau. Uma escada inteira, talvez.

— O que é isso de sindicalista? — perguntou a Archibald.

Ele deixou Victoire sobre o balcão, onde ela voltou a desenhar.

— Ah, é uma moda nova lá do Polo. Folgas, valorização de salário, jornadas de trabalho mais curtas: parece que a velha Hildegarde está mais viva do que nunca, enfiando ideias doidas na cabeça dos empregados. Os costumes mudaram muito desde que partiu.

— Você também mudou — observou Ophélie. — Quer explicar como deu um jeito de convocar atalhos e destrancar Rosas dos Ventos? Achei que só Arcadianos pudessem fazer essas coisas.

Archibald recuperou a cartola na cabeça de Victoire e a fez girar com um dedo.

— Já te contei do meu bisavô Augustin. E do casinho que ele teve com a velha Hildegarde. Lembra?

Ophélie o encarou, estupefata. Ela continuava agachada perto do gato, a mão suspensa em meio ao carinho, sem notar que ele estava encrencando com o cachecol.

— Você e a madre Hildegarde? Você é...

— Bisneto dela, isso — riu Archibald. — Ah, é um escândalo cuidadosamente abafado. Eu mesmo não saberia de nada se não tivesse começado a passar de um canto pro outro de repente. Foi ano passado, em uma tarde em que eu acordei especialmente mal, depois de uma noite cujos detalhes pouparei. Fui ao banheiro e caí na sauna das cortesãs. De uma ponta da Cidade Celeste à outra assim — disse ele, estalando os dedos. — A experiência se repetiu e comecei a criar passagens cada vez mais frequentes. É só me dar uma porta e um espaço fechado para eu arranjar um atalho. Foi assim que parei em uma Rosa dos Ventos autêntica um dia. Ela estava escondida em uma dobra do espaço e eu... é difícil descrever... Senti a presença dela, sabe? Não me pergunte como funciona, mas se eu girar a chave em uma fechadura perto de uma Rosa dos Ventos, abracadabra, lá vamos nós! Qualquer chave, qualquer porta. Honestamente, tem firulas demais esse poder que a velha Hildegarde me passou, mas eu adoro.

Enquanto tentava separar o gato e o cachecol, Ophélie precisou se esforçar muito para sobrepor a lembrança que tinha da Madre Hildegarde ao homem à sua frente.

— E você nunca antes se deu conta de um fato tão óbvio? — perguntou a tia Roseline, com seu pragmatismo de costume.

Archibald apontou para a tatuagem em forma de lágrima na testa.

— Foi a ruptura com a Teia que desbloqueou meu outro poder familiar. Estava hibernando em mim, esperando pacientemente a hora de despertar. E você, senhora Thorn? — perguntou ele, direto. — O que andou fazendo nesses últimos dois anos?

Ophélie abriu e fechou a boca. Archibald tinha aprendido a dominar um novo poder, Raposa tinha virado sindicalista e ela, o que tinha feito? Tinha ficado prisioneira de parentes intermináveis. Não. Pior ainda. Andara para trás, vestindo a pele antiga de adolescente solitária. Ganhara uns quilos a mais ainda por cima.

— Li bastante — acabou respondendo.

— Tá, vamos parar com histórias sem graça — interrompeu Gaelle, bruscamente. — Temos uma questão mais urgente.

Ela finalmente ergueu o rosto da mesa de itinerários e bufou, afastando os cachos escuros. Seus olhos heterocromáticos, um preto como a noite e o outro azul como o dia, estavam desproporcionalmente ampliados pelo binóculo. Por mais diferentes que fossem, exprimiam a mesma raiva fria ao encarar o fundo dos óculos de Ophélie.

— Deus existe?

O DESTINO

O tempo prendeu a respiração dentro da Rosa dos Ventos. Ophélie, que ainda estava puxando o cachecol para afastá-lo das garras de Pamonha, olhou de Gaelle para Raposa, depois para Archibald e tia Roseline, todos parecendo esperar dela uma resposta repentina às perguntas existenciais.

— Antes de continuar — disse Archibald, se sentando casualmente sobre a mesa de itinerários —, você precisa entender o que nos reuniu aqui. Estamos investigando a morte da velha Hildegarde. Você é a única pessoa viva a tê-la visto em seus últimos momentos, além do Thorn. Também é a única que sabe o que era de fato essa história das cartas de *Deus* na qual ela estava envolvida.

A palavra "Deus" ecoou pela Rosa dos Ventos como se em uma catedral. Em uma única evocação, Ophélie se lembrou do barão Melchior, da chantagem mortal, da Madre Hildegarde aspirada pelo fundo do bolso, dos cadáveres no Imagineiro, dos dedos arrancados por Thorn.

Ah, sim, ela sabia exatamente do que ele estava falando. Ainda tinha pesadelos.

— Além disso, teve aquela crise do Farouk — continuou Archibald, com um tom divertido, como se contasse uma piada. — A corte inteira testemunhou o comportamento inexplicável e a forma como você o fez voltar ao normal. Sozinha. Com poucas palavras.

"O Livro é só o começo da sua história, Odin. Só você pode escrever o final." Ophélie também se lembrava perfeitamente disso. Exceto que as palavras não eram dela: eram de Deus, pronunciadas há muito tempo.

— Farouk nunca mais foi o mesmo — continuou Archibald.

— Preguiçoso e distraído, claro, mas no que diz respeito ao futuro da família, ele tem se mostrado quase... como posso dizer? Quase preocupado.

— Mas a gente está aqui para falar da Madre — interrompeu Gaelle, impaciente.

Ela contornou a mesa e colou o binóculo aos óculos de Ophélie, que notou uma estampa laranja muito mal bordada em seu gorro. Laranja era o símbolo de Madre Hildegarde.

— Escute bem, queridinha. A Madre sabia que estava com os dias contados. Sabia da existência de uma outra coisa, uma coisa nada fofa, muito maior que os espíritos familiares, que vai além disso — falou, apontando para a Rosa dos Ventos com o polegar por cima do ombro. — A Madre tentou me contar, me preparar, mas eu não escutei. Só queria ficar escondida no meu canto. Estava morta de medo de acabar que nem o resto do meu clã.

Um silêncio brutal recebeu essas palavras, repleto dos espíritos de todos os Niilistas falecidos. Ophélie se perguntava por que Gaelle parecia estar com tanta raiva dela, mas entendeu que a raiva era contra si mesma.

— Você quebrou meu monóculo — resmungou Gaelle. — Por isso, me deve desculpas. E eu te devo um agradecimento. Sem ele, não pude esconder por muito tempo quem eu sou de verdade. Foi o pontapé necessário. A Madre foi minha família, não aguento mais ser tão ingrata. Então preciso que me diga, agora, cara a cara: Deus existe? É por causa dele que a Madre morreu?

— Sim.

A resposta de Ophélie causou efeito imediato. Gaelle emendou palavrões, Raposa levantou o binóculo, Archibald caiu na gargalhada e tia Roseline franziu a boca. Só Victoire continuou a desenhar, imperturbável.

Ophélie ajeitou os óculos entortados por Gaelle. Antes de desaparecer, Thorn tinha recomendado que não falasse do que sabia para ninguém, mas ela não tinha direito de ficar calada tanto tempo.

— Lembra a Caravana do carnaval?

— Aquele circo? — se chocou Raposa. — Que a gente foi ver com seu irmãozinho?

— Deus estava viajando com eles, fingindo ser um Metamorfo.

Ophélie pigarreou. Lembrar o que testemunhara naquela noite da prisão de Thorn sempre lhe dava a impressão de ter engolido areia.

— Ele é muito mais do que um Metamorfo. Pode reproduzir a aparência, a voz e o poder familiar de todas as pessoas de quem se aproximou. É por este motivo que queria provocar um encontro com a Madre Hildegarde: ele invejava o domínio dela sobre o espaço. É também por este motivo que a Madre Hildegarde se escondeu em um não-lugar, atrás de uma barreira de segurança: sabia que, por sua causa, aquele que tentasse atravessar a barreira se tornaria mais perigoso. Não é só isso — continuou, depois de pigarrear de novo. — Deus criou os espíritos familiares e se considera, por isso, o pai de todos nós. Ele impõe sua lei sem nosso conhecimento, com a ajuda de cúmplices que chama de "Tutores". Ah, e mais um detalhe — acrescentou, apressada, com um sorriso nervoso. — As garras de Thorn não tiveram nenhum efeito nele.

Ela fez uma pausa para medir o impacto das palavras no público, mas não foi um exercício fácil: ao redor dela, todo mundo estava congelado, estupefato. Até Archibald, que esfregava as mãos em um gesto animado, se interrompeu no meio do movimento.

— Pus todos vocês em perigo só por falar — continuou Ophélie. — Não sei exatamente quais são seus planos, mas sejam extremamente cuidadosos. Os Tutores são os olhos e ouvidos de Deus por todas as arcas. É impossível determinar com certeza quem está a serviço dele e quem não está. Só estou contando pois vocês são as pessoas em quem mais confio.

Foi a tia Roseline quem primeiro interrompeu a imobilidade geral. Ela andou em círculos rápidos pela sala para se acalmar, batendo os saltos no mosaico, o som alto ecoando até a cúpula. Finalmente, massageou a testa e suspirou.

— É bem a sua cara. Você nunca faz nada meia-boca quando o assunto é se meter em confusão.

Ophélie tensionou a mandíbula. A madrinha nem imaginava a que ponto estava certa. Se Deus estivesse falando a verdade, ele nem era o pior a temer. Tinha também o Outro. A entidade inidentificável que ela tinha libertado do espelho. O anjo do apocalipse que teria quebrado o mundo e, pelo que Deus dissera, estava prestes a completar a obra.

"Cedo ou tarde, quer queira ou não, você me levará a ele."

Será que Ophélie e este Outro estavam mesmo conectados? A única lembrança que ainda tinha – muito distante e confusa – era do próprio reflexo no quarto de criança, na noite em que atravessou um espelho pela primeira vez. Desde então, ao contrário do que Deus anunciara, nenhuma arca tinha desmoronado. Claro, de vez em quando pedaços de terra caíam no vácuo, mas isso poderia também ser efeito de erosão natural. Não, sinceramente, quanto mais Ophélie refletia, menos via motivo para aterrorizar todo mundo com uma história tão nebulosa quanto essa do Outro.

Ela notou de repente, pela forma como ele aguardava de cabeça inclinada, que Archibald tinha feito uma pergunta.

— Perdão? O que disse?

— Que é bastante curioso. Por um lado, você diz que Deus criou os espíritos familiares. Por outro, que ele deseja os poderes familiares. Estou um pouco confuso.

— Eu mesma não entendo tudo — admitiu Ophélie. — Por que, por exemplo, Deus um dia disse aos espíritos familiares que tinham livre-arbítrio, se hoje quer usá-los de fantoche? Qualquer que seja o motivo, ele mudou de planos.

Archibald se contentou em assentir. Sentado sobre a mesa de itinerários, de pernas cruzadas e mãos abraçando os joelhos, parecia até que estava conversando sobre a chuva.

— E quando ele não toma o rosto de um mortal, qual é a aparência de Deus?

— Não sei — respondeu Ophélie. — Nem sei se é possível. O que sei, por outro lado, é que ele não tem reflexo. E também tem tendência a cometer deslizes de linguagem — acrescentou com prudência —, mas não sei até que ponto este é um sinal confiável.

Archibald pulou da mesa e trocou um olhar subentendido com Gaelle e Raposa antes de se voltar para Ophélie.

— Quer procurar Arca-da-Terra com a gente?

— Arca-da-Terra?

— A arca natal da velha Hildegarde.

— Isso eu sei, mas por que Arca-da-Terra?

— Porque, se Hildegarde sabia de Deus, posso apostar que a família dela também sabia. Veja só, os Arcadianos têm Rosas dos Ventos em todas as arcas. Eles observam tudo que acontece no mundo há gerações. Acho que são extremamente bem-informados. O problema é que todos eles abandonaram as Rosas dos Ventos; não encontramos nenhum até agora.

Com um gesto extravagante, Archibald abriu uma gaveta ao acaso e tirou todo tipo de papel impresso – mapas, selos, passaportes, certificados – como se fossem sua propriedade.

— Não se preocupe — concluiu. — Vamos até a casa deles, se necessário!

— Estavam me esperando para isso? — se chocou Ophélie.

Archibald sacudiu a cabeça, bagunçando o cabelo loiro.

— Não esperamos você para nada. Na verdade, já faz um tempo que estamos procurando. Não, por enquanto, a gente está tateando, experimentando, vagando. Foi assim que encontramos o caminho de Anima. Para explicações técnicas, vou passar a palavra.

Ele fez uma reverência para Gaelle, que o empurrou bruscamente e bateu na mesa de itinerário com a palma da mão.

— Faz semanas que estudamos essas combinações! Um maldito bando de portas servindo vinte arcas maiores, cento e oitenta arcas menores e um punhado de ilhotas que flutuam por aí. Mas *nenhuma* leva a Arca-da-Terra — resmungou ela, olhando feio para a mesa. — De qualquer forma, os Arcadianos guardaram o itinerário em segredo. Também é impossível chegar por via aérea.

Ophélie assentiu. Arca-da-Terra não estava em mapa nenhum. Diziam até que estava escondida em uma dobra do espaço.

— Sem dúvida tem algum acesso — continuou Gaelle, batucando na mesa com o indicador —, mas vamos precisar de muito tempo e dedicação para encontrá-lo. Essas Rosas dos Ventos foram concebidas como uma malha ferroviária de grande escala: tem linhas diretas e centenas de baldeações. Precisamos encontrar a rota certa.

— Mas você já não foi várias vezes a Arca-da-Terra? — interrompeu Ophélie. — Lembro que até trouxe laranjas.

— Aquele atalho desapareceu — respondeu Archibald, no lugar de Gaelle. — Posso destrancar um túnel condenado, mas não posso reconstruir o que foi destruído.

Ophélie encarou a mesa redonda, os números caóticos, o labirinto de setas e sinais.

— Por quê? — murmurou. — Por que se dar a tanto trabalho?

O sorriso de Archibald se acentuou, intensificando o brilho de seu rosto. Nunca o tinha visto tão determinado.

— É bastante óbvio. Hildegarde era uma velha teimosa que não parou de me dar problemas, mas ela estava sob *minha* proteção. Se Deus for responsável pela morte dela, Deus me deve satisfação pessoalmente.

Gaelle cuspiu no chão para concordar e Raposa, com um gesto habitual, pegou um lenço para limpar a boca dela no mesmo instante.

— Eu não tinha exatamente um amor por aquela velha — suspirou ele —, mas o que é importante para a patroa é importante para mim.

— Agora preciso devolver esta senhorita à mãe dela — declarou Archibald, acariciando o cabelo branco de Victoire, que tinha acabado de adormecer no balcão, ainda segurando o lápis.

— Você está numa Rosa dos Ventos, pode escolher seu destino, senhora Thorn! Quer ficar em Anima com a família? Quer voltar ao Polo com a afilhada? Ou quer procurar Arca-da-Terra com a gente?

— O Polo! — respondeu a tia Roseline, sem hesitar. — Vamos voltar para Berenilde, não é?

Ophélie mordeu o lábio. Seria igualmente fácil concordar com a proposta da tia Roseline ou a de Archibald. Poderia escolher ficar perto do que conhecia, mas isso só aumentaria seu buraco interior. Foi então tomada por uma mistura de emoções, daquelas que reviram as entranhas ao subir a bordo de um trem sem saber aonde ele leva ou se é possível voltar.

Ophélie olhou com cuidado a mesa de pedra onde estavam gravados o mapa da Rosa dos Ventos e as arcas de destino.

ANIMA, a arca de Ártemis, mestre dos objetos.

O POLO, a arca de Farouk, mestre dos espíritos.

TOTEM, a arca de Vênus, mestre dos animais.

CICLOPE, a arca de Urano, mestre do magnetismo.

FLORA, a arca de Belisama, mestre da vegetação.

CHUMBOURO, arca de Midas, mestre da transmutação.

FAROS, arca de Hórus, mestre do charme.

A SERENÍSSIMA, arca de Fama, mestre da adivinhação.

HELIÓPOLIS, arca de Lúcifer, mestre do trovão.

BABEL, arca dos gêmeos Pólux e Hélène, mestres dos sentidos.

O DESERTO, arca de Djinn, mestre do termalismo.

O TÁRTARO, arca de Gaia, mestre do telurismo.

ZÉFIRO, arca de Olimpo, mestre dos ventos.

TITÃ, arca de Yin, mestre da massa.

CÓRPOLIS, arca de Zeus, mestre da metamorfose.

SÍDHE, arca de Perséfone, mestre da temperatura.

SELENE, arca de Morfeu, mestre dos sonhos.

VESPERAL, arca de Viracocha, mestre da fantasmagoria.

AL-ONDALUZ, arca de Rá, mestre da empatia.

A ESTRELA, arca neutra, sede das instituições interfamiliares.

Além de, claro, o destino que não constava: Arca-da-Terra, a arca de Janus, mestre do espaço.

Ophélie tinha estudado as 21 arcas maiores em seu quarto minúsculo. Tinha estudado, sim, mas parecia não ter aprendido nada.

Ela tirou do bolso o cartão-postal do tio-avô. A foto tinha sido vítima do acontecimento no banheiro, mas ainda era possível ver distintamente o prédio majestoso da XXII^a Exposição Interfamiliar.

— É este meu destino — declarou, enfim, para a surpresa de todos. — Preciso ir a Babel. E preciso ir sozinha.

A SEPARAÇÃO

Ophélie apertou o cachecol, contemplando a porta à frente. Foi só Archibald fechá-la, com uma última piscadela, que o brilho luminoso se apagou em todas as frestas. Ela girou a maçaneta e empurrou a porta com cuidado: mergulhado no escuro, um armário tinha substituído a enorme rotunda da Rosa dos Ventos. A passagem estava fechada, bem fechada.

Estou sozinha, se deu conta de repente, arregalando os olhos no cubículo escuro. Sozinha em território desconhecido, a milhares de quilômetros de casa, com um cartão-postal de sessenta anos como única referência. Tinha sonhado com este momento por dois anos, mas, agora que o vivia, pensar nisso lhe dava vertigem.

Ophélie fechou o armário com um gesto determinado. Sim, estava com medo, mas não se arrependia de nada.

Ela examinou o local onde a Rosa dos Ventos a tinha deixado. Uma luz pálida atravessava o vidro embaçado da porta de entrada, desenhando o contorno de pás, ancinhos, enxadas e vasos. Parecia um depósito de jardim. Não sabia a quem pertencia, mas era melhor não encontrar o proprietário. Até na sua arca, Anima, onde tudo era compartilhado, não era bem-visto aparecer na casa alheia sem avisar.

Ela se esgueirou pela porta o mais discretamente possível e parou imediatamente ao sair: não havia nada lá fora. Só branco, uma massa improvável e implacável de branco. Era como se uma borracha enorme tivesse feito sumir o mundo exterior, deixando em seu lugar uma folha de papel novinha.

Ophélie olhou para todos os lados, cada vez mais inquieta. O depósito não estava conectado a nenhum outro prédio, instalado no meio do vazio como uma casinha abandonada. O ar era tão quente e úmido que ela começou a sufocar sob o casaco e seus óculos embaçaram. Será que Gaelle e Raposa tinham errado no cálculo? Será que Archibald, confiante demais no poder novo, tinha se enganado?

— Para onde você me mandou? — murmurou Ophélie.

— O JARDIM BOTÂNICO DE PÓLUX.

Ophélie se virou de sobressalto. A voz – uma voz incorpórea que não se assemelhava a nada que tivesse ouvido antes – se ergueu atrás dela, dentro do próprio depósito.

— Perdão — gaguejou ela, procurando o olhar do interlocutor. — Eu me perdi, não...

— RECOMENDA-SE QUE VISITANTES VENHAM AO JARDIM NO PERÍODO DE MARÉ BAIXA — interrompeu a voz. — DEPOIS DA TEMPESTADE VEM A BONANÇA.

Ophélie acabou encontrando a origem da voz. Um manequim articulado estava apoiado na parede, tão rígido, magro e imóvel que se misturava às silhuetas de pás e enxadas. A voz vinha, mais precisamente, da barriga, coberta por buraquinhos; a cabeça não tinha boca, nariz, nem olhos. Não usava roupa além de um boné semelhante ao dos maquinistas de trem, com as palavras "VISITA GUIADA" bordadas.

Só tinha encontrado um autômato como aquele uma vez: o mordomo mecânico de Lazarus, o famoso explorador.

— Maré baixa? — perguntou ela.

O manequim não respondeu. Ophélie olhou de novo a brancura lá fora e entendeu que o que via era uma névoa de densidade formidável. Sentiu-se aliviada. Se estava no jardim botânico de

Pólux, estava no lugar certo. Pólux e Hélène eram os espíritos familiares gêmeos que governavam Babel.

— Quando é que vem a maré baixa? — perguntou ela, reformulando a questão.

— O JARDIM BOTÂNICO DE PÓLUX FICA ABERTO TODO DIA DE VERÃO, DO NASCER AO PÔR DO SOL — respondeu o manequim, ainda encostado na parede. — QUEM ESPERA SEMPRE ALCANÇA.

Será que ainda era verão em Babel? Ophélie pensou que devia ter estudado mais os manuais de geografia. Ela pegou o cartão-postal que ganhara do tio-avô e o apresentou ao manequim, sem saber bem o que fazer, pois ele não tinha nada parecido com olhos.

— Esqueça a maré. Preciso ir ao lugar onde aconteceu a XXII^a Exposição Interfamiliar. A foto é um pouco velha, mas acho que o prédio ainda existe. Poderia indicar onde...

— O JARDIM BOTÂNICO DE PÓLUX — respondeu imediatamente o manequim.

Ophélie se sentou em um vaso de pedra. O guia mecânico lembrava o mordomo de Lazarus que tinha encontrado antes: só reagia a instruções básicas. Ela precisaria esperar a névoa se dissipar; queria ao menos saber as horas (tinha saído de Anima no fim da tarde, mas o fuso horário em Babel devia ser outro). O ar abafado estava dando sede.

Ela cruzou o olhar com o de seu reflexo em um espelho quebrado apoiado na mesma parede. Por um instante, considerou os óculos coloridos, a trança embaraçada e comprida, o cachecol inquieto e foi tomada pela evidência:

— Eu pareço demais comigo.

Ophélie tivera dificuldade para convencer a tia Roseline a não acompanhá-la, explicando sem parar que as duas juntas teriam chamado atenção demais. Mas e se fosse reconhecida mesmo assim?

Ela começou a roer a costura da luva de *leitora*. Do ponto de vista teórico, era pouco provável que Deus tivesse previsto sua ida a Babel. Ophélie tinha encontrado este rastro a partir de pistas minúsculas: as acácias douradas, o soldado sem cabeça, a escola antiga. Foram as três visões, provocadas pela *leitura* do Livro de Farouk, que a levaram até ali.

Três visões que Ophélie só contara a Thorn.

Pela sua pesquisa documental, a não ser que estivesse errada, a história toda tinha começado em Babel. A História com H maiúsculo: dos espíritos familiares, dos Livros, de Deus e do Rasgo. Talvez Ophélie pudesse desvendar esses mistérios se seguisse Archibald na missão dele, mas não tinha chance alguma de encontrar Thorn em Arca-da-Terra. Não, se ele tivesse chegado às mesmas conclusões e conseguido sair do Polo – duas coisas das quais Ophélie o considerava perfeitamente capaz –, ele definitivamente tinha ido a Babel.

Ela parou de mordiscar a luva de repente, lembrando que era seu único par.

— Continuo parecendo demais comigo — repetiu, sacudindo os óculos para dissipar a cor.

Como as Decanas a tinham deixado escapar, Deus seria informado logo. Se tivesse inserido Tutores em Babel, o que era mais do que garantido, sem dúvida eles receberiam um mandado de busca com indicações precisas. Ophélie precisaria se esforçar para passar despercebida. Não tinha como deixar de ser míope nem baixinha, mas de resto...

Ela revirou o lugar e encontrou, sem dificuldade, tesouras de poda. Com um gesto decidido, cortou, sem jeito, a trança, que caiu no chão com o peso de um fardo de feno. Ophélie observou o resultado no espelho quebrado e teve a impressão de que uma colônia de pontos de interrogação cobria sua cabeça. O cabelo, livre do volume extra, começara a cachear para todos os lados. Deixava-o crescer desde a infância, mas, curiosamente, ao jogar esta parte de si mesma em um saco de folhas secas, não sentiu nada de especial. Nada além de uma impressão repentina de leveza. Como se não tivesse cortado o cabelo, mas a corda que a amarrava à vida antiga.

Em seguida, ela escondeu o casaco sob uma pilha de aventais; se era mesmo verão em Babel, não precisaria dele. Quando começou a desamarrar o cachecol, ele se opôs violentamente.

— Você é reconhecível demais. Para de besteira, não vou te largar aqui. Você vai ficar comigo, na minha bolsa.

Ophélie abriu a sacola que Raposa lhe dera. Continha biscoitos secos, um sifão de água gaseificada e várias coisas enfiadas ali pela tia Roseline. Ao guardar o cachecol, deixou cair os documentos falsificados que Archibald fabricara para ela na Rosa dos Ventos – dava mesmo para falsificar qualquer coisa.

— Eu me chamo Eulalie — recitou, examinando os documentos. — Sou animista de oitavo grau e nunca pisei na minha arca de origem.

Seria crível desde que evitasse detalhes. De acordo com seu tio-avô, ela tinha primos distantes espalhados por outras arcas.

Sentiu, também, uma certa culpa quanto aos membros da família. Abandonara-os todos sem dizer uma palavra. Esperava que não estivessem preocupados demais.

— Eu me chamo Eulalie — repetiu Ophélie, pensativa.

Por que "Eulalie"? Quando Archibald pediu que escolhesse um novo nome, esse lhe veio à cabeça espontaneamente. Quanto mais pensava, mais achava uma escolha equivocada. O nome soava parecido demais com o dela.

Ophélie procurou uma posição mais confortável entre dois sacos de grãos. E Thorn? Refletiu, fechando os olhos. Será que tinha conseguido criar uma nova identidade depois de fugir? Vivia em condições decentes, ao menos? Comia o que precisava, mesmo com tão pouco apetite?

Estremeceu quando um raio de luz a atingiu no rosto. Tinha adormecido sem perceber. Cobrindo os olhos, viu, por entre os dedos, o guia mecânico sair do depósito. O sol invadia a porta. Ophélie pegou a bolsa e avançou para a luz. Assim que pisou do lado de fora, o calor a deixou sem fôlego. Ao se dissipar, a névoa tinha descoberto uma selva de cores, uma mistura inextricável de vegetação e fontes, terra e frutas, pássaros e insetos.

Por mais espetacular que fosse a beleza do jardim botânico, Ophélie não aproveitou muito tempo: arrebatada por cheiros inesperados, um ataque de espirros se prolongou enquanto ela seguia o guia mecânico entre as samambaias. Mesmo sem casaco estava sufocando. O ar úmido grudava em sua pele e encharcava o vestido de suor. O inverno cinzento de Anima estava muito longe!

Ophélie notou, por entre as altas plantas, silhuetas estranhas de um marsupial que nunca tinha visto fora dos livros. Os gritos dos macacos nas folhas não se pareciam com nada que conhecia.

— Onde fica a saída? — perguntou ela ao guia mecânico.

— A VISITA DO JARDIM BOTÂNICO DE PÓLUX COMEÇA NO ARBORETO — respondeu o autômato, andando reto. — MANTENHAM-SE UNIDOS, POR FAVOR.

Ophélie decidiu fugir dele. Enquanto procurava o caminho, cruzou com outros manequins podando heras e esfregando musgo dos paralelepípedos, parando apenas para lubrificar as articulações. Sempre que ela fazia alguma pergunta, eles respondiam que "QUEM RI POR ÚLTIMO, RI MELHOR" ou "QUEM TEM BOCA VAI A BABEL", o que não a ajudava em nada. Provavelmente nem todos os Babelianos eram autômatos, não é?

Ophélie subiu escadas de pedra cercadas por buganvílias. Quanto mais subia, mais entendia o tamanho do parque. Ele descia por vários andares, cada qual uma verdadeira sinfonia de plantas, árvores, flores e frutos. Nos andares inferiores, resquícios de névoa ainda se agarravam às palmeiras.

Era inacreditável pensar que, no dia anterior, ela ainda estava se arrastando pelo quarto de camisola. Tinha passado tanto tempo imóvel, sem sair de casa para nada além de buscar croissant na padaria para o café da manhã, que seus músculos já estavam cansados.

O que a preocupava especialmente era a falta de acácias. O passado de Deus estava, de alguma forma, atrelado a essa árvore. Ophélie nunca encontrara uma acácia na vida, mas, desde que tivera a visão, fizera pesquisas. As acácias eram reconhecíveis pelos ramos de flores douradas e só cresciam em pouquíssimas arcas. Se o manual de geografia não estivesse falando besteira, uma delas deveria ser Babel.

Acabou encontrando a grade do jardim botânico, majestosa como a de um palácio exótico. Ao atravessá-la, teve a impressão de ir de um mundo a outro. Uma ponte larga como uma avenida conectava o jardim a uma feira. Lá, uma multidão imensa fluía como um rio entre as barracas. Elefantes e girafas dominavam o enxame de homens, mulheres e autômatos, como se fosse a mais natural coabitação.

A festa da Badalada de repente lhe pareceu bem inofensiva! Ophélie mal subiu na ponte antes do odor das especiarias deixá-la tonta. Cega por conta do sol, que já ia alto no céu, ela olhou ao redor. Agarrou instintivamente a alça da bolsa: a ponte na qual se encontrava se erguia sobre o vazio. Tinha lido no manual de geografia que Babel era estilhaçada em várias arcas menores, mas isso não a preparou para o espetáculo à sua frente. Uma imensidão de ilhas flutuantes espalhadas em um mar de nuvens de brancura inacreditável. Algumas tinham tamanho para abrigar uma cidade. Em outras, mal cabia uma casa. Todas exibiam uma arquitetura misturada à vegetação, como se plantas e pedras estivessem entrelaçadas. As arcas menores mais próximas estavam conectadas por uma rede de pontes e aquedutos; as mais distantes eram acessíveis por máquinas voadoras que pareciam trens alados, mas Ophélie não saberia identificar exatamente o que eram.

Ela mergulhou de corpo inteiro na multidão. Foi imediatamente atingida pela gritaria de feirantes e viu desfilar tecidos, joias, lentilhas, favas, ovos, pimentas, melões, melancias, mangas, bananas e todo tipo de produto cujo nome desconhecia; o estômago a lembrou que em breve precisava arranjar uma refeição.

— Poderia me indicar um caminho, por favor? — perguntava ela, mostrando o cartão-postal a todos com quem cruzava.

A sua voz fraca era engolida pelo tumulto do ambiente e, mesmo perguntando cada vez mais alto, não recebeu resposta alguma. Será que a estavam ignorando de propósito? Continuavam a andar em frente, sem nem olhá-la.

Frustrada, Ophélie se aproximou de uma fonte onde flamingos cor-de-rosa molhavam as patas. Umedeceu um lenço para refrescar o rosto e tomou um gole de água com gás. Ali, sentada na beira da fonte, acariciando o cachecol no fundo da bolsa, aproveitou o momento para observar a feira com atenção.

A diversidade de peles, morfologias e sotaques era a de uma população cosmopolita: não era uma família, mas várias. Entretanto, pareciam formar um único povo, para o qual ela tinha o papel de intrusa.

Decidiu não se demorar demais ali. Uma patrulha de homens e mulheres estava atravessando a multidão. Usavam couraças sobre as túnicas e capacetes pontudos, que se estendiam para cobrir o pescoço e lhes conferiam um ar militar. Olhavam ao redor perturbados, mesmo que não de forma ameaçadora: suas pupilas cintilavam como ouro. O brilho sobrenatural indicava o poder familiar, um olhar penetrante ao qual nem uma mosca escaparia.

Ophélie preferia não se meter com eles. Qualquer autoridade era suscetível a ser próxima de Deus. Ela atravessou a feira no sentido oposto e viu um bonde de ar comprimido prestes a partir. Estava coberto de cartazes publicitários estampados com um sol e a palavra "LUX" escrita em letras maiúsculas. Os passageiros entravam mediante a apresentação do bilhete a uma máquina. Ophélie conferiu que não havia cobrador nenhum e entrou correndo. Não teve nem tempo de respirar antes de um passageiro sair de seu assento e empurrá-la de leve para a calçada.

— Não é nada de pessoal, *miss* — se desculpou ele, educadamente. — A senhorita não tem passagem, não respeita o código, só estou cumprindo meu dever de cidadão.

— Escute, eu preciso desesperadamente chegar aqui — explicou ela, sacudindo o cartão-postal. — Pode ao menos me dizer como...

A porta se fechou automaticamente, interrompendo a conversa. A decepção de Ophélie se transformou em pânico quando se sentiu acompanhar a partida do bonde. A alça da bolsa estava presa na porta! Ela puxou com todas as forças, tropeçou e foi arrastada pela calçada até ser obrigada a soltar.

— Não! — gritou, ao ver o bonde se afastar, carregando a bolsa.

O cachecol tinha ficado lá dentro.

O TA-CHI

Ophélie acompanhou o trilho, correndo a mil por hora. Estava encharcada de suor, coberta de arranhões, com dor em um lado do corpo e os pulmões pegando fogo. Depois de uma ponte e algumas ruas, a ferrovia se bifurcava. Para que lado tinha ido o bonde? Por onde tinha ido embora? Ela olhou ao redor em busca de um sinal. Só viu pedestres, ônibus, riquixás, bicicletas, animais e autômatos circulando em um caos ensurdecedor. Quando ajeitou os óculos, ficou tonta. O bairro inteiro era estruturado como uma escadaria colossal, cada degrau se juntando a uma nova rua repleta de gente e jardins.

Apesar da efervescência, Ophélie se sentiu mais sozinha do que nunca. Como encontraria o cachecol? Como encontraria Thorn? Como tinha acreditado, por um instante sequer, que estava pronta para se jogar em uma expedição assim? A tia Roseline, Archibald, Gaelle e Raposa tinham recomendado que esperasse um pouco em vez de se precipitar, mas ela só tinha ouvido a própria impaciência.

— Por favor — abordou um riquixá. — Estou procurando o bonde que veio da feira.

Tinha se dirigido ao motorista, mas notou, quando ele virou a cabeça sem rosto em sua direção, que se tratava de um manequim. A passageira, cochilando sob o toldo do veículo, respondeu com a voz sonolenta:

— Você deveria perguntar para um guia, menina.

— Guia?

A passageira entreabriu uma pálpebra e seu nariz redondo, onde uma argola brilhava, aspirou o ar de repente, como se tentasse cheirar Ophélie à distância.

— Um guia de sinalização pública. Tem um a cada cruzamento. Como você visivelmente não é daqui, permita-me um conselho: vista-se de forma mais adequada.

Ophélie observou o riquixá se afastar. Seu vestidinho cinza não era dos mais modernos, claro, mas não era como se estivesse andando nua por aí. No meio do cruzamento, encontrou uma estátua-autômato grande, com oito braços apontando em direções diferentes: devia ser o guia de sinalização pública.

— Hm... garagem do bonde? — perguntou Ophélie.

Não obteve resposta, mas notou uma manivela semelhante à de uma caixinha de música conectada à base da estátua. Ela soltou o mecanismo coberto de plantas e o girou várias vezes.

— FAÇA UMA PERGUNTA — declarou o guia.

— O ponto final do bonde da feira?

— É DANDO QUE SE RECEBE.

— Achados e perdidos?

— A PRESSA É A INIMIGA DA PERFEIÇÃO.

— A XXII^a Exposição Interfamiliar?

— MAIS VALE UM PÁSSARO NA MÃO DO QUE DOIS VOANDO.

— Obrigada.

Ophélie se encostou na base da estátua, desencorajada. Suas únicas posses eram o relógio de Thorn e o cartão-postal velho. Não tinha documentos nem roupas para trocar e o coitado do cachecol estava largado sozinho naquela cidade incompreensível.

E se alguém encontrasse a bolsa?, se perguntou Ophélie, esfregando os olhos violentamente. *E se alguém a entregasse à guarda familiar de Pólux? E se Deus soubesse que um cachecol animado tinha sido visto em Babel?*

Ophélie mal tinha chegado, mas já tinha a impressão de ter acabado com todas as suas chances.

— A julgar pela sua reação, a experiência foi bem decepcionante.

Ela ajeitou os óculos, chocada por ouvir uma voz humana lhe dirigindo a palavra. Um adolescente estava sentado bem à sua frente, recostado em uma cadeira de madeira esculpida, sob a sombra de um guarda-sol. A brancura impecável das roupas destacava a pele cor de bronze. Ele emanava um estranhamento que Ophélie tinha dificuldade de definir. Na verdade, pareceria mais adequado a um salão de chá do que ao meio da rua. Observava-a com tal curiosidade que não prestava a menor atenção à multidão de pedestres ao redor.

— O guia de sinalização pública — explicou o rapaz, por fim, apontando para a estátua-autômato. — É preciso dar o endereço exato do destino, senão ele não entende. Além disso, sem ofensa, *miss*, o seu sotaque talvez seja um pouco forte demais para ele.

O adolescente falava com o sotaque característico de Babel, uma mistura musical e distinta. Tudo nele era doce: os olhos de antílope, os cabelos compridos de um preto sedoso, os traços finos do rosto, o tecido acetinado das roupas. Ophélie provavelmente era mais velha do que ele, mas, naquele instante, sentiu-se uma criança em comparação.

— Perdi minha bolsa e meus documentos — disse ela, com uma voz embargada da qual não tinha orgulho. — Não sei o que fazer. É minha primeira vez aqui em Babel.

O adolescente se virou, inquieto, na cadeira e Ophélie foi de novo atingida pelo estranhamento indefinível que emanava dele.

— Tome esta avenida, siga reto até o fim e atravesse a ponte — disse ele, apontando ao leste. — De lá, verá um edifício enorme, semelhante a um farol: ao notá-lo, não tem mais como se perder.

— O que exatamente é o edifício?

O adolescente esboçou um sorriso.

— O Memorial de Babel. Foi onde aconteceu a XXII[a] Exposição Interfamiliar. Foi o que perguntou ao guia, né? *Sorry, miss*, acabei escutando. Meu pai descreve a curiosidade como um "belo defeito", mas tenho tendência a me meter no que não é da minha conta. A falar demais, também — confessou, em tom de desculpa —, mas isso também herdei dele. Quanto à bolsa, tenho a impressão de que a encontrará logo. A honestidade é um dever cívico em Babel.

Ophélie foi tomada por gratidão. O rapaz lhe devolvera toda a coragem.

— Obrigada, senhor.

— Ambroise. Sem o senhor, *miss*.

— O... Eulalie. Obrigada, Ambroise.

— Boa sorte, *miss*.

Ele hesitou, como se quisesse acrescentar alguma coisa, mas desistiu. Ophélie atravessou o cruzamento na contramão, sob exclamações ultrajadas de ciclistas e riquixás, mas não resistiu olhar para trás. Tinha a impressão de ter deixado escapar um detalhe importante. Entendeu o que era ao ver Ambroise mexer na cadeira com dificuldade.

Era uma cadeira de rodas. Tinha ficado presa entre os paralelepípedos.

Ela voltou o caminho, provocando novo descontentamento, e usou toda sua força para soltar a roda da cadeira. Ambroise a olhou com surpresa, acreditando que já estivesse longe.

— É ridículo — disse ele, com um risinho constrangido. — Sempre acabo me atrapalhando. É por isso que nunca serei um bom ta-chi.

— Ta-chi?

— Tanque chinfrim, *miss*. Tudo que roda e pega passageiro. Não tem disso onde você mora?

Ophélie se contentou com um gesto evasivo e Ambroise a observou, com certa curiosidade.

— Eu te ajudei. Você me ajudou. Somos amigos.

A declaração foi tão espontânea que ela não conseguiu deixar de apertar a mão que lhe fora oferecida. Foi neste instante que notou exatamente de onde vinha o estranhamento causado pelo adolescente: ele tinha um braço esquerdo no lugar do direito, um direito no lugar do esquerdo. Considerando o ângulo absurdo dos mocassins, as pernas eram igualmente invertidas. Era a deficiência mais inusitada que já vira – parecia até que Ambroise também tinha sido vítima de um acidente de espelho.

— Se quiser que eu seja seu motorista, *miss* Eulalie, suba!

Ele girou uma manivela integrada à cadeira, fazendo um barulho alto de engrenagem. Ophélie se empoleirou, desajeitada, no degrau traseiro e quase caiu quando Ambroise abaixou o freio de mão e impulsionou a cadeira para a frente. Ela sentiu desfilarem sob eles todas as pedras da rua. Precisou, várias vezes, pisar no chão e soltar a roda de buracos, enquanto o rapaz puxava as molas da cadeira por meio da manivela. O guarda-sol, mal encaixado no encosto, rangia com força de acordo com o vento e silenciava a voz suave de Ambroise, que tentava conversar. Foi uma viagem desconfortável, mas Ophélie parou de pensar no segundo em que a cadeira subiu em uma ponte entre duas arcas e o adolescente apontou a vista com a mão invertida.

Entre o céu infinito e o mar de nuvens, uma imensa torre em espiral coberta por uma cúpula de vidro se erguia em uma ilhota flutuante que mal tinha espaço para contê-la; um lado inteiro do edifício dava para o vazio, mas o equilíbrio arquitetônico era tão perfeito que a estrutura ficava de pé, apesar de todos os reveses.

— O Memorial de Babel — comentou Ambroise. — É nosso monumento mais antigo, metade dele data do velho mundo. Dizem que guarda toda a memória da humanidade.

A memória da humanidade, repetiu Ophélie em pensamento. Só de considerar que Thorn pudesse ter estado ali, sentiu o coração bater como um tambor. Ela se inclinou sobre o encosto para falar com Ambroise, que só via pelo cabelo preto esvoaçante.

— Só metade?

— Parte da torre desmoronou no Rasgo, mas foi reconstruída por LUX faz séculos. Gosto muito de ir ao Memorial, tem milhares de obras! Eu sou doido por livros, e você? Poderia passar o dia todo lendo, sobre qualquer assunto. Tentei escrever uma vez, mas sou tão ruim como escritor quanto como ta-chi, me perco sempre em digressões. Mas não tenha a impressão de que o Memorial é uma biblioteca velha e poeirenta, *miss* Eulalie. É moderníssimo, tem familiotecas, transcendiuns e fantopneumáticos! Tudo graças a LUX.

Ophélie não fazia a menor ideia do que eram familiotecas, transcendiuns ou fantopneumáticos, mas a palavra "LUX" lhe era familiar. Lembrou, então, que estava impressa em todas as propagandas no bonde.

— E um soldado sem cabeça? — perguntou. — Tem lá também?

Ambroise puxou o freio de uma vez, parando com tanta força que suas cabeças se bateram.

— Não deveria usar essa palavra em público, *miss* — murmurou ele, com um olhar surpreso por cima do ombro. — Não sei como funciona onde você mora, mas aqui temos um Índex.

— Um Índex?

— Índex vocabulum prohibitorum. A lista de todas as palavras proibidas de serem pronunciadas. Tudo ligado a... sabe — disse ele, fazendo sinal para que Ophélie se aproximasse o suficiente para que cochichasse em seu ouvido. — À guerra.

Ela contraiu todos os músculos. Os tabus fixados por Deus eram válidos também em Babel.

— Suponho que esteja falando da estátua velha na entrada do Memorial — continuou Ambroise, em tom mais leve, voltando a andar com a cadeira. — É tão velha quanto o prédio.

— E como se chega lá?

— De bondalado, *miss*.

Antes que pudesse perguntar o que era um bondalado, ele continuou:

— Mas se quiser visitar o Memorial e encontrar sua bolsa, é preciso trocar de roupa antes. Não vão deixar você entrar em lugar nenhum vestida assim.

— Não entendi — disse Ophélie, franzindo a testa. — Qual é o problema com o meu vestido?

O rapaz caiu na gargalhada.

— Venha comigo para casa, *miss*! Preciso explicar umas coisas a você.

A moradia de Ambroise não era nada parecida com o que Ophélie imaginava para um motorista de ta-chi. A cadeira de rodas subiu um canteiro entre colunas no qual brilhavam tanques de vitória-régia. Quanto mais avançavam, mais os barulhos e cheiros da rua se distanciavam. Um batalhão de manequins vestidos de empregados domésticos veio ao encontro deles para abrir as altas portas da casa. O frescor da área interna arrancou um suspiro de Ophélie; a pele de sua nuca, exposta pelo novo corte de cabelo, estava fervendo.

Ela desceu do degrau e olhou para o átrio, desconcertada. Estátuas e autômatos, mesas de mármore e aparelhos telefônicos, trepadeiras e lâmpadas elétricas se misturavam em uma seleção singular de distinção antiga e tecnologia moderna. O lugar resumia por si só o ambiente anacrônico da cidade inteira.

— Você mora aqui?

— Com meu pai. Mas em geral sou só eu, ele não costuma estar em casa.

Ao dizer isso, Ambroise apontou um retrato vertical em destaque na parede principal. Representava um homem de cabelo grisalho comprido e pequenos óculos cor-de-rosa que revelavam um olhar cintilante e malicioso.

— É Lazarus, o famoso viajante — reconheceu Ophélie. — Ele é seu pai? Eu já o conheci.

— Não me surpreende. Todo mundo conhece meu pai e meu pai conhece todo mundo.

Ela notou que o sorriso de Ambroise para o quadro era mais melancólico do que orgulhoso. Não devia ser fácil encontrar lugar em uma vida tão plena quanto a do pai.

— Você não tem outros parentes aqui?

— Nem família, nem amigos. Só autômatos, na verdade.

Ophélie observou os mordomos mecânicos ocupados no desmonte, sem muito jeito, do guarda-sol da cadeira de rodas. Tentou se imaginar crescendo entre esses corpos sem rosto cujas barrigas às vezes soltavam "MENTIRA TEM PERNA CURTA" ou "QUEM SEMEIA VENTO, COLHE TEMPESTADE".

— Falei que os ditados não funcionam tão bem — suspirou Ambroise —, mas ele é teimoso que nem uma mula.

— Foi o seu pai quem inventou os autômatos da cidade? — se surpreendeu Ophélie. — Sabia que os vendia, mas não que os tinha criado.

— Ele não tem poderes, mas não deixa de ser um gênio. Só deve seu status de cidadão ao próprio mérito.

— A sua família deve ser muito importante.

Ambroise franziu a testa, como se tivesse dificuldade de compreendê-la.

— Quem é importante é meu pai, mas ainda está longe de ter tanta importância quanto os Lordes de LUX. Mas por que eu seria? Não consegui encontrar utilidade para a cidade. Sou só um herdeiro.

Ele pronunciou a palavra com tanta vergonha que Ophélie entendeu o nível da desonra que representava. Ao avançar com a cadeira entre as colunas interiores, Ambroise continuou a falar sem parar, com o ânimo forçado, como se quisesse preencher os enormes espaços vazios da casa com a voz:

— Antes de ser ta-chi, tentei todo tipo de bico, mas fracassei em tudo. Não sirvo para trabalho manual, percebe. Até datilografar em uma máquina de escrever é extremamente complicado. Sempre me digo que, se tivesse sido um Filho de Pólux, teria pelo menos à disposição um sentido superdesenvolvido. Se um gênio agora me perguntasse o que eu queria ser, responderia sem hesitar: um Visionário! Deve ser fascinante ver micróbios a olho nu, não acha? Ou talvez Acústico. É extraordinário o que dá para aprender sobre o mundo ao redor só por meio de ultrassom. Até gostaria de ter sido um Olfativo, Tátil ou Gustativo, mas não, acabei com as mãos ao contrário. Meu pai repete sem parar que minha existência por si só já me torna importante para a cidade, mas só ele pensa assim.

Conforme Ophélie o seguia, um pouco atordoada pela tagarelice, entendia cada vez menos essa sociedade onde era bem-visto expulsar uma estrangeira do bonde, malvisto sustentar o filho e completamente indiferente uma mulher jovem ir sozinha à casa de um homem. Parecia que nem o Polo, nem Anima e nem seus manuais de geografia a tinham preparado de verdade para Babel. Este mundo respondia a regras completamente diferentes das que conhecia.

Essa impressão se transformou em certeza quando Ambroise a levou a um guarda-roupa elegante e abriu as portas esculpidas do armário, adaptadas à altura da cadeira. Todas as roupas, impecavelmente dobradas, eram tão brancas quanto as que ele vestia.

— O que você precisa entender, *miss* Eulalie, é que aqui as pessoas são exatamente o que parecem. Temos um código indumentário, assim como um civil e penal, muito rígido. Eu e meu pai, por exemplo, somos obrigados por lei a vestir branco. É a não-cor dos sem-poderes. Você também é sem-poder?

— É... sou animista. De oitavo grau — acrescentou Ophélie, se lembrando do documento de identidade falsificado que tinha perdido.

— Oitavo grau? Com um poder familiar tão diluído, também pode vestir branco. Você é pequena, mas eu também não sou tão grande. Minhas roupas serão quase do seu tamanho.

— É menos chocante que eu use roupas de homem?

Ambroise, desdobrando uma túnica branca comprida, a encarou chocado antes de abrir um sorriso.

— Perdão, não sou como meu pai, que conhece os hábitos e costumes das outras arcas. Aqui não diferenciamos os sexos. Deduzo que onde você mora os homens não se vistam da mesma forma que as mulheres?

Ophélie se esforçou muito para não imaginar Thorn de vestidinho cinza.

— Não, de fato.

— Interessante. Dito isso, *miss* Eulalie, o principal problema de seu vestido é que o modelo não faz parte do nosso código indumentário. Desrespeitar o código em público é interpretado como provocação, o que é, evidentemente, muito malvisto.

Ophélie ergueu as sobrancelhas. Nunca imaginou que esta velharia que a cobria do tornozelo ao queixo um dia seria vista como ousada.

— A composição indumentária varia de acordo com a idade, a profissão e o estado civil — continuou Ambroise, revirando os armários. — Os cidadãos não usam as mesmas cores dos não-cidadãos, por exemplo.

— Os não-cidadãos — repetiu Ophélie, lembrando o que lera nos manuais. — São aqueles que vivem em Babel, mas não descendem de Pólux?

— Não é mais exatamente isso — disse ele, com um sorriso generoso. — Os Filhos de Pólux são cidadãos oficiais, de fato. Podem votar, eleger e ser eleitos. Mas também é possível se tornar cidadão por mérito, como meu pai. Isso foi instaurado quando Babel fechou acordos comerciais com outras arcas. Você deve ter notado na rua que várias famílias diferentes vivem aqui: Florais, Totemistas, Ciclopeiros, Alquimistas, Heliopolitanos! Sem-poderes — acrescentou, mais baixo. — Somos os "Afilhados de Hélène". Lady Hélène nunca pode ter descendentes, então se tornou a madrinha oficial de todos que não são Filhos de Pólux. Ela será a sua madrinha também, enquanto estiver em Babel.

Ophélie esperava que não fosse. Da última vez que se tornara pupila de um espírito familiar, quase lhe custara a vida.

— Voltando à roupa — disse Ambroise, mergulhando de novo no armário. — É preciso compreender que cada ornamento, joia e acessório acrescenta camadas de significado muito precisas. É uma língua inteira! Se sua estadia em Babel for se prolongar, aconselho que a domine perfeitamente para evitar mal-entendidos. Tome cuidado, pois a polícia indumentária faz vistorias regulares.

Ophélie, que sempre usara a primeira roupa que encontrava pela frente, precisaria se esforçar bastante para se misturar ao ambiente de Babel.

— O que acontece com quem se veste diferente do que é previsto?

— É preciso pagar uma multa à cidade. Quanto mais grave for a infração, mais pesada ela será.

Ophélie derrubou a pilha de roupas que Ambroise juntara em seu colo. Era constrangedor constatar que, mesmo sem mãos invertidas, era a mais desajeitada dos dois.

— Fique aqui esta noite — propôs o motorista de ta-chi ao ver a luz diminuir pela janela. — Assim que amanhecer, vamos atrás da sua bolsa.

— E o Memorial? Não seria possível ir hoje ainda?

Ambroise arregalou os olhos, cujas escleras brancas contrastaram com a pele escura.

— Vai fechar antes de a gente conseguir chegar. Parece ser um lugar importante mesmo para você. O que está procurando, exatamente?

— É pessoal.

Ela se arrependeu da resposta impulsiva ao ver o sorriso de Ambroise desaparecer.

— Peço perdão pela indiscrição. Siga-me, *miss*, pois deve querer se refrescar e descansar. Está com fome? Aceitaria se sentar comigo à mesa?

Ophélie recolheu as roupas jogadas no chão e virou os óculos para a cadeira que já andava na direção da porta, com um ronronar mecânico.

— Ambroise?

— *Miss*?

— Por que você está me ajudando?

As rodas pararam bruscamente, arranhando o mármore xadrez do piso, mas Ambroise não se virou. De onde estava, Ophélie via as mãos inversas se agarrarem aos braços da cadeira.

— Porque você não é um autômato.

A MEMÓRIA

Ophélie não dormiu. Ela abriu e fechou o relógio de Thorn sem olhar, só para ouvir o clique familiar da tampa.
Taque taque. Taque taque. Taque taque.
Encolhida, tinha jogado todos os cobertores para longe e arregalado os olhos míopes para ver as manchas de luz cintilando através do mosquiteiro, incapaz de determinar onde começavam as estrelas e acabavam os candeeiros. A brisa invadia a janela e espalhava pelo quarto o perfume fresco dos eucaliptos. O canto dos grilos ondulava na superfície da noite.
Taque taque. Taque taque. Taque taque.
Ophélie tremia. O sol tinha queimado a pele do rosto, mas ela se sentia gelada. O buraco em seu interior tinha tomado proporções vertiginosas, como se não só Thorn tivesse desaparecido de sua vida, mas também um pedaço de si mesma. Sentia o ar noturno na nuca, antes coberta pelo cabelo rebelde, o velho cachecol preguiçoso e, em raras ocasiões, o carinho um pouco rude da tia Roseline.
Taque taque. Taque taque. Taque taque.
E se tivesse errado de arca? E se não houvesse relação alguma entre a estátua decapitada do Memorial e o soldado sem cabeça da visão? E se a única pista que tinha fosse um beco sem saída?
Taque taque. Taque taque. Taque taque.

Ela ainda estava acordada quando o amanhecer clareou o céu e acordou a vegetação, mas a luz do dia lhe devolveu a determinação.

— Vou recuperar o cachecol, investigar no Memorial e encontrar um ganha-pão — declarou ao espelho do quarto.

Passou os dedos nos cachos que tinham duplicado de tamanho durante a noite, formando uma auréola desgrenhada ao redor do rosto. O sol de Babel deixara suas bochechas vermelhas. Vestir as roupas novas exigiu muita perseverança, mesmo com o auxílio do empregado mecânico. Era preciso dobrar e enrolar uma toga comprida por cima da túnica, passando uma faixa entre as pernas, e expor um ombro. Um broche, um corpete e um cinto mantinham tudo no lugar, mas Ophélie tinha a impressão de que a qualquer momento o equilíbrio do tecido seria desfeito e tudo cairia a seus pés.

Sentiu-se mais desajeitada do que de costume ao encontrar Ambroise sob o pórtico de entrada. Abandonado contra o encosto da cadeira, ele estava de olhos fechados, como se o ajudasse a acolher o ar matinal exalado pelos tanques de vitórias-régias. O vento fazia ondular o véu de seu turbante. O perfil dourado, de cílios compridos, era tão delicado que disfarçava a deformidade peculiar do corpo. Não abriu os olhos assim que Ophélie se aproximou, mas a boca se esticou em um sorriso.

— Gosto de ouvir seus passos pela casa, *miss* Eulalie.

Ela não precisou de mais nada para sentir envergonhada. Por se sentir solitária, comparada a alguém que o era muito mais. Por fazer perguntas sem nunca responder as que lhe eram feitas. Por não ter dito seu verdadeiro nome, nem contado sua verdadeira história. Por não ter intenção de se remediar.

Ambroise a observou pela sombra do pórtico e assentiu com a cabeça em aprovação.

— Parabéns, agora se tornou uma autêntica Babeliana. Tenho uma surpresa para você. Jasper?

Um mordomo mecânico se deslocou da fileira de manequins na entrada. Ophélie correu até ele assim que viu o que trazia no braço articulado.

— Minha bolsa? Como assim?

— Ontem enviei um pneumático à companhia de bondes da cidade — disse Ambroise. — Registrei a perda dos seus objetos. Hoje cedo um entregador veio devolvê-los. Falei que honestidade era um dever cívico! O que houve?

Ela tinha parado no meio de um gesto, agarrada à bolsa escancarada, com os óculos azulados.

— Meu cachecol não está aqui — murmurou. — Será que foi trazido junto? É tricolor, bem comprido, um pouco chamativo.

Ambroise pareceu desconcertado pela reação de Ophélie, de quem esperava uma explosão de alegria.

— *Well*, não tem mais nada. Os documentos também não estão aí?

— Estão, sim.

Ela estava tão chocada que a voz saiu esganiçada. Alguém provavelmente abrira a bolsa e o cachecol fugira. Ou pior: tinha sido roubado. *Preciso ir atrás dele*, foi o primeiro pensamento de Ophélie. *Colar cartazes em todos os muros, interrogar passantes, revirar todos os cantos.*

Não. Não podia. Tinha escondido o cachecol exatamente para evitar atrair atenção. Por mais cruel que fosse a decisão, precisava se ater ao plano.

— Sinto muito — murmurou Ambroise. — Você parece dar muita importância a este objeto.

Ophélie evitou encará-lo enquanto passava o braço pela alça da bolsa. Como poderia explicar que o cachecol era muito mais do que um objeto? Como explicar que o dera vida e que devia a dela em troca?

— Obrigada — disse ela, com a voz embargada. — Você me ajudou consideravelmente. Agora preciso ir ao Memorial.

Após um silêncio constrangido, Ambroise girou a manivela da cadeira.

— Eu levo você, *miss*. Suba.

O sol se erguia sobre Babel, atravessando em feixes grossos o resquício de névoa matinal, projetando sombras de arcos na calçada. A cadeira de Ambroise passou de ruelas escuras a vastas praças claras, evitando a selva dos jardins e o pó das obras. Instalada no degrau traseiro, Ophélie olhou para a multidão ao redor com ar lúgubre. Entre essas togas, cafetãs, túnicas, xales, calças saruel, cintos, mocassins, turbantes, ombreiras, onde estava seu cachecol? Nenhuma das maravilhas apontadas por Ambroise foi capaz de animá-la: nem as cachoeiras da Pirâmide, as estátuas monumentais de Hélène e Pólux, a ágora e o anfiteatro imponente, ou as potenfaturas do centro onde todo dia se reuniam os melhores engenheiros de todas as arcas.

O interesse de Ophélie só foi atiçado pelo emblema em forma de sol de LUX, entalhado no mármore de todos os edifícios, colado às colunas de todos os fóruns. Ela o notara até no forro da toga, bordado em fios de ouro.

— Quem é... LUX? — perguntou, sem fôlego.

Estava empurrando a cadeira de Ambroise para ajudá-lo a subir uma ladeira interminável. Não era uma tarefa fácil: as rodas não paravam de derrapar nas agulhas que choviam dos pinheiros-mansos sacudidos pelo vento forte.

— Uma instituição muito antiga, *miss*. São mecenas que investem no serviço de todas as produções consideradas "de utilidade pública". Filantropos autênticos!

Ophélie raspou no chão uma bola de resina que tinha grudado na sandália. Filantropos que assinavam todos os muros da cidade.

— Deduzo que são bem influentes.

— Eu diria que sim. Eles presidem a Casa da Moeda, o Familistério e o Tribunal de Justiça. Os Lordes de LUX não estão só a serviço da cidade, *miss*. Eles *são* a cidade. Nem Sir Pólux e Lady Hélène tomam decisões importantes sem consultá-los. Foram eles também que estabeleceram o Índex do qual falei. Sabe, a proibição de mencionar tudo que diz respeito a... *well*... a guerra — murmurou, baixinho.

Ophélie não precisou de mais nada para entender que os Lordes de LUX eram em Babel o que as Decanas eram em Anima: Tutores a serviço de Deus. Se seu domínio sobre a arca era tão absoluto quanto indicado pelas explicações de Ambroise, precisava redobrar a atenção para escapar.

Pensando nisso, ela se sobressaltou quando foi atingida na cara por uma pena tão grande que causou um estalido alto ao bater contra o vidro dos óculos. A ladeira que tinham subido acabava em um imenso terraço que se erguia sobre o vazio: além das balaustradas de pedra, o céu se estendia ao infinito. O terraço seguia até uma ponte ferroviária onde se encontrava um trem, com destino às nuvens. Os últimos passageiros estavam se enfiando correndo nos vagões.

— Chegamos em cima da hora — disse Ambroise, sorrindo para o relógio. — Vamos subir logo.

Ophélie teve dificuldade para obedecer. Não conseguia parar de olhar os pássaros gigantescos empoleirados em cima do trem. Um Totemista, reconhecível por seu pelo escuro como a noite e cabelo brilhante como o ouro, circulava entre eles para verificar os arreios.

— São Bestas?

Ambroise encontrou o vagão com espaço para a cadeira mais próximo antes de lhe responder.

— Quimeras, *miss* — disse ele, encostando as duas passagens na máquina. — São fortes como condores e dóceis como canarinhos.

O maquinista assobiou e os guinchos das garras dos pássaros no telhado ecoaram pelo metal. Como todos os assentos estavam ocupados, Ophélie se agarrou instintivamente à cadeira de Ambroise.

— Mas o trem não é meio pesado para elas?

— Claro — disse Ambroise, deixando-a inquieta. — Mas não carregam o trem, só o impulsionam. Os bondalados são suspensos. O pior que pode acontecer, caso os pássaros parem de voar, é ficarmos pendurados no céu. Isso não vai acontecer — garantiu, apontando para uma mulher de cabeça raspada circulando entre os bancos. — Tem sempre Ciclopeiros a bordo para controlar os campos gravitacionais. Está mais tranquila, *miss*?

— Quase.

Ophélie se apoiou no vidro quando o trem deslizou no ar com rangidos metálicos. Viu asas batendo com força acima e turbilhões lentos de nuvens abaixo. A experiência lembrava a dos trenós aéreos da Cidade Celeste, mas era ainda mais impressionante.

Ao ver que o bondalado não caía no vazio, acabou relaxando e conseguindo observar os viajantes que, acostumados e indiferentes, prestavam mais atenção nos livros do que na paisagem. Ela os achou surpreendentemente jovens e sérios, tão concentrados que ninguém conversava.

— São estudantes — cochichou Ambroise. — Este bondalado vai parar nas cinco academias e no conservatório de virtuoses antes de chegar ao Memorial. Vai demorar ainda. Sabia que já tentaram explorar o vazio entre as arcas? — perguntou ele, imediatamente. — Parece que nenhum ser vivo aguenta mais do que umas poucas horas. Quanto mais longe, pior... nem os pássaros se arriscam. Tem oxigênio o bastante, mas mesmo assim é fisicamente intolerável. Até meu pai se dedicou à experiência, usando um escafandro que inventou. Ele queria tirar uma foto da Semente do mundo, sabe, onde tem tempestades constantes. Aguentou seis horas e trinta e nove minutos e me confessou que foram as seis horas e trinta e nove minutos mais difíceis da vida inteira. Como se uma força não quisesse que ele estivesse ali. Não é extraordinário, *miss* Eulalie? Nosso planeta inteiro parece querer nos lembrar que, antigamente, o vazio era cheio. Meu pai acha uma pena, pois seria muito mais fácil viajar de uma arca a outra cruzando o vazio em linha reta, em vez de respeitar a curvatura do mundo antigo.

— Ah, é? — reagiu Ophélie, educadamente.

Na verdade, estava preocupada demais com o encontro com o soldado sem cabeça para escutar. Ambroise contemplou o céu através do vidro com uma fascinação infantil, agarrando os braços da cadeira com mãos invertidas e animadas.

— Por sinal, sabia também que as arcas não respeitam as leis da gravidade? Todos os corpos celestes se movimentam um em relação ao outro de acordo com forças de atração. Exceto pelas arcas. Elas têm posições absolutas e todas giram juntas, exatamente no mesmo ritmo, como se continuassem a formar um único corpo celeste. É o que os cientistas chamam de "memória planetária".

Ophélie se perguntou o que os cientistas pensariam se soubessem que a explosão do mundo tinha sido causada por uma criatura apocalíptica presa em um espelho.

Ambroise continuou a falar pelos dois e só se calou quando chegaram ao destino. Ophélie protegeu os óculos do sol quando precisou inclinar a cabeça para trás a fim de ver toda a torre do Memorial. O tamanho era tão esmagador, a cúpula de vidro tão impressionante, que parecia um farol construído para iluminar o mundo. A pequena arca que lhe servia de ninho tinha uma proporção ridícula em comparação; parecia completamente insano reconstruir no vazio a metade da torre que tinha desmoronado. Centenas de macacos pulavam em cipós enroscados nas pedras esculpidas, desaparecendo nas nuvens ao redor.

Ophélie avançou até ser engolida pela sombra do Memorial. A estátua decapitada estava ali, exatamente como no cartão-postal, bem na frente dos vitrais da entrada.

— É o que procurava? — perguntou Ambroise.

Ela não respondeu imediatamente. Agora que observava a estátua de perto, o óbvio lhe saltava aos olhos. Não parecia o soldado da visão. Não parecia soldado nenhum. Mal parecia um homem. Era só uma silhueta disforme, carcomida pela erosão e enterrada por cipós. A ponta de ferro forjado da bota emergia da vegetação, mais clara e polida do que o resto do corpo.

— É um monumento público, não é?

— Isso, *miss*.

Ambroise pareceu desconcertado pela pergunta de Ophélie, ainda mais quando lhe entregou a bolsa e tirou as luvas. Depois de verificar que ninguém além deles estava nos arredores, ela esfregou uma mão na outra para secá-las. Ao se aproximar da estátua, foi percorrida por um forte calafrio, como acontecia sempre que se preparava para voltar no tempo. Respirou profundamente e, a cada inspiração, esqueceu, pouco a pouco. Esqueceu a apreensão, esqueceu o calor, esqueceu até o motivo de sua presença e, quando se esvaziou de si mesma, tocou a bota da estátua.

A sombra do Memorial fluiu como a maré conforme o sol andava para trás no céu. O dia deu lugar à noite, hoje virou ontem e o tempo explodiu sob os dedos de Ophélie. Não eram mais os dedos dela. Eram centenas, milhares de outros dedos acariciando a bota da estátua, dia após dia, ano após ano, século após século.

Para dar sorte.
Para triunfar.
Para curar.
Para rir.
Para crescer.
Para sobreviver.

De repente, ao se diluir nessa multidão de mãos anônimas, encontrou as próprias. Ou mãos que eram dela, sem serem. Foi através desses olhos que eram seus apesar de não serem seus que observou a estátua. Sob as acácias em flor, o soldado de metal brilhante brandia orgulhosamente o fuzil, a cabeça arrancada pelo projétil que destruiu o alpendre da escola atrás dele.

Será uma vez mais, daqui a pouco tempo, um mundo finalmente em paz.

— Miss? — perguntou Ambroise, preocupado, aproximando a cadeira.

Ophélie encarou as mãos, desta vez de fato suas, tremendo sem parar. Tinha acontecido de novo. Tinha penetrado no passado de Deus como se fosse o dela mesma. Ergueu o olhar para a torre do Memorial construído no lugar da escola destruída pela guerra. As acácias continuavam ali, ladeando a via central: só não as reconhecera porque não era a época das flores.

O soldado sem cabeça. As acácias douradas. A escola antiga.

— É aqui — murmurou.

Aqui ela seguiria os passos de Deus. Aqui ela seguiria os passos de Thorn.

OS VIRTUOSES

Ophélie estava acostumada a ser pequena. No entanto, quando entrou no Memorial, se sentiu menor do que nunca. O interior da torre formava um átrio monumental ao redor do qual os andares se enrolavam como anéis paralelos. O sol atravessava os inúmeros vitrais da cúpula, brilhando nas lombadas de livros, nos óculos dos leitores e no metal dos autômatos. O silêncio era tão denso que cada virar de página ecoava como um trovão. Ophélie foi tomada por uma vertigem quando percebeu que não havia escadas ou elevadores: os visitantes acessavam os outros andares por meio de corredores verticais. Havia salas de consulta instaladas até no teto. Ver toda essa gente e todas essas coleções espalhadas de ponta-cabeça era uma experiência ainda mais enlouquecedora do que viajar utilizando um banheiro público.

No intervalo de um batimento cardíaco, ela se sentiu vibrar em uníssono com os milhões de objetos antigos que a cercavam, até que a realidade a atingiu. Por onde começar a pesquisar?

— Você tem um lado preferido, *miss*? — murmurou Ambroise, o mais baixo possível.

— Lado?

— Metade do Memorial é consagrada ao patrimônio de Babel e metade ao patrimônio das outras arcas. Aqui, todos os edifícios públicos são gêmeos.

Ele apontou a calha de cobre no chão que demarcava a divisão pelo diâmetro completo da torre. O traço destacava a diferença temporal entre a parte original do prédio, toda de pedras antigas, e aquela reconstruída depois do desmoronamento causado pelo Rasgo.

— Estou interessada no passado de Babel — disse Ophélie, voltando-se para a metade mais antiga.

Enquanto se dirigiam a um dos corredores verticais, ela ergueu o olhar para uma estátua-autômato que, aparafusada à base, não parava de inclinar e empertigar o busto para cumprimentar os visitantes. Uma inscrição indicava que se tratava do primeiro mecenas de LUX a contribuir com o subsídio do Memorial. *Pois o conhecimento serve à paz*, declarava solenemente a placa comemorativa.

Olhando ainda mais alto, viu um globo gigantesco do velho mundo que flutuava em suspenso sob a cúpula de vidro. Um mundo intacto. Um mundo esquecido. Um mundo do qual tinha intenções decididas de arrancar segredos.

Ela estremeceu ao ver a cadeira de Ambroise subir a rampa curva que permitia oscilar com lentidão da horizontalidade do saguão à verticalidade do corredor. Em alguns segundos, ele começou a deslizar pela parede da forma mais natural possível, sem nem perder o turbante.

— *Miss?* — Ambroise sussurrou quando viu que Ophélie não o seguia.

— Eu... eu nunca fiz isso.

— Andar de transcendium? É simplérrimo. Ande reto, sem se perguntar muita coisa.

Ela esperava que seu estômago protestasse junto com seu centro de gravidade, mas em nenhum momento sentiu que se soltava da força de atração terrestre. Era possível subir e descer pelos transcendiuns como se fossem corredores normais. Mesmo assim, estranhou quando olhou o saguão que tinha deixado para trás. Era como se a torre inteira tivesse tombado de lado.

— Os transcendiuns e as salas inversas são obras dos Ciclopeiros contratados pelo Memorial — disse Ambroise, cuja cadeira deslizava pelo mármore, rangendo as engrenagens. — Babel é assim: sempre que uma invenção estrangeira nos agrada, nós a adotamos e adaptamos.

Ophélie se sobressaltou. Em algum lugar entre as dobras de sua toga, o relógio de Thorn se abriu e se fechou sozinho de repente, fazendo um taque-taque exclamativo. Será que tinha se tornado animado de tanto que ela o manipulava? Desconcertada, acabou esbarrando em um faxineiro no meio do transcendium. Ele era tão grande, magro e barbudo que se parecia com a vassoura.

— Eu me sinto mal sempre que o vejo — confessou Ambroise.

— O faxineiro? — se chocou ela, confirmando que o relógio tinha se acalmado. — Por quê?

— Meu pai sempre lutou contra a domesticação do homem pelo homem. Os memorialistas deveriam usar um autômato no lugar desse velho, como fizeram com o resto da equipe de recepção.

Ophélie notou que de fato, para onde virasse os óculos, encontrava os manequins de Lazarus, discretos e onipresentes, esfregando vitrines e espanando livros.

Sair do transcendium foi tão fácil e desconcertante quanto entrar: bastava seguir a curva do chão que levava ao andar. Ambroise a guiou pelo labirinto de livros e coleções. Os visitantes ao redor deles estavam em silêncio absoluto, todos extremamente dedicados às suas pesquisas.

Ophélie sentiu inveja. Não fazia a menor ideia do que procurava.

Esperava que a memória misteriosa que compartilhava com Deus desde a *leitura* do Livro de Farouk se desbloqueasse sozinha ao visitar o Memorial. Nada disso. Além das pedras antigas, o prédio provavelmente não tinha conservado muito da escola onde os espíritos familiares um dia moraram. Não era nada além de uma concha; a vida que a habitava tinha sido há muito tempo substituída por outra.

Virando depois de uma estante, Ophélie parou na frente de um cartaz:

A Boa Família procura virtuosos
Tem a alma de memorialista?
Tem o dom de rastrear informação?
A história e o futuro fascinam você?
Torne-se ARAUTO *a serviço da cidade*

— É para os grupos de leitura do Sir Henry — cochichou Ambroise. — Eles recrutam o ano todo.

Ele ergueu a mão (a esquerda que estava à direita) e Ophélie olhou para o teto do andar de cima. Dezenas de estudantes uniformizados estavam sentados de cabeça para baixo, anotando ativamente em cabines de leitura.

— São todos virtuosos?

— Aprendizes de virtuose — corrigiu Ambroise. — Há várias corporações. Esses são arautos: especialistas em informação. Faz mais de um ano que eu os vejo trabalhar ali para o novo catálogo do Memorial. Eles passam horas e horas lendo. Não sei em que ponto estão, mas espero que acabem logo: até lá não dá para pegar nada emprestado, só consultar aqui.

— Shh!

Um dos estudantes interrompeu a leitura para olhar para baixo – ou para cima, dependendo do ponto de vista –, na direção dos dois. Ele franziu a testa ao ver que usavam roupas brancas.

— Vocês não têm o que fazer aqui, impotentes.

— O Memorial é acessível a todos — respondeu Ambroise, com doçura. — Somos Afilhados de Hélène.

— Impotentes não deviam nem ter o direito de pronunciar o nome de Lady Hélène — retrucou o aprendiz.

Ophélie notou que os Babelianos aspiravam o "h", mas o estudante pronunciara o nome de Hélène como se quisesse encher-se dele, como se lhe pertencesse, pessoalmente.

Ambroise girou a manivela da cadeira e se afastou com um ronronar mecânico. Continuou a visita guiada como se nada de notável tivesse acontecido. Ophélie o observou mais do que escutou. Estaria tão acostumado assim a ser chamado de impotente em público? Seu pai era o inventor de todos os autômatos nos arredores: poderia ter usado o nome para humilhar aquele aprendiz.

— Você é uma boa pessoa.

Ambroise se desestabilizou tanto pela espontaneidade dela que quase perdeu o controle da cadeira.

— É que eu odeio conflitos — murmurou ele, com um sorriso constrangido. — Reparei que continuo a impor minha presença, *miss*. Deixarei que visite o Memorial à vontade. Vou ver as patentes de invenção no último andar, pois sempre tiveram o dom de me fazer sonhar. Nos encontramos no saguão ao meio-dia?

— Combinado.

Quando começou a perambular sozinha entre prateleiras e mostruários, Ophélie notou de repente o quanto estava nervosa. Não parava de enfiar a mão na toga para apertar o relógio de Thorn. Assim que cruzava o caminho de qualquer homem um pouco maior do que o normal, se virava sentindo o coração bater desesperadamente. Era absurdo. Por mais que ele já tivesse investigado o Memorial, era improvável que estivesse lá naquele exato instante.

Talvez nem fosse tão ruim, pensou ela, cruzando com vigias pela terceira vez. O Memorial era alvo de segurança intensa, não seria o lugar ideal para o encontro de dois fugitivos.

Ophélie vagou ao acaso pelas salas por um bom tempo. Examinou as coleções de perto – pinturas, esculturas, cerâmicas, ourivesaria –, mas nenhuma parecia ter pertencido à antiga escola. Não havia arquivo militar; como se mesmo ali, onde deveria descansar a memória da humanidade, não restasse nada das guerras de antigamente.

Sou burra que nem uma porta, pensou. Se este lugar tinha sido uma escola, teria mais chance de encontrar alguma coisa no departamento infantojuvenil. Ela consultou o mapa e pegou dois transcendiuns. Era uma experiência muito estranha andar na vertical e ao contrário.

Quando chegou na galeria infantil, leu as placas das prateleiras: "ALFABETOS", "SABEDORIAS", "EDUCAÇÃO CÍVICA", "ALEGORIAS

DO TEMPO PASSADO", etc. Passou por uma turma escolar muito calma para a idade. Já ela, não estava nada tranquila. Quanto mais percorria as estantes, mais sentia a angústia. E se não houvesse nada a encontrar? E se Deus tivesse cuidado para não deixar nenhum rastro do passado ali? E se Thorn tivesse esbarrado no mesmo impasse? E se ele já tivesse ido embora de Babel há muito tempo? Será que sequer tinha chegado a pisar ali?

Tonta de dúvida, tropeçou com todo seu peso em um carrinho à sua frente. Os livros que ali estavam foram derrubados em um dilúvio de papel e, para piorar a confusão, ela deixou cair a própria bolsa, cujo conteúdo se espalhou pelo piso.

O homem que empurrava o carrinho não ficou com raiva. Ele se contentou em suspirar e recolher os livros com gestos fatalistas.

— Peço mil desculpas — cochichou ela, se ajoelhando ao lado dele, incomodada pela toga.

— Não precisa, *miss*. A culpa é toda minha.

O homem disse isso com uma voz resignada, as costas curvadas, como se carregasse nos ombros o peso dos pecados do mundo. O crachá preso ao uniforme dizia "Assistente". Ophélie recolheu suas coisas, mas estavam tão misturadas aos livros infantis que encontrou sua identidade falsificada entre as páginas de um deles.

— Óbvio. Você de novo.

Uma mulher tinha se aproximado sorrateiramente como um gato. Seu crachá indicava que ela trabalhava no Memorial como "Censora-chefe". Suas orelhas, compridas e triangulares como as de um felino, estavam pontudas de desdém. Era uma Acústica.

— Jogar livros no chão. Livros pelos quais deixei você responsável. É uma ofensa tanto aos meus ouvidos quanto ao meu trabalho.

A memorialista falava baixo, em um tom quase inaudível, como se o som da própria voz fosse insuportável.

— Peço perdão, *miss* Silence — respondeu o assistente, sem parar de guardar os livros no carrinho.

Ophélie quis intervir e explicar que era a culpada, mas a memorialista a interrompeu:

— Você é e continuará para sempre sendo um subalterno, pois não tem ambição nenhuma. No entanto, meu caso é outro: então, por favor, não me contamine com sua incompetência. Leve o carrinho a meu escritório e não derrube mais nada.

— Sim, *miss* Silence.

O assistente guardou os últimos livros e atravessou o corredor com a cabeça tão baixa que parecia prestes a desaparecer no fundo do corpo.

As orelhas da memorialista imediatamente se viraram para Ophélie, um pouco antes do movimento dos olhos.

— Quanto a você, abra a bolsa.

Ela agarrou a sacola com força. Essa mulher lhe inspirava tal antipatia que recuou com prudência. Não era de forma alguma o momento de manifestar suas garras.

— Por quê?

— Porque eu mandei.

— Nada meu lhe diz respeito.

A memorialista fez uma careta desconfiada e um pouco enojada e Ophélie se deu conta do estado da bolsa. De tanto arrastá-la e perdê-la, a bagagem muito respeitável tinha se tornado um trapo repugnante.

— Isso, minha querida sem-poderes, sou eu quem decide. Desde que paramos de emprestar livros, vemos ladrões o tempo todo. Abra a bolsa.

Ophélie sentiu uma gota de suor escorrer pelo pescoço. Obedecer levaria a expor os documentos falsificados, o que não queria fazer na frente de uma documentalista profissional, ainda por cima tão desconfiada.

— Prefere que eu chame a segurança?

A memorialista sussurrou a pergunta e puxou uma correntinha do uniforme, revelando um apito. Enquanto Ophélie se perguntava como sair dessa situação, um estrondo explosivo ecoou. A mulher largou o apito para cobrir as orelhas. Logo que o barulho diminuiu, uma voz retumbante, amplificada por megafone, reverberou por todos os corredores:

— Acordem, cidadãos! O Memorial é uma grande piada! Amputam nosso passado! Amputam nossa língua! Abaixo o Índex! Morte à censura!

— *Ele* de novo — suspirou a memorialista, ofendida.

Ela desviou a atenção de Ophélie, que aproveitou o momento para fugir. Os leitores todos tinham erguido os rostos dos livros, chocados, enquanto a voz do megafone gritava "Morte à censura! Morte à censura!", até cair em um silêncio brutal. O agitador tinha parado ou escapado.

Sem fôlego, Ophélie chegou ao átrio, onde Ambroise a aguardava. Tranquilamente sentado na cadeira de rodas, sorrindo com o canto da boca, não parecia perturbado pelo incidente.

— É o Sem-Medo-Nem-Muita-Culpa — explicou. — Ele sempre aparece pra perturbar a calma. Ladra muito, mas não morde. Espero que não tenha assustado você.

Ela se contentou em sacudir a cabeça. Se falasse agora, a voz trairia seu nervosismo. A visita ao Memorial era uma calamidade. A bolsa estava pesada, como se carregasse a própria moral.

Ambroise a observou com seus olhos suaves de antílope.

— Sabe, *miss*, o Memorial não se visita em um dia só. Venho regularmente há anos e ainda tem muita coisa que não conheço.

Ele ergueu o rosto como um sinal e Ophélie seguiu seu olhar. A sombra do globo terrestre gigantesco que gravitava acima deles os engolia completamente.

— Não é só um globo decorativo — continuou Ambroise, em um murmúrio sonhador. — É o Secretarium, onde guardam todas as coleções fechadas ao público: as mais raras e antigas. Dizem que lá dentro tem um cofre, dentro do qual se encontra "a verdade absoluta". Claro que é uma historinha de criança, mas acredito que o cofre exista mesmo.

O coração de Ophélie, que antes pesava no fundo do peito, começou a bater como louco.

— A verdade absoluta? — sussurrou ela.

Ambroise a olhou pelo canto do olho, surpreso pela emoção que coloria seus óculos.

— Como eu disse, é só uma historinha de criança, não dá para levar a sério.

Ophélie, ao contrário, a levava muito a sério.

— Como se entra no Secretarium?

— É impossível, *miss* — respondeu Ambroise, cada vez mais confuso. — Não é nem aberto aos cidadãos. Só os arautos têm acesso, e mesmo assim, só os mais virtuosos entre eles.

Ela contemplou o globo que, naquele instante, se sobrepunha perfeitamente ao sol do meio-dia, causando o efeito de um eclipse. Não era conectado a nenhum andar do Memorial, não tinha passarelas e não mostrava as salas que continha. Uma ideia repentina a lembrou dos estudantes nas cabines de leitura e do cartaz de recrutamento.

— Nesse caso, eu serei virtuosa — declarou Ophélie, deixando Ambroise estupefato.

A CANDIDATURA

O bondalado levantou voo. Ophélie olhou uma última vez para a estátua do soldado decapitado que guardava a entrada do Memorial, em meio às acácias. Ela lhe fez uma promessa. Da próxima vez que viesse vê-lo, estaria pronta.

— Os virtuosos são uma elite de verdade — insistiu Ambroise, a bordo com ela. — A Boa Família é o conservatório no qual todo mundo de Babel sonha em entrar. Acredite, *miss*, eles só aceitam candidatos que dispõem de talentos muito únicos. São extremamente seletivos.

— Eles recrutam arautos o ano inteiro, não?

— Os arautos são os maiores especialistas da informação. E você... *well*, você não é a pessoa mais informada que eu conheço.

Ophélie não estava prestando atenção. Só conseguia se concentrar na arca dividida, metade engolida pelos filamentos de nuvens crescendo do outro lado do vidro. A Boa Família era um conservatório tão vasto que ocupava duas ilhas flutuantes, conectadas por uma ponte.

Quando o bondalado se aproximou da estação, ela conferiu se estava com os documentos falsificados.

— Vou deixar minha bolsa com você — disse a Ambroise. — Ela me deu ar de vagabunda no Memorial, não quero repetir a experiência.

— Pode contar comigo, *miss*.

Ophélie hesitou. Queria segurar as mãos invertidas do adolescente, dizer o quão agradecida estava pela gentileza que ele lhe mostrara desde o primeiro instante. Não conseguiu. Era sempre assim; na primeira emoção, perdia completamente o jeito.

— Você é... um bom motorista de ta-chi.

A declaração arrancou um sorriso dele, um brilho repentino de luz branca contra o bronze da pele.

— E você é uma cliente inusitada. Eu e sua bolsa estaremos esperando na casa do meu pai. Boa sorte, *miss*.

Ophélie desembarcou e se despediu de Ambroise, que acenou do outro lado da janela enquanto as asas poderosas das quimeras o afastavam.

A entrada da Boa Família estava situada na ponta oposta da plataforma que unia o céu e a terra. Era enquadrada por duas estátuas tão colossais que precisou proteger os olhos do sol para enxergar os rostos lá no alto. Uma mulher e um homem. Provavelmente Hélène e Pólux.

Ela subiu a interminável rua pavimentada que seguia em linha reta até o prédio principal. A construção lembrava uma catedral do velho mundo, com sua fachada esculpida em renda, seus arcos de sustentação e o vitral rosáceo. Tudo era majestoso, com ares de realeza: a cúpula branca do observatório, as escadarias enormes de mármore, os edifícios esculpidos como templos antigos, até a envergadura das árvores centenárias mergulhando a entrada na sombra. Um exército de autômatos ativados cuidava do jardim e limpava as janelas. O conservatório era uma cidade por si só. Os estudantes que franziam as sobrancelhas ao vê-la passar vestiam todos uniformes elegantes de tom azul-marinho com detalhes prateados.

Ambroise tinha razão: este lugar não era para qualquer um.

Quando Ophélie subiu os degraus da construção principal, leu a inscrição da fachada:

PRESTÍGIO E EXCELÊNCIA

Mal teve tempo de pisar no mármore da recepção antes de um homem fazer um gesto educado para que ela fosse embora.

— Perdão, minha jovem, mas é proibido entrar.
— Vim para me candidatar.
O homem pareceu assustado. Olhou desconfiado para o traje branco e a pele corada dela antes de acompanhá-la à saída. Ele apontou, do outro lado do terreno, a ponte imensa que atravessava o vazio.
— Você errou a arca, minha jovem. Aqui é a área dos virtuoses de Pólux, você deve ir ao lado dos virtuosos de Hélène.

Ophélie voltou a caminhar. As sandálias incomodavam cada vez mais os pés e a nuca estava queimada de sol. Nenhuma ilusão exótica da corte do Polo fora tão quente. Ela atravessou a ponte, comprida e larga como uma avenida, e chegou à arca gêmea. Era como se os construtores tivessem duplicado ali todos os prédios do outro lado antes de despi-los um a um do aspecto grandioso. O mármore dera lugar à pedra bruta, os vitrais ao vidro fosco e nenhum arabesco decorava o espaço. Também não havia autômatos.

Se o terreno era instalado à imagem dos espíritos familiares de Babel, Pólux era o rei dos estetas e Hélène, a rainha dos ascetas.

Até o clima era menos radiante. Ophélie logo se encontrou engolida por uma maré crescente de nuvens surgidas do nada. Incomodada pelo vapor quente que embaçava os óculos, teve dificuldade em encontrar a escada da recepção.

Na fachada, o lema dos virtuosos de Hélène era diferente do de Pólux:

FAZER SABER E SABER FAZER

Desta vez, não foi expulsa ao atravessar a porta. Uma assistente examinou os documentos sem falar nada. Em seguida, a conduziu a uma sala de estudos onde dois outros candidatos, um homem e uma garota, estavam empoleirados em escrivaninhas.

A assistente lhe entregou materiais de escrita.

— Copie as várias definições da palavra "definição". Encontre um sinônimo para cada e copie essas definições também. É um exercício simples para verificar seu conhecimento do alfabeto.

Ophélie contemplou o dicionário que recebera. Preferia um copo de água gelada.

Assim que a assistente fechou a porta da sala, o homem aproximou a própria mesa à da adolescente.

— E você estava dizendo...?

— Minha mãe me obrigou a vir — sibilou ela, folheando o dicionário com raiva. — Eu não pedi nada, nunca peço nada, sempre faço tudo que esperam de mim, sem reclamar. E... e...

— E? — encorajou o homem.

— E minha mãe virou cidadã por mérito próprio. Quer que eu siga seus passos, que seja até melhor. Ela não para de repetir que preciso me tornar virtuose e, ao mesmo tempo, me chama de incapaz. E... e...

— E?

Ophélie ergueu o olhar do dicionário, desconcentrada. O homem continuava a se aproximar de sua vizinha. Ele a devorava com os olhos, preso às suas palavras, como se nada fosse mais fascinante do que ela tinha a dizer.

— E parece que a vida aqui é muito dura — continuou a adolescente, sem precisar de encorajamento. — É preciso estudar dia e noite e nunca tem fim. Quanto mais nos dedicamos, mais somos rebaixados. Não aguento mais. Não... — acrescentou, com outra voz, de repente tomada por uma revelação. —... Não aguento mais minha mãe. Não tenho o que fazer aqui.

Ao dizer essas palavras, a jovem amassou o papel e saiu da sala, batendo a porta. O homem colocou sua escrivaninha de volta no lugar com um ar vitorioso e, sentindo o olhar estupefato de Ophélie, lhe soprou um beijo.

— Não me julgue demais, *miss*. Nossa prova já começou, não é? É a lei implacável da concorrência.

— Você a influenciou — entendeu ela, arqueando as sobrancelhas.

— Sou um Faraó, o charme é meu poder familiar. Inspiro nos outros uma vontade irresistível de se abrirem para mim. Não quero desencorajar você, *miss*, mas sou o maior extrator de informações de Babel. O arauto ideal!

Ophélie sentiu alívio ao ouvir a assistente convocar o homem para a entrevista. Não tinha conseguido resistir a achá-lo simpático, prova do poder tão temível. Se ele conseguisse seduzir os examinadores com a mesma facilidade, ela não tinha muita chance. Tentou voltar ao dicionário, mas achou muito difícil fazer o exercício. Tinha perdido completamente a concentração. Na hora, a via de acesso ao Secretarium do Memorial parecera nítida. Agora, a dúvida destilada por Ambroise e pelo Faraó fazia efeito. Quem era ela para pensar em entrar na elite de Babel?

Tentou, em um gesto um pouco vaidoso, abaixar os cachos embaraçados. Talvez não devesse ter cortado o cabelo com tesouras de jardim, no fim das contas.

Ophélie foi chamada pela assistente, que pegou a folha e a levou a outra sala. Dois examinadores se encontravam sob a luz rajada da persiana, ambos sentados atrás de uma mesa imponente de mármore. O homem tinha olhos estreitos e intensos e a mulher era tão pálida que parecia azul: não eram descendentes de Pólux, mas tudo na aparência deles mostrava que eram igualmente cidadãos de Babel.

— Sente-se.

O assento que um dos examinadores apontou, do outro lado da mesa, era um banquinho de pés cruzados. Ophélie o derrubou ao tentar se sentar. Era uma ótima primeira impressão.

— Nome?

— Eulalie — respondeu ela, ajeitando o banquinho.

— Trouxe referências? Carta de recomendação? Experiência profissional.

— Não.

Não podia de forma alguma mencionar o trabalho no museu de Anima, nem os serviços na corte do Polo. Se quisesse escapar da vigilância de Deus, precisava ser Eulalie, só Eulalie, e Eulalie não tinha passado.

— Minha jovem — continuou a mulher —, você precisa entender que a Boa Família é um estabelecimento especializado no aperfeiçoamento de poderes familiares. Aceitamos pessoas de qualquer idade e origem, mas é raro, extremamente raro, acolhermos sem-poderes. É preciso que seja persuasiva.

— Ela não é sem-poderes.

O homem respondeu no lugar de Ophélie, surpreendendo-a. Ele cruzou as mãos sobre a mesa e a encarou com os olhos estreitos, ao mesmo tempo pretos e brilhantes como nanquim.

— Vejo nela vários poderes familiares amalgamados. Não são muito bem divididos. Não precisa ficar tão ansiosa — acrescentou, mais suave.

Um Empático de Al-Ondaluz. Era uma família que ela conhecia pouco – passaria vergonha se tentasse localizar a arca no mapa –, mas sabia uma coisa: o poder permitia que se conectassem com os poderes alheios. Empertigada no banquinho, esperava não ser transparente demais ao homem.

— É uma mestiça, então? — deduziu a mulher, para seu alívio. — Os poderes vindos de linhagens diferentes raramente combinam. Mas talvez seu caso seja outro. Estamos ouvindo, minha jovem. Por que seria uma boa arauta? Quais são suas competências?

Ophélie entendeu rapidamente que partia de uma desvantagem aos olhos do júri.

— Meu poder familiar dominante é o animismo.

— Não temos muitos Animistas em Babel. É capaz de animar qualquer objeto?

— Especialmente aqueles que conheço bem.

— Sabe consertar estragos materiais?

— Posso curar meus óculos em alguns dias.

— Seria capaz de criar movimento perpétuo?

— Movimento, sim. Perpétuo, não.

O homem e a mulher trocaram um olhar. Ophélie estava insegura. Se quisesse ter alguma chance de se tornar uma virtuose, precisaria jogar a carta do talento e correr o risco de se revelar. "Os arautos são os maiores especialistas da informação", tinha explicado Ambroise.

— Sou *leitora*.

— *Leitora* — repetiu a mulher. — Sim, já ouvi falar desta orientação particular do animismo. Sente "certas coisas" ao tocar objetos, não é?

Pela entonação, Ophélie sentiu que ela não levava o poder muito a sério. Se o papel do homem era mostrar empatia com os candidatos, o da mulher era ser insensível. A cor azulada da pele dela era característica dos Selenitas, um povo que dominava as forças conscientes e inconscientes presentes em todo ser humano. Era inútil tentar lisonjear, seduzir ou fascinar um Selenita. Era preciso convencê-la, ponto final.

Ophélie ajeitou os óculos no nariz e olhou ao redor da sala, vendo o mobiliário austero, as plantas verdes, os tubos pneumáticos, as fileiras de cartões perfurados, até encontrar uma vitrine de troféus cintilantes. Alguns pareciam particularmente antigos.

— Os troféus são de propriedade da Boa Família? Se me autorizarem, eu adoraria avaliar algum deles.

— Tem nossa permissão — disse o homem.

— Vamos escolher um para você — especificou a mulher.

Eles selecionaram um troféu cujo ouro estava consideravelmente envelhecido. Não tinha placa nem inscrição. Era impossível adivinhar quem o ganhara e por que motivo.

Era a escolha perfeita.

Ophélie tirou as luvas e pegou o troféu. Foi atravessada de imediato por um ceticismo que não lhe pertencia: correspondia ao humor da mulher na hora de pegar o objeto na vitrine. Só durou uma fração de segundo; o fluxo do tempo a carregou para cada vez mais longe. Sentiu-se passar de mão em mão. O troféu era exposto como exemplo. Roubado para enfurecer a direção. Esfregado com o maior respeito. Vandalizado com ódio. Depois, uma explosão repentina de aplausos e vaias, uma mistura de satisfação e constrangimento e, sussurrado ao pé do ouvido, inaudível ao resto da multidão, um cochicho de desprezo: "Todo mundo vai esquecer você logo, impotente".

Ophélie deixou o troféu sobre a mesa e encarou os dois examinadores.

— É um prêmio de primeiro lugar por excelência entregue a um virtuoso. Não qualquer um: um sem-poderes. Hoje em dia é citado como modelo, mas a recompensa foi muito controversa à época. Originalmente tinha uma placa — acrescentou, destacando a base do troféu com o dedo. — Foi arrancada por um rival, em um gesto invejoso. Ela dizia "Em homenagem aos grandes méritos de suas pesquisas teóricas e experimentais sobre a máquina analítica".

Os dois examinadores se entreolharam de novo, mas não fizeram comentário algum. Estavam os dois tão impassíveis que Ophélie não conseguiu determinar se tinham ficado impressionados ou não. Ela nem sabia o que era uma máquina analítica.

A mulher guardou o troféu e estendeu uma caneta.

— Pedimos a todos os candidatos que assinem a ata. Antes de fazê-lo, gostaria que você *lesse* este objeto.

Ophélie apertou as luvas que voltava a vestir.

— Esperam que eu dê informações sobre os outros candidatos?

— Será seu último teste.

— Não posso *ler* um bem sem consentimento do proprietário.

— A Boa Família é proprietária desta caneta, assim como daqueles troféus — disse a mulher, com um gesto para a vitrine.

— Não há diferença alguma.

Ophélie encarou o objeto longamente: um raio de sol, escapando repentinamente da persiana, fazia seu ouro cintilar. O último teste.

Ela abotoou as luvas.

— Sinto muito, senhora, mas há diferença. Os troféus pertencem ao passado. O futuro dos proprietários não depende do que eu poderia divulgar.

A mulher franziu os lábios e pareceu que a rede de veias se tornou ainda mais visível sob a palidez azulada da pele. O raio de sol, engolido pela nuvem, se apagou como uma chama.

— Assine e saia, minha jovem.

— Devo deixar um endereço para me encontrarem? Estou hospedada na casa do filho do sr. Laza...

— Não é necessário — interrompeu a mulher.

Enquanto Ophélie rabiscava um "Eulalie" desajeitado no registro de candidatura, sentiu um nó se formar na garganta. Os dois examinadores redigiram uma anotação no mesmo papel, que inseriram em um cartucho e transmitiram por meio de tubo pneumático.

Assim que saiu, ela se enfiou no banheiro mais próximo e lavou o rosto.

Não tinha conseguido resistir. A ética profissional tinha falado mais alto. Deixara passar a única oportunidade de acessar o Secretarium do Memorial, de investigar a "verdade absoluta", de desmascarar Deus, de encontrar Thorn, por respeito a quem? Candidatos que não hesitavam em usar os próprios poderes para se livrar da concorrência.

— *Miss* Eulalie?

Mal tinha saído do banheiro quando uma menina a abordou. Pelo uniforme, parecia ser uma aluna.

— Sim?

— Siga-me, por favor. Lady Hélène gostaria de conversar.

Ophélie não era especialista em espíritos familiares. Dos 21 existentes, ela só tinha conhecido dois até então e ambos tinham deixado impressões memoráveis. Quando entrou no escritório de Lady Hélène, soube que esta não seria exceção à regra.

A poltrona onde o espírito familiar estava sentado era conectada a um mecanismo tentacular. Dezenas de braços articulados e ativos ronronavam, puxando gavetas, abrindo o elevador, esvaziando tubos pneumáticos. Alguns acumulavam a correspondência recebida à esquerda, outros pegavam a que deveria a ser entregue à direita, sem perder tempo algum.

A primeira coisa que saltou aos olhos de Ophélie quando o efeito surpreendente do balé mecânico se dissipou foi que Hélène não se parecia em nada com as estátuas dela pela cidade, magníficas e elegantes à direita de Pólux. Ela tinha o nariz e as orelhas elefantinos, como se o gigantismo tivesse se concentrado naquelas partes da anatomia. De forma geral, nada era proporcional nesse espírito familiar. A cabeça era grande demais em relação ao corpo, os dedos compridos demais em relação às mãos, o peito amplo demais em relação ao tronco. Parecia uma caricatura imensa que ganhara vida.

Sentiu o estômago revirar quando Hélène carimbou um papel, o guardou na pilha de correspondência adequada e lentamente ergueu o olhar em sua direção: os olhos tinham desaparecido completamente por trás de um sistema ótico de complexidade assustadora. Os dedos finos e compridos, como patas de aranha, tiraram duas lentes móveis entre as dezenas sobrepostas no nariz imenso, como se isso a fizesse enxergar melhor a pequena visita do outro lado do escritório.

A estudante que escoltara Ophélie fechou a porta e girou várias vezes a maçaneta em forma de volante; parecia que estava trancando um cofre por dentro. Os mil e um barulhinhos que animavam o conservatório – a percussão dos passos, as vozes explosivas, os ecos de portas – foram abafados de repente sob camadas espessas de silêncio. Notou, com a ajuda dos globos luminosos, que não havia janela nenhuma no escritório: só um periscópio curioso que descia do teto.

— Howard Harper.

A voz de Hélène ecoou de repente em todo o mármore e metal do cômodo. Era uma voz tão desagradável, lenta e sepulcral que Ophélie, por um instante, considerou se ela estava tentando invocar um espírito.

— Naquela época os sem-poderes ainda tinham sobrenomes — continuou Hélène, articulando metodicamente cada sílaba. — Agora todos foram esquecidos. Exceto por esse: Harper. Até eu, que tenho uma memória horrível, conheço esse nome. E você, mocinha, conhece?

— Não, senhora — respondeu Ophélie, perplexa.

Aonde ia essa conversa? Seria o protocolo costumeiro para os candidatos?

— Howard Harper é o homem que contribuiu para construir o lugar onde você se encontra neste instante — disse Hélène, se apoiando com todo o peso no encosto da poltrona. — Antes dele, esta arquinha era só uma selva em meio às nuvens e só existia um conservatório de virtuoses: o do meu irmão e de sua querida prole. Eu, pessoalmente, nunca pude ter filhos. De todos os espíritos familiares, sou a única estéril... e não é meu único defeito — acrescentou, com uma ironia que fez sua voz soar ainda mais incômoda. — Howard Harper foi quem me mostrou outro caminho. Ele foi meu primeiro Afilhado.

— O troféu — murmurou Ophélie.

Hélène a examinou através de todas as lentes sobrepostas. O brilho dourado de um olhar, ínfimo como uma estrela distante, cintilou do outro lado.

— Sim, o troféu. Com um pouquinho de educação, teria imediatamente identificado o proprietário. Escutei daqui seu suposto diagnóstico e achei que mostrou uma imprecisão lamentável. Incompetência histórica, falta de datação, anedotas irrelevantes: seu poder familiar é interessante, mas você, mocinha, é uma ignorante. Se tivesse caído na armadilha dos examinadores e *lido* a caneta, nem estaria aqui no escritório.

Ophélie apertou com força as mãos cruzadas nas costas. Tinha sido insultada de várias formas ao longo da vida, inclusive com palavras muito mais cruéis, mas esta ofensa a atingiu em cheio. *Ler* era seu único talento. Receber críticas sobre sua competência acordou nela uma vulnerabilidade de cuja existência nem suspeitava.

— Não sou daqui, senhora. Não tinha como saber...

Hélène fez um gesto irritado. Os dedos tão gigantescos causaram um vento que fez voar os papéis da escrivaninha.

— Claro que precisava saber. É essa a diferença entre amadores e profissionais. A ignorância, quando se tem um poder como o seu, é um defeito inaceitável. Será meu papel remediá-lo.

Ophélie, que estava apertando as mãos com ainda mais força, soltou-as de repente.

— Fui aceita como virtuose?

Um braço mecânico abriu uma gaveta, pegou um papel e o entregou em suas mãos. Era um documento oficial de inscrição no conservatório. Os lábios de Hélène se enrugaram em um sorriso monstruoso que revelou uma quantidade medonha de dentes.

— Não se considere bem-vinda à Boa Família, mocinha. Vou acolhê-la daqui a três semanas, caso ainda esteja entre nós. Há muito atraso a compensar antes de pensar em se tornar uma arauta.

A TRADIÇÃO

Ophélie estava com tanta pressa para dar a boa notícia a Ambroise que escorregou na saída da recepção. O mar de nuvens tinha se transformado em tempestade, fazendo da escadaria uma cachoeira. O cheiro da vegetação, já forte sob o sol, era atordoante sob a chuva.

— Aonde vai, aprendiz?

Ophélie ergueu os óculos embaçados na direção da silhueta em pé no alto da escada, sob a marquise de vidro. Era a aluna que a acompanhara ao escritório de Hélène. A saia de sua capa era agitada pela ventania, como estandartes bordados de prata. Ela apontou para a galeria arqueada, anexa ao prédio administrativo.

— Vamos por ali. Todas as partes do conservatório são conectadas por passeios cobertos.

— É que eu preciso voltar à cidade — disse Ophélie, cuja toga ficava cada vez mais encharcada. — Não quero perder o último bondalado.

— Você precisa vir comigo. Vai ser submetida à primeira avaliação. É a tradição.

A chuva se intensificou, abafando a voz e a silhueta da aluna. Ophélie precisou se esforçar para subir a escada contra a correnteza.

— Agora? Mal fui aceita.

— Começou o período probatório. Você não pode sair do conservatório durante as próximas três semanas, a não ser que tenha permissão excepcional de Lady Hélène. Se sair, ela considerará que renunciou, sem chance de recorrer. Agora, se quiser voltar para casa — disse a aluna, dando meia-volta —, ninguém vai te impedir.

Ophélie a seguiu pela galeria. Mal tinha tido tempo de comemorar antes de se frustrar de novo. Precisaria passar três semanas inteiras nesta arquinha? Não podia investigar o Secretarium do Memorial antes disso?

E Ambroise? Pensou nele de repente, torcendo as camadas encharcadas da toga. Será que ficaria preocupado?

— É um tratamento bem carcerário.

— Hmm? — disse a aluna, se virando um pouco, como se estivesse chocada por vê-la ali atrás. — Você assinou um contrato, aprendiz. Lady Hélène oferece cama, comida e futuro. A tradição diz que, em troca, deve obedecer às regras sem questionar.

Ophélie pensou que deveria ter lido o contrato com mais atenção antes de assinar. Secou os óculos e observou o perfil da outra, entre o cabelo comprido e arruivado. Pele pálida, olhos entreabertos, sobrancelhas firmes, nariz apagado, boca sem relevo: o rosto era como a voz, sem expressão. A impassibilidade contrastava com as sardas, que explodiam no rosto como fogos de artifício. Ela era alta e muito magra, a falta de curvas realçada pela capa acinturada. Perfeitamente oposta a Ophélie.

— Você também é aprendiz? Como se chama?

— Hmm? — reagiu a aluna, acordando de um devaneio. — Eu me chamo Elizabeth. A partir de hoje, nós somos rivais. Inimigas mortais, até.

No silêncio que se seguiu, Ophélie só escutou a chuva bater nos vidros das arcadas.

— É brincadeira — acrescentou Elizabeth, depois de alguns passos. — Sou aspirante a virtuose, o que significa que estou hierarquicamente acima dos aprendizes. Não seremos rivais, nem inimigas. Sou responsável pela segunda divisão de arautos. Se tiver qualquer dúvida, é só me perguntar. Por sinal, parabéns.

Ela falava com a voz distante, sem nem sombra de sorriso. Até o sotaque de Babel perdia a melodia na língua da garota.

— Qual é seu poder familiar, Elizabeth, se não for indiscreto perguntar?

— Hmm? Não tenho nenhum.

Ophélie franziu as sobrancelhas.

— Soube que os sem-poderes eram muito raros aqui.

— Sou a única representante atual no conservatório. Só tive dois predecessores: Howard Harper e Lazarus.

— Lazarus, o dos autômatos? Não sabia que ele tinha sido virtuose.

Ou melhor, corrigiu em pensamento: *Ambroise não tinha contado.* O que levava a uma nova pergunta: por que tinha tentado desencorajá-la de se juntar à Boa Família, se o próprio pai tinha passado por ali?

— Todo mundo deveria saber. Especialmente os arautos. Aperte o passo, aprendiz.

Ophélie não diria nada, mas era Elizabeth quem andava devagar. A aspirante a virtuose desacelerava com frequência para tirar um caderninho do bolso e rabiscar anotações, que sempre acabava rasurando enquanto murmurava entre dentes. Aquela garota era definitivamente esquisita.

Ophélie não demorou para constatar que Elizabeth não era um caso isolado. Um grupo de Ciclopeiros de cabeça raspada corria no andar de cima, recitando fórmulas físicas aos berros. Uma jovem Totemista andava bem à frente dela, com a cara enfiada no livro, cercada por um enxame de mosquitos que zumbiam sem nunca picá-la. Ela viu até um velho fazendo arcos elétricos com os dedos, gargalhando com ar um pouco senil.

Todas essas pessoas vestiam o mesmo uniforme azul-marinho e prateado. Seriam todos futuros virtuoses?

Elizabeth subiu um lance de escadas que levava a uma residência especialmente imponente. Construída de forma vertical na beirada da arca, seus muros, instalados como asas de pedra, serviam de fronteira entre a terra e o céu. Gigantescas cabeças de elefante esculpidas e incorporadas à fachada do edifício criavam um ar severo que não dava vontade nenhuma de sorrir.

— Este é o Lar — comentou Elizabeth, rabiscando mais uma anotação no caderno. — É aqui que você vai dormir, tomar banho, comer e estudar. Não espere que autômatos arrumem tudo por você; na arca dos Filhos de Pólux há uma coleção deles, mas Lady Hélène espera que nós nos cuidemos sozinhos aqui.

Ophélie levantou tanto a cabeça que sentiu torcicolo. O Lar era construído como o Memorial, em proporção mais modesta: tinha um átrio vasto ao redor do qual os andares se enroscavam como anéis planetários. Os pisos, as paredes e os tetos eram todos organizados em salas. Os aprendizes de cima debatiam uma questão retórica de ponta-cabeça; os de baixo pediam silêncio para se concentrar no dever de casa; alguns carregavam cestos da lavanderia pelos corredores verticais; outros faziam experiências incompreensíveis nas baias reservadas para tarefas práticas. A atmosfera inteira zumbia como uma colmeia, ecoando sotaques de todos os cantos.

O peito dela afundou. Até ali, mesmo agora, não conseguia deixar de procurar o mais alto e quieto de todos. E se Thorn tivesse tomado exatamente o mesmo caminho? E se ele tivesse usado a Boa Família para se infiltrar nos bastidores do Memorial?

— O conservatório tem muitos virtuoses? — perguntou a Elizabeth.

— Hmm? É, tem bastante. Tem a unidade dos arautos, a unidade dos tabeliães, a unidade dos escribas, a unidade dos guardiões e mais algumas. Cada unidade tem duas divisões: os Afilhados de Hélène aqui e os Filhos de Pólux ao lado.

Para destacar o fim da frase, a aluna apontou para uma varanda enorme que permitia ver, através da chuva pesada, a falésia da arca vizinha.

— Por que vivem separados se seguem os mesmos estudos?

— É a tradição.

Ela se perguntou se os alunos do conservatório ganhavam alguma coisa toda vez que falavam de tradição. Elizabeth mastigou a borracha do lápis com ar pensativo, o olhar perdido nas anotações do caderno, o cabelo comprido seguindo as ondulações dos passos. Nas baias experimentais de uma sala inversa, uma explosão soltou fumaça e exclamações, mas ela não prestou atenção alguma. Não parecia muito disposta a conversar. Ophélie sentia o contrário.

— Vim parar aqui por causa de um cartaz no Memorial. Soube que estavam procurando arautos para grupos de estudo. Queria me candidatar. Tenho certeza de que sou capaz.

Elizabeth a observou pela visão periférica. Tinha parado de andar e de mordiscar o lápis. O olhar fora de distraído para afiado como uma flecha.

— Abandone todas as suas certezas — disse ela, com uma voz também mudada, de repente vibrante e profundamente atenta. — Quem pensa que é para falar da nossa causa de forma tão leviana? Seu talento é uma vara torta que precisa ser endireitada. Os grupos de estudo do Sir Henry exigem uma competência que suas mãos ainda não têm, que certamente nunca terão.

Ophélie apertou os dedos até quase rasgar em as luvas. Era a segunda vez que ofendiam seu orgulho profissional, algo que tinha muito, no mesmo dia. Elizabeth continuou a examiná-la, sem hostilidade ou simpatia, por cima do caderno, em meio ao tumulto universitário, como se esperasse uma reação revoltada.

A jovem Animista suspirou e relaxou os punhos. Ela entendia. Um bom cidadão, ainda mais um virtuose, não se agarrava ao que lhe tornava um indivíduo. A necessidade comunitária deveria ser mais importante do que o orgulho pessoal.

— Você está certa. Quanto mais vejo do mundo ao meu redor, mais percebo a que ponto o desconheço.

As pálpebras entreabertas de Elizabeth se fecharam ainda mais e Ophélie pensou ter vislumbrado um brilho de satisfação por entre os cílios.

— Confissão por confissão: eu também sinto orgulho. Amo a cidade, amo o Memorial e amo a Boa Família. Tendo a esperar que os outros demonstrem a mesma devoção e que respeitem meu trabalho.

— Você trabalha nos grupos de estudo?

Elizabeth enfiou o caderno na cara de Ophélie. Estava inteiramente coberto de números e letras sem pé nem cabeça.

— Algoritmos, funções, estruturas iterativas, estruturas condicionais — traduziu ela. — Os grupos de estudo trabalham para mim. Estou encarregada do novo catálogo. Os leitores codificam a base de dados que concebi para Sir Henry. Os documentos antigos do Memorial em geral não são datados nem autentificados, portanto precisamos de análises impecáveis. Neste instante, estou debruçada sobre um sistema de cartões perfurados para que o Sir Henry possa usar as milhares de informações de forma eficiente.

Ophélie abaixou o olhar a contragosto. As lições de humildade de repente tinham sentido. Elizabeth talvez estivesse perto da sua idade, mas estava tão adiantada que o intervalo entre as duas não podia ser quantificado em anos.

— Lady Septima tem três semanas para preparar você — continuou Elizabeth. — Se fizer exatamente o que ela disser, se obedecê-la com as mãos e os olhos, talvez tenha a chance de se juntar a nós.

— Lady Septima — repetiu Ophélie, tentando decorar o nome. — Achei que o responsável pelos grupos de estudos fosse o Sir Henry.

Elizabeth retorceu a boca de repente em um sorriso que não encontrou lugar no rosto inexpressivo.

— Ele não seria capaz. Sir Henry é um autômato. Nunca sai do Secretarium.

Ophélie precisaria se habituar: em Babel, autômatos eram integrantes completos da sociedade e alguns podiam ser chamados de *sir*. Estava prestes a fazer perguntas sobre o Secretarium, especialmente sobre a entrada, mas se conteve. Mostrar curiosidade demais atrairia suspeitas e já tinha sido pouco sutil demais.

— Obrigada — disse ela, por fim.

Elizabeth deu de ombros e se dirigiu a um quadro de avisos instalado no meio do átrio. Um braço mecânico escrevia com giz:

A aprendiz Eulalie deve comparecer ao anfiteatro interfamiliar

— Nos atrasamos — constatou a outra jovem. — Você já deveria estar de uniforme. Rápido, a gente precisa correr — acrescentou, sem se apressar nem um pouco.

Ela a conduziu ao vestiário do Lar para encontrar um uniforme do tamanho certo e desdobrou um biombo mecânico. A camisa, a jaqueta, a calça e as botas tinham tantas fivelas que Ophélie se cansou. Ficou sem ar ao abotoar o casaco; aquela roupa não dava muita margem para suas curvas.

Elizabeth mostrou o ornamento de prata que tinha na manga azul.

— Preste muita atenção às insígnias. Aprendizes de virtuose só têm uma faixa no uniforme. Aspirantes a virtuose de primeiro grau, como eu, têm duas e aspirantes virtuoses de segundo grau têm três. Cada faixa representa um ano no conservatório.

Ophélie se absteve de dizer que não tinha a intenção de ficar tanto tempo. Assim que tivesse acesso ao Secretarium do Memorial ou que encontrasse um sinal de Thorn, idealmente as duas coisas ao mesmo tempo, iria embora.

Ela se dedicou ao cadarço interminável das botas. As de Elizabeth tinham duas asinhas de prata espetadas na altura do tornozelo.

— É o emblema dos arautos. Se terminar as três semanas de período probatório, você também vai ganhar as asas.

Se, notou Ophélie, guardando o relógio de Thorn em um bolso da jaqueta. Não *quando*.

— Como funciona essa avaliação pela qual preciso passar?

— Hmm? Ah, vão testar você de tudo quanto é jeito. Dói bastante, muitos candidatos nem aguentam. Por mais que seja raro, alguns até morrem. — Elizabeth abriu um pouco mais os olhos ao ver os óculos de Ophélie amarelarem e acrescentou, sem expressão — Brincadeira. Ninguém nunca morreu nem ficou ferido. É mais parecido com um jogo.

Até então não tinha certeza, mas finalmente se convenceu: seu ritmo cardíaco não gostava nada do humor de Elizabeth.

Ela apertou a fivela do cinto, finalmente pronta, e sentiu um nó na garganta.

O dia todo, tentara não pensar nisso, concentrada em todas as novidades que precisava assimilar. No entanto, agora que sentia a roupa desconhecida em seu corpo, não resistiu. Respirou fundo, tentando engolir a emoção brutal que lhe subia das profundezas, mas não conseguia parar de rever a cena: a bolsa carregada pelo bonde, o cachecol também. Por que o destino permitira que encontrasse um, mas não o outro?

— Vamos, aprendiz? — chamou Elizabeth, fechando o biombo mecânico. — Vou levar você à avaliação.

— Já vou.

Ophélie tossiu para limpar a voz. Não podia se dar o luxo de se distrair. Precisava de concentração total para passar nas provas.

Elizabeth a deixou em frente à porta do anfiteatro interfamiliar. Era uma estrutura semicircular com assentos para pelo menos cem pessoas. Eram muitos lugares para uma só aprendiz. Um homem de toga a guiou à primeira fileira, onde um estojo já a aguardava.

— É a tradição — disse ele, simplesmente.

Ophélie estremeceu com o primeiro enunciado: *Registre os métodos de datação relativos e absolutos de seu conhecimento.* Todas as perguntas seguiam a partir dali, tratando de noções e metodologias históricas cada vez mais espinhosas, por páginas inteiras. "É mais parecido com um jogo." Não tinha nada a ver com carteado. Ela começou a sentir os efeitos da insônia anterior e logo o estômago vazio começou a encher o anfiteatro de roncos muito constrangedores.

Quando finalmente entregou o trabalho, engolida pelo abismo da própria ignorância, o homem de toga a chamou. Foi levada a um laboratório elegante, onde uma senhora lhe pediu para tirar o uniforme – apesar de ter tido tanta dificuldade para vesti--lo – e a examinou rigorosamente da cabeça aos pés, incluindo a língua. A mulher mandou que fizesse uma série de movimentos com a mão direita e depois com a esquerda, sem que Ophélie entendesse nada.

— É a tradição — disse a instrutora.

Finalmente, ela lhe entregou uma roupa nova, mais sóbria e larga, e pediu que se dirigisse ao estádio, lá fora, assim que estivesse pronta.

Tinha caído a noite. Quando chegou ao lugar designado, já estava muito escuro e úmido. Não acreditou no que ouviu quando um instrutor mandou que ela corresse ao redor da pista quinze vezes.

— É a tradição.

Em Anima, as únicas disciplinas esportivas eram natação, dança e alpinismo, sendo que Ophélie nunca as praticara. Depois da primeira volta, sentiu que os pulmões iriam explodir. A túnica e o cabelo estavam grudentos como se tivesse mergulhado de roupa e tudo na banheira. A chuva tinha cessado, transformando o estádio em um pântano gigantesco, cheio de sapos. Ela acabou a corrida mancando, com dor na lateral do tronco, sob o olhar de reprovação do instrutor. No entanto, ele não fez comentário algum, só lhe entregou o uniforme e declarou que a avaliação tinha chegado ao fim.

Ophélie seguiu o caminho das lanternas suspensas acima dos passeios, sem se preocupar com as mariposas que batiam em seus óculos. Precisava muito de banho e comida, mas, quando chegou ao Lar, uma calma ensurdecedora reinava no átrio espaçoso. Todo mundo já tinha ido dormir fazia tempo.

Ela pegou um transcendium, passando da estação vertical à horizontal. O cansaço dava a impressão de lutar mesmo contra as forças da gravidade, como se a qualquer hora corresse o risco de cair da parede e dar de cara no chão.

Depois de vagar por salas inversas, se perguntando aonde deveria ir, se dirigiu ao último andar, bem abaixo das estrelas da cúpula. Lá, um único corredor circular dava em várias portas, cada uma sob uma insígnia de ferro forjado com o nome de uma companhia.

Ophélie entrou no quarto dos arautos.

Reinava uma escuridão tão densa que esbarrou em várias camas, provocando uma reação em cadeia de resmungos sonolentos, antes de encontrar um lugar vazio. Deixou o uniforme no que supunha ser uma cadeira e desamarrou as botas no escuro.

Só podia esperar que as reclamações do estômago não acordassem o Lar inteiro.

Assim que deitou, ouviu risos abafados no escuro. Não havia colchão na cama dela.

Claro, pensou, apertando o relógio de Thorn com força. *Tradição*.

O RUMOR

Ophélie pulava de nuvem em nuvem acima de uma versão intacta do velho mundo. Nem olhava para as cidades, as florestas e os oceanos antigos que desfilavam sob seus pés. Só queria chegar ao bondalado voando pelo céu. Conseguia vislumbrar o cachecol preso na porta e a silhueta conhecida atrás do vidro. A silhueta de Thorn. Ophélie estava prestes a alcançar o bondalado quando, de repente, as nuvens começaram a gemer sob seus pés.

Ela entreabriu um olho atrás dos óculos tortos que tinha se esquecido de tirar para dormir. Não eram as nuvens gemendo, só as molas da cama. Precisou piscar várias vezes para lembrar onde estava e por quê. O calor era esmagador. A janela deixava entrar a luz límpida da manhã clara no dormitório. Era um cômodo austero com vigas aparentes, um cheiro forte de pedra quente, móveis de ferro forjado e só um biombo para garantir intimidade. No entanto, Ophélie não precisaria dele: não havia mais ninguém ali. As outras camas nas quais tinha tropeçado durante a noite tinham sido substituídas por escrivaninhas.

Se tivesse tocado um despertador, não teria ouvido. Na verdade, só escutava o tique-taque de dentro do seu crânio. Precisaria de uma panela inteira de café para calá-lo.

Ophélie se desvencilhou das molas da cama, ouvindo todas suas vértebras protestarem. Ela se sentia como um autômato desmontado parafuso por parafuso e remontado de qualquer jeito.

Foi sem muita surpresa que constatou o sumiço do uniforme que tinha deixado na cadeira. Provavelmente era obra dos mesmos brincalhões que achavam engraçado roubar o colchão.

Já fui pajem da Berenilde, brinquedo do Farouk e presa do barão Melchior, pensou, bocejando. *Não é uma piadinha de mau gosto que vai me intimidar.*

Ficou vestida com a roupa de ginástica, ainda imunda de lama seca, e puxou uma corda pendurada na parede. Com o ronronar das engrenagens, a cama mecânica se ergueu até se encaixar perfeitamente na alcova, enquanto uma escrivaninha se desdobrava no lugar por meio de um processo telescópico engenhoso. Era exatamente como naqueles livros em que imagens tridimensionais se abrem e se fecham conforme se vira as páginas. Ophélie teria ficado maravilhada se a cama não a tivesse feito sofrer tanto.

O resto do Lar se revelou tão deserto quanto o dormitório dos arautos. Ela não cruzou com ninguém no refeitório, onde se contentou com um resto de cereal, nem no vestiário, onde arranjou um uniforme novo, nem no banheiro compartilhado, onde se ensaboou até não poder mais. Consultou o quadro de avisos, mas o braço mecânico não tinha escrito nenhuma instrução de giz. Ela estava quase certa de que deveria ir a algum lugar, mas não sabia aonde.

Para uma especialista em informação, tinha começado bem.

Enquanto vagava ao longo dos passeios, em busca de alguém para ajudá-la, Ophélie não conseguiu deixar de pensar em Ambroise. Imaginou-o sozinho em meio aos autômatos do pai, esperando notícias. Devia mesmo pensar que ela era a maior ingrata, uma aproveitadora pronta a abandonar um benfeitor por outro melhor. Teria improvisado uma passagem de espelho para visitá-lo rapidinho, apesar da distância provavelmente ser grande demais, mas ainda não tinha encontrado nenhum na Boa Família. Hélène parecia muito dedicada a não encorajar vaidade entre alunos.

No fundo, não era tão ruim. Por maior que fosse a tentação, melhor não revelar que era uma passa-espelhos. Já tinha se arriscado o suficiente ao expor o talento de *leitora*.

Ophélie acabou encontrando outros aprendizes a virtuoses no anfiteatro onde tinha sido avaliada na véspera. O silêncio era tal que ao abrir a porta achou que a sala estivesse deserta. Não viu professor nenhum no púlpito, mas todos os alunos estavam ocupados, escrevendo, usando fones de ouvido que cobriam a orelha. Ninguém ergueu o olhar da anotação enquanto Ophélie procurava, tentando cometer o mínimo de desastres, um assento no alto da arquibancada.

Quando se sentou, entendeu que cada carteira tinha um rádio integrado. Enfiou os fones de ouvido, não ouviu nada, girou alguns botões, continuou sem ouvir nada. Quando perguntou aos vizinhos como funcionava, fizeram sinal para que ela se calasse. Perseverando, acabou encontrando o modulador de frequência e conseguindo captar transmissões. Dezenas delas, cada uma em uma frequência. Eram conferências universitárias gravadas ao vivo em academias da cidade; como saber qual acompanhar?

Ophélie abaixou o som e desistiu. Tinha ido a Babel para investigar, não estudar.

Secou a gota de suor que escorria no pescoço, lutando contra a vontade de se livrar da jaqueta estreita demais. Observou os aprendizes sentados à frente dela, um a um. Thorn não se encontrava ali, mas isso não era surpreendente. Se estivesse adiantado, como ela supunha, provavelmente o encontraria entre os aspirantes a virtuose; considerando os uniformes, nenhum estava no anfiteatro.

Inicialmente, tinha sentido que o silêncio era absoluto. Não exatamente. Para além das canetas arranhando papel, do murmurar de vozes nos fones de ouvido, do canto das cigarras lá fora, escutou cochichos, vindos da fileira abaixo dela. Aprendizes curvados uns sobre os outros, em vislumbres de perfis nervosos. Ophélie não teria prestado atenção se de repente a palavra "Memorial" não tivesse chegado a ela. Desligou o som da transmissão de vez e, sem tirar os fones de ouvido, se inclinou imperceptivelmente para a frente.

Todos falavam com o mesmo sotaque, muito diferente do de Babel, apesar de também musical:

— Eu tive um pressentimento ruim. Não foi o que falei ontem?
— Cala a boca. Todo mundo tinha pressentimento ruim. O problema é que a gente devia saber o que, onde e quem, mas não conseguimos.
— Mas não é grave, né? Só um rumor. Rumores sempre exageram.
— Ah, é? Então por que cancelaram todas as leituras de hoje?
— Não vou reclamar. Se olhar para mais um livro, vou vomitar.
— Você esqueceu o autômato — disse o aprendiz, pronunciando "automatô", mas Ophélie, cada vez mais inclinada para a frente, entendeu imediatamente que se referia a Sir Henry. — Ele vai dobrar nosso turno para compensar.
— Vocês não acham coincidência demais? A novinha que apareceu e esse incidente do Memorial?
— *Basta*. Ela está de olho.

Ao ouvir estas palavras, todos os fofoqueiros recolocaram os fones de ouvido e voltaram a escrever; exceto por uma moça bonita e meio andrógina, que se virou, sem discrição ou constrangimento, para observar Ophélie com curiosidade sincera. Seu rosto era pintado de desenhos brilhantes, como incrustações de uma máscara de Carnaval.

Uma voz retumbante atravessou o anfiteatro com a força de um trovão:
— Aprendiz Mediuna, olhe para a frente.

A menina voltou tranquilamente ao estudo e Ophélie fingiu imitá-la, depois de olhar de relance para a corneta de gramofone presa no teto. Não tinha notado antes, assim como o periscópio girando o olho de ciclope de um lado para o outro. Ela interpretara a ausência de professor como prova de confiança, sinal de que o conservatório tratava os alunos como jovens responsáveis. Nada disso. Estavam todos sob vigilância.

Quando a voz do gramofone anunciou o fim do curso radiofônico, muito mais tarde, Ophélie se apressou para alcançar os fofoqueiros na escada externa. Agora que os via de pé, notou as asas presas às botas. Como suspeitava ao ouvi-los, eram todos arautos.

— Prazer, sou a "novinha" — se apresentou, com ironia. — Perdão por me convidar à panelinha, mas parecia ser melhor...

— Sinto muito pelos óculos — interrompeu um deles, abruptamente.

— Quê?

O comentário desestabilizou tanto Ophélie que pisou em falso e caiu de bunda na escada de mármore. Os arautos passaram por ela, um depois do outro, sem nem olhá-la. Não conseguia enxergar nem metade dessa passagem: tinha perdido uma lente dos óculos na queda. Enquanto tateava os degraus, sentindo a dor humilhante percorrer o corpo, uma mão pintada lhe entregou o que procurava.

— Mediuna, da segunda divisão da companhia dos arautos — se apresentou oficialmente a moça. — Mas você já sabia disso, né? As previsões dos meus primos causam tantos acidentes quanto evitam. Cuidado, *signorina*, eles se aproveitam um pouco.

O sotaque a fazia pronunciar as palavras em um ronronar voluptuoso. Ophélie recuperou a lente com um gesto prudente.

— Os arautos são todos da sua família?

— Boa parte. Nós, os Adivinhos da Sereníssima, temos a informação no sangue.

— Ah. Você também vê o futuro, Mediuna?

— Não, eu vejo mais o passado. Parecido com você, *leitorinha*, mas nossa arte é diferente.

Certo, entendeu Ophélie. Mediuna já sabia qual era seu poder familiar, como arauta digna do título.

— Do que estava falando com os seus primos? O que aconteceu no Memorial?

Com um gesto de enorme intimidade, Mediuna tocou a boca de Ophélie com um dedo, a mandando esperar. Aprendizes continuavam a contorná-las, como um rio indiferente fluindo ao redor de um rochedo. Quando não havia mais ninguém além delas na escada, a outra jovem aproximou tanto o rosto que Ophélie viu cada iluminura, apesar da lente quebrada. Mediuna era de uma beleza rara, misturando, de forma infinitamente sutil, linhas curvas e formas angulares, um charme capaz de perturbar tanto homens quanto mulheres.

— Vou tentar ajudar você a ganhar tempo precioso, *leitorinha*. Lady Hélène não devia ter aceitado sua candidatura. Meu poder sem dúvida vale dez vezes mais que o seu e eu domino as línguas antigas com perfeição. Está condenada a ser prisioneira de minha sombra, como todos os outros arautos. Não acredite que meus primos gostam mais de mim do que você. Amizade não existe na Boa Família, porque só restam os melhores.

— Eu...

— Não diga nada — sussurrou Mediuna, apertando o dedo contra a boca de Ophélie. — Só escute, *signorina*. A violência, mesmo das mais inofensivas, é severamente castigada em Babel. Você não sofrerá nenhum maltrato físico entre nós. Mas pode acreditar — acrescentou, o hálito quente em sua pele — que há todo tipo de tormento. Volte para casa, esqueça os virtuoses, esqueça o Memorial. É o meu destino, não o seu.

Ophélie ficou menos chocada com as palavras do que com o tom: sincero e profundamente lamentoso. Através dos óculos pela metade, viu Mediuna descer a escada em uma mistura de graça e poder, as pinturas na pele cintilando sob o sol.

Já fui pajem da Berenilde, brinquedo do Farouk e presa do barão Melchior, repetiu para si mesma, tentando encaixar a lente de volta na armação. *Não é uma ameaça vaga que vai me intimidar.*

Com a lombar dolorida por causa do tombo na escada, Ophélie seguiu os arautos de uma distância respeitável. Gostassem dela ou não, eram membros da mesma companhia: ela imporia sua presença pelo tempo que precisasse para fazer parte.

Atravessaram juntos a ponte monumental que conectava a arca dos virtuoses de Hélène à arca dos virtuoses de Pólux e entraram em um anexo do conservatório. Dois andares depois, Ophélie encontrou um laboratório que era o cúmulo da estética, do pé-direito alto aos móveis de cobre e veludo. A sala era banhada pela luz arco-íris de um vitral em forma de rosa e pela brisa agradável dos ventiladores de teto. As mesas de madeira preciosa expunham o que havia de mais moderno no campo dos instrumentos experimentais.

Quando Ophélie se instalou em frente ao balcão, indecisa, notou que a quantidade de arautos a seu redor tinha dobrado. A divisão dos Afilhados de Hélène tinha se juntado à dos Filhos de Pólux em uma confusão de uniformes e sotaques interrompidos assim que uma mulher fechou a porta do laboratório.

— O conhecimento serve à paz — declarou ela.

— O conhecimento serve à paz — repetiram todos os aprendizes em uníssono, levando o punho ao peito e batendo os calcanhares alados das botas.

A mulher assentiu sem sorrir. Pela pele cor de bronze, cabelo preto e olhos flamejantes, era uma Babeliana tradicional. O ouro em seu uniforme era tão deslumbrante quanto o olhar que dirigiu a Ophélie.

— Aprendiz Eulalie, eu sou Lady Septima, sua próspera, isto é, sua professora de especialização. Recebi os resultados de sua avaliação de ontem. Não me parecem excelentes. Entretanto, prefiro julgar por conta própria se você é ou não digna de se tornar uma arauta. Ser digna não significa *conseguir* — explicou, desta vez dirigindo o olhar ao laboratório inteiro, absorvendo em seu fogo o rosto de todos os aprendizes. — Hoje vocês são muitos, mas só dois, um Filho de Pólux e um Afilhado de Hélène, poderão finalmente subir ao nível de aspirante a virtuose.

Os olhos de Lady Septima se demoraram, por um reflexo talvez inconsciente, em um aprendiz parecido demais com ela para não ser seu parente. Ophélie, por sua vez, entendia as coisas um pouco melhor. *Só restam os melhores.* A coluna vertebral do conservatório era a rivalidade.

— Meu trabalho — continuou a instrutora, voltando a olhar para Ophélie — é transformar o mineral bruto dos seus poderes familiares em puro diamante. Não só isso. A corporação dos arautos, da qual eu sou a maior responsável, recebeu a honra de reformular o catálogo do Memorial. Aqueles dignos de integrar os grupos de leitura, e só eles, têm lugar no conservatório. Você tem três semanas para me convencer de que não estou perdendo tempo, aprendiz Eulalie. Tem alguma pergunta?

Ophélie rangeu os dentes com força para conter tudo que lhe ocorreu. *Como ter direito de entrar no Secretarium? Tem mesmo um cofre? Esconde vestígios da antiga escola? Qual é essa verdade absoluta que seu glorioso Memorial se recusa a divulgar ao público, afinal?*

Teria sido imprudente, para não dizer perigoso, expor assim o verdadeiro motivo de sua vinda.

— Por que os grupos de leitura foram cancelados hoje? — perguntou, simplesmente.

A curiosidade era legítima. Pelo menos era o que achava antes de notar que todo mundo ao seu redor congelara, como se os ventiladores de repente tivessem jogado uma brisa glacial no laboratório. Só Mediuna mordeu o lábio para não cair na gargalhada.

Lady Septima continuou imperturbável. Ela se contentou com abrandar, com um piscar de olhos, a intensidade da expressão. Não se dirigiu a Ophélie em particular, mas a todos os aprendizes.

— Não tenho comentário a fazer sobre o assunto no qual todos pensam. Não deem ouvidos ao rumor que circula. O *Diário oficial* dirá tudo que precisam saber amanhã. Lembrem-se de que para vocês, arautos, deve ser a única fonte de informação confiável. Agora todos devem examinar a amostra à sua frente por meio do procedimento regular — acrescentou, em tom definitivo. — Até o fim da aula, devem ter identificado o objeto ao qual pertencia e redigido um relatório completo. Aprendiz Eulalie, hoje você não tocará em nada: observe simplesmente os colegas para ver como eles trabalham.

Por mais que Lady Septima quisesse que Ophélie se concentrasse, foi um fracasso completo. Enquanto todos os aprendizes manipulavam com muito cuidado as amostras com os instrumentos do laboratório, não conseguiu nem vê-los estudar.

Ela só pensava no rumor. O que tinha acontecido no Memorial, afinal? Seria possível, mesmo que minimamente, que tivesse a ver com Thorn? Será que ele estava em apuros enquanto ela esperava ali com as mãos atadas?

Ophélie saiu de seus devaneios ao sentir um olhar queimá-la. A princípio achou que era Mediuna continuando a encará-la, mas a Adivinha estava muito concentrada no trabalho. Não, desta vez era outro aprendiz: aquele que Lady Septima tinha indicado em silêncio durante o discurso. Instalado do outro lado do balcão, já tinha acabado de datilografar o relatório da análise. Concentrava seu olhar de Visionário nela, fazendo-a sentir que estava sob os feixes de duas lâmpadas incandescentes, como uma nova amostra a analisar. Uma corrente dourada conectava o supercílio dele à narina. Ophélie ainda não tinha aprendido todas as sutilezas do código indumentário de Babel, mas Ambroise tinha falado desse tipo de joia: esse jovem pertencia a uma família de altíssimo escalão da linhagem de Pólux. Não havia dúvida: era o próprio filho de Lady Septima.

Ophélie retribuiu o olhar com a mesma curiosidade. Aproximar-se dele seria uma boa estratégia para o plano, mas desistiu da ideia assim que surgiu. A concentração implacável do jovem não era só sinal de interesse. Era um desafio.

— Guardem seus instrumentos, deixem as amostras sobre a mesa e me entreguem os relatórios antes de sair — declarou Lady Septima ao fim da aula. — Filhos de Pólux, dirijam-se ao ginásio para o treinamento sensorial. Afilhados de Hélène, voltem à arca e sejam discretos. Nada mais de rumores por hoje, entendido? Fique comigo, aprendiz Eulalie — acrescentou, segurando o ombro dela. — Quero conversar com você um pouco.

Quando o laboratório foi evacuado, Lady Septima fechou a porta e se voltou para ela com uma rigidez rochosa.

— Aprendiz Eulalie, está entediada entre nós?

Ophélie ficou tensa. Essa mulher a deixava desconfortável. No entanto, era muito calma e quase tão baixa quanto ela.

— Não entendi.

Lady Septima a observou. Não, *observar* era um verbo inadequado para a expressão. Ela a dissecou. Enfiou-se através do frágil vidro dos óculos, calculou o grau de dilatação da pupila, penetrou nas veias, mediu o ritmo cardíaco, mergulhou na química íntima dos órgãos, examinou as moléculas do corpo, uma a uma.

— Você ficou ociosa durante a aula inteira.

— Porque a senhora me mandou não encostar em nada.

Ophélie sentiu o suor encharcar as luvas. Tinha acabado de notar, agora que estavam mais próximas, o emblema que Lady Septima usava como broche na capa. Um sol com a palavra "LUX" inscrita.

Essa mulher, de quem dependia, era uma sentinela de Deus.

Lady Septima vestiu uma luva tão dourada quanto o uniforme. Ela segurou delicadamente, entre o polegar e o indicador, a amostra minúscula que ficara no lugar de Ophélie no balcão. Os olhos vermelhos a observaram.

— Vejamos... Este metal é composto de mais de três quartos de estanho, um pouco menos de um quarto de chumbo e uma proporção ínfima de cobre — comentou, em um leve murmúrio. — Esta liga foi fundida há... *well*... três séculos, talvez quatro. Uma variante de bronze, mas com dosagem muito particular. O material que reservamos à fabricação dos tubos de órgão.

A contragosto, Ophélie sentiu uma admiração que raramente experimentara. Os Filhos e as Filhas de Pólux eram conhecidos pelos sentidos superdesenvolvidos, mas Lady Septima teria envergonhado o melhor microscópio de Anima. Era disso que os Visionários eram verdadeiramente capazes.

— Por que você supõe que eu deixei isso a seu alcance? — perguntou a professora, deixando o fragmento no suporte de veludo.

Era um teste, notou. Ela tinha fracassado.

— Poderia ter tentado me impressionar, me mostrar do que suas mãos de *leitora* são capazes — insistiu Lady Septima, calmamente. — Não fez nada disso. Ou lhe falta audácia, ou curiosidade. Qual é, na sua opinião, a principal qualidade de um arauto?

Ophélie quase retrucou que não acreditava faltar audácia nem curiosidade, mas se absteve no último segundo. "Torne-se ARAUTO a serviço da cidade", chamava o cartaz de recrutamento. Era agora o teste de verdade.

— A obediência.

Lady Septima abriu um breve sorriso e assentiu. Como uma mulher com tanto fogo no olhar podia causar tamanho calafrio?

— É a resposta correta, de fato, mas gostaria de confirmar a sinceridade. Suba aqui — pediu, puxando um banco para a frente do vitral.

Ophélie se sentou, mas Lady Septima fez um sinal de negação.

— Assim não, aprendiz. De pé.

Com movimentos rígidos, Ophélie se levantou, desajeitada, sobre o banco.

— Perfeito — disse a professora, elogiosa. — Ficará assim até receber autorização para partir.

— E minhas aulas?

— Durante seu período probatório, seus dias serão divididos em quatro partes: teoria, prática, treinamento e tarefas. A teoria e a prática acabaram por hoje. Considere este exercício como um treinamento.

Tendo dito estas palavras, Lady Septima puxou a corda dos ventiladores para interrompê-los e fechou a porta ao sair. Ophélie se viu sozinha em meio a tubos de ensaio e balanças, na luz deslumbrante do vitral. Sem ventilador, o laboratório pouco a pouco se transformava em forno. Como já tinha trabalhado como pajem, sabia que era difícil ficar imóvel por muito tempo, mas era a primeira vez que o fazia em cima de um banquinho: era impossível esticar as pernas, mudar de posição, mudar o peso de um pé para o outro. Todos os músculos se dedicavam a mantê-la equilibrada, mas doíam por causa da noite sem colchão e do tombo na escada. O formigamento se espalhou como uma petrificação lenta, da canela ao quadril, da lombar aos ombros.

Ophélie se concentrou nas cores do vitral que deslizavam sobre as madeiras nobres do laboratório conforme o sol se movia no céu. O suor escorria sob a calça e estava cada vez mais apertada para ir ao banheiro.

Ela caiu de costas no chão. O banquinho, tomado pela exasperação de seu animismo, tinha começado a dançar sapateado de repente.

Enquanto Ophélie procurava a lente dos óculos, que tinham aproveitado a ocasião para uma fuga covarde, a raiva explodiu em seu peito. Uma pirralha! Até longe de casa, depois desses anos todos, ainda a tratavam sempre como uma pirralha.

Viu o banquinho galopar pelo recinto e pensou de repente no periscópio do anfiteatro, nas palavras proibidas de dizer, na memória coletiva trancada a sete chaves no Secretarium. Não era ela a pirralha. Era a humanidade toda. Eram todos, absolutamente todos, mantidos em um estado infantil por Deus e seus Tutores.

Já fui pajem da Berenilde, brinquedo do Farouk e presa do barão Melchior, repetiu Ophélie, depois de endireitar o banquinho e subir de novo. *Não darei pretexto algum para Lady Septima me afastar do meu objetivo.*

O sol já estava se pondo no laboratório quando a porta finalmente se abriu. Ophélie piscou para soltar as gotas de suor acumuladas nos cílios. Elizabeth apareceu bem à frente dela, inexpressiva sob a constelação de sardas.

— Então, agora que passou o primeiro dia, continua decidida a ficar entre nós, aprendiz Eulalie?

— Continuo.

A voz dela estava rouca de sede.

— Como responsável pela segunda divisão da companhia dos arautos, eu a libero do banquinho.

A frase foi tão solene que Ophélie achou que era piada. Portanto, se chocou quando a outra jovem esticou uma mão para ajudá-la a descer e ofereceu um cantil de água trazido especialmente para ela.

— Isso foi a boa notícia — disse Elizabeth, vendo-a beber e tossir ao mesmo tempo. — A má notícia é que você recebeu uma advertência por perder um colchão e um uniforme. Terá o dobro de tarefas para compensar a dívida.

— Perderam por mim.

A outra garota se contentou a piscar devagar.

— É a tradição. Você vai precisar ficar mais atenta. Por sinal, tenho um telegrama para você.

Ophélie sentiu um sobressalto no peito. Desdobrou impaciente o papelzinho azul que Elizabeth lhe entregou.

PARABÉNS. AMBROISE.

Ela virou o telegrama. Era só isso. O falastrão e inabalável Ambroise não tinha mensagem alguma a transmitir. Ophélie sentiu o estômago se retorcer. Será que tinha perdido o único amigo que fizera em Babel?

— Parece que só faço merda.

A confiança tinha ido embora, afinal, enquanto arrumava o banquinho. Por um instante, temeu atrair perguntas indiscretas, mas Elizabeth não fez nenhuma. Já tinha puxado o caderninho para rabiscar em código.

— O único erro verdadeiro é aquele que não corrigimos.

Ophélie considerou por muito tempo o rosto pálido da outra aluna, concentrada nas anotações. Era uma personalidade difícil de decifrar, mas o que ela dissera era o mais reconfortante que Ophélie ouvira o dia todo.

— Elizabeth?

— Hmm?

— O que aconteceu hoje no Memorial?

— Ah, isso? — disse Elizabeth, rasurando mais um pedaço de código. — Miss Silence faleceu.

Ophélie ergueu as sobrancelhas. Miss Silence? O nome lhe dizia alguma coisa... Não era a memorialista de orelhas delicadas? A mulher tirana que queria revirar a bolsa dela?

— Encontraram o cadáver hoje de manhã no Memorial — continuou Elizabeth. — Quando cheguei lá para trabalhar na base de dados, como todo dia, me mandaram voltar ao conservatório imediatamente. Disseram que foi um acidente infeliz, que a coitada da Miss Silence caiu de uma escada da biblioteca.

— Caiu de uma escada — repetiu Ophélie, que esperava uma história mais escandalosa. — Que azar.

Elizabeth assentiu, distraída, mordiscando a ponta do lápis.

— É, Miss Silence deve ter pensado o mesmo antes de cair. Mal tive tempo de ver o corpo. Especialmente o rosto. Não achava que um tombo pudesse causar tal expressão.

— Que expressão? — murmurou Ophélie.

Elizabeth ergueu as pálpebras pesadas, revelando um olhar tão indecifrável quanto os códigos do caderno.

— Uma expressão de horror absoluto.

Até este instante, Ophélie estava certa de que nada do que vivesse ali lembraria o Polo. Era óbvio que tinha subestimado Babel.

VIAGEM

Mamãe a colocara para dormir ainda mais cedo do que de costume. Como todas as noites, tinha medido a temperatura duas vezes, dado água depois de provar, penteado seus cabelos brancos e compridos e bordado enquanto perguntava se ela estava com frio. Como todas as noites, tinha ficado muito tempo de olho na soleira, ao mesmo tempo hesitante e sorridente, antes de decidir encostar a porta e se afastar com um farfalhar de vestido.

Agora, Victoire contemplava o teto.

Mamãe não tinha fechado a porta – Mamãe nunca fechava a porta, para poder esgueirar a vista para o quarto regularmente e conferir se estava tudo bem – e vozes distantes vinham do salão. A casa vivia cheia de silêncio, às vezes ficava cheia de música, mas quase nunca de vozes.

Victoire não queria dormir: queria estar com as vozes. O lençol estava tão apertado que mal mexia os tornozelos. Se fosse uma menininha comum, teria se debatido de raiva, chamado a mãe com gritos e lágrimas, mas Victoire não era comum.

Victoire não falava. Nunca.

Victoire não andava. Nunca.

Pelo menos a Outra-Victoire. A verdadeira Victoire se levantou da cama, pôs os pés no chão e foi até a porta entreaberta.

Hesitou e, como Mamãe fizera antes, se virou para a cama. Uma menininha estava deitada, de barriga para cima, com os olhos arregalados. O rosto, a boca e os cabelos eram tão brancos quanto a fronha. Victoire sabia que era ela na cama e lá fora. Não sentiu medo, nem surpresa. Sentiu principalmente culpa, que nem quando ela queria descer sozinha da cadeira e a Mamãe corria em sua direção com uma cara assustada.

Victoire nunca hesitava demais; o chamado da *viagem* era sempre mais forte.

Ela se esgueirou pelo corredor. Sentia-se leve, tão mais leve do que a Outra-Victoire! Tão leve quanto na água morna da banheira. Assim como quando mergulhava a cabeça debaixo d'água, arrancando de Mamãe gritos desesperados, via os objetos de outro jeito: formas incertas, cores flutuantes. Não podia pegá-los ou deslocá-los. Ela observou um espelho grande na parede que não a refletiu: a superfície parecia um turbilhão, exatamente como o que se formava quando a Mamãe abria o ralo para esvaziar a banheira.

Victoire quicou de degrau em degrau da escadaria, como uma bolha de sabão, atraída pelas vozes da sala. Na hora de atravessar o saguão, ouviu alguém atrás da porta de entrada ainda aberta.

Olhou para fora.

Primeiro só viu as árvores de outono agitadas pelo vento. Estava chovendo. Chovia quase todo dia e, mesmo que a chuva não molhasse nada, preferia o sol. Ela seguiu com o olhar o voo de um pássaro no céu, mas sabia que não era de verdade. Nada era verdadeiramente de verdade fora de casa, segundo o que Mamãe dissera. Victoire se perguntava como seria chuva de verdade, árvore de verdade, pássaro de verdade. Padrinho nunca a levara para vê-los e ela nunca ousara sair de casa durante as *viagens*.

Victoire de repente viu um buraco. Um buraco enorme bem no meio da paisagem. Ali não havia grama, nem árvore, nem chuva. Só um chão de madeira velha e empoeirada.

Logo à frente, um casal estava sentado na soleira. A Moça--do-Olho-Esquisito e o Moço-Grande-Todo-Ruivo.

Os amigos do Padrinho.

Nenhum dos dois notou Victoire quando ela se aproximou. Estavam conversando, mas por mais que avançasse, as vozes continuavam distantes e deformadas.

— Aquele enrolão demora à beça! — reclamou a Moça-do--Olho-Esquisito. — Arca-da-Terra não vai aparecer sozinha e eu não aguento esta casa. É tudo alagado de ilusão, nem sei para onde olhar.

Ela cuspiu na direção de um buraco grande no chão.

Victoire recuou. Uma vez tinha passado na frente da Moça--do-Olho-Esquisito enquanto *viajava*: tinha sido mandada imediatamente de volta ao lugar da Outra-Victoire na cama. Mesmo que não a visse, ela era muito especial.

O Moço-Grande-Todo-Ruivo apoiou os cotovelos no degrau atrás das costas. Victoire achou o sorriso dele estranhamente guloso, como se de repente quisesse engolir a Moça-do-Olho-Esquisito.

— Já eu sei exatamente para onde olhar.

A Moça-do-Olho-Esquisito abaixou o boné e o buraco desapareceu junto com seu rosto.

— Estou falando muito sério, René. Não me sinto mais à vontade aqui desde que a Madre Hildegarde morreu. Nem na Cidade Celeste, nem no Polo. O ódio dos nobres tudo bem, já me acostumei, sei retribuir. Mas ver todos os nossos antigos camaradas virarem molengas que nem pudim na nossa cara... isso me dá nojo. Covardes! Querem fazer greve, querem contestar, querem reivindicar... mas arregam pro primeiro aristocrata que aparecer. Como a gente vai derrubar Deus se nem consegue fazer a revolução contra uns marqueses? E aí, senhor sindicalista? Está ciente que só de andar comigo você já parece traidor?

O Moço-Grande-Todo-Ruivo tocou a cabeça da Moça-do--Olho-Esquisito e a puxou para mais perto.

— Já disse que o primeiro que falar uma palavra contra minha patroa, qualquer que seja, vai tomar um soco na fuça. E eu também estou falando muito sério, Gaelle.

A Moça-do-Olho-Esquisito não disse mais nada, mas Victoire notou um sorriso por baixo da aba do boné. Nunca tinha visto Pai e Mamãe agirem assim e pensar nisso causou uma dor no outro corpo, o que tinha ficado na cama. Ela se virou e reparou em Pamonha no corrimão. Ele a encarava com olhos amarelos arregalados. Victoire nunca tinha feito carinho nele – Mamãe achava os gatos perigosos demais –, mas sempre quisera. Quando levantou uma mão tímida, Pamonha rosnou. Ele saiu correndo tão rápido que o Moço-Grande-Todo--Ruivo e a Moça-do-Olho-Esquisito se assustaram.

Victoire correu para dentro de casa com a certeza de ter cometido uma besteira imperdoável. Por um instante, ficou tentada a voltar à Outra-Victoire na cama e dormir como Mamãe mandara, mas esqueceu o medo assim que ouviu a harpa.

De novo, a *viagem* era mais forte.

Ela entrou no salão. Desacelerou ao ver a Avodrinha grudada na janela, com braços cruzados e sobrancelhas franzidas, olhando para as nuvens. Victoire ainda não a conhecia muito bem. O ar sério e a pele amarela a intimidavam.

Felizmente, Mamãe estava lá. Ela estava sentada em frente à harpa e suas lindas mãos tatuadas voavam de uma corda à outra como os passarinhos de mentira do parque. Victoire se aproximou para fazer carinho, mas Mamãe não a viu. A música era tão fluida quanto seu corpo.

Para a alegria de Victoire, Padrinho também estava lá, deitado de lado na poltrona. Estava conferindo envelopes como se fossem cartas de baralho.

— Mais e mais e mais pedidos de casamento! Ela nem tem três anos e já é considerada o melhor partido do Polo. Vamos recusar todas, obviamente?

A voz dele também estava deformada e Victoire precisou de todas as suas forças para ouvi-lo bem. Mamãe continuou a tocar harpa, sem responder.

— Você nunca toca tão bem como quando está furiosa comigo — acrescentou Padrinho, com um sorriso largo como o rasgo no chapéu. — Eu a devolvi sã e salva, né? Ela ficou dentro das Rosas dos Ventos. Sei que a Cidade Celeste não lhe diz nada de bom, mas não pode deixar sua filha trancada neste casarão pelo resto da eternidade. Acredite, eu usei esse método com minhas ex-irmãs e elas ficaram mais escandalosas em dois anos do que eu fui minha vida toda.

Victoire não sabia do que o Padrinho estava falando – eram palavras complicadas demais de uma vez só –, mas não ligava. O cabelo dele era uma bagunça, o rosto dourado de barba, e ele sentava todo torto na poltrona. Ela o amava enlouquecidamente.

— Sério, Berenilde — insistiu ele, sacudindo os envelopes em leque. — Vou voltar a viajar, não quero me despedir brigado.

Mamãe soltou uma gargalhada tão musical quanto a harpa.

— Viajar? Vagabundear de uma Rosa dos Ventos à outra em busca de uma arca que sabe ser inalcançável? O que você chama de viajar, eu chamo de fugir.

O sorriso do Padrinho aumentou. Victoire subiu na poltrona para tocar a pele do rosto dele e arranhar os dedos na barba por fazer, mas, para sua enorme decepção, não sentiu nada.

— Ah, comecei a entender. Não é por causa do meu passeio com a sua filha essa briga, né? O que você não consegue engolir é eu ter voltado sem nossa querida sra. Thorn.

As mãos de Mamãe voaram cada vez mais rápido pelas cordas, mas Victoire sentiu que algo estava errado. Mamãe um dia dissera, ao botá-la para dormir, que tinha unhas compridas escondidas e que não hesitaria em usá-las nem por um instante se alguém tentasse machucá-la. Victoire já quase tinha sentido essas tais de unhas quando a Mamãe estava muito contrariada.

Agora, ela as via.

Uma sombra se formou ao redor de Mamãe: uma sombra de garras afiadas, ainda mais impressionantes do que as da pele de urso suspensa no cabide da biblioteca. A sombra era tão assustadora quanto Mamãe era linda.

— Cadê ela? — perguntou, tranquilamente. — Onde está Ophélie?

Avodrinha se afastou da janela e olhou para Padrinho, que piscou de volta.

— Pode perguntar o quanto quiser, mas a resposta será sempre a mesma — disse ele a Mamãe. — Ela nos fez prometer que não contaríamos para ninguém. Nem para você. A especialidade da Teia é proteger segredos.

— O seu clã renegou você, Archi.

Mamãe pronunciou as palavras cheia de carinho na voz, mas Victoire viu a sombra das garras crescer ainda mais. Padrinho caiu na gargalhada. Será que não via a sombra horrível da Mamãe?

— *Touché!* — disse ele, jogando os envelopes em uma mesinha. — No entanto, quer a agrade ou não, minha amiga, guardarei este segredo precioso. Ophélie me encarregou de transmitir uma única mensagem. Uma promessa. Ela encontrará Thorn.

A sombra ao redor de Mamãe desapareceu como uma nuvem de fumaça. Ela encostou as duas mãos nas cordas da harpa para calá-la. O silêncio foi tão alto quanto um grito. No entanto, Mamãe estava calma como de costume.

— Houve uma época em que eu dominava com maestria as regras do jogo, por mais que aprendê-las às vezes fosse cruel. As regras hoje mudaram. Os novos clãs impõem reformas e os empregados xingam pelas costas dos chefes. Evito a corte como uma indigna, demiti todos que me serviam. Quanto ao nosso senhor... ele está tentando, sabe? Ele está mesmo se esforçando, mas se aproveitam dele. Vive sendo assediado pelos ministros. Faz semanas que não o vejo, mas continuo aqui e escrevo para ele todo dia. Sabe por quê, Archi? Porque ele precisa. Ele precisa de mim e, talvez ainda mais, ele precisa da filha. Mas a verdade é que estou apavorada — acrescentou Mamãe, com a voz ainda mais baixa. — Estou apavorada, pois o mundo que achei que conhecia é só uma engrenagem entre mil engrenagens, no seio de uma mecânica que não entendo. Essa mecânica roubou Thorn de mim. Eu me recuso a deixar que roube minha filha. O universo além destas paredes se tornou perigoso demais para nós. Fique aqui, por favor. Não nos deixe sozinhas, eu e ela.

Victoire sentiu no outro corpo, lá no segundo andar, um soluço subir à garganta. Não entendia nada da conversa, mas parte dela sentia, confusa, que Mamãe estava triste e que era, de certa forma, por causa do Pai.

O Pai era aterrorizante. Muito mais do que o Pamonha. Muito mais do que a sombra da Mamãe. As raras vezes em que Victoire o vira, ele não lhe dirigira uma palavra, um gesto, um olhar.

Pai não a amava.

Com duas piruetas, Padrinho pulou da poltrona e esvaziou o resto de uma garrafa no copo.

— Ao cortar meu fio, a Teia me condenou à solidão eterna. Honestamente, por mais acostumada que você esteja, não sei como aguenta ficar aqui todo dia. A imobilidade se tornou intolerável para mim!

Padrinho gargalhou, como se tivesse falado alguma coisa hilária, e Victoire pensou que ele, sim, teria sido o melhor papai do mundo.

Ele bebeu metade do copo e ofereceu a outra metade a Mamãe.

— Tenho muitos vícios: ingratidão não é um deles. Perdi minha família inteira, mas ganhei outra em troca. Você poderia ter escolhido um novo tutor para sua filha, com legitimidade, mas continuou comigo, apesar de tudo. Acredite ou não, o que estou fazendo agora é também por você, pela Victoire, pela Ophélie e, por mais que me queime a língua dizê-lo, pelo Thorn. Pela senhora também, Roseline.

Padrinho piscou de novo para Avodrinha, que revirou os olhos, apesar de Victoire de repente achá-la muito menos amarela e mais rosada. Ele tirou então o chapéu alto e esburacado.

— Senhoras! — se despediu em um murmúrio, saindo do salão com um passinho de dança.

Victoire de repente sentiu uma enorme vontade de deixar o outro corpo no quarto e seguir Padrinho para fora da casa, de ir ver árvores e pássaros de verdade com ele.

— Ele não está tão errado — disse Avodrinha, bruscamente, com aquele sotaque engraçado. — Você não está sozinha,

Berenilde. Acabei de atravessar metade das arcas para encontrar você e tenho total intenção de impor minha companhia. Mas olha só pra esse tempo! — se exasperou, dando um tapa na janela. — É mais deprimente aqui do que num vidro de picles. É preciso se reanimar, começando com uma boa varrida. O que o sr. Thorn diria se encontrasse sua casa enterrada na poeira?

Mamãe deixou escapar um risinho que pareceu surpreendê-la.

— Ele se recusaria categoricamente a entrar.

Victoire voltou a ser a Outra-Victoire na cama. Ela bocejou e fechou os olhos, entorpecida pelo corpo pesado. Lá fora, a chuva tinha parado. Se Avodrinha era capaz de devolver o sol, valia a pena ficar mais um pouco em casa.

AS LUVAS

Uma ventania sacudiu a escada. Ophélie deixou cair a lâmpada gasta que tinha desenroscado do poste. Ela se agarrou às barras, aguardando que o vento cessasse, antes de tirar outra da mochila. As lâmpadas de Heliópolis armazenavam luz em estado puro. Não precisavam de gás nem eletricidade e não queimavam ao toque; só eram aparafusadas para que o vento não as quebrasse. A cidade as adotara com o mesmo entusiasmo dos transcendiuns de Ciclope. Apertando bem os olhos para não ficar cega, Ophélie mexia nas lâmpadas com cuidado, tentando não quebrá-las – não queria aumentar a dívida com a Boa Família. Toda hora perdida em tarefas suplementares era uma hora que não dedicava ao estudo. Seu tempo estava contado.

— Aprendiz Eulalie, aperte o passo.

Ela se virou para a corneta do gramofone no alto da torre do relógio. Havia uma equipe inteira de vigias dedicados a observar todos os cantos do conservatório pela rede de periscópios: eles eram implacáveis.

Carregando a escada embaixo do braço, andou ao longo da muralha até o poste seguinte, recitando em voz alta a última aula radiofônica. Fenomenologia, epistemologia, biblioteconomia, sincronia, diacronia: sempre que ia ao anfiteatro e pegava os fones de ouvido, tinha a impressão de encaixar um funil em cada orelha para enchê-las de palavras impronunciáveis. Longe de se sentir cada vez mais sábia, se achava ainda mais ignorante. O museu de Anima não a preparara para isso.

Entretanto, essas aulas eram tranquilas se comparadas com as de Lady Septima. Ophélie passava horas encadeando *leituras* no laboratório para refinar as análises, a ponto de ficar enjoada, mas a professora nunca se satisfazia. "Falta precisão às suas mãos."

Ela aparafusou a lâmpada brilhante com força. Ainda tinha três dias para provar a todos que estava apta a integrar o grupo de Sir Henry. Se necessário, estudaria a noite toda, mas atingiria seu objetivo!

O vento trouxe o som distante do gongo. Finalmente, o amanhecer.

— Aprendiz Eulalie, sua tarefa acabou! — anunciou a voz do gramofone. — Volte à sua divisão.

Ophélie desceu da escada, satisfeita de ter acabado. Mesmo assim, não conseguiu deixar de olhar para o mar de nuvens cercando a muralha. A torre do Memorial, empoleirada na beira da arquinha, era vagamente visível na transparência cristalina da manhã.

Dezoito dias, já. Dezoito dias desde que Miss Silence tinha sido encontrada morta, porém mais ninguém a mencionava. O *Diário oficial* da cidade tinha declarado um acidente, as fofocas tinham parado e os grupos de leitura tinham voltado. O assunto era considerado resolvido.

Mas não para Ophélie.

Uma mulher tinha morrido em circunstâncias perturbadoras logo que ela chegara a Babel, o ponto central de sua investigação: não podia ser uma simples coincidência. Se Ophélie não tivesse ficado presa no conservatório por conta das regras, já teria ido até lá. Precisava ser um pouco mais paciente. Acabaria conseguindo acessar o Secretarium do Memorial e, por consequência, as respostas que procurava.

Ophélie atravessou os passeios, onde restos de névoa se demoravam entre as colunas, e passou pela porta do Lar. Os aprendizes já debatiam nas paredes e nos tetos do átrio. Reinava ali um desentendimento perpétuo, uns sempre suspeitando que os outros tinham roubado suas ideias. Quando a coisa esquentava, a corneta do gramofone do Lar pedia calma e todo mundo voltava a trabalhar com tranquilidade. Às vezes, Ophélie achava que o conservatório de virtuoses era mais para adestrar do que para educar.

Ela foi ao vestiário trocar a roupa pelo uniforme. Deu de cara com um clã de Totemistas se despindo. Sua irmã, Agatha, que assinava a *Gazeta da moda através das arcas*, um dia dissera, entre dois risos maliciosos, que as mulheres e os homens de Totem tinham os corpos mais lindos do mundo. Sem ser especialista no assunto, Ophélie precisou concordar. Os Totemistas a cumprimentaram com sorrisos tão iluminados quanto a pele era escura; ela fez seu melhor para retribuir sem parecer constrangida. A Boa Família era um estabelecimento misto até nos menores detalhes cotidianos. Ou se deixava o pudor de lado, ou se dava a vaga para outra pessoa.

Ela abriu o armário etiquetado com seu nome, desdobrou o biombo e tirou a roupa de trabalho. Como estava com saudade das luvas! Só tinha um par e, por economia, não as usava para fazer as tarefas. Qualquer contato com os objetos, por mais rápido que fosse, enchia sua percepção de uma nuvem de visões. Mesmo que se tratasse dos próprios pertences, inevitavelmente mergulhava no passado, nas emoções antigas, nos pensamentos obsoletos.

Enquanto vestia o uniforme, voltou ao presente e constatou que tinha cada vez menos dificuldade em abotoar a roupa. A jaqueta que na chegada apertava sua barriga agora a deixava respirar confortavelmente – tinha perdido peso e não era só por causa das voltas obrigatórias no estádio e da cozinha vegetariana da cantina. Alguma outra coisa neste conservatório, nesta arca toda, carcomia seu corpo por dentro e a mantinha em estado permanente de tensão.

Ophélie confirmou com um olhar rápido se não havia mais ninguém no vestiário. Os Totemistas tinham ido embora. Ela tirou todos os cadernos cobertos de anotações bagunçadas do armário e abriu o fundo falso que usava como esconderijo. De tanto que suas coisas sumiam, tinha tomado medidas radicais.

As luvas não estavam mais lá.

Revirou tudo, batendo com a cabeça na porta. Estavam ali os documentos falsos e o relógio pifado de Thorn, mas as luvas, que tinha certeza absoluta que guardara ali antes de sair, tinham desaparecido.

"Há todo tipo de tormento", avisara Mediuna. Ophélie fechou a porta do armário. Desta vez tinha passado dos limites.

— Não tem nada a ver com a gente.

Os Adivinhos cantarolaram essas palavras em coro no instante preciso em que Ophélie entrou no dormitório, antes mesmo que fizesse a pergunta. Eles sempre adiantavam suas reações e não era a menos irritante das manias. Estavam se arrumando com ainda mais esmero do que de costume, lustrando as barbichas com brilhantina e esfregando as asas das botas. Ophélie tinha aprendido mais vaidade em duas semanas com esses garotos do que em todos os anos cercada por mulheres.

— Cadê minhas luvas? — perguntou ela, mesmo assim.

— Estou ouvindo uma acusação nessa voz, *signorina*?

Ophélie ergueu o olhar para o teto, onde Mediuna fazia exercícios de ginástica.

— Meu colchão, meu uniforme, minhas botas, meus cadernos... tudo isso são piadas de gosto duvidoso. Minhas luvas, aí já é roubo. Se está com medo da concorrência, encare de frente.

— Fale mais baixo — disse Mediuna, esticando o corpo comprido e flexível. — Vai desconcentrar a Zen.

Ela apontou para uma mulher, delicada como uma boneca, curvada sobre a escrivaninha. As belas mãos de porcelana faziam pressão em uma caixinha de música que diminuía a olho nu e cuja música ficava cada vez mais aguda. Só parou quando a caixinha de música atingiu o tamanho de um dedal e o zumbido de um inseto. Em seguida, com o movimento inverso, afastou as mãos como se puxasse delicadamente um elástico invisível. A caixa cresceu como um cogumelo.

Zen era a única arauta da divisão que não pertencia à família de Mediuna, além de Ophélie. Era uma Colosso de Titã e, portanto, sabia modificar a massa e o tamanho dos objetos. A especialidade dela era fabricar microdocumentos, uma aptidão muito útil para armazenar informação, e treinava sem parar para transformar itens cada vez mais complexos em miniaturas. Zen teria sido uma ás de sua área se não tivesse uma natureza excessivamente ansiosa: quando era um pouquinho contrariada, perdia a cabeça completamente.

— Preciso das minhas luvas — insistiu Ophélie, com a voz firme. — Foram feitas de um couro muito raro e especial, o único material capaz de filtrar meu poder.

Mediuna se desenroscou como uma mola para se soltar da gravidade do teto e aterrissou na frente de Ophélie em um gracioso salto acrobático. Com as mil e uma iluminuras decorando sua pele, parecia pronta para um espetáculo.

— Talvez você as tenha perdido. Quer que eu olhe no seu passado?

Ophélie recuou quando Mediuna tentou tocar sua nuca. Os primos sabiam adivinhar com um pouco de adiantamento tudo que queriam testemunhar, mas o poder dela era ainda mais indiscreto. Entrava na frequência da memória, consciente ou reprimida, de todas as pessoas cuja coluna tocava. Era arauta por excelência, à qual nenhum segredo escapava.

— Não perdi — disse Ophélie, em tom categórico.

— A desonestidade é rigidamente punida por lei em Babel. Quando se trata de acusação, aprendiz Eulalie, é melhor pensar duas vezes.

Ophélie contraiu o maxilar. O que Mediuna estava tentando dizer? Que tinha desmascarado sua identidade? A garota era mais alta e mais forte, mas seu tom não era de ameaça. Ela era mestre na arte de maquiar advertências em cores amigáveis.

— Só quero recuperar minhas luvas — insistiu Ophélie. — Se você mostrar boa vontade, também mostrarei.

Mediuna se virou, dando de ombros, e todo mundo no dormitório perdeu interesse definitivo na questão.

Ophélie sentiu as mãos tremerem. Uma vez tinha precisado passar o dia inteiro exposta, esperando que o luveiro de Anima confeccionasse um par novo. Quase tinha enlouquecido. Usar luvas comuns só tinha piorado, a obrigando a *ler* sem parar os próprios sentimentos conforme ficavam impregnados no tecido.

Não poderia ficar em Babel se não encontrasse logo uma solução.

Ela se assustou ao ouvir os gramofones do Lar:

— Teste de consciência! Todas as companhias, apresentem-se no ginásio! Teste de consciência!

Zen cobriu o rosto de boneca com as mãos, gemendo. A caixinha de música, que tinha acabado de devolver ao tamanho original, começou a emitir uma melodia completamente desafinada.

— Pronto — se lamentou —, estraguei a descompressão.

Os Adivinhos do dormitório acabaram tranquilamente de ajustar os uniformes, mais elegantes do que nunca. Claro, tinham antecipado a convocação surpresa.

Ophélie estava tão desamparada por ter perdido as luvas que seguiu os movimentos dos aprendizes através dos jardins sem se preocupar em descobrir do que se tratava o teste de consciência. Ao seu redor, todo mundo verificava se a jaqueta estava bem abotoada, a gola arrumada, a insígnia no lugar. Já tinha ido várias vezes na arca gêmea, no contexto das aulas comuns com a outra divisão de arautos, mas era a primeira vez que entrava no ginásio. Era um palácio de vidro e aço gigantesco, sem comparação possível com o estádio lamacento onde corria todo dia.

As companhias se alinharam em fileiras próximas, virtuoses de Pólux à direita e de Hélène à esquerda, em simetria quase perfeita. Só Ophélie quebrava a harmonia visual, tentando se encontrar no meio do labirinto de uniformes.

— Aqui, aprendiz. Fique atrás de mim.

Era Elizabeth, apontando um lugar na fileira dos arautos. Ophélie se posicionou, evitando encostar as mãos na calça e mergulhar em mais uma *leitura* descontrolada.

— Preciso falar com você urgentemente, Elizabeth. Pegaram minhas luvas de *leitora*. Sem elas, não posso trabalhar em boas condições...

— Eu mandei você ficar atenta, aprendiz.

O tom não permitia réplica. Ophélie contemplou em silêncio o cabelo ruivo que cercava a silhueta esguia de Elizabeth. Por mais que a aspirante a virtuose fosse responsável pelos arautos de Hélène, nunca se envolvia nas disputas.

Não seria uma aliada de Ophélie.

Enquanto pensava rápido, procurando desesperadamente uma solução para o problema e sufocando com a umidade do ginásio, notou um olhar faiscar pelo canto dos óculos. Vinha da fileira de arautos de Pólux, bem à direita. Não precisou se virar para saber de quem era: como sempre, era Octavio, o filho de Lady Septima. Ele nunca tinha lhe dirigido a palavra, apesar de todas as horas passadas juntos no laboratório, mas não perdia a oportunidade de rebaixá-la – difícil, pois ele também não era muito alto. Octavio era ainda mais observador do que a mãe, o que não era pouca coisa. Era capaz de datar qualquer amostra que visse e parecia nunca ter cometido o menor erro de análise até agora.

Ophélie teria recusado os sinais frequentes de atenção, pois não eram nada lisonjeiros. Octavio não a olhava como um homem pode olhar para uma mulher. Ele a vigiava. Se a condição de Filho de Pólux não o obrigasse a viver no próprio dormitório, Ophélie tinha certeza que ele passaria a noite sentado ao lado da cama dela.

Às vezes tinha a impressão desagradável de que Deus em pessoa a espionava através daqueles olhos.

Esquivando-se com cuidado do olhar insistente de Octavio, Ophélie olhou ao redor. A baixa estatura a obrigava a subir na ponta do pé para ver tudo. A Boa Família estava inteiramente reunida: aprendizes de todas as companhias, aspirantes de primeiro grau, aspirantes de segundo grau, professores de especialização, equipe administrativa. Também estavam presentes os Lordes de LUX, exibindo acessórios dourados que cintilavam na luz dos vitrais, verdadeiros sóis vivos. Lady Septima estava entre eles, pequena, silenciosa e calma. Inexplicavelmente imponente.

Entre todos os rostos, Ophélie só via o que faltava. Acabara se convencendo, mesmo que a decepção fosse muito maior do que queria admitir: Thorn não estava na Boa Família.

Ela se sentiu sozinha em meio à multidão de uniformes. Mesmo que tivesse passado por poucas e boas antes, sempre pudera se apoiar em ajudas sólidas. Hoje, não estava ao lado de tia Roseline, do tio-avô, de Berenilde, de Raposa, de Gaelle, de Archibald, nem do cachecol. Os aprendizes tinham direito a visitas, mas quem poderia convidar? Tinha bombardeado Ambroise de telegramas, mas a única resposta tinha sido: *SUA BOLSA AINDA ESTÁ AQUI. MANDO DE VOLTA?*

De repente, todos os aprendizes entraram na posição de sentido, levando o punho ao peito. Os calcanhares batendo produziram uma explosão sonora que ecoou por todos os vidros.

Desta vez, Ophélie não precisou se esticar para ver quem tinha subido no estrado. A silhueta elefantina de Hélène assomava na assembleia e seu aparelho ótico observava cada rosto. Os membros de seu corpo eram tão absurdamente desproporcionais que causava dúvida sobre como se equilibrava. Ophélie entendeu a resposta ao ouvir guinchos agudos no chão do ginásio; o vestido enorme de Hélène cobria uma anágua de rodinhas.

Um outro espírito familiar a acompanhava: Pólux em pessoa. As linhas de seu corpo e rosto eram tão harmoniosas quanto as da gêmea eram caóticas. Ele não precisava de aparelho algum para corrigir a visão e seus olhos queimavam como faróis no meio da pele escura. Entretanto, foi o sorriso que mais a chocou: um sorriso cheio de benevolência, que nunca vira em Hélène, nem Artemis, nem Farouk.

— Meus queridos filhos, obrigado por se reunirem aqui. — A voz de Pólux era grave, calorosa, musical, como a vibração profunda de um violoncelo. Uma voz de pai. Envolveu com o olhar a assembleia inteira dos aprendizes, como se fossem todos seus descendentes, sem distinção de pele ou poder.

Vinte e um espíritos familiares, pensou Ophélie. *Todos únicos.*

— Vocês são os meninos de nossos olhos, tanto meus como de minha irmã — continuou Pólux. — Nem todos são destinados a se tornar virtuoses, mas isso não diz menos sobre seus papéis no destino da cidade, cada um à sua maneira, qualquer que seja o posto que ocupem ao sair do conservatório.

Ophélie franziu as sobrancelhas. Lady Septima estava no estrado, afastada, entre os Lordes de LUX, e sua boca se movia junto com a de Pólux. Ela o observava pelo canto do olho, como uma professora faria com um aluno de quem espera uma apresentação perfeita.

A jovem Animista observou os perfis dos aprendizes a seu redor. Estavam devorando o discurso com expressões tão fervorosas que ficou óbvio que, para todos eles, o único posto no mundo que valia a pena era de virtuose. No entanto, só um de cada divisão teria essa honra.

No estrado, o sorriso de Pólux se acentuou.

— Estou ouvindo seus corações batendo. Meu coração se emociona junto. Graças a seus pais e aos pais de seus pais, vivemos uma era de paz e prosperidade como o velho mundo nunca viu. Paz e prosperidade essas que vocês se preparam para garantir.

Pólux deixou cair tal silêncio que Ophélie raramente ouvira em uma sala lotada. O tipo de silêncio que sempre lhe dava uma vontade irresistível de tossir. Resistiu à vontade ainda mais forte de levantar a mão e pedir que falasse um pouco mais exatamente desse velho mundo. Ela estava aprendendo de cor a história da tecnologia, das formações geológicas, das evoluções linguísticas e de todas as mínimas ramificações da enorme árvore genealógica interfamiliar, mas nunca de como a humanidade fora antes do Rasgo.

— Agora, meus filhos, gostaria de falar... falar de...

Pólux se interrompeu. Tinha esquecido o resto do discurso. Em uma fração de segundo, o pai de família carismático pareceu perdido como uma criança. Olhou para Hélène, que não o ajudou, a boca decididamente franzida, os óculos telescópicos apontados para o outro lado.

Ophélie notou que Lady Septima mexeu de novo a boca no fundo do estrado e que Pólux se virou instintivamente em sua direção. O espírito familiar era uma marionete. Uma marionete gigantesca e magnífica.

— Ah, sim — disse ele, abrindo o sorriso amplo de novo. — Eu e minha irmã queremos agradecer pessoalmente os mecenas de LUX que subsidiam este conservatório. Eles se dedicam a instilar em cada um de vocês a própria essência da cidadania. Uma cidadania que reprime de si mesma os instintos menos nobres, mais subversivos. Meus filhos queridos, a palavra é de vocês: confessem!

Ophélie foi tomada de surpresa. Quem confessaria o quê?

Na extremidade da primeira fileira, um aprendiz deu um passo à frente e declarou em voz alta:

— Juro solenemente não ter mentido, trapaceado, roubado, nem infringido de qualquer forma a lei da cidade.

— Bom — respondeu Pólux, com doçura infinita. — Se alguém tiver objeções, fale agora.

Ninguém fez objeção. O aprendiz voltou à fileira e seu vizinho avançou para fazer a mesma declaração. Assim se seguiu com todos os membros de todas as divisões de todas as companhias. Às vezes, um ou outro confessava publicamente um erro, como aquele que tinha desperdiçado comida por não limpar o prato ou aquela que tinha copiado em segredo as anotações do colega porque estava distraída na aula. O responsável pela companhia propunha então uma punição e Pólux aprovava com um gesto.

Ophélie estava estupefata.

Ela entendeu a razão que levava os culpados a se denunciarem ao ver a primeira contestação. Um aprendiz de tabelião tinha acabado de jurar ter respeitado a lei quando uma mão se levantou na plateia:

— Objeção! Eu o ouvi falar uma palavra proibida pelo Índex.

Cochichos se espalharam pelo ginásio e o sorriso bondoso de Pólux vacilou, como se tivesse sido atingido pessoalmente no coração.

— Aprendiz, o que tem a responder à objeção?

Foi Hélène que, pela primeira vez desde a convocação, tomou a palavra. Sua voz sepulcral interrompeu os murmúrios. Ela manipulou as lentes removíveis do aparelho ótico para ver direito o acusado. Era um de seus Afilhados.

— Protesto — disse o aprendiz de tabelião. — Não foi exatamente...

— Ou é, ou não é — interrompeu Hélène. — Outras testemunhas o ouviram pronunciar a palavra proibida?

Várias mãos se levantaram. Ophélie viu as orelhas do aprendiz de tabelião, duas fileiras à frente da sua, ficarem vermelhas. Ela estava na mesma. Esse teste de consciência se transformara em julgamento público.

— Eu me desculpo profusamente — gaguejou ele. — Talvez tenha dito uma vez, em um debate retórico, que era inútil batalhar, mas era nitidamente no sentido fig...

— Você é culpado três vezes — interrompeu Lady Septima. — Por cometer um pecado, não tê-lo confessado e tê-lo cometido novamente. A escolha de castigo é sua, Lady Hélène, mas só tenho a sugerir a quarentena.

— Que seja — aprovou Hélène, sem emoção. — Aprendiz, você está em quarentena a partir deste instante. Por quarenta dias, não estará autorizado a falar com ninguém, nem ninguém a falar com você. Está temporariamente banido de todas as atividades coletivas e privado de todos os privilégios. Nada de permissão. Nada de visita. Nada de correspondência. Acompanhará as aulas em silêncio e não terá o direito de tomar a palavra a não ser que um superior lhe faça uma pergunta direta.

Ophélie viu as orelhas do aprendiz de tabelião passarem do vermelho escarlate à palidez extrema. As suas próprias zumbiam como uma colmeia. Estava se sentindo sozinha, mas nem ousava imaginar a solidão que este rapaz sentia. Punir alguém tão rigidamente por ter usado o verbo "batalhar"? Era isso, trabalhar pela paz? Ophélie apontou com os óculos para todos os lados, mas ninguém se ofendera. Ela se obrigou a conter a emoção até cruzar com o olhar de Octavio, que a observava através da franja preta e comprida.

O teste de consciência voltou ao ritmo normal e Pólux, que já tinha esquecido o incidente, retomou o ânimo paternal.

Quando a vez de Ophélie finalmente chegou, seu coração batia com tanta força que esperava que nem Hélène nem Pólux o ouvissem do estrado. Os colegas do dormitório tinham sido chamados antes dela e nenhum confessara o roubo das luvas. O que aconteceria se ela falasse disso em público agora? Não se sentia no direito de causar um escândalo, especialmente com documentos falsificados no armário.

— Juro solenemente não ter mentido, trapaceado, roubado, nem infringido de qualquer forma a lei da cidade.

A voz fraca de Ophélie não chegou longe, mas ficou aliviada quando Pólux sorriu sem pedir que repetisse.

— Bom. Se alguém tiver objeções, fale agora.

Ela viu uma mão se erguer à sua direita. Seu sangue ferveu nas veias. Era Octavio. Ele tinha virado os olhos vermelhos para a frente, fazendo a corrente dourada roçar contra o rosto com o movimento.

Ele sabia.

Ele sabia e iria denunciá-la.

— Não é uma objeção, mas um pedido — anunciou Octavio, em um tom calmo. — A aprendiz Eulalie precisa de novas luvas. São instrumentos de trabalho indispensáveis para que continue o aprendizado. Dado que ainda está em período probatório, peço por ela uma permissão excepcional para ir à cidade.

No estrado, Lady Septima considerou o filho com um olhar ainda mais incandescente do que de costume. Se ela estava desconcertada, Ophélie se viu completamente boquiaberta.

— Permissão concedida — declarou simplesmente Hélène.

— Próxima confissão.

Ophélie mordeu os lábios, esperando o fim do teste de consciência. Quando os aprendizes foram autorizados a sair da formação, ela se dirigiu a Octavio com a determinação de uma bala de canhão.

— Obrigada.

A palavra tinha saído em um tom involuntariamente desafiador. Ele a ajudara. Queria saber a contrapartida.

Octavio arqueou as sobrancelhas, tão pretas e bem desenhadas que lembravam dois acentos circunflexos. Era a cópia perfeita da mãe: as mais ínfimas das nuances de expressão tomavam nele um ar imponente. Não precisava ser alto, nem forte. O carisma lhe bastava.

— Defendi o interesse do conservatório, não o seu. Se fracassar na tentativa de ser virtuose, deve ser por falta de competência, não de material.

Sem deixar tempo para Ophélie reagir, continuou, em voz neutra:

— Quando for à cidade, vá à casa do professor Wolf. Ele deve poder ajudá-la.

— Professor Wolf? — repetiu ela, ainda mais desconcertada. — É um luveiro?

— Não, um Animista. Não tradicional, mas *leitor*, como você. Não vai ser difícil encontrá-lo. Quando não está pesquisando no Memorial, fica trancado em casa.

Ophélie não ouviu mais nada depois disso. O barulho em seu peito ficara mais forte do que o resto do mundo.

O LEITOR

Ophélie não sentia o sol queimando o corpo. Não ouvia as moscas zumbindo ao seu redor. Não via o mar de nuvens que a gôndola a vela na qual estava sentada atravessava lentamente. Toda sua atenção se concentrava em um pensamento obsessivo: ela iria encontrar outro *leitor*; um *leitor* não nascido em Anima; um *leitor* que fazia pesquisas no Memorial.

Não pode ser Thorn, repetiu sem parar. *Meu animismo o transformou em passa-espelhos, mas não em leitor.*

Mesmo assim, não conseguia ter certeza. Não tinha visto as próprias garras se manifestarem atrasadas, semanas depois do casamento?

Com um gesto profissional, o Zéfiro que conduzia a gôndola desviou delicadamente o sopro do vento para encostar no cais com cuidado antes de baixar a passarela mecânica. Ophélie desceu com os outros passageiros, sem precisar pagar a passagem. A Boa Família disponibilizara um cartão perfurado que podia inserir em qualquer controle de serviço público durante o dia para utilizá-lo. A liberdade era ilusória: o cartão era controlado pelo conservatório, que verificava se os alunos estavam circulando fora do horário autorizado. Ophélie tinha três horas para fazer o que precisava. Nem mais, nem menos.

Ela ajeitou os óculos. A ilha onde acabara de desembarcar ficava à margem do arquipélago de Babel, cujos aquedutos e cúpulas traçavam ao longe as silhuetas deformadas pelo ar quente da tarde. A aparência magnífica da cidade não chegava até ali. As casas eram esmagadas umas contra as outras como um único bloco de granito, sem jardim nem chafariz para suavizar a paisagem. As ruas não eram pavimentadas, então a areia vermelha, espalhada pelo vento, crepitava como brasa. Por outro lado, toda uma população de dodôs passeava por aí, andando como pombos obesos.

Até então, Ophélie tinha pedido direções aos guias públicos de sinalização, mas não encontrou nenhuma estátua-autômato que lhe servisse ali, nem perto, nem longe.

— Por favor, onde mora o professor Wolf? — Ophélie se dirigiu a um pedestre que analisou seu uniforme de cima a baixo antes de apontar a direção, sem falar nada.

Logo notou que os habitantes do bairro se viravam, hostis, quando passava. Todos vestiam togas e turbantes que seriam brancos se a poeira ambiente não os avermelhasse. Sem-poderes. Chocou-se ao ver tantos jovens entre eles, entediados e ociosos, jogando dados na soleira da porta. Era um contraste marcante contra a hiperatividade dos autômatos do centro.

Precisou pedir direções de novo antes de chegar finalmente a um prédio desbotado, engolido por cipós. Um tucano, empoleirado na rampa da entrada, gritou quando ela chegou e uma senhora sonolenta abriu a porta. O uniforme de Ophélie lhe causou o efeito de um balde d'água fria.

— *Miss?* — perguntou, com olhos arregalados.

— Estou procurando o professor Wolf.

Não conteve a emoção que tentava refrear desde a conversa com Octavio. Não podia se permitir ter essa esperança.

— Sou a senhoria — respondeu a mulher, desta vez irritada. — Ele tem uma entrada particular nos fundos, mas vou logo avisando: esse locatário não é fácil.

Ophélie ignorou o quanto pôde o estômago que se revirou.

— Ele está aí?

— Ah, sim, *miss*, está, sim. Fica em casa tempo demais até, parou de sair depois do acidente. Que pena, um homem tão inteligente!

O estômago de Ophélie se revirou de novo.

— Acidente?

— Não é da minha conta, *miss*. É só dar a volta no prédio e bater na porta. Talvez ele abra. Talvez não.

Ela se dirigiu aos fundos do prédio. Os cipós eram ainda mais abundantes ali, chegando a cobrir completamente as janelas do térreo. Uma prisão vegetal.

Ou um esconderijo, se corrigiu Ophélie, engolindo o que lhe restava de saliva. Não havia placa nem caixa de correio que indicasse a identidade do ocupante.

Ela se sobressaltou. Antes mesmo de tocar a porta, a aldraba bateu sozinha para anunciar sua chegada. Tinha se animado espontaneamente.

Um barulhinho ínfimo, do outro lado da porta, indicou que alguém tinha aberto o olho mágico. Ophélie se esticou o máximo que podia para ser vista. Depois de um longo silêncio, a porta se entreabriu um pouquinho, presa pela corrente. O homem não se mostrou. Não disse nada. Só a respiração – tensa e profunda – revelava sua presença.

Ele esperou.

Incapaz de articular uma palavra, de tanto que a garganta estava enodada, Ophélie apenas lhe entregou o atestado administrativo da Boa Família pela fresta. Viu dedos compridos e enluvados pegarem o papel antes de sumirem na penumbra.

Papel desamassado. Mais um silêncio interminável.

O homem bateu a porta, soltou a corrente e abriu caminho para Ophélie.

Assim que pisou no saguão, a porta se fechou sozinha atrás dela. As várias trincas se trancaram por conta própria, em uma sequência de cliques sonoros. Ainda cega por causa do sol, sua visão e seus óculos não se acostumaram rápido à atmosfera noturna que reinava lá dentro. O homem por enquanto era só uma sombra anônima, grande e comprido como um cabideiro. As tábuas de madeira rangiam sob o peso dos passos cautelosos. Os olhos, como duas faisquinhas nervosas no forno, iam do papel ao uniforme da visitante.

— Luvas, né? Que pedido incomum.

Ophélie assentiu, se obrigando a sorrir educadamente. O professor Wolf se revelou a ela progressivamente. O cabelo, as sobrancelhas e a barbicha eram tão escuros quanto a pele era clara. Rugas fundas percorriam sua testa e cercavam a boca, dando-lhe o ar de um idoso prematuro.

Não era Thorn.

Passara o dia inteiro se proibindo de ter esperança. Por que, mesmo assim, sentiu a vontade repentina de ir embora e bater a porta?

— Além do mais é muda?

O sotaque do professor Wolf não era inteiramente babeliano, nem realmente animista, mas uma mistura singular dos dois. Talvez por não sair de casa nunca, não respeitava o código indumentário da cidade: o terno e as luvas, também pretas, se pareciam com o que os sábios do grande observatório de Anima vestiam.

— Não — murmurou Ophélie, por fim.

Não sabia o que ele queria dizer com "além do mais", mas não ligava. Não era Thorn, nada do que pensava a respeito dela lhe interessava.

— De acordo com este documento, você é também uma *leitora* — continuou o professor Wolf, franzindo os lábios ao pronunciar a frase. — Pior ainda, uma *leitora* que passeia por aí de mãos abanando. O que aconteceu com as luvas?

Ela se perguntou por que era da conta dele, mas precisava demais de ajuda para ser desagradável.

— Foram inconvenientemente perdidas. Estou aqui para que o senhor me ajude a encontrar um novo par. A Boa Família se encarregará de qualquer custo.

E eu pagarei a dívida com tarefas a mais, pensou, mas se conteve para não acrescentar.

O professor Wolf examinou as mãos de Ophélie com um olhar cético. A extrema rigidez era acentuada pelo colar cervical de madeira ao redor do pescoço, que dava à cabeça uma forma de picareta, quando combinado com a barbicha pontuda. Seria consequência do acidente que a senhoria mencionara?

— Siga-me — disse ele, a contragosto.

O professor a levou do saguão à sala de estar, onde reinava o mesmo crepúsculo. A luz do dia cintilava, fraca, pelas frestas entre persianas. O ar era irrespirável. O ventilador não dispersava o calor nem o cheiro de mofo. As prateleiras sobrepostas deixavam entrever, atrás das vitrines empoeiradas, ossos e fósseis que lhe deram a impressão de ter entrado em um gabinete de curiosidades particularmente mórbido. Ela ficou desconcertada ao ver as cadeiras, as mesas e os armários recuarem como animais ariscos; o professor Wolf devia ser mesmo desconfiado, para o animismo ter impregnado os móveis de tal forma.

A surpresa de Ophélie aumentou ao notar, entre os troféus de escavação arqueológica, uma coleção muito impressionante de armas militares.

— Sua pesquisa trata das guerras do velho mundo?

Reparou tarde demais que lhe escapara a palavra proibida. O professor Wolf, ocupado revirando uma gaveta, dirigiu a ela um olhar sombrio.

— E aí? Vai me denunciar, é? A lei proíbe deter armas, não artefatos históricos.

Exasperado pelo colar cervical, que o impedia de se curvar à vontade, o professor tirou a gaveta do móvel e virou tudo na mesa.

— A guerra — continuou, abaixando a voz — normalmente está associada à noção de fronteira. O Rasgo explodiu as fronteiras em pedacinhos, mas você acha que as guerras pararam? Saiba, mocinha, que a paz é só um estado de espírito. Sempre houve e sempre haverá conflito, qualquer que seja seu rosto. É só sair por aí com esse seu uniforme provocante para ver por conta própria.

Ophélie pensou nos sem-poderes que a encararam com uma mistura de desprezo e desejo. Pela primeira vez em muito tempo, sentia estar à frente de um interlocutor capaz de bom-senso. A decepção que sentira ao encontrá-lo se dissipou.

— Concordo.

Enquanto desembolava uma fita métrica do caos sobre a mesa, o professor Wolf franziu as sobrancelhas espessas e esboçou um sorriso irônico.

— Veja só. Uma parente distante, *leitora* além do mais, aparece na minha casa e compartilha de minha visão de mundo. Que dia de sorte!

— Você não confia em mim — constatou Ophélie. — Desde que atravessei aquela porta, você não acreditou em nada do que eu disse. Por quê?

O professor esticou a fita com um gesto só, como se fosse um chicote.

— Já disse, mocinha, lá fora é guerra. Pai animista, mãe sem-poderes: nunca fui aceito por comunidade alguma. Minha existência toda é tecida por conflito, então tenho o princípio de considerar todos os seres humanos como adversários em potencial. Mãos na altura dos olhos — ordenou com tom seco.

Ophélie levantou os braços para que ele os medisse, mas não foi fácil: a fita métrica, também contaminada pela desconfiança do dono, se esquivava de tocar uma desconhecida.

— Afinal, você tem curiosidade sobre o velho mundo? — perguntou o professor Wolf, sem perder o tom sarcástico. — Talvez se interesse em *ler* meus fósseis?

Ophélie mordeu a língua. A fita estava apertando tanto sua mão que começava a ficar dormente.

— Fósseis não são *legíveis* — respondeu. — Assim como matéria-prima e organismos vivos. Realmente sou quem digo ser. Se quiser me testar, monte uma armadilha menos ridícula.

O professor fez uma careta de zombaria e anotou as medidas em papel telegráfico. O simples ato de escrever exigia um enorme esforço por causa do colar cervical que o impedia de inclinar a cabeça. Ophélie teve a sensação, talvez equivocada, de ter ganhado um ponto.

— Quero me juntar aos grupos de leitura de Sir Henry no Memorial. Soube que você também pesquisa por lá, é isso mesmo?

O lápis do professor derrapou no papel. Surpreendendo-a, a mão dele começara a tremer.

— Pesquisava — corrigiu, rangendo os dentes.

— Por que parou?

— Por motivos que não são da sua conta.
— De qualquer forma, deve conhecer bem o lugar.
— Bem o suficiente para nunca mais pisar lá.

O professor Wolf se retraiu, como se tivesse falado demais. Ele enrolou o telegrama em um cilindro, o enfiou no compartimento do tubo e acionou uma manivela: o pneumático foi imediatamente aspirado.

— Pronto. Mandei o pedido das luvas a meu fornecedor pessoal. Ele se comunicará diretamente com a Boa Família para entregá-las daqui a uns dias. Satisfeita?

Ophélie hesitou. Perguntas queimavam sua boca, em especial sobre o Secretarium, mas a insistência só faria o homem desconfiar ainda mais.

— Pode me emprestar um par velho que não usa mais? Estou *lendo* tudo que toco desde que acordei, não vou aguentar muitos dias assim.

O professor Wolf franziu a boca, como se pronto para recusar, mas acabou suspirando, irritado.

— Um instante. Não mexa em nada.

Ele subiu uma escada que rangia tanto quanto ele, deixando Ophélie sozinha em meio às coleções. Ela andou em frente às armas militares, se demorando na brisa morna do ventilador. Ficou levemente chocada ao dar de cara com um espelho empoeirado preso no teto. Não se olhava no espelho desde que entrara no conservatório e precisou de alguns segundos para entender quem era essa moça de uniforme, com bochechas de pêssego e cachos na forma de pontos de interrogação. Sem o cabelo comprido e volumoso, o vestido de gola alta e o cachecol velho – que, só de lembrar, fez seu coração doer –, ela mal se reconhecia. Se mostrar ao mundo de cara limpa era o melhor dos disfarces, ainda mais eficiente do que o uniforme de Mime que a escondera por tanto tempo no Polo.

Avançando na direção de uma foto antiga de uma escavação arqueológica, Ophélie esbarrou em uma lata de lixo, que pulou de lado para evitá-la. Não era esvaziada fazia muito tempo, pois transbordava de bolinhas de papel, parte das quais caiu no chão.

Ophélie correu para arrumá-las, mas uma delas lhe provocou emoções tão violentas que ficou sem ar. Medo. Medo puro. O medo do professor Wolf.

Ophélie examinou a carta amassada que tinha deixado cair no chão como carvão em brasa. Se ele tinha contaminado o papel com o próprio medo, não usava luvas ao tocá-lo: nenhum *leitor* experiente mexeria de mãos nuas em uma carta, a não ser que quisesse confirmar a honestidade do remetente.

Em outras circunstâncias, ela nunca se permitira ir além, mas a curiosidade foi mais forte do que a consciência desta vez. Antes de entender o que fazia, desamassou a folha sob a claridade fraca das janelas.

Caro camarada,
Fiquei triste ao saber do acidente. Cair da escada é perigoso, podia ter quebrado seu pescoço! Que sorte, nossa e sua, que tenha saído incólume. Espero ter o prazer de revê-lo em breve no Memorial e nas reuniões acadêmicas: mesmo que suas pesquisas não sejam recebidas com unanimidade, ainda são de interesse fundamental para nossa disciplina.
Falando nisso, estudei a amostra que me mandou. A composição é fascinante! Foi difícil desenrolar a datação, mas minha análise acabou chegando à mesma conclusão da sua. Posso perguntar de que documento extraiu a amostra?
Por favor, caro camarada, acolha meu sincero desejo de melhoras.
Assinado: seu amigo e camarada dedicado

Os dedos de Ophélie tremiam de tanto terror que o professor Wolf sentira ao ler essas linhas. Não entendia o motivo, nem teve tempo de se aprofundar na questão. Os passos do homem ecoaram pela escada.

Ela amassou o papel e o jogou na lata de lixo, mas errou a mira completamente.

— Pronto — disse o professor Wolf ao descer, apresentando luvas pretas. — Nem precisa me devolver, não vou ter como reutilizá-las.

Ophélie as vestiu, evitando olhá-lo nos olhos. Ela se sentia tão sacudida pela *leitura*, tão culpada por trair sua ética, que a voz vacilou:

— O-obrigada.

Ele empurrou o maxilar para a frente, alongando ainda mais o queixo, e seu olhar, de novo desconfiado, percorreu os quatro cantos do cômodo. Esperava que o colar cervical o impedisse de ver a bolinha de papel no chão, mas ele acabou encontrando-a. O estupor, o horror e o furor se misturaram imediatamente em sua expressão.

— Sinto muito — disse Ophélie, impulsivamente. — A carta caiu no chão. Queria arrumar. Não deveria...

Não chegou ao fim da frase. O professor Wolf a agarrou pelo braço e a jogou contra o espelho de parede, que se estilhaçou em mil pedacinhos.

— Espiãzinha de merda!

— Não! — afirmou ela, se erguendo dolorosamente, meio atordoada. — Não sou sua inimiga, quero sinceramente entender o que aconteceu!

Fora de si, o professor a segurou pela gola da jaqueta e a puxou até tirá-la do chão. Para um homem com o pescoço quebrado, ele continuava bastante forte.

— A humanidade inteira é minha inimiga — sibilou. — Junte-se ao grupo de leitura de Sir Henry, sua enxerida. Divirta-se. Saia da minha casa! — ordenou, largando-a com violência.

Ophélie correu ao saguão. A porta abriu as trancas sozinha para dar passagem e se fechou com uma batida e tanto quando ela a atravessou, expulsando-a do lugar com a força de uma catapulta. Caiu de joelhos no pátio do prédio, com o coração batendo forte. Quando ajeitou os óculos, ainda azuis de pavor, cruzou com o olhar da senhoria, que varria à luz do sol, levando o tucano no ombro.

— Falei, *miss*. Esse locatário não é fácil.

O AMULETO DO AZAR

Ophélie tateou uma a uma as pontas das luvas do professor Wolf, compridas demais para seus dedos. Ela tinha ido visitá-lo em busca de respostas e saído com ainda mais perguntas, além de uma boa coleção de arranhões. O que o dissuadira de continuar as pesquisas no Memorial? Que amostra tinha mandado analisar? Por que a resposta do colega o aterrorizara de tal forma? Teria esse medo alguma relação com o que Miss Silence sentira na hora da morte?

Uma chuva grossa escorreu pelas janelas do bondalado. Ophélie fechou os olhos, afastando a emoção engasgada na garganta. Pensar no cachecol vagando pelas ruas de Babel como um cachorrinho abandonado era inevitável.

Não. Parar de pensar nisso. Seguir em frente.

Ela abriu os olhos ao sentir o veículo manobrar na chegada de uma parada. Era a quinta academia, então o conservatório chegaria logo. Estudantes saíram sob a chuva, subindo o capuz; outros entraram, sacudindo os casacos. Como fizera em todas as estações, Ophélie verificou se havia entre eles um menino de cadeira de rodas. Estava com saudade de Ambroise, da amizade, da bondade, da loquacidade. Não entendia por que ele tinha se afastado de repente, mal respondendo os telegramas, sem nunca visitá-la, mas estava preocupada.

Não. Parar de pensar nisso também.

Ophélie observou, através do caminho sinuoso das gotas na janela, a torre do Memorial à distância. Entre aquelas paredes estava o Secretarium. No Secretarium, uma caixa-forte. Na caixa-forte, a "verdade absoluta". Será que Miss Silence e o professor Wolf tinham se aproximado demais dessa verdade? Será que Thorn estava em perigo para descobri-la? Era frustrante saber que deveria descer na estação seguinte, sem continuar o caminho até lá. As três horas permitidas estavam chegando ao fim. As gôndolas eram lentas e a fizeram perder tempo precioso, a ponto de quase perder o bondalado. Teria sido o cúmulo do absurdo se fosse expulsa da Boa Família por perder uma baldeação dois dias antes do fim do período probatório.

Ophélie voltou a apalpar o tecido folgado das luvas. Sentiu um suspiro subir, mas quem o soltou foi seu vizinho de banco. Ela o olhou, intrigada. Ele também estava contemplando a janela encharcada de chuva, mas com uma expressão culpada, como se fosse pessoalmente responsável pelo clima. O perfil, com cabelo bagunçado grisalho e um nariz comprido e pontudo, lembrava um porco-espinho. A figura lhe causou uma sensação familiar, cuja causa entendeu ao ver o crachá de "assistente" pregado no uniforme.

— O homem do carrinho... — murmurou.

Após certa hesitação, ele desviou o olhar da janela.

— *Sorry, miss*? Falou comigo?

Ophélie abriu um sorriso educado. Não tinha dado certo com o professor Wolf, mas o assistente não poderia expulsá-la de um bondalado no ar, né?

— Já nos encontramos, senhor. No departamento infantojuvenil do Memorial. Derrubei os livros do seu carrinho e você... bom, você tomou uma bronca por minha culpa.

— Ah, esses livros! — resmungou o homem. — Já parece bem distante.

Ele se concentrou intensamente nas próprias mãos, cruzadas sobre os joelhos, com a cabeça enfiada entre os ombros e não disse mais nada. Parecia desesperadamente solitário. Solitário como Ambroise em meio aos autômatos do pai. Solitário como o professor Wolf, trancado a sete chaves no apartamento.

Solitário como eu, pensou Ophélie.

— Eulalie — se apresentou ela.

— What? — se surpreendeu o homem. — Ah, é... Blasius, prazer.

Ele coçou o pescoço com um gesto desconfortável, como se não estivesse habituado a conversar.

— Eu... — continuou. — O uniforme... Aprendiz de virtuose?

Ophélie sentiu um sorriso, desta vez sincero, surgir no rosto. Não era todo dia que esbarrava em alguém mais desajeitado do que ela.

— Arauto.

— Impressionante.

Blasius pareceu sincero. Ele tinha arregalado os olhos, redondos, escuros e úmidos como os de um porco-espinho, como se tivesse acabado de saber que estava sentado ao lado de um Lorde de LUX.

Lá fora, a chuva piorou contra as janelas, impulsionada pelo vento oeste. Um trovão arrebentou o silêncio, projetando a luz viva do relâmpago no rosto dos estudantes, mas nenhum deles desviou o olhar dos estudos. Reinava sempre no transporte público de Babel uma calma exagerada, com razão: o comandante de bordo multava por qualquer bagunça.

Ophélie não conseguiu deixar de olhar para o teto, inquieta, pensando nas quimeras arrastando os vagões sob a tempestade.

— Candidata — sentiu-se obrigada a especificar. — Quero muito trabalhar no Memorial, como você.

— Como eu? Espero que não — disse Blasius, apontando para o crachá. — Faz anos que guardo o que me mandam guardar, não tem prestígio nenhum.

— As coleções do Memorial são muito imponentes. Devem dar um trabalho enorme, né? Especialmente o Secretarium — acrescentou Ophélie, o mais inocentemente possível.

— Nunca nem pisei lá — suspirou ele, decepcionadíssimo.

— É um departamento importante e confidencial demais para gente que nem eu.

— Também não participa dos grupos de leitura?

Blasius soltou uma risada incrédula que abafou com a mão, encarando a cara de reprovação do comandante de bordo.

— Os grupos do automa... *sorry*, do Sir Henry? — respondeu, falando bem baixo. — Precisariam ser loucos pra me aceitar.

Ophélie não entendeu o fundamento do comentário, mas preferiu não insistir. Finalmente encontrara um interlocutor bem-disposto, precisava aproveitar cada minuto do trajeto.

— Soube o que aconteceu com a Miss Silence — cochichou ela, observando a reação de Blasius pelo canto do olho. — Deve ter sido um choque horrível.

No exato instante em que acabou a frase, foi brutalmente sacudida. Uma lufada de vento, mais violenta do que as anteriores, fez balançar o vagão inteiro, provocando exclamações surpresas em todos os bancos.

— Fiquem calmos, cidadãos! — exclamou o comandante de bordo. — É só uma leve turbulência. Nossa Totemista tem total controle do veículo.

Ophélie ajeitou os óculos, pois o balanço os jogara à pontinha do nariz; ao seu redor, viu estudantes recuperarem os livros que tinham derrubado. Não estava nada tranquila. Instintivamente, tinha se agarrado ao braço de Blasius, que encarava sua mão com uma expressão chocada, como se fosse a primeira vez que via uma coisa tão improvável. Acabou dando um tapinha desajeitado nas pontas dos dedos dela, com um sorriso de desculpas no canto da boca.

— Essas coisas acontecem comigo. Essas suas luvas... — continuou, antes que Ophélie pudesse perguntar sobre a frase anterior. — São do Wolf, né?

— Como você sabe... Conhece o professor? — balbuciou ela, cada vez mais surpresa.

Blasius esfregou o narigão pontudo, constrangido.

— Reconheci o cheiro. Sou um Olfativo, sabe? Wolf é uma presença frequente no Memorial. Quer dizer, era, antes do acidente — acrescentou, com um nó de emoção na garganta.

Ophélie notou que ele falava de Wolf sem o título. Certamente eram mais do que conhecidos. Enquanto refletia, o homem verificou, com um olhar nervoso, que o comandante de bordo não estava prestando atenção neles.

— Posso confessar uma coisa, *miss*?

— É... pode?

Blasius se aproximou timidamente e, entre o barulho da chuva, cochichou baixinho:

— Eu matei a Miss Silence.

Ela sentiu o estômago dar uma volta e dessa vez não tinha nada a ver com a oscilação do vagão. Murmurou "Por quê?", mas não conseguiu emitir som algum. Blasius se afastou de novo e se ajeitou no banco, enfiando os dedos no cabelo já embaraçado, o rosto todo atravessado por culpa.

— A questão não é essa, *miss*. O importante é perguntar *como*.

Ele olhou inquieto para Ophélie, como se temesse que ela quebrasse a janela de repente e pulasse no vazio para fugir.

— Eu... eu dou azar.

— Ah.

Não sabia o que mais responder. Era uma das declarações mais inesperadas que já ouvira.

— É sério — insistiu Blasius, arregalando os olhos atormentados. — O carrinho de livros, o acidente de Wolf, a queda da Miss Silence, este dilúvio: sou eu, entendeu? É assim desde que nasci. Vou contra qualquer estatística. Pessoas *very* competentes já estudaram meu caso.

As palavras dele atingiram o coração de Ophélie. Ecoavam o que Thorn tinha dito dois anos e meio antes: "Você tem uma predisposição sobrenatural para catástrofes".

Ela abriu a boca, mas um rugido a interrompeu.

— Que vergonha, rebanho!

Ophélie e Blasius se viraram. Ao redor deles, os estudantes se entreolhavam, confusos. Quanto ao comandante de bordo, já tinha encontrado o bloco de multa e procurava de banco em banco aquele que ousara infringir a regra. Não encontrou ninguém.

A voz se ergueu de novo, de lugar nenhum e de todos ao mesmo tempo, ainda mais forte do que os trovões lá fora:

— Isso, exatamente, cordeirinhos! Olhem só esses uniformes lindos! Olhem só esses manuais virtuosos! Olhem só essa linguagem bem certinha! Ainda assim ousam se considerar a juventude de Babel?

Ophélie tampou os ouvidos para não ficar surda. Já tinha ouvido a voz de tenor. Era do Sem-Medo-Nem-Muita-Culpa, como no dia em que visitara o Memorial.

— Vou dizer o que vocês são — continuou a voz. — Cúmplices! Conspiradores do silêncio! Ditadores da hipocrisia! Se lhes resta qualquer amor próprio, cidadãos, repitam: abaixo o Índex e morte aos censores! Abaixo o Índex e morte aos censores! Abaixo o Índex e m...

A voz se transformou em um chiado agudo que perfurou os tímpanos de Ophélie. O comandante de bordo encontrou, sob um banco, um aparelho de rádio no volume máximo, que esmagou a pontapés. O silêncio voltou, pesado de chuva, vento e trovão.

— Caso encerrado, cidadãos — declarou o comandante de bordo, sem dar margem para resposta. — Próxima parada: Boa Família!

Ainda ouvindo um apito, Ophélie observou Blasius, que se levantara para abrir passagem. Ele deu de ombros, fatalista.

— Falei, Miss Eulalie. Eu dou azar.

Ophélie se levantou, tentando se equilibrar apesar do balanço do vagão. Olhou para os restos do rádio que o comandante de bordo levava à outra ponta do bondalado. A voz ainda ecoava nela. "Morte aos censores!"

— Miss Silence era censora, né?

Blasius levantou as sobrancelhas, peludas e grisalhas como o cabelo.

— Hein? É, mas... *well*... você não acha que...

— Ainda não sei o que achar — cochichou ela, o mais baixo e rápido que conseguiu. — Só tenho alguma certeza, senhor

Blasius, que você não é responsável pelo que aconteceu com a Miss Silence e o professor Wolf. Acho até que tê-lo encontrado aqui neste bondalado foi uma enorme sorte da minha parte.

Blasius arregalou os olhos. O canto da boca dele tremeu, como uma vela vacilante.

— É a primeira vez na vida que me disseram isso.

— A Boa Família! — anunciou o comandante de bordo.

Ophélie apertou a mão que Blasius oferecera, educadamente, apesar do desconforto das luvas grandes.

— Tenho intenções certeiras de me juntar aos grupos de leitura — declarou ela. — Nos veremos em breve no Memorial. Até lá, tome cuidado e se pergunte quem de fato matou Miss Silence.

Ao desembarcar, Ophélie seguiu com o olhar a silhueta do trem alado que continuava o caminho pelo céu. A chuva tinha parado assim que ele se afastara da arca.

Não posso ficar amiga de um memorialista, pensou, com firmeza. *Não seria razoável. Seria até perigoso.*

No entanto, foi obrigada a aceitar, ao notar que de repente se sentia menos sozinha, que já era tarde demais.

A ACOLHIDA

Os braços articulados eram ativados como tentáculos ao redor da cadeira diretorial. Faziam uma triagem infinita dos documentos da Boa Família e os movimentos perpétuos contrastavam com a imobilidade de Hélène atrás da mesa imponente de mármore. A gigante encarou a pasta que segurava com dedos compridos de aracnídeo.

Ophélie sentia que esperava o veredito há uma eternidade. Desviou a atenção para a luminária da mesa, que emanava uma luz hesitante. Tinha trocado tantas lâmpadas nas tarefas da madrugada que precisou lutar contra o reflexo de trocar mais aquela.

A voz cavernosa de Hélène a fez estremecer:

— De acordo com o relatório de Lady Septima, você aceitou se esforçar um pouco mais durante as três semanas do período probatório.

Ophélie conteve as palavras que lhe vieram aos lábios. Não chamaria de "se esforçar um pouco mais" as duzentas horas de aulas radiofônicas e *leituras* aplicadas, sem nem contar as tarefas de manutenção.

— Fiz o meu melhor, senhora.

Hélène tirou o nariz de elefante da pasta. No meio do balé mecânico da cadeira, lembrava uma deusa antiga de vários braços, metade mulher e metade monstro, que ainda era vista esculpida nos muros mais antigos de Babel.

— Basta fazer seu melhor? Lady Septima não ficou muito impressionada com suas análises. Você mergulha na subjetividade que impregna os objetos, mas a história é uma ciência que exige rigor. Aqui não praticamos sutilezas artísticas, nos apoiamos em *contexto*. Você mostrou sinais de progresso, pelo que li no relatório. Entretanto, um virtuose não precisa ser bom na área: precisa ser excelente.

A boca de Hélène se estirou em uma careta, larga e dentuça como a de um peixe abissal.

— Acalme-se, minha jovem — pediu ela. — Seus batimentos cardíacos vão estourar meus tímpanos.

— Eu me tornarei excelente — prometeu Ophélie, completamente incapaz de se acalmar.

— Tenho duas perguntas, aprendiz. A primeira é a seguinte: o que aprendeu durante as três semanas de período probatório?

Ophélie admitiu que esperava perguntas mais concretas. Ela construiu na cabeça várias frases bonitas, em busca do que causaria mais impacto, mas Hélène a interrompeu abruptamente:

— Não pare para pensar. Responda agora, com sinceridade, o mais rápido possível. O que aprendeu?

— Que eu não sei nada.

A declaração saiu quase arrancada de seus pulmões. Não era exatamente o que previra, mas Hélène não permitiu que desenvolvesse o raciocínio, só emendou na segunda pergunta:

— Por que quer ser uma arauta?

— Eu... Então, eu queria...

— Por quê?

A voz de Hélène ficou ainda mais sepulcral.

— Para que minhas mãos sirvam à verdade.

— Sirvam à verdade — repetiu Hélène. — Não seria de bom tom dizer que servirá à cidade?

Ophélie se permitiu refletir por um instante, entendendo que tinha uma chance de corrigir o que dissera, mas decidiu ouvir o instinto. Hélène não era Pólux. Hélène não era um fantoche de Lady Septima e dos Lordes de LUX. Hélène pensava sozinha e tomava as próprias decisões.

— A senhora pediu uma resposta sincera.

O espírito familiar dirigiu então o aparelho óptico a Elizabeth, que aguardava perto da porta, tão silenciosa que Ophélie se esquecera de sua presença.

— Lembre-me de quem você é.

— Sou... sou a responsável pela primeira divisão dos arautos, *my lady*. Coordeno os grupos de leitura.

Ophélie olhou de relance para Elizabeth, surpresa. Era a primeira vez, nas três semanas em que a acompanhara, que notava sua voz um pouco perturbada. Entretanto, aparentava ser a mesma figura inexpressiva, doentiamente pálida sob as sardas, com pálpebras pesadas de sonâmbula.

— Isso eu já sei — observou Hélène. — Afinal, por que mais estaria presente nesta entrevista? O que quero saber é seu nome.

— Elizabeth.

Essas quatro sílabas, articuladas rigidamente, confirmaram a impressão dela. Eram quase um pedido de socorro.

Hélène pressionou as teclas mecânicas à sua frente. Um braço mecânico se desdobrou imediatamente, em um movimento telescópico, para abrir a tampa de uma escrivaninha no fundo da sala. Ophélie se surpreendeu ao ver um livro gigantesco, com páginas espessas como pele.

Não, não era um livro. Era um *Livro*, com L maiúsculo. O Livro de Hélène.

O braço mecânico não o tocou. Abriu uma das inúmeras gavetas e pegou um registro que depositou sobre a mesa.

— Boa organização para minha memória ruim — comentou Hélène com certa ironia, folheando o registro. — Elizabeth, Elizabeth, Elizabeth... Ah, você é a sem-poderes. Sua virtude são as bases de dados. Ah? É você que devo meu sistema de consulta pessoal? Sim, acho que lembrei — declarou, fechando o registro. — Acho que posso confiar no seu julgamento. Acredita que a aprendiz aqui presente interessa aos grupos de leitura?

O silêncio que se seguiu deixou Ophélie desconfortável. Se sua recepção na Boa Família dependesse da opinião de Elizabeth, não iria correr bem. A responsável pela divisão não tirava a cara dos algoritmos tempo suficiente para conhecer os aprendizes de quem cuidava. Sua devoção pela cidade e pelo Memorial a cegava para o resto do mundo.

Pelo menos era o que Ophélie pensava; por isso, ficou chocada ao ouvi-la responder:

— Acho que ela interessa no geral, *my lady*.

Hélène batucou com as unhas, pensativa, no mármore da mesa. Ophélie queria cruzar seu olhar uma vez, uma que fosse, mas sabia que seria impossível: sem o aparelho de correção, o espírito familiar só via galáxias de átomos no lugar das pessoas. Assim como a porta de ar comprimido a impedia de ouvir murmúrios, espirros e cacarejos dos alunos do conservatório.

O couro da cadeira guinchou sob seus movimentos e Hélène se inclinou à frente da cadeira, seu peito enorme a seguindo. Os dedos de comprimento desproporcional entregaram uma caixinha a Ophélie.

— Bem-vinda à Boa Família. Fechem bem a porta ao sair. Seus batimentos cardíacos são ensurdecedores.

No instante seguinte, Ophélie desceu a escada do prédio administrativo atrás de Elizabeth, apertando a caixinha contra o peito. Estava dividida entre o alívio e a incredulidade.

— Você acredita mesmo no que disse à Lady Hélène.

A outra jovem parou no meio do degrau, a mão apoiada, frouxa, no corrimão.

— Claro que não. Agora você me deve uma, vou aproveitar.

Seguiu-se um silêncio desconfortável, em que só foi possível ouvir os datilógrafos da secretaria, rápidos e barulhentos como máquinas de costura.

Elizabeth o interrompeu, erguendo o olhar semicerrado para ela.

— Brincadeira. Claro que acredito. Ninguém aqui vai lhe dizer isso, mas é bastante jeitosa com as mãos. Pelo menos como *leitora*.

De fato, Ophélie derrubou a caixinha, que rolou pelos degraus de mármore. Elizabeth a buscou, abriu e tirou duas asinhas de prata. Sem dizer uma palavra, ela se ajoelhou aos pés de Ophélie para pregá-las às botas. O rosto continuava impassível, mas os gestos eram atenciosos. Quase maternos.

— Você é uma de nós, aprendiz Eulalie.

Ophélie achou essas palavras mais tocantes do que esperava.

— Elizabeth... Lady Hélène não quis ofendê-la. A memória... Conteve o fim da frase. "A memória dela foi arrancada por Deus, assim como uma página do Livro." Não era razoável revelar tal informação a uma arauta. Seria perigoso para as duas.

— Ela não esqueceu seu nome deliberadamente — falou, enfim.

— Eu sei — suspirou Elizabeth.

Sentada no meio da escada, ela abraçou os joelhos. O rosto não deixava transparecer emoção alguma, mas o corpo curvado, cuja falta de relevo era destacada pela luz dos vitrais, revelava a melancolia que a tomara.

— Eu sei — repetiu em voz baixa, como se para si mesma. — Os espíritos familiares são assim. A verdade é que eu estava completamente perdida antes de chegar aqui. Era uma menininha sem poderes nem objetivo. Lady Hélène me ofereceu um teto, uma família, um futuro. Ela é tão importante para mim, mas eu não sou nada para ela... Não é culpa dela, pois está condenada a esquecer tudo, sempre. É por isso que o Memorial é tão importante.

O gongo da noite soou e, como se movidas por molas de relógio, as pernas de Elizabeth se esticaram para levantá-la.

— Preciso ir ao Secretarium do Memorial imediatamente. Sir Henry me espera e ele é pontual.

— Vou conhecê-lo logo? Como sou um novo elemento nos grupos de leitura, gostaria de me apresentar formalmente.

O que Ophélie queria era, na realidade, um pretexto para entrar no Secretarium, mas Elizabeth sacudiu a cabeça devagar.

— Apresentar você ao autômato? Acredite, ele não é uma atração turística e não dá a mínima para quem trabalha ali. Apesar de todo o respeito que tenho por ele, é só um monte de cálculos, análises e aço. Entretanto, é preciso reconhecer que ele revolucionou o catálogo do Memorial. Vivemos no melhor dos mundos —

declarou, de repente, entrando em guarda com um gesto solene.

— Que juntas o tornemos ainda melhor, aprendiz Eulalie.

Ela apertou rapidamente a mão de Ophélie e foi embora sem lhe dar tempo para reagir. Não era tão ruim, afinal. Elizabeth provavelmente não teria apreciado a opinião dela.

Ophélie só se deu conta ali, sozinha na escada, que tinha conseguido. Era aprendiz de virtuose.

Ela saiu da secretaria e caminhou entre as colunas do passeio, impulsionada pelo vento quente da noite. Estava tão determinada que os macacos saíram do caminho. As asas de prata presas às botas produziam um som metálico ritmado. Cada passo que dava era um passo até Deus. Um passo até Thorn.

— Bravo.

A voz orgulhosa fez Ophélie desacelerar e depois retroceder. Tinha passado por Octavio sem notá-lo. Encostado em uma coluna em meio aos cipós, ele se misturava às sombras que o sol poente espalhava pela galeria. Só os olhos faiscantes indicavam sua presença.

— Obrigada — disse ela, cuidadosa.

Era raro vê-lo sozinho. Estava sempre cercado por um séquito de aprendizes, prontos para aplaudir a cada performance, como se rivalidades estudantis não lhe afetassem em nada; era obviamente Lady Septima que queriam lisonjear por meio dele. Até as caixas de som da galeria se calavam em sua presença. Se fosse qualquer outra pessoa, a voz de um vigia o mandaria voltar à arca dos Filhos de Pólux imediatamente.

— Está satisfeita com essas luvas? — perguntou ele.

Ophélie abriu e fechou as mãos várias vezes, amaciando o couro novo que as cobria.

— Foram entregues hoje. Vou poder continuar a aprender em boas condições. Fico te devendo uma.

Insistiu no agradecimento informal. Tinha passado a época do respeito. Ela se considerava igual aos outros aprendizes da companhia: não fazia diferença alguma que ele fosse filho de Lady Septima.

Octavio se afastou da sombra da coluna. Os raios oblíquos de sol iluminaram o bronze da pele, a prata do uniforme e o ouro da corrente da sobrancelha. Entretanto, essa luz não era nada se comparada ao olhar incandescente.

— Me deve mais do que imagina, aprendiz Eulalie. A visita ao professor Wolf foi educativa?

A pergunta atingiu Ophélie como uma flecha envenenada. Que ingenuidade! Ele não tinha provocado o encontro simplesmente por causa das luvas.

— Boa jogada — murmurou. — Achei mesmo que você tinha ajudado em nome da justiça.

— Ah, mas foi isso mesmo. O que aconteceu com o professor pode acontecer com outras pessoas. Achei justo informá-la.

Ophélie ficou ainda mais tensa. Desde o começo, pairava entre eles uma desconfiança recíproca, disforme e silenciosa como névoa. Naquele instante, ainda mais do que antes, ela se perguntou se Octavio seria um cúmplice mais próximo de Deus do que a própria mãe.

— O que aconteceu com ele? — perguntou, fingindo choque. — O acidente, no caso?

Sabia que a lesão do professor Wolf não era acidente algum, mas admiti-lo exigiria confessar que tinha se metido na vida particular dele; o tipo de armadilha em que não podia cair.

Octavio a examinou com uma atenção ao mesmo tempo firme e distante, precisamente como analisava as amostras do laboratório.

— Dilatação de pupilas, duração de contato visual, frequência do piscar — sussurrou ele. — Nossos olhos dizem mais do que qualquer discurso. Os seus, aprendiz Eulalie, me dizem que mentiu. Que você mente a todos, o tempo todo. Até esse gesto — acrescentou Octavio quando ela ajeitou os óculos, nervosa. — Isso me dá muitas informações. Minha mãe só vê você como uma desajeitada inexperiente que cedo ou tarde vai desistir. Já eu sei que nada vai te interromper, pois está aqui por um motivo preciso. É um motivo pessoal, sem relação alguma com o interesse da cidade.

Durante um longo silêncio, a galeria foi tomada pelo clamor crepuscular dos pássaros. Ophélie sentiu um inseto pousar no rosto, mas não ousou nenhum gesto para afastá-lo, por medo de se revelar ainda mais.

— Por que você me deixou ficar na Boa Família, se não me considera digna?

O canto da boca de Octavio se franziu em um sorriso.

— Para ficar de olho em você.

Ele deu meia-volta, as asas de arauto refletindo o último raio do sol que desaparecia na selva. A noite caiu brutalmente, úmida e pesada.

Ele não sabe nada, repetiu para si mesma,, vendo a sombra do garoto se perder na escuridão. *Ele não sabe meu nome, nem minhas motivações. Ele pode suspeitar, mas não sabe nada.*

— Aprendiz Eulalie, volte à divisão! — mandaram as caixas de som da galeria.

Ela se virou para uma das torres da cerca que balizavam os jardins. Binóculos brilhavam como olhos de gato no escuro. Octavio fora embora, então o vigia de plantão milagrosamente encontrara a voz e a visão.

Ophélie voltou a andar, decidida. Não deixaria ninguém estragar sua vitória.

Ela encontrou o dormitório vazio ao voltar ao Lar. Os colegas ainda não tinham voltado. Os grupos de leitura eram alternados entre os arautos de Pólux e os de Hélène; os horários podiam variar de seis da manhã a onze da noite, tanto que dispunham do próprio dirigível.

Ophélie desdobrou a cama mecânica e se jogou de roupa e tudo.

Amanhã, pensou, contemplando o Memorial que brilhava como um farol do outro lado do mosquiteiro da janela. *Amanhã estarei lá.*

Ela certamente adormeceu sem notar, pois, quando abriu os olhos, os colegas estavam lá. Ao redor da cama. Não tinham acendido as luzes e todos a cercavam, silenciosos e recolhidos, como em um velório.

Quis se levantar, mas dezenas de mãos a seguraram e cobriram sua boca. Ninguém a machucou. Os gestos eram metódicos e implacáveis.

— Meus primos têm um enigma para você, *signorina* — murmurou a voz suave de Mediuna na escuridão. — O que acontece com todos que ganham asas?

Com os óculos tortos, Ophélie imaginava o rosto mais do que o enxergava. Incapaz de se mexer ou falar, estava chocada demais para ter medo.

— Você declarará lealdade a Mediuna — previram todos os Adivinhos, em um murmúrio uníssono.

— Quero mostrar uma coisa, *signorina*.

Mediuna acendeu uma lanterna que iluminou todas as pedras preciosas incrustadas na pele. Ela fez um sinal para Zen, que estava afastada até então. O rosto de boneca estava deformado pela ansiedade, mas, mesmo assim, obedeceu a ordem silenciosa sem hesitar. Ela abriu a gaveta da mesa de cabeceira até tirá-la do móvel.

— Olhe, *leitorinha* — ordenou Mediuna, docemente.

As mãos dos Adivinhos puxaram o corpo de Ophélie, sem violência alguma, para inclinar a cabeça dela para o lado. Sentia que era uma marionete. A princípio só viu a gaveta que nunca usara.

De repente, enxergou: sombras minúsculas, formadas pela luz da lanterna.

— Seu colchão, seu uniforme e suas luvas — listou Mediuna, com um sorriso um pouco constrangido. — Não foi roubo, viu? Estavam sempre aqui, bem na sua gaveta.

Ophélie ergueu o olhar para Zen, que desviou o rosto, envergonhada.

— É, foi ela quem fez as miniaturas — disse Mediuna. — Ah, mas não o fez por prazer, acredite. Assim como meus primos não estão segurando-a por prazer agora. Sabe por que o fazem mesmo assim? Porque eu pedi. Todo mundo aqui me detesta, mas veja como me obedecem!

O feixe da lanterna acentuou as feições meio masculinas, meio femininas do rosto iluminado, mostrando-a ao mesmo tempo como rei e rainha.

— Lembra o que eu falei quando nos conhecemos? — continuou. — Há milhares de formas de atormentar alguém sem dor física. Você escolheu continuar entre nós, *signorina*, então vou explicar o que exatamente vai acontecer.

O sotaque musical de Mediuna se tornou hipnótico. Ophélie precisava admitir que dedicava a ela sua atenção total. O dormitório era um dos raros lugares escondidos dos periscópios de vigia e Elizabeth dormia em um quarto particular, do outro lado do Lar. Não podia contar com ajuda alguma.

— Só um aprendiz neste quarto se tornará aspirante a virtuose, eu — continuou ela, sussurrando. — Sonho em ser arauta desde que aprendi a pronunciar a palavra. Vou morrer com asas nos pés. A partir desta noite, suas mãozinhas ficarão bem quietas. Está terminantemente proibida de brilhar na frente de Lady Septima. Será discreta, ficará no cantinho, só tentará agradar um mestre: eu. Se me deixar o primeiro lugar, não serei ingrata — falou, ronronando sensualmente cada "r".

— Quando chegar a hora, quando eu for nomeada, você será minha assistente.

— Mas... achei... achei que eu fosse sua assistente — murmurou Zen, ajeitando a gaveta.

Mediuna sorriu sem nem mesmo olhar para ela, concentrando a atenção unicamente em Ophélie.

— O favoritismo não é bem-visto em Babel. Já prometi cargos a todos os meus primos, mas não posso ter duas assistentes.

Um dos Adivinhos soltou sua boca para que pudesse responder.

Ela não hesitou:

— Pode ficar com a Zen. Não estou interessada.

Mediuna dirigiu a luz da lanterna aos óculos de Ophélie, que ficou cega demais para enxergar sua expressão, mas soube que ela se movia pois ouvia o farfalhar do uniforme. Uma bota alada pressionou sua mão, na beira da cama. A pressão era ínfima, completamente indolor, mas Ophélie não tinha como escapar, imóvel como estava. Era um gesto puro de dominação.

— Não ouviu meus primos, *signorina*? Você declarará lealdade a mim. Repita: "Farei tudo que você mandar".

Ophélie se calou. Essa Adivinha devia mesmo achar que ela era uma ameaça para chegar a esse ponto. De certa forma, era lisonjeiro. No entanto, quando a luz da lanterna parou de cegá-la e revelou o olhar de Mediuna, brilhando de cobiça, começou a se sentir sinceramente inquieta.

— Virem-na.

Agindo como um único homem, os Adivinhos a viraram de barriga para baixo. Sem brutalidade, sem insulto, sem obscenidade, mas mesmo assim, com a cara enfiada à força no travesseiro, Ophélie soube que raramente vivera um ato tão violento. Por mais que se debatesse, não era capaz de resistir aos braços que fariam o que quisessem dela. Por que as garras não saíam para afastá-los?

— Calma — sussurrou Mediuna ao pé de seu ouvido. — Não vou demorar.

A inquietude se transformou em pânico no peito de Ophélie. A Adivinha sempre a ameaçava com o poder familiar, mas eram implicâncias. Assim como os *leitores* não podiam tocar objetos sem autorização dos proprietários, Adivinhos não podiam penetrar o passado e o futuro de alguém sem seu consentimento. Era mais do que bom-senso: era um tabu familiar, não poderia ser transgredido levianamente.

Exasperada e impotente, Ophélie sentiu uma mão tocar seu pescoço, acariciar a nuca. Uma sensação gelada cobriu suas costas, seguindo as ramificações da medula espinhal. Certa vez no passado uma Cronista revirara sua memória: Ophélie se sentira um livro chato, folheado rapidamente.

O que Mediuna a fez aguentar era incomparável. Ophélie foi tomada por dentro por uma presença intrusa, ardendo de curiosidade, com o desejo de absorver tudo que tinha de mais íntimo. A vida começou a desfilar de trás para frente em imagens caleidoscópicas, como se um projetor de slides fosse ligado na sua cabeça. Os olhos vermelhos de Octavio. Elizabeth prendendo as asas na bota. A cadeira de rodas de Ambroise presa na calçada. O cabelo cortado no jardim. Archibald com os documentos falsos. A fuga espetacular pelo banheiro público.

Não eram só imagens. Eram todos os pensamentos que lhe ocorreram, todas as emoções que sentira. Ela mordeu o travesseiro, rejeitando a invasão com todas as forças, mas não conseguiu impedir o inevitável. Thorn acabou surgindo do canto de uma memória. Apareceu com tanta clareza quanto se fosse ontem, no meio da cela da prisão, algemado, de camisa curta demais, tentando ficar de pé apesar da perna quebrada.

Enfrentando Deus.

Ophélie voltou ao presente assim que Mediuna soltou sua nuca. Ofegou desesperada contra o travesseiro. Os óculos tinham se enfiado no rosto. A camisa estava encharcada de suor.

— *Bene, bene, bene*! Sabia que você era cheia de segredinhos, mas o que é isso! Uau! — A voz da Adivinha saiu fraca, como se a viagem no tempo a esgotasse fisicamente, mas ela estava exultante.

— Não se preocupe, *signorina*. Seu segredo... todos os segredos serão só meus, desde que seja boazinha e obediente. Ninguém, nem mesmo meus primos, saberá o que trouxe você a Babel e quem é de verdade. Só precisa pronunciar umas palavrinhas.

Ela engoliu em seco. Estava enjoada. Queria passar o resto da vida enfiada nesse travesseiro, mas os Adivinhos a viraram de volta para Mediuna assim que a prima estalou os dedos.

— Pode falar.

Ophélie se ouviu responder em uma voz fraca, como se ouvisse outra pessoa:

— Farei tudo que você mandar.

Mediuna sorriu e beijou sua testa.

— *Grazie*. Bem-vinda à Boa Família.

S U R P R E S A

— Honestamente, assar uma torta é pão, pão, queijo, queijo!
— Olhe bem para estas mãos, querida. Parecem mãos de plebeia?
— Larga de ser metida. Já morei com você tempo suficiente para saber que é igual a todo mundo, de cima a baixo, de cabo a rabo.
— Por favor, não seja vulgar na frente de minha filha.
— Sua filha está com fome.
— Fui educada na corte. Sirvo um dos melhores chás da Cidade Celeste inteirinha.
— Bom, se quiser cuidar dela só com chá, saiba que ela não vai andar normalmente. Pelo amor das pimentas, Berenilde! Sou sua amiga, não sua babá. Não vou cuidar desse casarão inteiro sozinha!

Esmagada na cadeirinha alta de bebê, já apertada demais para a idade, Victoire seguiu com o olhar Mamãe e Avodrinha, que corriam de uma janela à outra para espalhar a fumaça. Na mesa da sala de jantar, uma travessa coberta de crosta preta emanava um fedor bem incômodo.

A casa tinha mudado depois da chegada da Avodrinha.

Com expressão severa, ela cortou a crosta da travessa para examinar por baixo.

— Virou carvão. Nossa despensa está ficando vazia. Você precisa escrever ao sr. Farouk.

Victoire tossiu por causa da fumaça. Mamãe se aproximou correndo e sacudiu o leque na frente de seu rosto.

— Eu escrevo todo dia, sra. Roseline, mas é para apoiá-lo, não para implorar. Nunca me rebaixarei a ponto de mendigar.

— Quem falou em mendigar comida?

Avodrinha apoiou os punhos no quadril. Sempre parecia chateada, mas nunca estava irritada de verdade. Victoire não se sentia mais intimidada por ela, nem um pouco. Por outro lado, tinha medo do Pai e, mesmo que não entendesse a conversa toda, esperava que não fosse preciso recebê-lo em casa.

Pai não gostava dela.

— Estou falando de *merecer* nossa comida — insistiu Avodrinha. — Vamos sair daqui, oferecer nosso serviço, mostrar que a gente tem peito!

Entre os movimentos do leque, Victoire viu uma covinha na pele de porcelana de Mamãe, bem no canto da boca. Era um sorriso diferente dos de antigamente. Esse sorriso tinha aparecido de um dia para o outro, junto com Avodrinha. Ele fazia Victoire querer sorrir também.

Não era a casa que tinha mudado: era Mamãe.

— Que ideia genial, sra. Roseline! Tenho certeza de que os nobres mal podem esperar para cobrir você de diamantes em troca de consertos de papelzinho.

Avodrinha franziu a testa, mas o sino da campainha tocou assim que ela abriu a boca.

— Está esperando visita?

— Não. Vamos ver do que se trata.

Victoire não se incomodou quando Mamãe a arrancou da cadeirinha apertada para pegá-la no colo. A covinha continuava ali no canto da boca, mas tremia como as pérolas do brinco.

Elas se dirigiram ao pavilhão de música e Avodrinha andou reto até o armário que Victoire sabia que se tratava da porta da frente. Tinha outra porta, lá no fundo do jardim, mas só Padrinho a usava.

— É a sra. Cunégonde — disse Avodrinha, pressionando o rosto contra o olho mágico. — Eita! Ela envelheceu rápido, hein?
— Ela está sozinha? — perguntou Mamãe.
— Parece que sim.

Mamãe, que abraçava Victoire com força a ponto de deixá-la sem ar, relaxou as mãos, aliviada. Mesmo que não falasse muito disso, tudo que acontecia fora de casa a preocupava. No entanto, a menina queria tanto passear lá fora! As aventuras com Padrinho já estavam distantes. Os dias pareciam longos e as *viagens* a satisfaziam cada vez menos. Já tinha explorado tudo que podia explorar.

— Pode deixá-la entrar — declarou Mamãe, finalmente.
— Jura? — se chocou Avodrinha. — A irmã do barão Melchior? Você manda embora todas as visitas, recusa todos os presentes, mas abrir a porta a uma Miragem cujo irmão foi assassinado pelo seu sobrinho parece prudente?

— Eu e ela sempre tivemos uma relação solidária. A vida anda difícil para Miragens. As ilusões não são bem-vistas, a época de frivolidades ficou no passado. Desde que faliu, dama Cunégonde vive sozinha eu sei lá onde, mas nem mencione isso na frente dela: só lhe restam as aparências. Abra a porta, sra. Roseline.

Avodrinha girou a chave. Um tilintar de joias e o cheiro de perfume, ainda mais forte do que o da torta queimada, invadiram imediatamente o cômodo.

— Bom dia, senhoras.

Victoire sentiu o peito palpitar de animação. Era a Dama-Dourada! Toda visita dela era uma verdadeira festa. Ela chamava Victoire de "pombinha" e sempre trazia surpresas: chuvas de cereja, ursinhos acrobatas, bonecas dançarinas e outras ilusões.

Por isso, ficou muito decepcionada quando a Dama-Dourada nem olhou para ela. Só se concentrou em Avodrinha, esticando as pontas da bocona vermelha.

— Você por aqui! É verdade o que dizem?
— O que dizem? — murmurou Avodrinha.
— Que nossa *leitorinha* partiu, quer dizer, voltou!

A Dama-Dourada se virou de um lado para o outro, sacudindo os penduricalhos dourados do véu, como se procurasse mais alguém. Victoire, achando que estava sendo procurada, esperou que ela a notasse no colo de Mamãe, a chamasse de "pombinha" e a cobrisse de confetes.

— Não adianta procurar Ophélie, amiga querida — suspirou Mamãe. — A fofoca está errada, nem eu sei onde ela está.

— Que pena!

A Dama-Dourada sorriu, mas Victoire achou tê-la visto contrair as unhas vermelhas e muito compridas.

— Posso lhe oferecer um chá? — disse Mamãe, com sua voz mais doce. — Em troca, aceito todas as notícias da corte que puder me oferecer!

— Não posso demorar — disse a Dama-Dourada. — Na verdade, estava na esperança de encontrar nosso ex-embaixador na minha casa. Quer dizer, na sua casa.

Victoire ergueu o rosto para Mamãe, sentindo os braços se afrouxarem. Ela também parecia decepcionada.

— Infelizmente, Archibald também não está por aqui.

— Por que o procura? — perguntou Avodrinha.

— Desaparece, quer dizer, parece que ele encomendou uma ilusão comigo e nunca veio buscá-la. Se puderem me dizer onde encontrá-lo, ele é tão arisco!

A Dama-Dourada sempre era meio esquisita, mas desta vez estava mais ainda, o que intrigou muito Victoire. Talvez fosse a boca. Todas as frases eram pronunciadas com hesitação, como se tivesse abusado do que Mamãe chamava de "ilusões de gente grande".

— Sinto muito, querida Cunégonde, mas estou igualmente no escuro — disse Mamãe. — Archibald deve estar vagando por alguma Rosa dos Ventos! Mas ele voltará. Ele sempre volta.

A Dama-Dourada a escutou com total atenção. As pálpebras tatuadas e pesadas se arregalaram junto com o sorriso.

— Neste caso, voltarei também.

Ao dizer estas palavras, a Dama-Dourada saiu assim como chegara.

Victoire a seguiu sem nem pensar. A surpresa que tanto esperava não tinha vindo; então ela iria à surpresa. Deixou o corpo pesado e estúpido no colo de Mamãe e se jogou lá fora com a leveza de um pensamento. Saltitou atrás da Dama-Dourada, que torcia o tornozelo pela calçada sem saber que estava acompanhada. Victoire já tinha saído na rua outras vezes, mas nunca *viajando*. Era completamente diferente. Os sons dos saltos e dos penduricalhos da Dama-Dourada tinham se tornado abafados. Os postes de luz ondulavam como se fossem de borracha e a luz criava uma mancha branca enorme na escuridão. Victoire viu a mesma carruagem passar na rua duas vezes, com segundos de intervalo: às vezes, nas *viagens*, via ou ouvia coisas dobradas, então não se preocupou.

Ali o céu não era mais verdadeiro do que o da casa. Mamãe dissera a Victoire que era preciso pegar muitas ruas e escadas para vê-lo, mas que esse céu era tão frio que imediatamente congelaria seus dedos.

Ela não sentia frio nem calor quando *viajava*, mas iria ver o céu outro dia. A Dama-Dourada tinha acabado de se enfiar em um elevador no fim da rua e Victoire precisou correr para pegá-lo também. Encostada em um canto da cabine, observou com uma curiosidade crescente. A Dama-Dourada não estava mais sorrindo, mas sua postura era bem engraçada: às vezes, inclinava exageradamente a cabeça para o lado ou coçava a perna passando o braço pelas costas.

Abaixando o olhar, Victoire de repente notou sua sombra. Sombras, melhor dizendo. A Dama-Dourada parecia ter várias, remexendo-se a seus pés como criaturas vivas. Seria uma ilusão surpresa? Victoire não notara as mesmas sombras com os olhos do outro corpo.

Seguiu a Dama-Dourada ao sair do elevador e precisou andar por um tempo ainda – felizmente, Victoire não se cansava na *viagem* – antes de entrar em uma casinha minúscula. O lugar parecia o ateliê onde Mamãe passava duas horas por dia bordando. Havia ali bustos de manequim, um quadro-negro cheio de anotações a giz e um balcão duas vezes mais alto que Victoire. Não havia ilusões em lugar nenhum.

A Dama-Dourada fechou a porta ao entrar e pegou o telefone no balcão. Victoire esperava que logo acontecesse alguma coisa interessante, porque já estava ficando entediada.

— Mudança de planos — disse a Dama-Dourada ao telefone. — Nossa fugitiva não está aqui, mas vou me redobrar mais um pouco. Me demorar. Não, filhote, prefiro ser discreta. Essa tal de sra. Cunégonde ainda não é afável... confortável, mas talvez me abra mais portas do que o esperado. Diga a todos meus filhos para ficarem atentos. Cada dia conta.

Victoire não entendeu nada do que a Dama-Dourada disse; as palavras lhe chegavam como se viessem através da água, mas ainda assim lhe causaram um certo desconforto. A boca dela não era mais hesitante. Victoire a seguira até ali porque parecia uma aventura absurdamente divertida, mas na verdade não se divertia tanto. Conseguiu ouvir, pela orelha da Outra-Victoire, a voz minúscula de Mamãe preocupada – "a coitadinha se perde cada vez mais em devaneio!" – e sentir a mão morna fazendo cafuné.

Estava a ponto de voltar à pele morna de Mamãe contra a sua quando a Dama-Dourada abriu uma cortina atrás do balcão para entrar em outra sala.

Victoire não resistiu à curiosidade. De novo, o chamado da *viagem* era forte demais.

Ela se assustou ao ver a Dama-Dourada curvada sobre uma Segunda-Dama-Dourada. Não estava vendo tudo dobrado, que nem a carruagem. A Segunda-Dama-Dourada estava deitada em um enorme tapete branco, com olhos arregalados, um sorriso de pura felicidade, o véu de penduricalhos estendido a seu redor como uma linda poça dourada.

Água vermelha escorria do nariz e das orelhas.

Essa Dama-Dourada olhava, sem parecer ver, corpos tão transparentes quanto a fumaça do narguilé, inteiramente nus, metade homens e metade mulheres, murmurando na sua boca palavras que só ela escutava.

Victoire não entendeu nada do que via.

A Primeira-Dama-Dourada dissipou com um gesto os corpos nus flutuando ao redor da Segunda-Dama-Dourada.

— Talvez essa ilusão seja forte demais para você — disse ela.

— Vocês, meus filhos, são criaturas tão frágeis, coitados! Com a mão de unhas vermelhas e imensas, fechou as pálpebras tatuadas da Segunda-Dama-Dourada.

— Descanse em paz, minha filha — continuou. — Sua morte não foi em vão. Graças a teu rosto, talvez eu possa mudar o saldo. Salvar o mundo.

Ao dizer essas palavras, a Primeira-Dama-Dourada ergueu devagar o rosto na direção de Victoire. Não parecia vê-la, mas apertou os olhos e encarou o canto da sala onde ela estava, como se pudesse sentir a presença. As sombras todas começaram a se retorcer e rastejar a seus pés, como se quisessem se jogar em cima dela.

— E você, minha filha? Também quer me ajudar a salvar o mundo?

No instante seguinte, tudo desapareceu: as duas Damas-Douradas, o tapete branco, a sala. Victoire voltou ao lugar da Outra-Victoire em casa. Estava de novo esmagada na cadeirinha de bebê apertada. Mamãe sorria ao lhe oferecer uma colher de geleia.

Victoire abriu a boca para gritar. Não saiu som nenhum.

A VASSALA

O phélie tirou os óculos e esfregou bem os olhos ardidos. De tanto encarar o texto, sentia as palavras tatuadas nas pálpebras. Quando se esticou na cadeira, olhou para o teto. Ou para o chão. Visitantes andavam de cabeça para baixo, progredindo em silêncio entre as estantes da biblioteca. Era sempre esquisito lembrar que estava no alto, eles embaixo.

Ela fechou o livro e verificou de novo o registro catalográfico que acabara de redigir. Sem data de publicação, sem editora e um ilustre desconhecido como autor: analisar essa monografia tinha sido um verdadeiro quebra-cabeça que a obrigou a alternar sem parar entre a leitura ocular e a *leitura* manual. Abriu a tampa do fantopneumático e constatou, aliviada, que nada mais tinha chegado. Não aguentaria outro livro.

Olhou furtivamente pela divisória de treliça que separava sua baia de leitura da vizinha. As silhuetas dos Adivinhos estavam curvadas sobre as obras, iluminadas pela aura das lamparinas. De Zen, escondida atrás das pilhas de arquivos ministeriais, só se via uma testa de porcelana acumulando suor.

Só Mediuna estava de braços cruzados na baia. Ela a observava com curiosidade alegre.

— Acabou sua cota, *signorina*? Eu também. Vamos furar juntas.

Ophélie arrumou os registros. Como se tivesse escolha...

Deixaram os livros catalogados no balcão dos Fantasmas, que, na verdade, não tinham nada de ectoplasma. De corpo volumoso e pele da cor de tijolo, deviam o nome ao poder familiar, que permitia transformar qualquer objeto do estado sólido ao gasoso e vice-versa. Quando fantasmizados, os documentos maiores podiam circular por tubo pneumático. Desta forma, era possível levar uma coleção enciclopédica inteira de uma ponta do Memorial à outra em um piscar de olhos.

Ophélie pulou do teto à parede e da parede ao teto antes de pegar um dos oito transcendiuns conectados ao átrio. Não precisou confirmar se Mediuna a seguia: bastava ouvir os cliques das botas atrás dela. Era um som irônico que a acompanhava o tempo inteiro, aonde fosse, até mesmo nos pesadelos.

Desde que a Adivinha lhe tocara, ela não se pertencia mais.

O sol entrando pela abóbada se apagou quando entrou na sombra do Secretarium. O globo gigantesco do velho mundo flutuava acima do saguão como se não pesasse nada, tão próximo e inacessível como em sonho.

Por mais que passasse o tempo todo sob o globo, Ophélie não encontrava fraqueza alguma. Só havia um ponto de acesso: uma passarela que ia do transcendium setentrional a uma porta, tão bem mesclada aos desenhos da esfera que era invisível do chão. A passarela era guardada por sentinelas que mudavam a cada três horas; era acionada por meio de uma chave especial, cujas cópias pertenciam a pouquíssimas pessoas do Memorial. Lady Septima só emprestava a sua para o filho e, em ocasiões ainda mais raras, para Mediuna e Elizabeth caso Sir Henry pedisse por elas.

Ophélie gostaria muito de saber o que era necessário para cair nas graças do autômato que dirigia os grupos de leitura sem nunca sair do Secretarium. Não o encontrara ainda, mas uma ou duas vezes ouvira seus passos mecânicos ecoarem nos andares inferiores do globo, quando a base de dados – cujos cartões perfurados eram todos armazenados no Secretarium – entrava em pane. Sir Henry engolia referências bibliotecárias como se devorasse docinhos. O ritmo de catalogação que impunha era insustentável e nunca se satisfazia com o nível de detalhe dos relatórios. Tinha perdido a conta de quantas vezes precisara recomeçar do zero porque ele lhe devolvera um trabalho com um carimbo de "incompleto" em letras vermelhas enormes.

Lazarus tinha criado os autômatos para acabar com a domesticação do homem pelo homem. Ophélie queria uma palavrinha com ele.

Ela apertou os olhos. Uma nuvem em forma de cobra voou através do ar, deu uma volta em espiral e entrou pelo alto do globo terrestre. Os tubos fantopneumáticos de vidro só eram visíveis à luz do sol. Permitiam entregar documentos diretamente ao Secretarium. Por um breve segundo, se perguntou se não seria a melhor forma de entrar lá. As regras internas proibiam oficialmente a fantasmagoria de seres humanos – só os Fantasmas mais experientes eram capazes de se transformar em vapor sem arriscar a vida –, mas ela estava desesperada.

— Enquanto eu estiver viva, você não vai pisar lá em cima — sussurrou Mediuna, segurando seu queixo para desviar o olhar do globo. — Vamos pegar um atalho, minha *vescica* não aguenta mais um segundo.

Ophélie a seguiu pelo peristilo e esperou na porta do banheiro, como um cachorrinho obediente. Nunca se sentira tão humilhada. A raiva que sentia da Adivinha era incomparável à que sentia por si mesma. Olhou com severidade para seu reflexo em um dos espelhos que via pela porta entreaberta. Tinha comprometido Thorn, nem mais nem menos.

— Vou direto ao ponto. Você não é rentável.

Ao ouvir a voz de Lady Septima ecoar pelos arcos do peristilo, Ophélie entrou em posição de guarda. Na pressa, derrubou todos os registros. Deixar de cumprimentar um professor, especialmente um Lorde de LUX, levava a punição imediata: tinha aprendido essa lição por suspensões e tarefas adicionais.

Entretanto, Lady Septima não se dirigia a ela, mas sim ao faxineiro velho do Memorial, que varria metodicamente cada pedaço do chão.

— São os subsídios generosos de LUX que mantêm este prédio. Nossos memorialistas investiram tudo na compra de autômatos. Seja razoável, eles rendem cem vezes mais do que você.

Ophélie ergueu as sobrancelhas enquanto recolhia os papéis que derrubara. Lady Septima estava balançando uma prancheta na cara do faxineiro, tão baixa e musculosa quanto ele era alto e magro.

— Somos gratíssimos pelo seu serviço leal e fiel, velhote, mas é hora de dar lugar ao futuro. Assine o documento.

Lady Septima era a própria encarnação da autoridade, os olhos e as joias ardendo como o sol. Mesmo assim, o faxineiro simplesmente negou com a cabeça.

Ophélie sentiu um carinho irresistível por ele. No bolso do uniforme, o relógio de Thorn abriu e fechou a tampa, fazendo um tique-taque audível.

O barulho impertinente fez Lady Septima dar meia-volta.

— Aprendiz Eulalie, está sem trabalho?

Se não estivesse ocupada recuperando os papéis, teria apertado o relógio com força para imobilizá-lo. Ele andava se animando cada vez mais, batendo a tampa noite e dia. Para uma engrenagem defeituosa, não lhe faltava vida.

— Não, senhora.

— Não é o que parece. Eu tinha admirado seu leve progresso após o período probatório. Infelizmente, você relaxou depois. Não confie nas suas asas, porque elas podem ser tiradas a qualquer instante.

Ophélie sustentou o olhar penetrante de Lady Septima através dos retângulos escuros dos óculos. Se aquela mulher fosse tão observadora quanto o poder familiar permitia, suspeitaria do que acontecia na divisão de arautos de Hélène.

Talvez já soubesse.

— Vou garantir que o Sir Henry aumente as cotas do seu grupo de leitura — decidiu ela, se afastando em passos militares.

— Seus colegas ficarão bem gratos, aprendiz Eulalie.

Precisava mesmo de um castigo coletivo. No entanto, se permitiu um sorriso rápido ao faxineiro, que virou imperceptívelmente a barba em sua direção, sem interromper o trabalho meticuloso.

— Vou acabar achando que você gosta de ser castigada, *signorina*.

Todos os músculos de Ophélie se retesaram ao mesmo tempo. Assim que saiu do banheiro, Mediuna se apoiou nas costas dela com todo o peso, para mantê-la ajoelhada no meio dos papéis espalhados pelo chão. Ophélie não via o sorriso, mas o escutava no ronronar felino da voz.

— Cuidado — cochichou em seu ouvido. — Azarento à vista.

Ophélie levantou o olhar, morta de vergonha. Blasius tinha largado o carrinho bem no meio do átrio para vir na direção dela. Mediuna se afastou. O azar do assistente era infame: aonde fosse, o que fizesse, sempre desmoronava uma estante ou explodia uma lâmpada no caminho.

Blasius se agachou para ajudar Ophélie a guardar os papéis; na pressa, deu uma cabeçada nela.

— Miss Eulalie — cumprimentou, com um sorriso hesitante. — Tentei tanto... Você nunca estava... *Anyway*, estou feliz de finalmente falar com você.

Era de fato a primeira vez que se falavam desde o encontro no bondalado. Tinha um motivo: Ophélie evitara cuidadosamente cruzá-lo no Memorial. Ela se mergulhava no trabalho quando ouvia os passos tímidos perto da baia de leitura; mudava de caminho quando notava o carrinho ao virar uma esquina. Ele parecia tão animado para conversar, já que todos fugiam de sua companhia, que sentia desprezo por si mesma toda vez.

— Sinto muito — murmurou ela, sem ousar olhá-lo de frente. — Os estudos ocupam todo meu tempo.

Implorou em silêncio para que ele não insistisse. Como fazê-lo entender que não podia mais confiar nela? Só sentir o deleite curioso de Mediuna pelo canto do olho já era insuportável.

Blasius se aproximou mais, os olhos úmidos de porco-espinho procurando os dela, decididos.

— Miss Eulalie, se puder me oferecer um momento que seja...

Ophélie pegou os papéis da mão dele em um gesto tão brusco que ele ficaria igualmente chocado se ela arrancasse o coração de seu peito.

— Sinto muito — repetiu.

Não podia ser mais sincera.

Ele ergueu as sobrancelhas peludas, confuso, antes de um ar de compreensão tomar seus olhos. Uma compreensão dolorida.

— Não — disse ele, se afastando em passos lentos. — Sou eu quem sente muito.

E foi embora com o carrinho, corcunda, acidentalmente atropelando o pé de um visitante que estava no lugar errado, na hora errada. Ophélie sentiu falta dos antigos cabelos compridos; a coisa mais inconveniente dos cachos curtos era que não tinha como esconder o rosto.

— Ah, eita, será que perdi um casinho entre seus inúmeros segredos? — cochichou Mediuna, se aproximando mais. — Se o coitado do seu marido soubesse...

Ophélie não conseguiu conter a onda de antipatia. As garras tinham se mostrado impotentes frente a uma dúzia de ataques, mas agora empurraram Mediuna sem dificuldade alguma. A moça deu uma pirueta para se estabilizar e caiu na gargalhada, como se tivesse simplesmente sido rejeitada.

— Ah, é, esqueci. Nossa Animista é um pouco dragão.

— Se falar mais uma palavra, eu mesma vou acabar com essa chantagem — articulou Ophélie, rangendo os dentes.

O sorriso de Mediuna se retorceu em uma careta sinceramente triste. Era sempre assim. Masculina e insolente, doce e feminina, como se carregasse em si duas máscaras de carnaval.

— Acho que é hora da gente conversar, *noi due*. Vamos lá furar.

No jargão memorialista, "furar" significava transformar os registros manuscritos em cartões perfurados para a base de dados de Sir Henry. As perfuradoras eram mais barulhentas do que as máquinas de escrever, então uma sala coberta de isolamento acústico fora especialmente dedicada no subsolo, para não perturbar a calma dos leitores.

Era o lugar perfeito para conversar longe de ouvidos indiscretos.

— Vamos dar uma olhada no seu trabalho primeiro.

Mediuna falou isso assim que girou a tranca da porta de ar comprimido e confirmou que não havia mais ninguém na sala das perfuradoras.

Empoleirada em um banquinho, puxou as fichas de Ophélie, uma a uma.

— Você melhorou — constatou, com um assovio impressionado. — Suas contextualizações estão cada vez mais precisas, *bravissimo*!

Ela tirou a tampa deu uma caneta e começou a rasurar todos os relatórios que Ophélie passara horas catalogando.

— Pronto, seus resultados agora estão um pouco menos satisfatórios — concluiu.

— Sir Henry vai me mandar fazer tudo de novo.

Os olhos de Mediuna brilharam da mesma forma que as pedras preciosas em sua pele. Quanto mais os óculos de Ophélie escureciam, mais o rosto da outra se iluminava.

— Que engraçado, você fala como se tivesse medo de chateá-lo.

— Não acho que autômatos se chateiam — retrucou Ophélie, com a voz abafada. — Já eu sou outra história. Só os melhores chegam ao Secretarium: se me impedir de me distinguir, você vai desperdiçar meu tempo. Não vim a Babel só para me tornar vassala dos seus caprichos.

— É, sinto que você não está gostando nada da situação — suspirou Mediuna. — Então vou revelar por que quero tanto ser arauta.

Ela devolveu os papéis de Ophélie e apoiou os próprios na mesa de uma perfuradora. A máquina parecia um verdadeiro piano, com banco giratório e um belo teclado de marfim. O barulho de cada tecla, entretanto, não era especialmente musical.

— Porque os arautos sabem tudo de todo mundo — cantarolou a Adivinha, em meio aos estampidos de perfuração. — E eu desenvolvi um verdadeiro vício em segredos!

Instalada à própria máquina, Ophélie admirou a destreza com que os dedos de a Adivinha, dançavam sobre as teclas, sem a menor hesitação. Ela própria ainda estava longe de dominar o código inventado por Elizabeth; ser desajeitada não ajudava, pois frequentemente precisava começar do zero se apertasse a tecla errada.

— Você se destaca em quase todas as áreas — reconheceu Ophélie, a contragosto. — Já está muito à frente de todo mundo, então por que precisa falsificar nosso resultado?

Mediuna sorriu com carinho enfiando mais um cartão na perfuradora.

— Você acha honestamente que eu estaria nesta posição se dependesse só do meu talento? Meu poder familiar não só me permite absorver as memórias de quem eu toco, como também os conhecimentos. Sabe por que consegui entrar no Secretarium? Porque Sir Henry e Lady Septima precisavam urgentemente de um tradutor de línguas antigas. Sabe por que de repente fiquei fluente em línguas antigas? Porque pus minhas mãos em muitos especialistas, muitos mesmo. Em troca, permiti que pusessem as mãos em mim.

Ela acrescentou a última frase com tanta leveza, dedilhando o teclado em um gesto brincalhão, que Ophélie não se deixou enganar nem um segundo. O que essa moça bonita e andrógina sacrificara para satisfazer o apetite de sabedoria lhe custara mais caro do que queria admitir.

— Valeu a pena?

— Todos os segredos valem a pena. Se dependesse de mim, passaria a vida toda nos corredores do Secretarium, revirando cada mistério. Já ouviu falar da "verdade absoluta", né? Estou decidida a descobrir o que é. Dito isso, os seus segredos também não caem nada mal, *signorina*.

Mediuna interrompeu a perfuração e olhou de relance para Ophélie, desta vez extremamente séria.

— Serei sincera: algumas das suas memórias são muito difíceis de interpretar. Não entendi nada daquele cara que muda de rosto. Mas sei uma coisa, pelo menos: você e seu marido puseram Babel em uma posição delicadíssima. A cidade tem tratados comerciais com todas as arcas, inclusive Anima e o Polo. Não é um asilo para fugitivos que nem vocês. Se LUX souber quem você é e o que procura, está correndo um risco enorme. Sem comparação com o que vai acontecer com o seu marido quando ele for pego. Babel se vangloria de não ser um lugar violento, mas, acredite, você nem quer saber o que acontece nos centros de reeducação.

Os dedos de Ophélie escorregaram no teclado. Quase precisou jogar o cartão fora e trocá-lo por um novo.

— E aí? — falou. — Vai me denunciar?

— Não, *signorina*, mas gostaria que você entendesse que não está podendo reclamar. Não gostou da minha chantagem? Problema seu.

— E se eu *lesse* seus objetos pessoais sem permissão? Se chantageasse você com seus próprios segredos?

— Eu te desafio a encontrar algum pior do que o seu — disse Mediuna, com um sorriso de falsa bondade. — Honestamente: entre nós duas, em que Lady Septima vai acreditar?

Ophélie encarou os relatórios rasurados na mesa, inspirando e expirando profundamente para afastar a bruma que cobrira seus óculos como fumaça, a ponto de cegá-la. Ela se sentia presa. Estaria condenada a perfurar cartões incompletos toda semana? Deveria renunciar a procurar Thorn para protegê-lo?

Mediuna voltou à perfuração com os gestos graciosos de uma pianista.

— Você me odeia. Todo mundo me odeia. O mais deprimente é que nem me odeiam pelo que descobri, mas porque sentem, no fundo, que sou a pessoa que mais entende. Eu me detive na sua memória recente, *signorina*, mas se chegasse ao nascimento, a conheceria melhor do que você mesma.

— Você não me conhece.

Ophélie não foi capaz de conter a nota de advertência que tomou sua voz. A insolência de Mediuna, a ousadia com que tomara as rédeas de sua vida irritavam todos seus nervos.

— Ah, mas claro que conheço — insistiu a Adivinha, tranquila. — Essa ausência que assombra você, sei o medo que tem de nunca encontrá-la. Sei também — acrescentou, depois de um silêncio eloquente — que tem medo também de conseguir. Você detesta ser infantilizada, mas frente a um homem ainda é uma *bambina* inexperiente.

Os dedos de Ophélie começaram a tremer tanto que precisou enfiá-los debaixo do joelho. A imagem fugaz de Mediuna perfurando a própria língua lhe ocorreu. O resto da sessão seguiu em mudez absoluta, as duas concentradas nos teclados.

Mediuna acabou o trabalho rapidamente, enquanto Ophélie penava, completamente obcecada pelo que tinha sido dito.

— Presente.

Encarou, sem entender, os dois ingressos de café-teatro que Mediuna tinha acabado de deixar na mesa.

— Não sou tão cruel quanto você pensa. Sabe, eu fui sincera ao dizer que gostaria de você como assistente um dia. É do meu interesse, mas você está no limite. Amanhã é domingo. Tire folga, vá à cidade e veja isso.

A ideia de fugir por algumas horas da proximidade dela era sedutora, mas Ophélie não gostava nada dessa mania que ela tinha de tomar conta de sua agenda.

— De jeito nenhum — recusou, seca.

— Não foi uma sugestão. Não faz ideia de quanta gente precisei chantagear pra conseguir esse endereço. Você vai, *punto e basta*.

— Por quê?

Mediuna guardou os cartões perfurados no elevador de carga. A expressão em seu rosto pintado era enigmática. Naquele instante, mais do que nunca, pareceu uma máscara.

— Digamos, em suma, que não é um lugar respeitável. Até agora meu trajeto foi impecável, sabe? Não quero dar as caras por lá, mas dizem que tem muita coisa acontecendo. Coisas comprometedoras. Vá sem uniforme, de preferência acompanhada, para chamar menos atenção. Recolha informações, eu não serei ingrata.

— Vai me soltar?

— Não, mas entraremos em um acordo de troca de informação.

— Que informação você tem a oferecer?
Ophélie enrijeceu quando Mediuna se aproximou lentamente, sensualmente, quase a derrubando do banquinho.

— Aquele energúmeno enorme que chama de marido — cochichou bem em seu ouvido. — Eu já o encontrei. Aqui no Memorial.

Com um gesto dramático, pegou os ingressos na mesa e deu um tapinha nos óculos de Ophélie, que empalideceram até a transparência.

— Vá por mim, *signorina*, e eu contarei mais.

OS PROIBIDOS

A entrada do mercado coberto parecia o frontão de um templo de vidro e aço. Na sombra de uma estátua de esfinge, Ophélie observou a multidão, um mosaico colorido em movimento de homens, animais e autômatos. Os cheiros contrastantes deixavam o ar quente ainda mais irrespirável.

Era em vão, mas não conseguia resistir a procurar Thorn com o olhar. Fazia meses que construía hipóteses incessantes, raciocinando entre o sim e o talvez. A ideia de que de fato seguia seus passos, caso Mediuna não tivesse mentido, fazia seu coração bater mais rápido. Era uma pulsação caótica, exasperada de esperança e impaciência, que ecoava em seu vazio interno.

Entretanto, por mais que não quisesse admitir, a Adivinha estava certa: também sentia medo. Se pensasse demais no reencontro com Thorn, não conseguia imaginar o que viria *depois*.

De repente, ela o viu. Não Thorn, claro, mas o outro homem que esperava.

Blasius tropeçava em meio à multidão, quase irreconhecível na roupa comum. Os chinelos compridos, a calça bufante e as mangas amplas da túnica davam novos pretextos para se atrapalhar a cada gesto. Ele cobriu o rosto com a mão, sua sensibilidade de Olfativo certamente ficava muito incomodada com os cheiros misturados do mercado. Apertou os olhos, cegado pelo sol, mas mostrou alívio em encontrar Ophélie, como combinado, assim que entrou na sombra da esfinge.

— Biss Eulalie! — exclamou, ainda tampando o nariz. — Devo adbitir que duvidei, besbo depois da sua bensagem. Este encontro foi tão inesperado! Eu... *In fact*, achei que estivesse chateada cobigo.

— Antes de continuar, preciso avisá-lo — disse Ophélie, se precipitando. — Sei que quer conversar, mas, por favor, não me conte nada que exponha sua vida particular. A minha deixou de me pertencer e não posso prometer proteção à sua. Quero também que saiba o seguinte — acrescentou, mostrando os ingressos do café-teatro. — Se me seguir, é provável que eu meta você em confusão.

Blasius ficou tão desconcertado que destampou o nariz. Ajustou o turbante, como se debatesse consigo, e abriu um sorriso tímido.

— *Well*, vai ser bom variar. Normalmente sou em que mete os outros em confusão. Aonde vamos?

Ophélie foi tomada por tal gratidão que procurou palavras para expressá-la, mas não as encontrou. Sempre que se emocionava, as palavras traiçoeiras lhe fugiam.

— Na verdade, espero que você possa me dizer. Interroguei vários guias públicos de sinalização, mas nenhum sabe o endereço deste café-teatro. Só sei que é por aqui, neste bairro.

Ela entregou os ingressos a Blasius, que franziu as sobrancelhas.

— Tem certeza de que o endereço está certo?

— Por quê?

— Porque é o endereço das termas antigas, que fecharam há um milênio. Tem lojinhas de comerciantes nas ruínas. Se... *well*... se quiser, posso mostrar, com prazer.

A pele dele tomou ainda mais cor do que de costume, mas Ophélie estava preocupada demais para notar. Será que os ingressos de café-teatro eram uma pegadinha de mau gosto?

Entrar no mercado coberto foi como entrar em fogos de artifício de tecidos e especiarias. A galeria central era tão lotada que se tornava quase impraticável. Blasius balbuciava desculpas toda vez que um vaso quebrava, uma tenda desmoronava, um autômato travava, uma bicicleta derrapava ou um zebu se soltava, como se fosse mesmo responsável por qualquer acidente que acontecesse.

— O que você queria dizer ontem? — perguntou ela. — Se não for indiscreto demais, sou toda ouvidos.

— *What?* Ah, é, era sobre a morte de Miss Silence — murmurou Blasius, se aproximando. — Segui seu conselho e investiguei. Queria verificar se... se era minha culpa ou não.

— Você descobriu alguma coisa.

Ele assentiu, nervoso, desequilibrando de novo o turbante.

— Segundo o médico legista, a causa da morte não foi a queda da escada. Miss Silence morreu antes de cair. Foi... foi um ataque cardíaco fulminante.

Ophélie sentiu o coração bater forte contra as costelas. Ela se lembrou do beijo do barão Melchior, da ilusão traiçoeira que soprara em seu corpo, da dor insuportável rasgando por dentro do peito.

Não. Ele estava morto. Quem matara os desaparecidos em Luz da Lua e quem matou Miss Silence eram assuntos diferentes.

— Provoco muitos acidentes, mas nunca fiz ninguém adoecer — continuou Blasius, sem perceber o incômodo dela. — Eu... estou começando a achar que você tem razão, talvez não seja por minha causa. Tanto que descobri outra coisa.

Ele parecia dividido entre o alívio e a preocupação, emoções contraditórias que deformavam as feições já atormentadas do rosto.

— Outra coisa? — se chocou Ophélie.

— Miss Silence era Censora-chefe — lembrou Blasius. — Entre todas as obras do Memorial, os Censores-chefes decretam quais se adequam ao espírito da cidade e quais são inadequadas. Se alguma obra for questionável, podem transferi-la para o depósito ou... *well*... simplesmente destruí-la.

Ela pensou amargamente no museu de Anima.

— Que tipo de censora era Miss Silence?

— O tipo radical — cochichou ele bem baixinho, como se os ouvidos impressionantes da superior pudessem escutá-lo do além. — Vivia atrás dos documentos que considerava nocivos. Na primeira ambiguidade, o livro ia *directly* ao incinerador. Perdemos edições únicas por conta desse expurgo. Os Lordes de LUX mandaram muitas advertências à Miss Silence, o que é compreensível: eles subsidiam o Memorial para desenvolver as coleções, não para botar fogo nelas. Dava na mesma, porque ela sempre acabava exagerando! Pelo menos até a reformulação do catálogo.

Com um gesto casual, Blasius deu um passo ao lado e afastou Ophélie; assim evitaram uma lanterna que se soltara abruptamente de um toldo exatamente quando eles passaram.

— A chegada dos grupos de leitura de Sir Henry mudou as coisas — continuou ele, como se nada o incomodasse. — Miss Silence foi oficialmente proibida de destruir mais exemplares. Isso a contrariou enormemente e, acredite, eu já fui alvo daquele mau humor muitas vezes.

— Acredito. Só a encontrei uma vez e a memória é dolorosa.

— Era exatamente desse dia que eu queria falar — murmurou Blasius. — O dia em que eu... você... *anyway*, o dia em que o carrinho de livros caiu.

— Sim? — encorajou Ophélie.

— Os... os livros foram destruídos pela Miss Silence. Apesar da proibição. Logo antes de morrer. Quando deu a ordem, juro que não sabia o que ela planejava — balbuciou Blasius, com medo de ser desacreditado. — Eu só deveria levá-los ao escritório para serem examinados.

Pareceu a ela que a multidão alegre do mercado, os perfumes apimentados e as bugigangas extravagantes tinham se afastado de repente. Soube com certeza absoluta que continuar essa conversa a levaria a se aventurar por uma estrada isolada e perigosa, que os bravos cidadãos não tomavam.

— Continue — disse mesmo assim. — Por que ela destruiu esses livros? O que tinham de especial?

Blasius coçou o nariz pontudo, incomodado pela fumaça de uma loja de incensos.

— Eram simples historinhas de criança! Foram publicados depois do Rasgo e descreviam o início do novo mundo. Eram edições lindas, mas, *honestly*, estavam ficando empoeiradas. Nossos leitores mais jovens nunca as pegavam.

— Pelo que você diz, não eram muito subversivos.

— Ah, faziam algumas alusões às "hum-hum" do velho mundo — murmurou ele, para não pronunciar a palavra "guerras" —, mas de forma pacífica e metafórica. Até um pouco ingênua, que eu lembre. Realmente não sei que bicho mordeu Miss Silence para atacá-los apesar das regras.

— Talvez fosse o autor? — sugeriu Ophélie.

— O autor morreu faz muito tempo e acabou esquecido — disse Blasius, dando de ombros. — Um tal de "E. D.".

— Idi?

— "E. D." — repetiu Blasius, tentando suavizar o sotaque. — Só as iniciais. Praticamente anônimo. Pesquisei um pouco, mas não há obras conhecidas além desses contos. Foram impressos pouquíssimos exemplares, talvez os últimos fossem aqueles do Memorial. Livros tão lindos! — suspirou. — Perdidos para sempre!

— Então a última coisa que Miss Silence fez antes de morrer foi queimar os contos de um desconhecido — resumiu Ophélie.

— É bem inusitado.

— *In fact*, deixei o mais inusitado para o final. O lugar onde encontraram o cadáver da Miss Silence... a escada da qual caiu...

Blasius de repente cobriu o nariz com a mão, como se um cheiro do passado, ainda mais forte do que os do mercado, o enjoasse.

— Ah, Miss Eulalie! — continuou. — Se você tivesse sentido aquele fedor horrível... O ranço de medo absoluto. O cadáver — prosseguiu, depois de respirar fundo — foi encontrado exatamente onde estavam guardados os livros de nosso misterioso E. D. Antes da transferência, quero dizer. Eram prateleiras vazias, e mesmo assim ela quis inspecioná-las no meio da noite, contra qualquer bom-senso!

— Esse rancor fala alto — admitiu Ophélie. — Mas não explica o pavor que sentiu na hora de morrer. Será que... Você acha que pode ter alguma coisa a ver com o Secretarium?

— O Secretarium? — se surpreendeu Blasius. — Não vejo conexão. Miss Silence não tinha mais acesso do que eu. Sei que há muitas fofocas sobre o lugar, mas não é sério. Pronto, aqui estamos nas termas antigas, Miss Eulalie!

Ele passou por um arco que levava a uma rua transversal. O aço e vidro da galeria deram lugar a pedra e água. Vestígios de colunas formavam uma galeria circular, a céu aberto, ao redor de uma caldeira de higiene duvidosa. Os vendedores de fruta instalados por ali afastavam mosquitos com raquetes mecânicas.

Ophélie entendeu melhor a reação de Blasius ao ver os ingressos. Aquele lugar não se parecia em nada com um café-teatro. Pensar que Mediuna tinha pregado uma peça a fez sentir uma raiva que quase nunca sentira antes.

Finalmente, ela notou. Do outro lado da caldeira, uma placa redonda se balançava ao vento acima de um portão velho e enferrujado. Ophélie precisou esbarrar em várias barracas e escorregar em muita fruta podre para chegar até lá.

— Será que é aqui, biss? — se chocou Blasius, que, sem aguentar, tampara o nariz de novo.

Ela não respondeu. Só observou. A placa tinha desbotado por causa do sol e da chuva, mas a forma era indiscutivelmente de uma laranja. Claro que podia ser coincidência, mas o instinto de Ophélie lhe disse que não era o caso. Bateu no portão, esmagando os dedos na aldrava.

O olho-mágico se abriu quase imediatamente.

— Como posso ajudar? — perguntou uma voz fraca.

Ela mostrou os ingressos e, após o clique da fechadura, o portão foi aberto por uma criança. Ele vestia apenas uma tanga simples, que combinava com a pele marrom; os pés descalços sobre a pedra fervendo no sol não pareciam incomodá-lo. Fez um gesto educado para convidá-los a entrar e depois trancou o portão. Do outro lado se estendia um pátio estreito a céu aberto, mal pavimentado, que talvez antigamente tivesse sido um dos vestiários das termas.

Sem dizer uma palavra, a criança acendeu uma lamparina a gás suspensa na entrada em meio a várias outras. Ele a ofereceu a Blasius, que a aceitou com gestos catastróficos, como se segurasse dinamite.

— Sigam as setas — disse a criança, apontando para uma entrada do outro lado do pátio. — *Ladies and gentlemen*, desejo a todos uma boa audácia!

Os dois se enfurnaram na escuridão de uma escada que penetrava profundamente no chão. A temperatura veranil do mundo exterior começou a cair. Cento e trinta degraus depois, já estava glacial quando chegaram à entrada de um vasto corredor subterrâneo. Ophélie sentiu calafrios no corpo todo. Estava vestindo a toga e as sandálias que Ambroise lhe dera no dia da chegada em Babel; não era uma roupa adequada para passear ali embaixo.

— *Good lords...* — murmurou Blasius.

A luz da lamparina mostrou, quase escondida entre o grafite, uma seta de giz riscada em uma parede. O problema é que não era mesmo uma parede: eram esqueletos humanos. Dezenas, centenas, milhares de tíbias e crânios sobrepostos como tijolos.

Eram catacumbas.

— Não se aproxime muito de mim — avisou Blasius. — É provável que eu desencadeie um desmoronamento repentino.

Os passos explodiram como bombas através do silêncio do ossuário conforme avançavam pelo túnel.

— O poder familiar dos Animistas só tem efeito em objetos — ofegou Ophélie. — Logicamente, esse princípio fundamental me torna incapaz de *ler* matéria orgânica. Quando adolescente, pude segurar um colar pré-histórico. Era feito de dentes humanos, sr. Blasius, mesmo assim eu o *li* como teria *lido* qualquer colar. Na época, não pensei muito a respeito.

O timbre da voz era deformado pelos ecos do lugar, como se viesse de uma desconhecida. Esfregou os braços congelados e olhou para Blasius, que andava na frente em passos desajeitados.

— Quando será? — perguntou ela. — Quando paramos de ser humanos e nos tornamos objetos?

Blasius continuou a andar em silêncio, carregando a lanterna com o braço esticado para projetar a luz o mais longe possível. Quando respondeu, finalmente, foi em uma voz diferente da de costume, mais grave e calma, sem gaguejar:

— Alguns humanos já são objetos mesmo quando vivos, Miss Eulalie.

Ophélie se chocou com a declaração, mas ele não teve tempo de explicar. O ossuário acabou em um salão abobadado. Estava lotado.

Homens e mulheres rebolavam em êxtase sob lanternas em forma de laranja. Aqueles que não dançavam tinham se apossado dos balcões e das mesinhas, uns grudados nos outros. Até, em alguns casos, uns em cima dos outros. Brindavam, fumavam, gesticulavam, falavam, se jogavam, brigavam... sem emitir qualquer som.

Ophélie sentiu que assistia a uma festa de mímicos.

— Esse isolamento só pode ser obra de um excelente Acústico — comentou Blasius, impressionado.

Ele apagou a lanterna e contemplou o espetáculo silencioso se desenrolando ali, como se tentasse analisar uma pintura viva. Finalmente, tirou o turbante. Com gestos deselegantes, pôs a peça sob o cabelo cacheado de Ophélie e desenrolou o lenço para cobrir parte de seu rosto.

— Não sei o que a trouxe aqui, *miss* — cochichou ele —, mas este não é o lugar de uma aprendiz de virtuose. Se Lady Hélène souber onde esteve hoje, será obrigada a expulsá-la do conservatório.

— Mas... e você? — murmurou ela debaixo do pano, tentando ajeitar os óculos.

Blasius abriu um sorriso triste e apertou a ponta comprida do nariz.

— Imagina se eu consigo usar véu com esse perfil? *Don't worry*! Sou só um assistente de bibliotecário, não tenho reputação nenhuma a proteger.

Assim que adentraram a sala subterrânea, o silêncio se estilhaçou. Ophélie foi empurrada por um turbilhão de dançarinos, músicos, fumantes, lutadores, artistas e jogadores, sem que ninguém prestasse atenção.

Blasius milagrosamente encontrou uma mesa onde não seriam pisoteados. Desculpou-se mil vezes quando a cadeira que lhe ofereceu cedeu sob o peso e depois fez uma pergunta que ela não ouviu por causa da muvuca.

— Você está procurando alguma coisa específica? — repetiu ele, mais alto.

Com a cabeça enfiada no turbante, Ophélie observou os arredores. Seus olhos eram atacados por movimento, o nariz por absinto, os ouvidos por jazz. Mediuna os mandara coletar informações comprometedoras. As opções eram diversas. Álcool, tabaco, duelos: já estava em Babel fazia tempo suficiente para saber que todas as atividades e consumos do café-teatro eram ilegais. Só o jogo de dardos daria prisão a todos os participantes. Era como se todas as tensões acumuladas na superfície da cidade – o conformismo, os tabus, as inúmeras regras de conduta – se descarregassem no subsolo. Ophélie raramente se sentia tão intrusa: estava lá para espionar, mas, no fundo, queria estar entre eles.

Além disso, havia as laranjas. Estavam por todos os lados, forjadas no metal das mesas, impressas nos abajures. Mais uma vez, Ophélie pensou que não podia ser coincidência.

Ela se sobressaltou quando um homem se aproximou e abriu o casaco. Ele tinha uma coleção impressionante de livros transbordando dos bolsos: romances policiais, ilustrações eróticas e manifestos revolucionários. Só livros proibidos. Sacudiu a cabeça para recusar da forma mais respeitosa possível. De qualquer forma, não teria como pagar. Como aprendiz de virtuose, toda semana recebia um cartão perfurado carregado com uma mísera ajuda de custo que só lhe dava acesso a uma lista precisa de serviços públicos. Certamente não se aplicava ao mercado clandestino.

Ophélie cruzou o olhar de Blasius. Os dois estavam tão tensos nas cadeiras, em meio a todos os prazeres proibidos, que acabaram caindo na gargalhada. Foi uma risada que ela não dava há uma eternidade, mas voltou à seriedade ao notar que Blasius a observava, atento. Ele estava de mãos cruzadas sobre a mesa, girando um polegar ao redor do outro, nervoso, como se hesitasse. Sem o turbante, o cabelo grisalho apontava para todos os lados. Os olhos pretos brilhavam tímidos, um pouco inquietos.

Ele finalmente decidiu articular quatro sílabas que, mesmo cobertas pela música, eram fáceis de adivinhar pelo movimento dos lábios:

— Obrigado.

Ophélie foi de repente tomada por uma dúvida terrível. Ao sair com um homem solteiro, será que estava dando uma impressão errada de suas intenções? Ela se sentira próxima de Blasius rapidamente e sabia que a recíproca era verdadeira, mas nunca tinha lhe ocorrido a possibilidade de um mal-entendido sobre a natureza dessa proximidade.

— Eu... é... preciso confessar uma coisa.

Ele pôs a mão em concha na orelha para mostrar que não tinha ouvido. Ophélie pegou uma carta de baralho do chão e escreveu na borda, onde não tinha nada impresso, uma mensagem que deixou seus óculos roxos. Era insuportável saber que Mediuna estava certa.

TENHO UM HOMEM NA MINHA VIDA.

Blasius decifrou os garranchos na luz alaranjada da luminária. As sobrancelhas descabeladas se ergueram, transformando sua testa em uma sanfona. Ele ficou um bom tempo assim, segurando a carta, sem desviar o olhar, fazendo Ophélie sofrer.

Finalmente, escreveu uma resposta na borda oposta.

EU TAMBÉM.

Ela precisou reler as duas palavras várias vezes para confirmar que tinha entendido certo. Quando dirigiu o olhar a Blasius, ele estava amassando a pele emborrachada do rosto, parecendo esperar a resposta com apreensão, como se a vida toda dependesse disso. Ophélie não era dada a grandes demonstrações de afeto, mas não foi capaz de se impedir de segurar a mão dele. Pela primeira vez, as feições atormentadas relaxaram. Ela o achou bonito. Os dedos se entrelaçaram com firmeza e sem jeito. A amizade estava selada.

— Que a audácia esteja convosco, cidadãos!

Os dançarinos se imobilizaram, as risadas se apagaram e os músicos calaram os instrumentos. Todo mundo se voltou para o palco, de onde vinha a voz, como o rugido de um leão. A voz que Ophélie reconhecera sem hesitar: era do Sem-Medo-Nem--Muita-Culpa. Era a primeira vez que o via em carne e osso, ele mesmo, o rebelde arisco, e não acreditou nos próprios óculos. O indivíduo atrás dos holofotes da rampa era tão macilento, magrelo e ordinário que ela poderia passar por ele cem vezes sem nem vê-lo. Ela se perguntou de onde vinha aquela voz de trovão. Ele apontou para o teto alto e abobadado.

— Acima de nós vivem as ovelhas! — exclamou. — Um enorme rebanho dócil balindo tudo que os hipócritas da LUX mandam balir. Um rebanho cuja liberdade é amputada a cada nova lei, a cada novo código, mas continua a balir!

Aplausos e assobios anárquicos se ergueram na sala e se interromperam assim que o Sem-Medo-Nem-Muita-Culpa voltou a falar:

— Aqui embaixo, cidadãos, nossas vozes voltam a ser livres. Dizemos tudo que pensamos da forma que pensamos. Não somos aluninhos exemplares: somos os baderneiros de Babel!

Uma explosão de alegria incendiou a sala.

— Abaixo o Índex! — concluiu o Sem-Medo. — Morte à censura!

— Abaixo o Índex! — repetiu a multidão. — Morte à censura!

Ophélie não parava de se encolher na cadeira. O café-teatro era o covil do inimigo público da cidade e de todos seus camaradas. O que fariam se soubessem que dois representantes da instituição que mais odiavam estavam sentados ali no meio?

— Vamos embora — articulou na direção de Blasius, se levantando discretamente da cadeira.

Na hora, não entendeu por que ele insistiu em ficar sentado, congelado como uma estátua. Levou um instante para notar que a criança que abrira o portão se juntara à mesa deles – e apontava uma pistola.

— Façam-nos a honra de ficar mais um pouco, *lady and gentleman* — disse ele, com extrema educação. — Sigam-me, pois meu papai quer recebê-los no camarim.

A FERA

O phélie já tinha visitado um camarim de diva na Ópera familiar do Polo, mas não se parecia em nada com aquele ao qual foi conduzida à força com Blasius. Ali não havia veludo, tapete, espelho ou armário. Por outro lado, havia equipamentos de radiocomunicação impressionantes e mapas detalhados de cada arca menor que compunha a cidade de Babel pregados nas paredes.

Tranquilamente, a criança apontou com a pistola para um banquinho, onde os dois se sentaram logo. Para um garotinho de pés sujos, ele era bem persuasivo.

— Meu papai vem assim que acabar o discurso. Pode demorar um pouco, porque, depois que começa, ele não para mais. Vou ligar o rádio enquanto esperamos.

O menino girou o botão do rádio, que transmitiu uma música pomposa de marcha sinfônica. Ele assobiou junto, balançando a arma como um maestro.

— *So sorry* — cochichou Blasius, encarando a pistola como se nunca tivesse visto uma arma de fogo. — Meu azar ataca novamente.

— Na verdade, acho que fomos mais descuidados do que azarados — retrucou Ophélie. — Sou eu quem me desculpo por colocá-lo nesta história.

Ela começou a pensar intensamente. Como sair incólume dessa armadilha? Estavam no fundo de um labirinto subterrâneo, ameaçados por uma criança. Tentar fugir seria complicado. Ophélie observou o camarim com atenção. Os equipamentos radiofônicos e os mapas pareciam ter sido instalados com pressa: o lugar não estava ocupado há muito tempo. Notou fotos em sépia apoiadas no painel de controle do rádio. Na mais velha e desbotada delas, duas jovens estavam abraçadas, fumando charutos e segurando copos. Ela afastou o lenço do rosto para ter certeza do que vira. Uma das moças usava um vestido de bolinhas de uma cafonice completamente inimitável.

Madre Hildegarde!

Era incrível vê-la ali, em Babel, numa versão espetacularmente rejuvenescida e embelezada. Confirmava a intuição de Ophélie ao ver a placa em forma de laranja no café-teatro.

— Ah — disse o menino, parando de assoviar. — Cá estão meu papai e o guarda-costas.

A porta do camarim se abriu, revelando o Sem-Medo-Nem--Muita-Culpa, que secava o rosto encharcado de suor, esgotado pela apresentação.

O tigre-dentes-de-sabre que o acompanhava tinha o gigantismo de uma Besta. Era até difícil entender por que milagre o animal conseguia atravessar uma porta. Com um guarda-costas desse, aquele homem podia mesmo não sentir medo de nada nem ninguém.

O Sem-Medo fez sinal para a fera se sentar e o filho sair da sala. Em seguida, se aproximou do rádio que continuava a transmitir a marcha sinfônica. Ophélie achou que iria desligá-lo para conversarem, mas ele aumentou o volume e se sentou no aparelho como se fosse uma cadeira. Levou o indicador aos lábios para mandá-los se calarem e se concentrarem na música.

Ela tinha vivido situações nada banais ao longo da vida. Escutar o rádio na mesma sala de um tigre-dentes-de-sabre ia para o topo da lista.

Um bom tempo se passou assim, surreal, até o rádio engasgar de repente e repetir uma passagem. O Sem-Medo imediatamente desligou o som, como se fosse o que esperava desde o início.

— Os ecos são fenômenos *reaaaally* fascinantes — disse ele, com o sotaque forte de Babel. — Nossos cientistas são capazes de iluminar cidades e mandar homens ao céu, mas nenhum, nenhum mesmo, acreditam?, já foi capaz de explicar essa brincadeira da natureza. Ouço repetições de onda como essa desde que me joguei na arte delicada da radiodifusão pirata. No começo, achava *reaaaally* irritante, mas acabei me apaixonando pelo assunto.

A voz do Sem-Medo era tão potente que, mesmo sem elevar o tom, parecia rugir. Ophélie se perguntou, apreensiva, aonde ele queria chegar.

— Fiz um monte de experimentos com ecos — continuou, imperturbável. — Vocês já viram imagens dobradas numa foto? Já ouviram suas próprias palavras voltarem no telefone? Eu já. Inúmeras vezes. Mesmo assim, nunca fui capaz de entender o que é o eco, nem que condições o provocam. Entretanto, fiz uma descoberta *reaaaally* interessante.

Apesar do tom de segredo, sua voz, inadequada para cochichar, se espalhava pela sala inteira.

— Já faz alguns anos que a frequência desses fenômenos aumenta exponencialmente. Cada vez mais ecos, cada vez mais frequentes, em cada vez mais lugares. Estariam interessados em saber o que concluí?

Ophélie assentiu, rígida. Na verdade, mal conseguia acompanhar o discurso: o banquinho se sacudia de tanto que Blasius tremia, sem desviar o olhar do tigre-dentes-de-sabre. Ela estava com medo, mas ele estava apavorado.

— Deduzi que é o universo inteiro tentando transmitir uma mensagem — declarou o Sem-Medo, enfático. — Uma mensagem vital. Uma mensagem urgente.

Batendo na própria têmpora com um gesto teatral, ele fez uma voz terrível:

— "Pense por conta própria, homenzinho idiota, em vez de repetir o que ouve como um bobo!"

Soltou então uma gargalhada que se espalhou por todas as catacumbas dos arredores. Ophélie estava impressionada. Como um corpo tão fracote podia causar tal explosão sonora?

No instante seguinte, o Sem-Medo voltou a falar sério e a observar os convidados de forma nada amigável.

— Eulalie, Animista de oitavo grau, recentemente ingressada no conservatório da Boa Família como aprendiz de arauto — murmurou. — Blasius, Olfativo de classe três, assistente no Memorial de Babel — continuou. — Não me perguntem como sei disso. A única questão que tem mérito aqui e agora é a seguinte: o que duas ovelhas como vocês estão fazendo no antro das feras?

Apoiando a frase em um gesto, ele passou a mão na cabeça enorme do tigre. O ronronar poderoso que veio a seguir fez o rosto de Blasius assumir a cor cinzenta do cabelo.

Ophélie não ia muito melhor. O animal era de uma envergadura tão inadequada ao tamanho do camarim que ela era obrigada a enfiar os pés debaixo do banco para não pisar na cauda. Pensou em todas as respostas possíveis, mas nenhuma lhe pareceu sensata.

— Eu também conhecia a Madre Hildegarde.

O Sem-Medo mal piscou.

— *Reaaaally*? É para eu conhecer esse nome?

Ela olhou para as fotos alinhadas no painel. Será que tinha se confundido? As laranjas e o vestido de bolinhas podiam ser coincidência?

Um instante depois, entendeu o erro.

— Talvez esse não, mas é como se chamava quando a conheci. Meredith Hildegarde. O nome verdadeiro devia soar mais arcadiano. Ela tinha três vícios: arquitetura, charutos e laranjas.

— *Doña* Mercedes Imelda. Uma mulher impressionante.

O Sem-Medo pronunciara essas palavras sem emoção, mas também sem hesitar. Esticou o braço para pegar um dos porta--retratos.

— A jovem lady ao lado de *doña* Imelda — disse ele, indicando a outra mulher — é minha bisavó. Passei muito pouco tempo com ela, mas marcou minha infância. Como *doña* Imelda, era um espírito livre do tipo que não se vê mais. Devemos admitir que naquela época ainda se sabia rir! Já tinha uns estraga-prazeres mandando todo mundo entrar no esquema, mas não era como hoje. Não era como hoje.

Ele botou o porta-retrato no lugar e concentrou o olhar penetrante nos óculos dela.

— Minha bisavó nos deixou faz meio século — continuou.

— Tinha uma idade *reaaaally* avançada. Portanto, tenho minhas dúvidas de que tenha conhecido *doña* Imelda pessoalmente, ovelhinha.

Ophélie apertou os punhos.

— Posso até ser pequena, mas não sou uma ovelha. Olha só — insistiu, ao ver o Sem-Medo abrir um sorriso irônico. A Madre Hildegarde sem dúvida estava muito velha, mas tinha uma saúde de ferro e uma mente de aço. Ela inclusive ainda estaria viva se... se não tivesse...

Não conseguiu dizer. O corpo aspirado pelo fundo do bolso, os membros deslocados, as vértebras quebradas... Era impossível lembrar sem se retorcer. Foi sua emoção, mais do que as palavras, que pareceu convencer o Sem-Medo a engolir o ceticismo.

— Sabe por que a laranja é uma fruta *reaaaally* importante? Ela não esperava a pergunta.

— Hm... porque previne o escorbuto?

— É uma lenda muito antiga — disse ele, cruzando as pernas em cima do rádio. — Ouvi da minha bisavó, que a ouviu de ancestrais distantes. A história conta que os anjos viviam nos jardins do Conhecimento enquanto os humanos se escondiam nas cavernas obscuras da Ignorância. Milênios se passaram assim. Entretanto, um certo dia, um homem, ou mulher, dependendo da versão, entrou por acaso nos jardins. Um pobre coitado perdido e faminto. Ele viu maçãs douradas, pomos de ouro. Colheu um. Assim que mordeu, seu espírito se abriu. De repente se tornou ciente da própria ignorância, da ignorância na qual todos seus semelhantes eram mantidos. Roubou os pomos de ouro, distribuiu-os entre os homens e, juntos, saíram das cavernas da Ignorância para descobrir o mundo. "Pomos de ouro" — continuou o Sem-Medo depois de uma longa pausa dramática — eram as laranjas, para nossos ancestrais. É por isso uma fruta *reaaaally* importante. É por isso que pessoas como eu e *doña* Imelda a usamos como sinal de reconhecimento. É o símbolo de todos que querem se emancipar da ignorância na qual somos presos à força. Cá entre nós, *miss*, não vejo diferença alguma entre os anjos da lenda e os Lordes de LUX.

Ele cuspiu a última palavra com tanto nojo que o tigre mostrou os dentes e rosnou com tamanha força que Blasius caiu do banco.

Ophélie se perguntou até que ponto o Sem-Medo sabia da existência de Deus, como Madre Hildegarde o sabia. Quase que a pergunta escapou, até se lembrar de repente do que estava fazendo ali. Nada do que se dissesse ali no camarim, nada em absoluto, se esconderia de Mediuna se ela decidisse revirar sua memória.

Com um gesto decidido, desenrolou o turbante que escondia seu rosto e encarou Sem-Medo de frente.

— Você queria saber o motivo de nossa presença no café-teatro. A verdade é que me mandaram espionar. Dou minha palavra de que sr. Blasius não tem nada a ver com isso. Proponho que interrompamos as historinhas agora e que cada um siga seu caminho. Na verdade — acrescentou Ophélie, após certa reflexão —, você precisa de outro endereço para o café-teatro.

O Sem-Medo a encarou em silêncio por muito tempo, sentado de pernas abertas no rádio, antes de jogar a cabeça para trás e gritar de tanto rir. Todos os vidros dos quadros se estilhaçaram.

— Nem ocorreu a você que seria *reaaaally* mais simples mandar meu tigre atacar? Sou o Sem-Medo-Nem-Muita-Culpa! Por que acha que preciso especificar o "muita"?

— Mas achei que... a Madre Hildegarde... *doña* Imelda... — balbuciou Ophélie.

— Sério, o que você esperava? Um abraço, dizendo "os amigos de meus amigos são meus amigos também"? Vê se cresce, menina.

O Sem-Medo tinha perdido toda a simpatia. Nem tentava esconder o desprezo ao olhar para Ophélie. Naquele momento, não era mais o grande animador de multidões com voz de tenor. Também não era um homenzinho magrelo de aparência insignificante. Era um terceiro indivíduo, completamente diferente. Uma fera que se aliara ao medo.

Puxou ingressos do café-teatro do bolso interno da túnica.

— Vocês vieram a mim porque eu o quis. Na verdade, esperava outra pessoa. Por exemplo, sua colega charmosa. Miss Mediuna. Ela sim é incapaz de cuidar da própria vida, né? É uma predadora nata! Se um dia se juntar a LUX, será uma adversária de peso.

O Sem-Medo fez silêncio e Ophélie ouviu seu coração e o de Blasius baterem descontroladamente.

— Daqui a uma hora — continuou ele — tudo terá desaparecido: a placa, as mesas, o palco, o material do camarim. Não pelo seu conselho, menina, mas porque é meu estilo de vida. O subsolo de Babel tem possibilidades infinitas e eu, só eu, decido aonde vou e quem vem me ver.

O Sem-Medo se levantou e o tigre o imitou com um movimento de músculo e pelo.

— Não vou matá-los. Não ataco ovelhas, só me interessam as feras. Contentem-se em dar um recado a Mediuna.

Ele abaixou a voz até que soasse como um trovão distante:

— Quem semeia vento colhe tempestade.

A BÚSSOLA

— Você... está acostumada com isso? Foram essas as primeiras palavras que Blasius conseguiu pronunciar ao chegar à superfície. Ele se apoiou em uma das colunas das ruínas termais, inspirando profundamente pelo nariz e atraindo olhares suspeitos dos feirantes. A calça encharcada de suor tinha perdido a forma bufante.
Ophélie foi até a fonte mais próxima buscar água potável. A atmosfera quente do mercado, cheia de gente e insetos, contrastava com as catacumbas.
— Eu sinto muito — disse ela, lhe oferecendo um copo.
— Muito mesmo.
Só conseguia repetir seus pedidos de desculpas. O que vivera no Polo – as masmorras em Luz da Lua, o cavaleiro e os cachorros, os caprichos de Farouk, as inúmeras tentativas de assassinato, sem nem falar do encontro com Deus – a acostumara com ameaças. No entanto, isso era parte da vida de Ophélie, não de Eulalie.
Blasius a encarou com os olhos arregalados.
— Mais um pouco e eu morria do coração. *Good lords!* Foi ele, né? Quem matou a Miss Silence?
— Não sei.
Isso também a deixava exasperada. O Sem-Medo teria muito a informar se o tivesse encontrado em outras circunstâncias.

— Está melhor? — se preocupou ela.

Blasius assentiu, mas o movimento o fez vomitar toda a água que tinha engolido.

— Você... você deve me achar sensível demais, Miss Eulalie — disse ele, secando a boca com um gesto humilhado. — A verdade é que tenho fobia de gatos e aquele gato era... especialmente grande.

— Peço mil desculpas, mesmo — murmurou Ophélie quando o gongo do mercado soou. — Estou chegando ao fim do meu horário de folga. Preciso voltar à Boa Família, dar o recado e... e...

E pedir a contrapartida, completou em pensamento. Por mais que quisesse continuar com Blasius, a necessidade de saber o que Mediuna tinha a dizer sobre Thorn era mais forte.

— Vamos fazer isso de novo — tentou brincar. — Sem tigre-dentes-de-sabre.

Quando devolveu o turbante, desenrolado como um novelo de lã, ele retorceu a boca em uma careta que tentava ser um sorriso.

— *Well*, até a próxima, quem sabe?

— De novo, peço desculpas.

Ophélie queria acrescentar alguma coisa mais inteligente, mas as palavras lhe fugiram mais uma vez. Ela atravessou o mercado apressada, tropeçando nos tapetes e esbarrando nos transeuntes. Estava convencida que tinha saído com Blasius pela primeira e última vez. Estava também convencida de que era melhor assim.

Por que essa ideia era insuportável, então?

A cada passo a raiva fervia mais em seu sangue. Mediuna a tinha posto em perigo de propósito. Não hesitara em usar seu segredo mais íntimo, em brincar com sua esperança mais frágil para satisfazer a própria curiosidade. Agora que Ophélie tinha cumprido sua parte do acordo, sentiu um pressentimento muito ruim.

Quem semeia vento colhe tempestade.

Se Mediuna mentiu, pensou, apertando os dentes, *se ela inventou tudo isso do Thorn, eu mesma vou me transformar em tempestade.*

Como se refletisse seu estado de espírito, o céu ficou ainda mais cinzento. Miasmas de nuvens efervesciam acima de Babel, mas os trovões chegavam sem relâmpagos, vento ou chuva. Ophélie retomou a respiração com dificuldade enquanto subia a rampa ladeada de pinheiros que levava ao mirante; ainda não tinha virado atleta, apesar das voltas frequentes no estádio.

Ela suspirou aliviada ao constatar que tinha chegado bem a tempo. Os vagões do bondalado tinham acabado de parar na estação, carregados pelas asas poderosas das quimeras. Um grupo de passageiros saiu em seguida. Ophélie subiu no trem, inseriu o cartão na máquina e procurou um lugar. Não era simples: os alunos de todas as academias passavam o domingo na cidade e sempre esperavam o último bondalado para voltar aos pensionatos.

Assim que se sentou, ouviu, do outro lado do vidro, um som mecânico que a sobressaltou. Uma cadeira de rodas, manobrada por um adolescente de pele escura e roupa branca, se afastava na estação, entre os passageiros que tinham desembarcado. Ela correu até a porta mais próxima e se inclinou para fora.

— Ambroise?

Ele ouviu. Soube pois o rapaz tensionou os ombros em resposta. Ele ouviu, mas continuou, sem se virar.

Ophélie nunca gritava. No entanto, não conseguiu conter a súplica que se arrancou do peito:

— Ambroise!

Viu as mãos invertidas se agarrarem à manivela da cadeira, como se lutassem contra a vontade de parar, indecisas. Ophélie quis correr até ele, olhá-lo nos olhos, perguntar o que tinha feito para chateá-lo, implorar para que não a deixasse enfrentar sozinha tudo que ainda precisaria enfrentar.

O segundo de hesitação a fez perder a oportunidade. A responsável pelo vagão fechou a porta. Ela analisou a toga e as sandálias de Ophélie, que tinham perdido toda a brancura na poeira das catacumbas.

— Não é adequado criar escândalo em público, sem-poderes. Se continuar assim, vou abrir um boletim de ocorrência.

Quando o bondalado avançou nos trilhos e levantou voo devagar, voltou a se sentar. Exausta, tirou os óculos, apoiou a testa na janela e contemplou as nuvens embaçadas redemoinhando no vazio.

Sentia desmoralizada.

O pressentimento se tornara certeza. Mediuna não lhe diria nada. Blasius não queria mais saber dela. Ele deixaria de ser seu amigo, como Ambroise o fizera. Ophélie nunca entraria no Secretarium, conheceria o passado de Deus, nem encontraria Thorn. Seria para sempre vítima de chantagem e passaria o resto da vida fazendo furinhos em cartões.

Foi a voz da responsável pelo vagão nos alto-falantes do bondalado que a tirou do torpor:

— A aprendiz de virtuose Eulalie, membro da segunda divisão da companhia dos arautos, deve se apresentar no vagão do maquinista.

Ophélie recolocou os óculos e se levantou sob o olhar curioso dos estudantes. Ela estava igualmente surpresa. Atravessou os vagões enfileirados às cotoveladas e chegou ao compartimento do maquinista. A responsável pelo vagão, que continuava a repetir o anúncio no microfone, parou ao vê-la chegar.

— O que foi, sem-poderes?

— Você me chamou. Sou Eulalie.

— Você é uma aprendiz de virtuose? Você é uma aprendiz de virtuose — repetiu, desta vez afirmativa, vendo o cartão da Boa Família que Ophélie apresentou. — Eu imaginei você mais... menos... enfim, que bom que a encontramos Miss Eulalie. Faz duas horas que repito esse chamado.

— Duas horas? Por quê? O que houve?

A mulher tirou o chapéu e passou um lenço na cabeça rosada e oval, raspada segundo a tradição ciclopeira. Estava ainda mais abafado dentro do trem do que do lado de fora.

— Minha única ordem é de levá-la ao Memorial. Lady Septima, glória a LUX!, a convocou urgentemente. Não sei o que você fez, mas parece sério.

Sentiu as pernas vacilarem, derrubada pelas evidências. Mediuna não lhe mandara ao café-teatro para usá-la, mas para se livrar dela. Tinha sido denunciada, sem mais nem menos! Ophélie corria risco de ser expulsa. Ou pior, presa.

Ela engoliu o pânico e a fúria que cresciam no peito e raciocinou rápido. Se Lady Septima queria vê-la no Memorial, não no conservatório, era para evitar Hélène. Talvez Ophélie tivesse como suplicar em seu nome com a diretora.

— Preciso descer primeiro na Boa Família — disse ela, com toda a firmeza de que era capaz. — Estou à paisana, não posso me apresentar à Lady Septima sem o uniforme oficial.

A responsável pareceu refletir antes de pegar o microfone:

— Atenção, por favor. Por motivos excepcionais, este trem será expresso até o Memorial. Pedimos sua paciência, pois pararemos em todas as academias na volta. A companhia dos bondalados oferecerá uma declaração de atraso a todos que a solicitarem. Você, miss Eulalie, fica bem aqui — acrescentou, depois de desligar o rádio. — Se estiver de consciência limpa, como qualquer cidadão honesto, não tem nada a temer.

Ophélie se instalou no assento dobrável que lhe foi indicado. A armadilha estava montada. Ela cruzou as mãos na coxa para tentar disfarçar o tremor.

Procurou uma saída com o olhar, sabendo que certamente não encontraria. Todas as portas do trem davam no vazio. Não havia espelhos a bordo e, mesmo que houvesse, será que ainda conseguia atravessá-los? Desde que chegara a Babel, nem um dia se passara sem que mentisse, fosse sobre a identidade ou sobre as intenções. Essa farsa tinha consequências mais graves do que todas as mentirinhas passadas. Não era só um disfarce, como a roupa de Mime: era outra pele que, dia após dia, se tornava natural. De tanto se fingir de Eulalie, será que ainda podia se considerar Ophélie?

O trajeto até o Memorial lhe pareceu de uma demora atroz e uma rapidez abominável. Os piores medos se confirmaram quando viu uma patrulha de vigias esperando na plataforma.

Não estavam armados – só a palavra já seria um crime –, mas não precisavam disso. Eram todos Necromantes, mestres da temperatura, capazes de congelar com o olhar. Também eram excelentes fabricantes de geladeiras.

Eles escoltaram Ophélie sem lhe dirigir a palavra. Ao passar na frente da estátua do soldado sem cabeça, ela se sentiu uma criminosa sendo levada à corte marcial. Quando atravessaram o portão de vidro do Memorial, foi esmagada pelo silêncio que reinava lá dentro. Aquela calma não se parecia em nada com os cochichos habituais de leitores; era a ausência total de barulho. As enormes galerias circulares dos andares estavam todas desertas, dando ao lugar uma atmosfera de templo abandonado. As nuvens cobrindo a rotunda espalhavam sombra por todos os cantos. O globo suspenso do Secretarium, cujo metal normalmente brilhava sob o sol, naquele dia lembrava um planeta morto.

Os Necromantes a fizeram pegar o transcendium setentrional. Ela estremeceu ao notar, no meio do imenso corredor vertical, uma pequena silhueta de olhos vermelhos. Quando se aproximou um pouco mais, se surpreendeu ao notar que não era Lady Septima, como imaginara, mas seu filho, Octavio. Ele a observava através das mechas pretas e compridas da franja e da corrente de sobrancelha. Emanava tal desconfiança que Ophélie se sentiu condenada antes mesmo do julgamento.

— Está todo mundo esperando você, aprendiz Eulalie.

Ela não respondeu. Sabia que, a partir dali, qualquer palavra poderia ser usada contra si. Não diria nada até saber do que exatamente era acusada.

Achava que Octavio iria levá-la à sala particular onde Lady Septima e os Lordes de LUX trabalhavam, no último andar do Memorial, mas em vez disso ele tirou uma chave do uniforme. Ophélie não acreditou no que via quando o rapaz inseriu a chave na fechadura que desdobrou a passarela metálica até o Secretarium.

A *terra incognita* proibida quando ela se fingia de aluna perfeita era acessível depois que errara? Era de uma ironia espetacular.

Seguiu Octavio na escada espiralada que permitia ir da estação horizontal do transcendium à estação vertical da passarela. Quando pisou no caminho, se agarrou com força ao corrimão. Por mais que não sentisse vertigem, estavam há mais de trinta metros do chão; a ideia de andar sobre uma ponte que podia se desmanchar ao girar uma chave não era tranquilizante. Olhou rapidamente para os Necromantes que, lá atrás no transcendium, se mantinham perpendiculares.

Quanto mais se aproximava do globo suspenso, mais media o tamanho. O revestimento em ouro vermelho da crosta terrestre afundava no lugar dos oceanos e desenhava em relevo os contornos dos continentes. A porta blindada que Octavio abriu, no meio de um mar antártico, era de tamanho bem respeitável; no entanto, em comparação, parecia um buraquinho de fechadura.

Ophélie a atravessou.

Tudo que sua imaginação concebera sobre esse santuário inacessível explodiu em pedacinhos. O interior do Secretarium era uma cópia idêntica do Memorial. Galerias acessíveis por transcendiuns formavam andares ao redor de um poço de luz natural. Havia até um globo terrestre suspenso entre o átrio e a cúpula, idêntico àquele que o continha. Os arquitetos tinham montado o espaço inteiro como uma matriosca!

Nos corredores da direita, milhares de antiguidades brilhavam ao longo de prateleiras envidraçadas, iluminadas pelas lâmpadas frias de Heliópolis. À esquerda, fileiras inteiras de cilindros rodavam no eixo em um ronronar contínuo. Ophélie sabia que cada cilindro era revestido por um cartão perfurado e que cada cartão descrevia um documento; o conjunto formava um emaranhado de rodas e engrenagens que lembrava as entranhas de um realejo.

— É verdade, você nunca veio aqui — comentou Octavio, atento a cada reação. — O Secretarium é, como o Memorial, dividido em duas partes gêmeas: as coleções raras ficam no hemisfério oriental e as bases de dados, no ocidental.

— E aquilo? — perguntou, apontando para o globo que flutuava acima deles. — Outro Secretarium?

Sem resistir, Ophélie rompeu o silêncio que impusera.

— Só um globo decorativo — respondeu ele. — Ah, eis a responsável pela sua divisão.

Sentiu uma pontada de esperança ao ver Elizabeth atravessar o átrio na direção deles. Ela parecia incomparavelmente solene. O cabelo arruivado ondulava como uma capa a cada passo e o rosto estava ainda mais inexpressivo do que de costume.

— Novidades?

Elizabeth tinha dirigido a pergunta somente a Octavio.

— Nada a relatar. Ninguém entrou no Memorial, ninguém saiu, exceto pela aprendiz Eulalie.

— Ótimo. Vamos.

Ophélie os seguiu, lutando contra a vertigem que a tomou. Talvez fosse por causa das nuvens pesadas além das cúpulas, mas estava ficando sem ar. A convocação não tinha sido motivada pela visita às catacumbas. Era outra história, ainda mais grave.

O relógio de Thorn, contaminado pelo seu nervosismo, bateu a tampa no bolso da toga. A questão não era mais se Mediuna a traíra, mas sim a que ponto.

Eles pararam em frente a uma porta de ar comprimido.

— Não estamos autorizados a entrar com você — explicou Elizabeth, após abri-la. — Tudo que acontecer lá dentro é altamente confidencial. Boa sorte.

— Sorte não existe — interveio Octavio, friamente. — Somos autores de nossos próprios destinos. Mas isso a aprendiz Eulalie já sabe — acrescentou, mais baixo.

Ela não sabia de nada, o que era um problema. Entrou hesitante na sala austera, aparentemente destinada a consultar documentos. O único móvel era uma escrivaninha grande de madeira nobre, à qual estava instalada Lady Septima.

— Porta — ordenou.

Ophélie girou a maçaneta até trancar. Reinava tal frio lá dentro que sentiu que entrara em um congelador. Os pés quase descalços na sandália formigaram, doloridos.

— Aproxime-se.

Lady Septima deu a ordem sem emoção. Calma e distante, como sempre. Ela se voltou para Ophélie com olhos flamejantes, parecendo faróis na sala mal iluminada.

— Você gosta de quebra-cabeças?

Ophélie piscou. Não era o interrogatório para o qual se preparara. Com prudência, chegou mais perto do manuscrito para o qual Lady Septima apontou na escrivaninha. Era antigo, pelo estado decrépito. Os sinais desbotados que cobriam as páginas tinham sido escritos, nos raros pontos legíveis, em uma língua desconhecida.

As anotações empilhadas do outro lado da mesa chamaram sua atenção.

— É a tradução de Mediuna — constatou. — Por que me perguntar em vez de falar com ela?

Lady Septima não respondeu. Ophélie sentiu todos os músculos de seu corpo, que contraía sem parar desde o bondalado, relaxarem a ponto de se desequilibrar. A raiva que tinha acumulado contra Mediuna se evaporou no mesmo instante.

— O que aconteceu com ela?

A mulher controlou a careta que esticara sua boca, expulsando do rosto qualquer sinal de emoção pessoal.

— Uma divisão quase inteiramente composta por Adivinhos, mas nenhum deles é capaz de ver o destino da própria prima. São a vergonha dos arautos. Enfim — retomou, erguendo o queixo —, Sir Henry exige que encontremos um substituto imediatamente. Apesar de eu ter minhas consideráveis dúvidas quanto a você, devo admitir que é a candidata mais preparada para o trabalho. Ou, melhor dizendo, a menos incapaz. Será preciso que seja digna da honra que LUX oferece, aprendiz Eulalie. Vou avisar Sir Henry de sua chegada — acrescentou, se afastando em uma marcha regular. — Pode dar uma olhada no manuscrito, mas não o toque de forma alguma. Manipular um documento de tanto valor deve ser feito de acordo com um protocolo que você ainda não domina.

Lady Septima entrou em um elevador no fundo da sala; ele subiu, fazendo uma barulheira de engrenagens, quando ela acionou a manivela.

Quando ficou sozinha, Ophélie apoiou as duas mãos na mesa e encarou o manuscrito sem enxergá-lo. Ondas de emoções contraditórias se encontravam nela, fazendo seus óculos mudarem de cor.

Alívio. Incredulidade. Êxtase. Aflição.

Aflição?

Depois de tudo que Mediuna fizera com ela, seria possível que Ophélie estivesse preocupada? Tornara-se arauta para se encontrar no lugar em que estava; sua investigação de verdade poderia começar finalmente. Deveria comemorar, então por que estava apavorada?

Um tique-taque urgente na toga a arrancou dos pensamentos tumultuosos. Ela puxou a corrente do relógio para examiná-lo. A tampa abria e fechava sem parar, como se tomada por um ataque epilético. *Tique-taque! Tique-taque! Tique-taque!*

— Tá, tá, calma — murmurou Ophélie, tanto para o relógio quanto para si mesma.

Prendeu a tampa com o dedo, mas os ponteiros começaram a dançar por sua vez, se sacudindo em uma valsa endiabrada. Em intervalos regulares, eles paravam todos ao mesmo tempo, apontando sempre para a mesma hora.

Seis horas, trinta minutos e trinta segundos.

Ophélie se virou para o elevador, cujas engrenagens tinham sido acionadas de novo. Por mais que Sir Henry fosse um autômato, não causaria boa impressão se debater na frente dele com um relógio de bolso enlouquecido.

Ela franziu a testa. Os ponteiros tinham mudado de hora repentinamente, apontando decididamente para as doze em ponto.

Não.

Os ponteiros não indicavam a hora. Indicavam a direção. O relógio de Thorn não estava pifado, nunca estivera. Só tinha se transformado em bússola. Uma bússola cujos três ponteiros, naquele segundo, apontavam para o elevador que chegara.

A porta se abriu, mostrando Lady Septima e Sir Henry.

Sir Henry não era um autômato.

Sir Henry era Thorn.

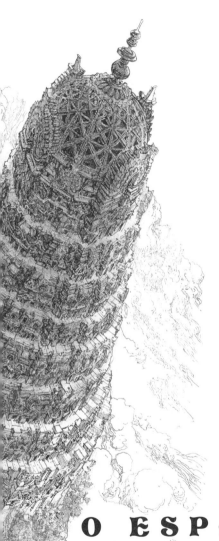

O ESPANTALHO

O ENCONTRADO

Thorn estava de pé no canto do elevador, tão absurdamente alto que batia com a cabeça no teto. O olhar de aço, atravessado pela cicatriz comprida no rosto, estava concentrado em um documento que folheava com pressa. Ele não deu a menor atenção a Lady Septima que apresentava Ophélie, parada no meio da sala fria.

— Nossa nova recruta, *sir*. Vou garantir, pessoalmente, que ela se mostre à altura da situação.

O regulamento obrigava Ophélie, sob pena de castigo grave, de bater continência, recitar o lema consagrado – "o conhecimento serve à paz!" – e se identificar.

Era impossível.

No instante em que Thorn apareceu, todos os seus pensamentos se esvaíram. Ela agarrou o relógio-bússola com as duas mãos: sólido, tangível, real.

Lady Septima franziu os lábios, interpretando o silêncio como um ataque de timidez exagerado.

— A aprendiz Eulalie entrou na segunda divisão da companhia de arautos há cinquenta dias. É meio cabeça oca, mas as mãos têm potencial.

Ophélie nem escutou. Lady Septima não existia mais. Só Thorn, ainda no fundo do elevador, franzindo as sobrancelhas, mergulhado no gráfico que contemplava. O cabelo loiro platinado estava cuidadosamente penteado para trás; o rosto comprido e angular, perfeitamente barbeado. Ele vestia uma camisa de brancura impecável que se prolongava, nos dois antebraços, em manoplas de trabalho com quadrantes, bitolas e medidores embutidos. O que mais chamou sua atenção foi o emblema pregado no peito, na altura do coração: um sol.

O tempo todo, ela procurara um fugitivo. Tinha acabado de encontrar um Lorde de LUX.

Um passo de cada vez, Ophélie se enfiou no canto mais escuro da sala fria. Mesmo que o sangue fervilhando a impedisse de pensar, uma certeza se impunha: quando o olhar de Thorn cruzasse o dela finalmente, as consequências seriam irreversíveis.

— Estamos atrasados demais em relação ao cronograma previsto. Os Genealogistas vão acabar exigindo explicações. — Ele pronunciou essas palavras no sotaque de Babel, despido de qualquer entonação nórdica, como um nativo da cidade. Entretanto, Ophélie reconheceria aquela voz de qualquer forma. A vibração de contrabaixo, grave e agressiva, ecoando no vazio dentro dela, revirando as entranhas, subindo à garganta até sufocá-la.

A voz de Thorn depois de quase três anos de silêncio.

Ela estremeceu quando ele fechou o documento com um gesto seco.

— Além disso, preciso de Necromantes aqui urgentemente. A temperatura e a umidade estão elevadas demais no hemisfério oriental do Secretarium. Já perdemos pessoal, evitemos perder coleções também.

A atenção de Thorn passara diretamente dos gráficos ao manuscrito velho na mesa de consulta. Quando atravessou a sala fria, um rangido sinistro acompanhou seus passos. Ophélie demorou para perceber, mas finalmente lhe saltou aos olhos: uma armadura de ferro, articulada como um esqueleto, prendia uma das botas, do tornozelo ao joelho. A perna que tinha sido quebrada na prisão.

O autômato.

Ophélie raramente se sentia tão estúpida. Tinha entendido de forma literal o que sempre fora um apelido de mau gosto. De mau gosto, mas perfeitamente adequado. Thorn se aproximou da mesa com rigidez e virou metodicamente, entre os dedos metálicos da manopla, uma página do manuscrito.

— Sua recruta lê línguas antigas? Ele se dirigiu a Lady Septima como se a recruta em questão não estivesse presente. Esse hábito insuportável que exasperava Ophélie durante o noivado foi mais do que bem-vindo naquele momento.

— Não, *sir*. No entanto, acredito que esteja apta a substituir a aprendiz Mediuna. Ela é Animista. *Leitora*.

Pronto, pensou Ophélie, *os óculos cada vez mais azuis. Ele vai se virar para cá. Vai me reconhecer.*

Thorn não fez nada. Contentou-se em examinar a página que segurava, carcomida pelo tempo como renda velha.

— Ela sabe restaurar o texto que falta?

— Não, *sir* — decretou Lady Septima com a certeza do professor que conhece o aluno melhor do que ele próprio. — Por outro lado, pode reconstituir a substância ao penetrar na percepção daqueles que o leram. Idealmente, de quem o escreveu.

Ophélie se chocou ao notar o modo como o olhar de fogo se dirigia à perneira de Thorn, como se tentasse derreter o metal. Lady Septima o tratava superficialmente com o respeito por ser um membro de LUX, mas não o considerava seu igual.

Isso não lhe dizia nada de bom.

Se Lady Septima notasse qualquer perturbação entre ela e Sir Henry – qualquer sinal de surpresa, por mais ínfimo que fosse –, desconfiaria por instinto e as identidades falsas iriam pelos ares, pensou Ophélie.

Ela se obrigou a respirar profundamente. Acalmar o caos no coração. Voltar à transparência dos óculos. Relaxar os músculos do rosto. Endireitar os ombros. Não podia conter o tremor no corpo, mas tudo bem. Estava em uma sala gelada, de toga e sandália: calafrios eram uma reação física esperada.

Restava esperar que Thorn não se engasgasse ao vê-la.

— Onde se encontra a aprendiz Mediuna? — perguntou ele em um murmúrio, folheando as anotações de tradução.

A luminária da mesa projetava uma luz fria no perfil, destacando o ângulo íngreme do nariz, o sulco da cicatriz e, na fresta estreita entre as pálpebras, um olho concentrado.

— Ela foi transferida, *sir*.

— Voltará ao serviço?

— Seria prematuro responder.

O único pensamento coerente que Ophélie conseguiu formar neste ponto da conversa foi: *Mediuna está viva*.

— O que pensa do caso de Miss Silence agora?

— Não entendi a pergunta, *sir*.

Thorn desviou o olhar da mesa.

— Um ataque apoplético entre os nossos é o que chamo de acidente lamentável. Como qualificaria dois?

— Uma coincidência lamentável, *sir*.

Ambos eram impenetráveis, mas Ophélie percebeu uma tensão que crescia aos poucos. Por mais que a expressão de Thorn continuasse indecifrável, a de Lady Septima revelava desgosto. Ela nunca se dignara a olhá-lo nos olhos, só para a perna quebrada. Será que sabia que o homem à sua frente era dotado de uma memória fenomenal e garras temíveis? Ele era duas cabeças mais alto, mas ela só o via como um calouro que sempre seria inferior e não era por causa da diferença de idade. Ophélie notara que ela agia da mesma forma com o faxineiro, os arautos de Hélène e até Mediuna. Quem não pertencesse à descendência de Pólux era para Lady Septima somente uma peça necessária para o funcionamento do mecanismo, devendo ser substituída se começasse a apresentar defeito.

— Será necessário aumentar o ritmo dos grupos de leitura — declarou Thorn por fim. — Os Genealogistas estão impacientes e nenhum de nós deseja que venham fazer uma inspeção surpresa. Especialmente agora, com essas... coincidências.

Era a segunda vez que os mencionava. Ophélie não sabia do que se tratava, mas pelo menos entendeu que estavam no alto da hierarquia de LUX. Thorn não queria lidar com eles.

— Todas as folgas serão suspensas até segunda ordem — disse Lady Septima, batendo os calcanhares. — As leituras começarão mais cedo e acabarão mais tarde.

— Desde que não seja em detrimento do detalhe. Seus alunos ainda cometem muitas imprecisões, além dos erros de código.

Lady Septima assentiu, mas seu rosto estava endurecido. Ophélie sentia-se aflita. Thorn nitidamente não estava ciente de que ofender esta representante de Deus, ali e agora, era a última coisa a ser feita na posição deles. Como esperado, Lady Septima procurou um alvo para descontar a irritação.

Ophélie foi a escolhida.

— Aprendiz Eulalie, vai ficar aí de mãos abanando? Pare de me envergonhar e prove ao Sir Henry que é digna do que ele espera.

Ophélie teve a impressão de que o sangue parara bruscamente de circular.

Thorn finalmente se virou para ela.

Ele se virou para ela e seu olhar não expressou nada. Nem surpresa, nem perplexidade. O olhar neutro que um desconhecido dirigiria a qualquer outro desconhecido.

— Não vou decepcioná-lo — declarou ela.

Ophélie ficou aliviada por não ouvir a voz fraquejar. Até se surpreendeu por sustentar, sem tremer, a atenção da qual era objeto, como se não fosse mais ela mesma. Porque não era.

Sou Eulalie e o homem à minha frente é Sir Henry, repetiu.

Era simples assim.

O braço comprido dele pegou as anotações de Mediuna na mesa e se esticou para entregá-las a Ophélie, cobrindo a distância entre eles sem precisar dar um passo.

O autômato.

— Você tem três dias para decorar esta tradução e se capacitar a manipular documentos antigos. Depois disso, virá aqui toda noite depois dos grupos de leitura. Três dias: fui claro, aprendiz?

As palavras de Thorn recaíram sobre ela como granizo. Ele não tinha como ser mais convincente, como se nunca tivessem se visto. Foi tão convincente, na verdade, que ela foi tomada por uma dúvida vertiginosa ao pegar as anotações.

Será que ele a reconhecera?

A SUSPEITA

— Eu não tenho... nada para dizer a você.
— Era... nossa colega. Tenho direito... de saber.
— Você vai me... desconcentrar.
Ophélie estava correndo com dificuldade na poeira do estádio. Eram seis da manhã, a hora menos quente e úmida do dia, mas seus pulmões queimavam. O único mísero consolo era ver que Elizabeth, mesmo habituada a dar aquelas voltas regularmente, estava sofrendo para pisar com um pé na frente do outro. A aspirante usava na cabeça um chapéu-rádio absurdo que cuspia a transmissão de um programa científico: deveria ajudá-la a manter o ritmo, mas o peso a deixava mais lenta.
— Cadê Mediuna? — insistiu Ophélie. — Para onde... a levaram?
— É confidencial. Não posso... divulgar... a informação... a uma aprendiz.
Sem aguentar, Elizabeth parou no meio da pista. Ela se curvou, ofegante, segurando o chapéu-rádio com uma mão e apertando a cintura com a outra. A pele normalmente pálida se tornara escarlate a ponto de esconder as sardas. De tanto passar os dias sentada na cadeira com o nariz enfiado no código, tinha desenvolvido a constituição de uma idosa.

Ophélie a seguira ao estádio para conseguir respostas. Fazia três dias que esbarrava numa parede de silêncio no dormitório, três dias que lhe olhavam de relance ao longe, sem nenhuma explicação. Estava ficando sem paciência e Elizabeth era a única na companhia de arautos que não parecia ignorá-la.

— Pode me falar o que aconteceu?

Elizabeth esticou o corpo como se fosse uma tábua de passar emperrada. Com a boca aberta, tentou respirar voltando-a para cima, pois não conseguira ao abaixá-la.

— Já disse... e repito. A aprendiz Mediuna... nos deixou... por motivos de saúde.

— Não faz sentido. Ela era a mais saudável de todos nós.

— Ouça, aprendiz.

Ophélie era toda ouvidos, mas precisou esperar que a outra pudesse falar sem sufocar.

— Fui eu quem a encontrei e garanto que ela não estava nada saudável. Entrei no Memorial pela entrada de serviço, como todo domingo. Tinha cartões catalográficos a ajustar. Passei a manhã perfurando. Quando fui ao banheiro, a encontrei jogada no chão. Não sei há quanto tempo estava lá, mas não parecia nada bem.

Elizabeth secou o suor que pingava do queixo com a manga da camisa.

— Espasmos musculares, convulsões, olhos revirados — continuou ela. — Avisei a segurança. Lady Septima te convocou urgentemente e o resto já sabe melhor do que eu.

Ophélie a encarou na luz fraca da manhã. A cena que descrevera se parecia tão pouco com a fantástica e indomável Mediuna que a tranquilidade lhe era indevida. Elizabeth mexeu na antena do chapéu para diminuir o chiado do rádio, como se não fosse nada.

— Como você não sentiu medo?

— Hmm? Por que sentiria medo? Acidentes vasculares cerebrais são raros na nossa idade. Estatisticamente, é improvável que aconteça comigo... ou com você. Saberia disso se tivesse lido o *Diário oficial*. Deve ser nossa única fonte de informação confiável, como arautos — recitou ela, como uma lição que aprendera bem.

— Não sei muito de estatística — admitiu Ophélie —, mas não esqueça Miss Silence. Um problema cardíaco e um cerebral no mesmo lugar, com cinquenta dias de intervalo, me parece improvável.

Foi a vez de Elizabeth encará-la, confusa, na sombra das pálpebras entreabertas.

— Não sei de onde você vem, nem o que viveu, mas aqui em Babel as únicas causas de morte são doenças e acidentes. Se Lady Septima disse que é coincidência, é coincidência.

Ophélie ficou tentada a retrucar que a mulher que ela idolatrava não gostava muito de sem-poderes como ela e provavelmente não dizia toda a verdade. Os Lordes de LUX tinham redobrado o contingente de segurança do Memorial; não era mais possível entrar nem sair sem passar pela segurança.

Além disso, havia o professor Wolf, o acidente misterioso, a pesquisa interrompida de um dia para o outro. Ele também era presença frequente no Memorial e sofrera um choque traumático poderoso.

Não, não era uma coincidência, definitivamente. Era um crime. Três crimes. A proibição da palavra pelo Índex não mudava nada. Admitindo esta hipótese, Ophélie não podia mais ignorar a mensagem que o Sem-Medo passara a Mediuna: "Quem semeia vento, colhe tempestade". Seria ele quem atentara contra a vida dela, do professor Wolf e de Miss Silence? Se sim, com que meios e, principalmente, por quê? O que conectava um especialista em guerra, uma censora e uma aprendiz de arauto, além de todos trabalharem no Memorial?

— Aspirante Elizabeth, aprendiz Eulalie, acabem as voltas obrigatórias!

Ophélie virou os óculos para a torre de observação do estádio, de onde vinha o comando, e depois para a outra jovem, que ainda não tinha se recuperado.

— Melhor dos mundos, né?

Elas voltaram a correr, lado a lado. Os corpos eram perfeitamente assimétricos: o de Elizabeth tão alto e achatado quanto o de Ophélie era baixo e carnudo.

— Sabe... eu não gostei de você... quando nos conhecemos — comentou Elizabeth negligentemente, entre dois passos, enquanto a trança comprida e ruiva batia nas costas.

Ophélie assentiu.

— Acho que eu também não.

— E agora?

As duas se entreolharam e Ophélie se distanciou de Elizabeth na pista. A verdade é que poderiam ter sido amigas, caso Eulalie existisse mesmo. Ophélie, no entanto, não se iludia: se a aspirante descobrisse que ela mentira sobre a identidade, a denunciaria a Hélène e Lady Septima sem a menor hesitação.

Quando acabou de correr, Ophélie voltou ao vestiário. Esbarrou em Zen, que saía na mesma hora, perfumada por óleo de camélia. Elas balbuciaram suas desculpas. Por mais que dormissem no mesmo quarto e tivessem as mesmas aulas, nunca tinham trocado uma frase. Zen era a mais velha da companhia, mas parecia mais uma boneca do que com uma mulher, sempre prestes a esconder os olhos atrás da franja preta grossa. Entretanto, Ophélie tinha a impressão de que Zen não a evitava só por timidez.

Medo, talvez?

Quando se viu sozinha, recuperou o uniforme e as botas que tinha deixado na lavanderia na noite anterior. Em seguida, foi ao chuveiro coletivo e ali, depois de deixar as roupas, as luvas e os óculos em uma cadeira, ficou imóvel por muito tempo. Esperou que o coração, exausto da corrida, voltasse ao ritmo normal. Entretanto, não aconteceu. O corpo todo só emitia a mesma pulsação caótica.

Naquela noite, ela veria Thorn.

Ophélie tinha passado os últimos dias se proibindo de pensar, tentando se concentrar em tudo que não fosse ele. Praticamente não tinha dormido nem comido. As emoções eram um nó tão emaranhado que era impossível desembaraçá-las. Queria estar com Thorn imediatamente. Queria isso por todos os segundos de todos os minutos de todas as horas de quase três anos. E ele não inventara nada melhor do que impor três dias adicionais! Decorar a tradução de Mediuna? Era um texto desconexo, incompleto e hermético que não lhe esclarecera em nada sobre o que Thorn pensava. Como tinha se tornado Sir Henry? Por que se juntara à LUX? O que procurava nos grupos de leitura? O que o impedira de dar sinal de vida esse tempo todo? Ophélie tinha cedido à tentação de *ler* as anotações para além dos olhos – afinal, se tornara a proprietária oficial –, mas as manoplas metálicas que Thorn usara para manipulá-las o impediram de tocar o papel.

A *leitura* também não informara nada sobre Mediuna, pois certamente também usara luvas de trabalho. A Adivinha tinha lhe pregado uma boa peça. Ela soubera esse tempo todo que Sir Henry era o homem que Ophélie procurava. Será que teria acabado revelando o fato?

Ophélie desdobrou a cortina de uma ducha, tirou a roupa de ginástica e puxou a corda para ligar o chuveiro. Ficou de olhos arregalados apesar do jorro de água fervendo. Sempre que fechava as pálpebras, mesmo que por um instante, revia a expressão de Thorn queimada em seu olhar. A falta de expressão, na verdade. Como se não fosse ninguém para ele, de verdade, independentemente de qualquer atuação.

Enquanto lavava os cabelos, puxou os cachos. Ela mesma os aparava, hesitante com a tesoura, sem ter a ajuda do espelho. Não podia ter mudado a tal ponto, né? Encarou a pele bronzeada de sol. De repente, se sentiu nua como nunca na vida. Essa consciência brutal, por mais ridícula que fosse, inspirou nela uma apreensão cuja natureza não entendia bem.

Você detesta ser infantilizada, mas frente a um homem ainda é uma bambina inexperiente, disse a voz de Mediuna com escárnio na memória.

Cliques familiares ecoaram através do barulho do chuveiro. Ophélie fechou a água e secou os olhos. Míope como era, distinguiu pela cortina sombras com alguns brilhos de prata.

As botas aladas dos arautos.

— Você nos ouvirá.

— Não gritará.

— Nada dirá.

Quando os Adivinhos falavam no futuro, os eventos em geral se confirmavam. Portanto, Ophélie ficou em silêncio e esperou para ouvir o que tinham a anunciar.

A resposta chegou na forma de um balde que jogou um dilúvio cristalino sobre a cortina. Ophélie mal teve tempo de proteger o rosto com os braços. Centenas de cortes arranharam seu corpo de uma vez. Quando passou a surpresa, ela contemplou os cacos de vidro espalhados pela pele úmida e, segundos depois, o sangue desenhando uma rede vasta de afluentes.

— Isso, *signorina*, é pela nossa prima.

Essa frase a chocou ainda mais do que a dor. O medo de Zen e os subentendidos de Octavio de repente se tornavam assustadoramente claros.

Os colegas também não aderiam à teoria da coincidência: achavam que a culpa era *dela*.

Ophélie abriu a boca, mas as vozes sibilantes dos Adivinhos não lhe deram tempo de se justificar:

— Primeiro a *Signora* Silence e agora Mediuna?

— Essa novata queima *presto* as etapas!

— Você não é mais *benvenuta* à Boa Família.

Fez-se um silêncio durante o qual Ophélie só escutou o gotejar do chuveiro e o arranhar do vidro nos pés ensanguentados. Ela tremeu. As botas aladas continuavam ali, debaixo da cortina.

— Hoje à noite, *signorina*, você irá ao Secretarium.

— Hoje à noite, *signorina*, você encontrará o autômato.

— Hoje à noite, *signorina*, você lhe entregará suas asas.

Não era uma profecia. O poder dos Adivinhos não permitia que vissem além das próximas três horas. Entretanto, Ophélie levou o aviso a sério. Quando as botas partiram em um rastro prateado, ela ficou de pé em meio ao vidro, o sangue misturado à água do banho.

O AUTÔMATO

Ophélie avançou pela passarela com movimentos rígidos. Esperava que os curativos debaixo do uniforme impedissem o sangue de escorrer, pelo menos até acabar o que a aguardava. Cada gesto repuxava os cortes na pele. Não eram profundos, mas se abriam facilmente.

Na verdade, não sentia dor alguma. Naquele instante, só estava ciente de uma coisa: o globo do Secretarium, à sua frente, crescia sem parar conforme se aproximava. Até o vazio sob seus pés lhe parecia abstrato.

Ela iria rever Thorn.

Ao chegar à porta blindada do globo, Ophélie olhou rapidamente por cima do ombro, para o transcendium do outro lado da passarela, onde Lady Septima girara a chave para abrir o acesso.

Iria rever Thorn, a sós.

Ophélie entrou no Secretarium. Como na primeira vez, teve a sensação curiosa de entrar em uma réplica em miniatura do Memorial. Átrio idêntico, cúpula idêntica, corredores idênticos e, flutuando leve no ar, um globo terrestre inteiramente idêntico ao do exterior. Por mais que soubesse que aquele globo era decorativo, Ophélie não conseguia deixar de imaginar outro globo lá dentro, que continha mais outro e assim por diante ao infinito.

Ela andou sob a luz fria das lâmpadas. A câmara frigorífica reservada à consulta de documentos frágeis se encontrava bem à frente. Deveria ir diretamente estudar o manuscrito? Seria incapaz de se concentrar no que quer que fosse até conversar de verdade com Thorn.

Olhou pelas galerias em andares enroscadas ao redor do átrio. No hemisfério oriental, as vitrines de coleções antigas cintilavam entre colunas. No outro hemisfério do Secretarium soava um concerto de cliques: os milhares de cilindros da base de dados girando no eixo, revirando os cartões perfurados de registros bibliográficos.

Enquanto procurava Thorn, Ophélie se sobressaltou ao ouvir sua voz vindo de trás.

— Sala do Organizador. Último corredor à esquerda. — A instrução vinha de um gramofone.

Ophélie subiu pela parede vertical do transcendium. As asas das botas soavam como esporas a cada passo; asas que deveria entregar a Sir Henry junto com a demissão se não quisesse sofrer represálias da divisão, mas essa era sua menor preocupação naquele momento.

Ela iria rever Thorn, desta vez a sério.

Mesmo sabendo que o ambiente era mantido precisamente a dezoito graus, Ophélie sentia quinze a mais. Nunca fora vaidosa na vida, mas passou a mão nos cabelos, nervosa, tentando ajeitá-los. Recolheu alguns cacos de vidro, dos quais se livrou às pressas.

Quando chegou ao último andar, percorreu as fileiras altas de cilindros; o barulho mecânico arranhava seus ouvidos. Acabou encontrando uma porta cujos parafusos e juntas à prova d'água lembravam a entrada de um submarino. Em vez da cabine, Ophélie descobriu um escritório inteiro de madeira e couro e, no fundo dele, costas.

As costas de Thorn.

Ele estava sentado em um banco giratório, usando fones de ouvido, em frente a um painel imenso crivado de furos. Era o Organizador, a única máquina do mundo capaz de decifrar uma base de dados. Thorn não parava de conectar e desconectar um emaranhado de cabos, abaixando um interruptor de um lado, levantando do outro, como um instrumentista tocaria a partitura mais elaborada.

Ophélie bateu na porta para anunciar sua presença, mas ele não pareceu ouvir. Ela estava com medo de desconcentrá-lo. Estava com medo, ponto. Medo do que aconteceria ali quando finalmente pudessem libertar as emoções verdadeiras.

Estava com medo, sim, mas não preferiria estar em nenhum outro lugar.

Olhando ao redor, reparou que a sala do Organizador não era muito mais acolhedora do que os corredores industriais do Secretarium. Não havia assentos além do banquinho da máquina, nada de interessante para olhar além de prateleiras sobrecarregadas de documentos, papel perfurado e uma coleção de relógios. A fusão perfeita de austeridade e organização chegava a lembrar a intendência do Polo.

Thorn virou o banquinho de repente, consultou a fita amarela que uma tabuladora perfurou e apertou o botão do microfone.

— A referência é "nota n. 8.174, coleção de obras públicas, 1S067". Câmbio.

Quando uma voz baixinha respondeu no fone, ele notou a presença de Ophélie e apontou para a porta, que ela trancou correndo. Cada vez que girava a manivela, o ronronar ensurdecedor da base de dados lá fora ficava mais distante, até se tornar inaudível. O silêncio da sala logo se tornou absoluto.

— A aprendiz de virtuose acabou de chegar — anunciou Thorn. — Tenho instruções a passar. Voltarei a tratar dos pedidos bibliotecários em breve. Câmbio, desligo.

Então desligou o microfone, tirou o fone e virou de vez o banquinho. Ficou imóvel de forma tão repentina e prolongada que Ophélie se perguntou se esperava qualquer iniciativa dela, até que notou estar sendo analisada detalhadamente, da cabeça aos pés. Ele se demorou no brasão do uniforme e nas asas presas às botas. O olhar penetrante a fez sentir que os cortes se abriam um a um sob os curativos.

— O que você veio fazer em Babel?

O "r" quebrando como gelo, consoantes duras como pedra, Thorn reencontrara seu sotaque do Norte. Ele fez a pergunta com lentidão metódica e articulada.

Quando Ophélie notou que falava com ela, não com Eulalie, se desestabilizou completamente.

— Não aguentava mais ficar na casa dos meus pais.

Mesmo para uma resposta idiota, era bastante idiota. Thorn continuou rígido como mármore no banquinho, esperando. A voz de Ophélie tremia tanto que parecia que o coração tinha ficado engasgado. Ela se sentia um funil. As emoções em ebulição no corpo eram das mais violentas, mas na hora de expressá-las só saiam gotinhas miseráveis.

— Fiquei chocado ao encontrá-la como substituta da aprendiz Mediuna — continuou Thorn. — É dizer pouco, até.

Ophélie duvidou. O rosto fechado não mostrara nada.

— Nesse caso, somos dois. Se soubesse que você era o famoso Sir Henry, eu teria...

— Você poderia ser Deus — interrompeu Thorn.

Ela foi pega completamente desprevenida pelo comentário. As mãos moles derrubaram as anotações de Mediuna que trouxera, as quais se espalharam a seus pés como uma avalanche de papel.

— Você acha que eu... que sou...

— Poderia ser. Eu também poderia. Deus conhece nossa aparência.

Era tão óbvio que Ophélie sentiu vergonha de não ter pensado nisso antes.

— É verdade. Felizmente, Deus é um imitador incompetente. Se você tivesse me recebido com um sorriso, garanto que eu teria desconfiado.

Thorn não fez comentário nenhum. Ela esperava quebrar o gelo com a patada, mas foi um fracasso. Esse reencontro era um fracasso. Não era para ser assim, precisava dizer alguma coisa mais inteligente. Encontrar as palavras certas. *Agora.*

Tique-taque!
Era o relógio. Ophélie prendeu o dedo ao tentar tirá-lo do bolso.

— Eis aqui uma prova indiscutível para convencê-lo de que não sou Deus.

Ophélie sentiu vergonha da voz vacilante. Desde que entrara naquela sala, se comportava como uma menininha assustada. Na época em que não o conhecia e tinha mil motivos para temê-lo, não sentia nem metade da apreensão que a tomava naquele momento. O homem abrira nela uma brecha que a tornava insuportavelmente vulnerável.

E não fazia nada para deixá-la à vontade.

Ele se levantou. O movimento ósseo desenrolou a coluna vertebral interminável e fez ranger o aço da perna. Ophélie o preferia sentado. Já estava suficientemente intimidada, não precisava se sentir esmagada pela altura.

Thorn recuperou o relógio sem dar um único passo, de longe, com a ponta dos dedos.

— Está mostrando a hora errada — se desculpou Ophélie.

— Ele passou o tempo todo procurando você. Não sou especialista em psicologia relojoeira, mas certamente vai se recuperar agora que te encontrou.

O relógio bateu a tampa de novo e de novo. Thorn o encarou com ceticismo, como se desconfiasse de ter qualquer vínculo com um objeto tão turbulento.

Se Ophélie esperava emocioná-lo com isso, estava errada.

— Como vai minha tia?

— Ah... na verdade, não vejo Berenilde desde que as Decanas me mandaram para Anima. Mas tive notícias. Pode contar com ela para enfrentar a situação. E para esperar o seu retorno — achou justo acrescentar, com um sorriso desajeitado.

Não fez alusão alguma ao episódio da Rosa dos Ventos. Para isso, precisaria mencionar Archibald, mas a última coisa que queria era piorar o humor de Thorn, que já não estava transbordando de entusiasmo.

— O meu retorno? — repetiu ele.

— As coisas mudaram no Polo. Farouk mudou. Tenho certeza de que algum dia você poderá voltar para casa de cabeça erguida e pleitear sua causa.

Ophélie afirmou isso com convicção, na esperança de que essas palavras o atingissem no coração. Ele se contentou com fechar o punho ao redor do relógio para calar o barulho incessante.

— Você veio sozinha a Babel?

— É... vim.

Ela tentou não pensar no cachecol.

— Não há risco nenhum das Decanas descobrirem sua presença aqui?

— Acho que não.

— A identidade de "aprendiz Eulalie" é firme?

— Tenho documentos.

A resposta foi coberta por um guincho de aço aterrorizante. Thorn queria mudar de posição, mas o exoesqueleto da perna tinha emperrado no meio do movimento. Ele se agarrou ao painel do Organizador para não se desequilibrar.

— Sei me virar sozinho — falou, ao ver Ophélie esboçar um gesto.

O tom não deixava dúvida. Enquanto se curvava para soltar o mecanismo atrás do joelho, Ophélie aproveitou para observá-lo com mais atenção. De repente notou uma série de detalhes que teria visto antes se não estivesse tão obcecada pelo próprio nervosismo. Thorn também tinha mudado. A ruga entre as sobrancelhas tinha ficado mais funda. O cabelo tinha se retraído, deixando a testa ainda maior do que já era. O rosto estava tão pálido que as cicatrizes mal se destacavam. Além disso, ele emanava um cheiro forte de álcool farmacêutico, como se desinfetasse cuidadosamente cada centímetro de pele, roupa e metal.

No entanto, o corpo inteiro parecia eletrizado por uma energia poderosa, uma determinação tão intensa que era quase palpável.

Thorn desbloqueou o mecanismo da perneira com um guincho horrível antes de se esticar.

— É sua vez, se tiver perguntas. De preferência que não sejam sobre minha perna.

Ophélie ficou tensa. Claro que tinha perguntas! Tinha tantas que nem sabia por onde começar. Não conseguiu evitar olhar o emblema solar preso à camisa de Thorn.

— Eu uso LUX tanto quanto eles me usam — adiantou ele. — Não fui capaz de enfrentar Deus por fora. Revi toda a estratégia pensando nisso.

— E se tornou Lorde? São todos cúmplices de Deus?

— Como as Decanas de Anima e o clã da minha mãe no Polo. Mais, até. LUX tem meios e influência consideráveis. Os Lordes são Tutores por excelência: comandam o espírito familiar e tornaram a cidade de Babel um modelo que Deus quer aplicar em todas as arcas.

Ophélie engoliu em seco. Um mundo no qual seria preciso se atentar constantemente ao que se dizia não era feito para desajeitados como ela.

— Deve ter sido dificílimo entrar nesse grupo — murmurou. — Como tudo que você fez desde que fugiu, na verdade.

Thorn olhou de relance para o relógio e, ao constatar que todos os ponteiros apontavam para ele, virou-se para os inúmeros relógios da sala, como se quisesse cronometrar a fala.

— É uma longa história. Saiba o seguinte: vim para Babel por causa das pistas que você me deu na prisão e me tornei Sir Henry graças aos Genealogistas.

— Genealogistas? — se chocou Ophélie. — Da última vez ouvi você mencioná-los para Lady Septima, mas você não parecia muito interessado em lidar com eles.

Um tremor percorreu o rosto de Thorn. Foi o primeiro sinal de emoção que manifestou desde o começo da conversa. Aquele sinal ela sabia interpretar. Ophélie o vira tantas vezes no passado, sempre que ele tentava protegê-la dos próprios segredos, que se aliviou ao vê-lo de novo. Aquele homem voltaria a ser o urso ranzinza que conhecia. Iria mandá-la voltar para Anima, não se meter em nada, deixar que ele enfrentasse o perigo sozinho.

Ela estava decidida a se impor.

— Thorn, vou ficar em Babel quer você queira ou não. Não importa o que Lady Septima diga, alguma coisa está sendo tramada aqui... e é muito perturbador. Ainda não entendi os seus planos, mas, antes que se oponha à minha decisão, saiba que...

— Não me oponho.

A resposta foi tão imediata que Ophélie engasgou e o belo discurso virou um ataque de tosse.

— Estou de acordo — acrescentou Thorn. — Alguma coisa está sendo tramada aqui. Preciso de um olhar do lado de fora do Secretarium e você, de um aqui dentro. Nós dois temos a ganhar com essa colaboração. Interessada?

Ophélie assentiu com rigidez. Ela deveria comemorar, mas o distanciamento de Thorn, a forma com que ele arrancava qualquer sentimentalismo da conversa, a deixava ainda mais vazia.

No painel do Organizador, o fone de ouvido emitiu um chiado, indicando que alguém tentava retomar a comunicação. Era a voz de Lady Septima.

— O microfone está desligado — disse Thorn, vendo Ophélie recuar. — Ela não tem como ouvir.

— Ela sabe quem você é?

— Ninguém sabe além dos Genealogistas. Nem sei se Lady Septima sabe da existência de Deus, mas está convencida de que serve a uma causa bela e nobre. Só os Genealogistas foram iniciados na verdade completa. São os Lordes mais poderosos de LUX. Tão poderosos, na verdade, que não toleram mais prestar contas a Deus. É o nosso único denominador comum – acrescentou, com um nojo que não foi capaz de dissimular –, mas permitiu que eu me infiltrasse. Eles criaram uma identidade inteiramente nova para mim, me transformaram em cidadão respeitável de Babel e me instalaram na chefia do Secretarium. Óbvio que Deus não sabe que estou aqui. Nós dois devemos nos manter vigilantes e nunca revelar nosso passado a ninguém. Isso inclui os Genealogistas. Eles são meus aliados só porque sou útil, mas não verão com bons olhos sua intrusão nessa história.

— Mas por que entregaram o Secretarium a você? — insistiu Ophélie. — O que a base de dados do catálogo e os grupos de leitura têm a ver com "essa história"?

— Têm tudo a ver. Os Genealogistas me encarregaram de encontrar um documento bem específico.

— O manuscrito que Mediuna estava traduzindo?

— Quem vai confirmar é você. Não direi mais nada, para não enviesar sua opinião. Preciso de um novo olhar.

A voz de Lady Septima saiu mais alta do fone, uma série de "alô!" insistentes. Thorn voltou ao banquinho com rigidez mecânica, mas não ligou o microfone. Antes disso, abriu uma gaveta e desenrolou uma fita de papel perfurado que se esparramou no chão.

— Não devemos perder mais tempo — disse ele, entregando a fita a Ophélie com um gesto enérgico. — Pegue esta lista de referências bibliográficas. Peço que consulte esses livros todos, sem exceção, o mais rápido possível. Serão úteis para sua análise.

Em seguida, ignorando a expressão confusa dela, Thorn rearrumou o emaranhado de cabos do Organizador com um método maníaco. Apesar de parecer desconfortável com as pernas, as mãos eram precisas e rápidas como flechas.

— Você precisa ir à sala do manuscrito imediatamente — recomendou. — Lady Septima achará inadmissível que ainda não tenha começado o trabalho. Prepare-se para ela ficar de olho. Tentaremos nos encontrar a sós quando a vigilância relaxar um pouco. Então, só então, lhe darei informações mais abrangentes.

Thorn falou no ritmo de uma máquina de escrever, sem notar o efeito que as palavras causavam nela. Nos óculos, especialmente. Estavam completamente amarelos.

— Quer dizer... Eu planejava abandonar a Boa Família.

Thorn virou o banco na direção dela devagar. Nada na sua fisionomia indicava decepção, mas Ophélie se sentiu congelar de corpo inteiro.

— Será mais fácil ajudá-lo assim — garantiu ela, enroscando a fita perfurada. — O conservatório é muito limitado, não me dá muita liberdade para agir. Era só um pretexto para entrar no

Secretarium, mas já que você está aqui, pode... me deixar entrar escondida. Né?

O olhar de Thorn, fixo e penetrante como o de uma águia, fez Ophélie perder tudo que lhe restava de concentração.

— Não. Sua posição é muito mais interessante no seio da companhia de arautos. Será ainda melhor quando se tornar aspirante a virtuose.

Ophélie ficou boquiaberta. Ele falava como se fosse uma simples formalidade! Por um instante, ficou tentada a mencionar as ameaças, as chantagens e os cacos de vidro, mas desistiu. Não queria se mostrar fraca na frente dele. Por um motivo que ainda não entendia, um fosso se abrira entre os dois; ela não o cavaria mais.

— Entendi — falou ela, guardando a fita no bolso do uniforme. — Vou continuar a estudar no conservatório e a analisar o manuscrito.

Para sua decepção, Thorn não deixou transparecer qualquer indício de satisfação.

— Você deve me entregar relatórios escritos do trabalho, como a aprendiz Mediuna fazia. Não se esqueça de recolher isso antes de ir.

Ele apontou para as anotações espalhadas pelo chão; em seguida, voltou a conectar e desconectar cabos como se a conversa tivesse terminado.

— Só isso? — resmungou Ophélie. — Não tem mais nada a dizer?

— Tenho — murmurou Thorn, sem interromper o que fazia. — Até descobrirmos o que aconteceu de fato com Miss Silence e a aprendiz Mediuna, evite se isolar. Mantenha-se sempre em meio aos colegas: a companhia será sempre a melhor proteção.

Ophélie conteve um riso nervoso. Em seguida, se ajoelhou, ignorando como podia a dor que cada gesto revivia sob os curativos. Quando acabou de juntar as folhas, notou que Thorn estava imóvel. Sentado no banco, segurava o fone de ouvido como se hesitasse. As manoplas de metal cintilavam à luz das lâmpadas do Organizador.

— E você? — ele acabou perguntando. — Não tem mais nada a dizer?

Ophélie tinha milhares de coisas a dizer. Nenhuma lhe veio à boca. Falar com as costas de Thorn era ainda mais difícil do que falar de frente para ele.

Como ela não respondeu, ele pôs os fones.

— Feche a porta ao sair.

Ophélie saiu da sala do Organizador e parou em meio à sinfonia de cilindros. Mordeu a luva com todas as forças, abafando o soluço de choro que ameaçava explodir do peito.

"Por sinal: eu te amo."

Onde tinham ido parar essas cinco palavras sem jeito que Thorn lhe sussurrara ao pé do ouvido antes de desaparecer de sua vida? Será que a distância bastara para apagá-las como giz?

Ophélie secou os olhos, decidida. Não. O mais importante era que o encontrara. O resto era questão de tempo, tanto para ele quanto para ela.

— Ao trabalho! — murmurou, na direção da sala.

O PORTEIRO

As chuvas em ebulição deram lugar aos ventos poeirentos. O verão babeliano chegava ao fim, mas o ar continuava quente.

Ophélie não notou a mudança de estação. Para isso, precisaria ter tempo de olhar para o céu. Ela acordava de madrugada para as tarefas pré-matinais, dava as voltas regulares no estádio, corria do anfiteatro ao laboratório, engolia um pote de arroz enquanto revisava anotações no canto da mesa e só podia dormir depois de acabar as tarefas noturnas. Qualquer atraso repercutiria na semana inteira. Além disso, Lady Septima tinha praticamente dobrado os horários dos grupos de leitura no Memorial. Instaurara um sistema de classificação impiedoso, baseado em produtividade individual: quanto melhor fosse um aprendiz, maiores suas chances de se tornar aspirante.

A colação de grau era iminente.

Cada minuto contava nessa cadência infernal, o que os Adivinhos tinham entendido bem. Já que Ophélie tinha se recusado a abandonar a competição, eles atacaram o que ela tinha de mais precioso no conservatório: o tempo. Puseram soníferos na garrafa d'água, entupiram o vaso sanitário no turno de limpeza dela, costuraram uma perna da calça na outra, emperraram o mecanismo da cama: qualquer estratagema servia para atrasá-la.

Nos primeiros dias, Ophélie viu sua posição cair e cair. Substituir Mediuna era um presente envenenado, não só por atrair o rancor dos colegas. As horas a mais que passava na sala refrigerada do Secretarium eram somadas a uma agenda de compromissos saindo pelo ladrão.

Era preciso admitir: o manuscrito que devia analisar para Thorn dava um baita trabalho.

Era um registro volumoso de portaria mantido pela última década antes do Rasgo. Tinha sido redigido em um dialeto regional antigo de Babel, cujo alfabeto não era usado há séculos: um código indecifrável para Ophélie. O começo da tradução de Mediuna só tinha revelado declarações de bens, inventários de equipamento, rol de cômodos, regras de segurança e saneamento. Nada que parecesse interessante.

Ophélie tinha encontrado os livros recomendados por Thorn, mas eram tão herméticos que ela não soube explorá-los.

Só podia confiar nas próprias mãos.

Infelizmente, as extremidades das páginas tinham sido carcomidas pelo tempo e eram as partes mais suscetíveis à manipulação. Em outras palavras, não tinha acesso ao terreno mais propício para *leitura*. Além disso, era preciso seguir o protocolo experimental imposto por Lady Septima. A metodologia era mais exigente do que tudo que já fizera no museu: passar de uma página à outra tomava um tempo insuportável. Ophélie examinava minuciosamente cada milímetro de papel e, quando finalmente tinha uma visão, corria para registrá-la no relatório.

Pouco a pouco, traçou um primeiro rascunho do perfil do autor. O porteiro era um homem. Sofria de transtornos nervosos severos, mas não lhe faltava sangue-frio. Apesar da desconfiança que impregnara profundamente o registro, se dedicava a fazer o trabalho em detalhes. Muito rigor, enorme disciplina; sequelas traumáticas: um soldado de volta à vida civil. Ophélie sentia um incômodo forte no maxilar sempre que tocava uma impressão. O porteiro provavelmente tinha sido mutilado pela guerra.

Formular isso tudo por escrito exigia precaução extrema. O Índex proibia as palavras "soldado" e "guerra", então ela precisava recorrer a paráfrases intermináveis como "indivíduo que serviu em uma grande unidade de preservação nacional" ou "situação de conflito entre diversos países que recorriam a equipamentos de alto grau de nocividade".

Ophélie ao mesmo tempo esperava e temia o momento de encontrar Thorn para lhe passar o relatório. Como previsto, eles não tiveram nenhuma ocasião de se verem a sós: Lady Septima dava um jeito de assistir a todos os encontros, para julgar por conta própria o trabalho da aluna. Elizabeth também estava presente com frequência, indo e vindo entre as baias de leitura e o Secretarium para analisar a codificação ou fazer ajustes incessantes no Organizador.

Por isso, Ophélie precisava ficar sempre em guarda, chamar Thorn de *sir* e manter o olhar baixo.

Era uma dor diária saber que ele estava tão perto e tão inacessível. Ela sentia que não o encontrara de verdade. Tinha tanto medo de decepcionar suas expectativas que levava muito a sério a missão que Thorn lhe confiara, tanto medo de agravar a distância entre eles que observava escrupulosamente a discrição que ele lhe exigira. Sempre que ousava olhá-lo de relance, se assustava com a determinação fria que o animava. Thorn já estava obcecado pelo objetivo de encarar Deus na época em que tentava *ler* o Livro de Farouk, mas desde o começo aceitara a possibilidade do fracasso. Ophélie o vira queimar até o pavio, se curvar ao longo das semanas, esmagado pelo peso de um fardo grande demais.

Não era o caso ali.

Ele era incansável, como um homem decidido a conseguir. Como um autômato, até. Nunca mostrava impaciência, satisfação, humor nenhum, como se toda emoção humana freasse sua produtividade. Ele explorava metodicamente cada novo detalhe encontrado por Ophélie na análise, por mais insignificante que fosse. Foi assim que ela viu as pilhas de documentos se acumularem noite após noite pela sala do Organizador. Chegava a se perguntar de onde Thorn tirava a energia para ler aquilo além do trabalho na base de dados! Ophélie entendeu melhor por que ele nunca saía do Secretarium.

Na espera, as semanas se passaram sem que soubesse o que exatamente ele procurava nesse registro de portaria, nem qual era realmente a aliança com os Genealogistas.

— Você nunca os viu? — se chocou Blasius, quando ela perguntou. — São celebridades aqui em Babel. Todas as aparições públicas são *extremely* notadas.

Ele estava empoleirado em uma escada para arrumar uma estante do Memorial. Dois metros abaixo, Ophélie fingia consultar um dicionário; tinha sido autorizada a sair da baia de leitura sob o pretexto de uma pesquisa léxica. Eles conversavam em voz baixa, quase sem mover os lábios nem se olhar, dando a ilusão de estarem concentrados nas próprias tarefas.

— Não tenho muitas oportunidades de sair — disse ela, virando a página do dicionário. — Esses Genealogistas são tão poderosos quanto dizem por aí?

— *Good lords*, são. Eles têm um clube prestigioso que permite coletar informações pessoais sobre todos os habitantes da arca. Para o interesse geral, dizem. Sabem praticamente tudo sobre quase todo mundo. Mais cedo ou mais tarde você terá a oportunidade de vê-los no Memorial. Evite chamar a atenção deles, *miss* — cochichou Blasius, virando o narigão de um lado para o outro. — Eles... não são tão desinteressados quanto parecem.

A preocupação na voz dele a emocionou. Ficara muito aliviada ao ver que não a culpara pela desventura subterrânea. Mesmo que não mencionassem em público, o segredo se tornara a semente da cumplicidade. Ophélie não tinha muito tempo para conversar com ele, mas cada sorriso pelos corredores dava-lhe mais coragem.

Desta vez, entretanto, Blasius não sorriu. Desceu da escada, os olhos arregalados de medo.

— Posso lhe dar um conselho de amigo, *miss*? Sei que os arautos como você têm informação no sangue, mas... talvez você deva segurar um pouco a curiosidade. Depois do que aconteceu com sua colega... *well*... não quero que se junte a ela lá. Ophélie prendeu o dedo na hora de deixar o dicionário na prateleira.

— Lá? Você sabe aonde levaram Mediuna?

Blasius esfregou a cabeleira de ouriço em um gesto constrangido, como se arrependido de ter falado demais. Foi a última coisa que Ophélie viu. A noite caiu sobre ela junto com um barulho altíssimo de líquido respingado. Ela levou alguns segundos para notar que estava coberta de tinta. O material escuro e viscoso escorria pelo cabelo, pelo rosto, pelo pescoço.

— *Damned!* — exclamou Blasius. — Eu sinto muito, meu azar atacou de novo!

Ela tirou os óculos imundos e ergueu o olhar. Logo acima, silhuetas borradas se afastaram furtivamente, olhando para baixo. Não era azar. Era um balão jogado com força suficiente para se soltar da gravidade do teto e cair bem no alvo.

— Não me toque — recomendou quando o amigo correu para lhe oferecer um lenço. — Corre o risco de se sujar também. Confira se não sujaram os livros, vou me limpar.

Ophélie passou um tempo considerável no banheiro do Memorial. Precisou lavar o rosto, os óculos e o cabelo várias vezes antes de botar a jaqueta de molho na pia. A trupe de Adivinhos estava começando a irritá-la seriamente. Pedir outro uniforme custaria tarefas a mais e, francamente, ela não precisava disso. Enquanto o tecido pingava tinta, Ophélie considerou o próprio reflexo. O cabelo curto tinha grudado nas bochechas na forma de espirais escuras. Nunca tinha oportunidade de se olhar na Boa Família, onde não havia espelho.

Ela estava diferente

Ela via no fundo dos olhos, no canto da boca, no tremor do corpo sob a blusa: uma agitação que não estava ali antes.

— Sou Eulalie — murmurou.

Sou Ophélie, pensou.

Para Thorn, quem era?

Com um olhar furtivo, confirmou que não havia mais ninguém no banheiro. Inspirou profundamente para se acalmar e tocou o reflexo com a palma da mão. Após um momento, a superfície do espelho amoleceu e a mão mergulhou e emergiu no espelho vizinho. Em seguida, com um lento movimento inverso, Ophélie puxou-a de volta.

Ela tremeu.

O espelho tinha tomado uma consistência lamacenta, como se tentasse resistir à intrusão. Será que a vida dupla em Babel faria com que perdesse o poder? Ou seria uma crise existencial mais profunda?

Ela se recompôs ao ouvir a porta ranger, seguida de passos nos azulejos.

— Minha mãe está procurando por você, aprendiz Eulalie.

Ophélie reconheceu a voz de Octavio. Ela sustentou seu olhar pelo reflexo enquanto ele a observou entre as mechas pretas da franja. O novo calendário de grupos de leitura fazia com que as sessões das duas divisões acontecessem juntas. Não mudava nada. Octavio desconfiava dela tanto quanto ela desconfiava dele.

— Ela achou que sua pesquisa léxica demorou um pouco — acrescentou, com um toque de sarcasmo.

Ophélie queria expulsá-lo, mas ele tinha direito de estar ali. Todas as áreas comuns de Babel eram mistas, inclusive os banheiros. Ela puxou a tampa do ralo da pia e torceu a jaqueta enquanto a água escorria pelo cano. Felizmente, o tecido azul escuro disfarçava os estragos causados pela tinta.

— Você não tem medo de ficar aqui comigo? — zombou ela.

— Foi onde encontraram Mediuna em estado de choque.

Octavio ergueu as sobrancelhas circunflexas. O susto leve se propagou pela corrente dourada presa ao nariz.

— Nunca aleguei que você a agrediria.

— Não, só que eu corri para substituí-la.

— É raro ver você tão sarcástica.

Ela preferiu não insistir. Atrás de si, impassível como uma esfinge, Octavio a analisou com uma espécie de interesse científico.

— O que aconteceu com seu uniforme? E com seus braços? Ophélie correu para vestir a jaqueta, apesar de ainda estar encharcada. A maioria dos cortes tinha fechado, mas algumas cicatrizes deixavam claro (especialmente para um Visionário) que eram recentes.

— Aconteceu que minha mãe não está no conservatório para cuidar de mim.

Octavio arregalou os olhos, a chama de repente acesa. Ela tinha enfiado o dedo em uma ferida. Ele não era um vulcão tão morto quanto queria parecer. Provocá-lo talvez não fosse boa ideia.

— Vou voltar à baia — declarou Ophélie. — Não quero que Lady Septima me espere mais.

Octavio a segurou pelo punho na saída.

— Para sua informação, não recebi nenhum tratamento preferencial de minha mãe. Devo meus resultados a meu próprio mérito e só quero garantir que isso seja verdade para todos os futuros virtuoses. Incluindo você.

Depois dessas palavras, ele a soltou e desviou o rosto, como se de repente sentisse vergonha do gesto. A relação entre homens e mulheres era, como tudo em Babel, extremamente regulamentada. Contatos próximos só podiam acontecer com o aval das autoridades. No conservatório da Boa Família, eram pura e simplesmente proibidos.

Pela primeira vez, Octavio evitou seu olhar.

— Eu sou boa pessoa — murmurou ele. — Vou provar.

Quando Ophélie passou de novo pelo corredor onde o balão de tinta tinha explodido, Blasius não estava lá. No seu lugar, um autômato limpava os estragos, repetindo sem parar:

— DIGA-ME COM QUEM ANDAS E EU TE DIREI QUEM ÉS.

Pensativa, ela se perguntou o que Octavio queria dizer.

À noite, na sala refrigerada do Secretarium, Ophélie teve uma dificuldade enorme para se concentrar no manuscrito. Sentia as pálpebras arderem. Os dias não tinham descanso nenhum e coabitar intimamente com quinze homens hostis não a ajudava a dormir. Por mais que passasse os dedos pelo registro, lá onde o papel mal estava intacto, o porteiro não dizia nada. Pensar em se apresentar a Thorn com as mãos abanando era insuportável, mas não acontecia nada, só texto furado a vida toda, sem Mediuna para acabar a tradução.

Depois de muita insistência, Ophélie soltou os braços ao longo do corpo. Ela adormeceu sem nem notar, em pé, em frente à mesa de consulta. Só durou uma fração de segundo, um instante fugaz em que se viu flutuar acima do velho mundo, tão alto que enxergava o horizonte seguir a curva do planeta.

Piscou e, de repente, leu:

"Daqui a pouco essa merda de temporada de chuva e essa merda de abóbada cheia de goteira e essa merda de mato que vai invadir as salas todas e essas merdas de crianças que não voltam. Do que adianta mandá-las para essa merda de cidade? O que vão aprender além de que essa merda de mundo é podre? E se forem linchados lá apesar dessas merdas de poderes? Cacete, como essa merda de escola é vazia sem eles."

Na hora, Ophélie não sentiu surpresa alguma. Mergulhada em um estado diferente, de repente achou natural entender o que estava escrito no registro. Virou as páginas de um lado para o outro, sem respeitar o procedimento, só seguindo o instinto. Nas margens dos inventários, ao lado das colunas de contas, havia comentários do porteiro. Eram eles o verdadeiro conteúdo do manuscrito.

"L. me importuna com essa merda de luz no meio da noite. Toque de recolher é toque de recolher!"

"Essas merdas de crianças brigaram o dia todo. Guerra é titica de galinha comparada à bagunça que fizeram aqui. Escola da paz, né? Boa sorte para os futuros pirralhos de merda."

"Porra, J. sumiu. De verdade, agora. Com essa merda de poder, ia acontecer mesmo. Porra."

"Alarme falso, encontramos J. Em outra merda de ilha. Perfeitamente saudável. Essas merdas de crianças não param nem a pau."

"A. veio comprar uma briga comigo hoje. Não entendi nenhuma palavra das merdas que ela disse. Ela fez um desenho.

Acho que quer um telescópio. Não sei se um dia esses pirralhos vão ser os reis do mundo, mas aprender a merda da língua daqui seria um bom começo."

"Porra. Perdemos J. de novo."

Ophélie virou as páginas sem parar. Estava em transe. Quase ouvia a voz do porteiro resmungando no ouvido, sentindo, por trás do amargor das palavras, um carinho imensurável. Ele amava "esses pirralhos". Amava sinceramente.

O registro acabava bruscamente em um último comentário: "Ele está me espionando. Essa merda desse jeito de me olhar me deixa com o cu na mão. Como se eu fosse uma merda de invasor nessa merda de escola. Esse daí não é que nem os outros pirralhos. Preciso trocar uma ideia com o chefe."

Ophélie arregalou os olhos atrás dos óculos, completamente acordada. O texto voltou imediatamente à opacidade. Era só uma sequência de caracteres sem pé na cabeça. Uma língua que desconhecia completamente.

— Aprendiz Eulalie, seu horário acabou — declarou a voz de Lady Septima pelo tubo acústico.

Ophélie se virou para o relatório ainda vazio no canto da mesa. Ela não hesitou.

Precisava dar um jeito de conversar a sós com Thorn.

O NÃO DITO

Quando ela saiu do elevador da sala refrigerada, Lady Septima já estava esperando.

— Você demorou. Vamos apertar o passo, aprendiz.

Como sempre, atravessaram juntas os corredores circulares do Secretarium. Ophélie se esforçou para esconder a empolgação que lhe dava vontade de correr até Thorn. Sequer olhou para o globo decorativo flutuando no meio do átrio. Naquela noite, o velho mundo tinha revelado uma parte ínfima de seus segredos.

Lady Septima entrou na sala do Organizador e entregou a análise a Thorn sem se preocupar por interrompê-lo no meio do trabalho. Normalmente, Ophélie se contentaria em abaixar o olhar. Desta vez foi diferente. Ela o encarou com firmeza enquanto ele abriu o envelope, desdobrou o relatório e leu, impassivelmente mecânico. Seu olhar encontrou o dela rapidamente antes de se virar para Lady Septima.

— Deixe-nos a sós.

— *Why*? Se minha aluna cometeu um erro, devo ser informada para tomar as medidas adequadas.

Ela estendeu uma mão autoritária para o relatório da análise, mas Thorn o guardou em uma gaveta. Escondido dos olhares, por mais poderosos que fossem.

— Se possível, *sir*, gostaria de dar uma olhada — insistiu Lady Septima. — Eu me comprometi a encontrar uma tradutora; minha responsabilidade...

—... não vem ao caso — interrompeu Thorn —, pois não há erro. A senhora simplesmente não tem por que saber o conteúdo do relatório.

— Perdão?

Ophélie encolheu os dedos do pé na bota. Era curioso constatar como essa palavra podia ter o significado oposto de acordo com a pronúncia. Lady Septima estava mortalmente ofendida. No fundo, Octavio queimava com o mesmo fogo da mãe: por trás da abnegação, se consumiam pelo orgulho.

Thorn, por sua vez, era um iceberg. Imóvel no banquinho, só mostrava fria indiferença. As pontas metálicas dos dedos tamborilavam no painel de madeira do Organizador. Ophélie demorou para entender que as manoplas que ele usava sempre eram forjadas de uma liga alquimista que o protegia de eletrocussão. Conectar e desconectar cabos o dia inteiro era arriscado.

— A análise deste manuscrito foi encomendada pelos Genealogistas — disse Thorn. — Eu recebi instruções; você também: deveria encontrar uma intérprete e cuidou dessa tarefa muito além do dever. Tudo que for dito nesta sala hoje será altamente confidencial.

A mulher apontou para a faixa no ombro de Ophélie.

— Essa aprendiz inexperiente, que nem sabemos se um dia será arauta, será melhor informada do que eu?

Thorn se levantou. Lady Septima, que tinha o costume de olhar para o mundo de cima, de repente pareceu minúscula.

— Se achar inconveniente, recomendo que se dirija diretamente aos Genealogistas.

O argumento a convenceu a engolir o orgulho. Ela bateu os calcanhares, se dirigiu à saída e se virou uma última vez na direção de Ophélie. Estava pálida e seus olhos, ao contrário, eram incandescentes. Pareceu usar o poder familiar para revirar os átomos da aluna que ousava saber alguma coisa que ela ignorava.

Ophélie sustentou o olhar invasivo o quanto pôde, mas ficou aliviada quando Lady Septima saiu finalmente e fechou a porta.

Thorn girou a manivela até o som da sala ficar completamente isolado.

— Uma folha em branco? — comentou ele.

Ela mordeu a bochecha. A voz dele não mostrava decepção, mas isso não significava nada. Com sotaque de Babel ou do Norte, o tom de Thorn era sempre tão constante que era impossível adivinhar o que ele sentia.

— Sinto muito. Você me pediu para não chamar a atenção de Lady Septima e eu acabei de fazer exatamente o contrário.

Thorn não respondeu. Ele continuou em pé, observando à distância. Esperava explicações.

— O autor do manuscrito — começou Ophélie. — Ele viveu aqui, no Memorial, na época em que era uma escola. Ele... Tenho certeza de que conheceu os espíritos familiares. Quando eram crianças, ainda. Tenho também muitos motivos para supor — acrescentou, depois de engolir a saliva — que ele conheceu Deus.

Ela esperou que a atitude de Thorn mudasse. Ele não mexeu nem uma sobrancelha.

— O que mais?

Claro que Ophélie não esperava que ele rodopiasse pelo ar, mas teria apreciado um sinal de aprovação, mínimo que fosse.

O chão rangeu sob seus pés quando ela se aproximou das prateleiras envidraçadas atrás das quais estavam expostos arquivos e relógios. Nem os olhou. Só viu seu reflexo incerto e longe, muito atrás dela, a silhueta de espantalho de Thorn.

— Eu não sou mais eu. Não sei quando começou. Será que foi porque *li* o Livro de Farouk? Será que foi porque absorvi parte do seu poder familiar? Será que foi porque liberei esse tal de Outro na primeira vez que atravessei um espelho? Às vezes tenho a impressão de que uma segunda memória vive em mim.

Por hábito, mordiscou a costura da luva e o que viu refletido na vitrine não a agradou. Uma mulherzinha que, lá no fundo, tinha medo. Metade de uma mulher.

Uma bambina, ecoou a voz irônica de Mediuna.

Ophélie se afastou do reflexo e procurou o olhar de Thorn.

— Eu *li* o manuscrito. Não só com as mãos: com os olhos também. Por um instante, entendi o que o porteiro escreveu. Como se parte de mim lembrasse de repente como fazê-lo.

Ela contou a Thorn tudo que entendera na leitura. A escola de paz, as sessões de treinamento, a partida para a cidade, as luzes de L., o telescópio de A., os desaparecimentos de J. e especialmente, especialmente, as últimas palavras do porteiro: "Esse daí não é que nem os outros pirralhos. Preciso trocar uma ideia com o chefe."

— Então? — perguntou ela. — Foi isso que os Genealogistas pediram para encontrar?

— Pode ter deixado alguma outra coisa escapar no registro?

Como de costume, Thorn fez a pergunta em um tom metódico. Ele não pareceu reparar que cada palavra reforçava a impressão desagradável que ela tinha de não ter correspondido à expectativa.

— Meu transe não foi longo, mas acho que peguei o essencial.

— Poderia repetir a experiência?

— Acho que não. Não tive controle nenhum dessas visões, precisei de um gatilho. Eu... eu posso tentar de novo — não se impediu de prometer, frente ao olhar fixo dele.

De repente, Ophélie se deu conta de que não negaria muita coisa se ele pedisse. Era irônico ver a que ponto os papéis estavam invertidos. Será que ele sentira isso antes, esse estado de instabilidade permanente?

Thorn de repente rompeu a imobilidade, soltando um rangido de aço.

— Não será necessário — falou.

Ele se dirigiu ao fundo da sala e abriu uma porta: era tão bem disfarçada no painel da parede que Ophélie nunca a notara. Thorn não a convidara a segui-lo, mas, como demorou para voltar, ela acabou indo atrás.

A porta dava em um quarto feito de madeira e couro como a sala do Organizador. Era igualmente austero: um armário, uma mesa, uma luminária e uma cama. Ophélie viu dois receptáculos fantopneumáticos: um era a lixeira que permitia jogar o lixo fora do Secretarium; o outro continha um prato de mingau disforme. Fantasmagavam a comida de Thorn? Não havia um vinco no lençol, uma partícula de poeira no móvel, uma meia esquecida no chão. Por outro lado, frascos farmacêuticos estavam alinhados em fileiras por todas as prateleiras, como em uma farmácia.

Thorn tinha se dobrado todo para sentar em uma cadeira, em frente ao armário cujas portas estavam escancaradas. Apoiando os cotovelos nos joelhos e o queixo nas mãos cruzadas, estava atentamente concentrado no interior do móvel. Ophélie levantou as sobrancelhas ao ver que ele tinha afastado as camisas penduradas em cabides dos dois lados. Elas se ergueram ainda mais ao enxergar a quantidade inacreditável de fitas perfuradas pregadas como uma coleção de borboletas. Eram referências de livros geradas pelo Organizador. Estavam todas riscadas de preto.

— O que é essa bibliografia escondida? — perguntou Ophélie.

Thorn se levantou quando ela se aproximou, tão bruscamente que quase emperrou o mecanismo da perna. Talvez fosse para que pudesse ver melhor, mas ela supôs que era para manter a distância entre os dois.

— Os Genealogistas não sabem o título nem o autor da obra que me mandaram procurar — respondeu. — Quando cheguei, entendi que seria estatisticamente impossível localizá-la no catálogo antigo. Precisava de uma base de dados digna do nome. Quanto mais os grupos de leitura enriquecem o catálogo novo, mais precisas se tornam as buscas do Organizador e maior a probabilidade de cumprir minha missão. Você está vendo a seleção que eu constituí. Como pode constatar — explicou, apontando para uma fita cuja tinta preta não tinha secado —, o registro do porteiro era meu último candidato.

Ophélie passou a mão pelas fitas. Já sabia de cor a língua da perfuração e decifrava com pouca dificuldade as referências ali contidas. Exceto pelas datas de edição, todas razoavelmente antigas, havia documentos de naturezas muito diferentes: memórias, ensaios, manuais, certificados, etc.

— É impraticável — disse ela.

— Não dá para encontrar um livro entre centenas de milhares sem instrução alguma.

— Na verdade, tenho uma instrução.

Surpresa, Ophélie arrancou sem querer uma fita da parede, rasgando a trama das perfurações. Ela se apressou em ajeitá-la, mas Thorn nem reparou, concentrado em abrir uma a uma as fivelas das manoplas.

— O documento que os Genealogistas procuram não trata de um assunto qualquer. Detém uma informação muito específica. Uma informação — falou, soltando a última fivela — que permitirá que aquele que a saiba se torne igual a Deus.

Ophélie o encarou sem piscar, sem falar, sem respirar.

— Nem preciso avisar que você não pode contar isso a ninguém — continuou ele. — Especialmente à Lady Septima. Ela acha que minha pesquisa só serve ao catálogo e deve continuar assim.

Tonta, Ophélie se sentou na cama.

— O que quer dizer "se tornar igual a Deus"?

— Não sei. Pelo menos por enquanto.

— E você diz que uma informação dessas estaria aqui, no Memorial, acessível para todo mundo, sem que ninguém o saiba?

Thorn deixou as manoplas na mesa e abriu um frasco de álcool farmacêutico. O cheiro atordoante se espalhou pelo quarto imediatamente.

— Quase ninguém. Se os Genealogistas sabem que o documento existe, é porque alguém contou.

Ophélie franziu a testa. Seria essa a "verdade absoluta" mencionada por Ambroise quando ele a levou para visitar o Memorial pela primeira vez? Não encontrara nenhuma caixa-forte no Secretarium e não foi por falta de tentativa; tinha acabado aceitando que era só uma lenda.

— Os Genealogistas não me disseram mais nada — concluiu Thorn. — Se quiser saber mais, preciso primeiro me provar digno.

— E você supunha que esse segredo estava contido no registro da portaria.

Ophélie entendeu melhor por que ele não tinha dado pulos de alegria quando ela lhe contara a descoberta. Afinal, tinha aprendido o que ele já sabia.

— Eu estava convencido. Você me corrigiu. Preciso informar os Genealogistas.

Ao dizer essas palavras, Thorn desinfetou insistentemente as mãos em uma bacia. Ophélie notou que sempre que os mencionava, ou estava prestes a fazê-lo, franzia ainda mais as sobrancelhas, cobrindo o rosto de sombra. Ele não gostava nada deles.

— Quem quer se tornar igual a Deus? — perguntou ela. — Eles... ou você?

— Não quero trocar um deus por outro. Só tenho um objetivo desde que fugi: encontrar a fraqueza desse covarde que esconde o verdadeiro rosto do mundo.

As sombras entre as sobrancelhas de Thorn ficaram ainda mais densas.

— Duvido que os Genealogistas compartilhem de sua opinião.

Ophélie não sabia que perspectiva era mais assustadora: o mundo governado por Deus ou o mundo governado por homens que se faziam de Deus.

— De fato — disse Thorn, rangendo os dentes. — Não compartilham.

Fez-se silêncio, durante o qual Ophélie conteve a pergunta egoísta na ponta da língua. Onde ficava ela nessa história? Que lugar Thorn deixara para ela nessa missão que tinha escolhido?

— O residente do qual o porteiro falou — especulou —, aquele que considerava diferente dos espíritos familiares. Será que é o Outro? Talvez tenha se tornado perigoso? Talvez por isso Deus o tenha prendido em um espelho? Você não tem espelho nenhum — constatou ela de repente, olhando ao redor do quarto.

Thorn negou com a cabeça. Ele ergueu as mangas da camisa para esfregar os braços com álcool, como se quisesse apagar todas as cicatrizes.

— Mas você não virou?

— Virei o quê? — murmurou ele.

— Passa-espelhos.

— Seu poder me permitiu fugir da prisão, mas não se tornou um hábito. Você também deveria ficar longe dos espelhos, por sinal — acrescentou Thorn, deixando o frasco de álcool de lado.

— Por quê? Acha que há outro "Outro" que eu posso soltar sem querer?

— Não. Só vou acreditar na existência desse tal de Outro quando encontrá-lo. Até lá, Deus é para mim o único responsável pelo estado arruinado do nosso mundo. O fato é que ele tomou sua aparência: provavelmente absorveu seu poder familiar e não sabemos como pode usá-lo. Eu, pelo menos, não quero que ele apareça de repente no meu banheiro.

Ophélie refletiu. Atravessar espelhos exigia uma enorme honestidade intelectual e, pelo que vira dele, não era uma qualidade que descreveria em Deus.

Essa ideia levou a outra:

— Naquela noite em que ele nos visitou na prisão, notei uma coisa peculiar. Deus não tem reflexo. Ele tem milhares de rostos diferentes, mas, frente a um espelho... — hesitou Ophélie, procurando as palavras certas. — Não sei. É como se ele não existisse de fato. Se tornar igual a Deus talvez custe caro.

Os gestos de Thorn se interromperam acima da bacia.

— É mesmo peculiar.

Ao dizer isso, ele retomou a fricção energizada. Por mais que Ophélie gostasse de silêncio, aquele que crescia entre eles a cada pausa era um suplício. Ela não entendia nada. Por que estava mais solitária ali do que durante os três anos anteriores? Por que o vazio interior continuava a aumentar na presença de Thorn?

— E *ler* objetos? — perguntou. — Já aconteceu? Porque se você precisar de conselhos...

— Não preciso. Nunca me aconteceu.

— Talvez seja por causa da memória. Meu tio sempre disse que um bom *leitor* precisa se esquecer.

— Isso explica — decretou Thorn. — Nunca esqueço nada. De qualquer forma, Sir Henry não devia ser Animista. Instalou-se mais silêncio. Ophélie precisou aceitar os fatos: não levava jeito algum para conversar. Thorn tinha contado todas as informações relativas à investigação, mas se fechava sempre que o assunto era pessoal.

Quando pegou o frasco de álcool de novo, ela achou que ele iria finalmente fechá-lo e guardá-lo. Em vez disso, desinfetou as mãos de novo, como se fossem realmente repugnantes.

Ophélie não as via assim. Contemplou de longe a rede de veias na pele, os dedos compridos e arqueados, os ossos aflorando no punho e, de repente, sentiu uma espécie de dor no fundo do estômago. Não fazia ideia do que estava acontecendo, mas olhar para as mãos dele a fazia querer gritar.

Ela se virou quando o olhar de Thorn, até então concentrado na limpeza, encontrou o dela.

— Eu já disse tudo que sei. Deve voltar à companhia agora. Cada minuto que passar comigo aqui é combustível para fofoca. Prefiro usar o tempo para explorar novas pistas.

A voz dele era dura. Ophélie sentiu que sua presença era um problema para ele. Ela se levantou, esbarrando na mesa de cabeceira e derrubando a luminária. Chocada, viu a luminária se endireitar sozinha, a mesa de cabeceira voltar um milímetro e o lençol se esticar até não mostrar mais vinco nenhum. Sir Henry podia não ser Animista, mas os móveis reproduziam suas manias... Era estranho para Ophélie pensar que, apesar do distanciamento, uma parte pequena dela se detivera em Thorn. Pensou no relógio de bolso. Desde que o devolvera, não o vira usá-lo. Será que tinha jogado fora por ser disfuncional? Ophélie esperava que não fosse o caso. Perder o cachecol já tinha sido muito doloroso.

— O que espera de mim agora? — perguntou ela, apontando para as fitas perfuradas pregadas no fundo do armário.

— Devo analisar mais documentos até encontrar o que contém o segredo de Deus? Não tenho muito tempo disponível. Daqui a uns dias, ou me tornarei aspirante, ou devolverei as asas. Sei que você está contando com minha colação de grau, mas... digamos que o futuro é incerto.

Thorn voltou a vestir as manoplas.

— Vou informá-la amanhã, ainda preciso pensar. Até lá, seja discreta frente à Lady Septima. O que eu revelei hoje expõe você ao perigo. Não se isole, fique atenta e, se notar qualquer coisa incomum, me avise imediatamente.

Ophélie ficou tentada, por um segundo, a contar os problemas que enfrentava com os outros membros da divisão.

Decidiu ficar quieta.

Thorn não a tratava mais como uma menininha frágil que precisava ficar escondida. Ele lhe confiava responsabilidades. Falava com ela como se fossem iguais. Perdera todo o resto e se recusava a renunciar a isso também.

— Certo.

Ophélie não tinha vontade alguma de ir embora. Ficar ao lado de Thorn era uma fonte permanente de frustração, mas partir era ainda pior. Achava muito irritante precisar inventar estratagemas para encontrá-lo a sós e cronometrar o tempo passado com ele.

Quando ela tocou a maçaneta, uma palavra a deteve:

— Ophélie.

Foi tão surpreendente ouvi-lo chamá-la pelo nome de verdade, depois de usar um outro por meses a fio, que sentiu o estômago revirar. Será que Thorn finalmente diria as palavras que ela precisava tanto ouvir?

Ele a olhou com todo seu peso, apoiando os dois punhos na mesa.

— Tem certeza que não tem nada a me dizer?

Pega desprevenida, Ophélie continuou segurando a maçaneta. Uma faísca piscou no fundo dos olhos de Thorn.

— Você sabe onde me encontrar — falou, finalmente, fazendo sinal para que ela saísse.

A RECORDAÇÃO

Ophélie passou a noite se revirando na cama, em meio aos roncos do dormitório e do zumbido dos mosquitos. Ela não entendia Thorn. O que ele queria dizer com aquela pergunta? Suspeitava que ela estava escondendo informação? Ela tinha fugido de casa para procurá-lo, mudado de identidade em uma arca onde mentir era crime, preferido aguentar a chantagem de Mediuna a traí-lo, ficado na Boa Família a pedido dele e não tinha reclamado de nada, nunca.

Não seria melhor o próprio Thorn dizer de que forma ela o decepcionava tanto?

Morta de calor, Ophélie afastou o lençol. Deveria estar furiosa com ele, mas estava mesmo frustrada consigo. Três anos antes, não tinha conseguido ajudar Thorn quando ele precisara dela. O passado se repetia: mais do que nunca, ela se sentiu inútil.

Talvez tudo que esperasse dela fossem desculpas.

Ophélie finalmente pegou no sono. Sobrevoou o velho mundo, perdida entre o passado e o futuro, o sonho e a realidade. Sob as nuvens, viu uma cidade em ruínas, cicatrizes dos bombardeios, mar até não poder mais. Não, era maior do que um mar: um oceano. Era estranho pensar que um dia toda essa água seria engolida pelo vazio. Concentrada, conseguiu distinguir a sinuosidade submarina de uma barreira de coral e, no meio de uma bacia, uma pontinha verde minúscula.

Uma ilha, longe da costa.

— É a merda da minha casa.

Ophélie viu então um homem sentado ao lado dela, na beira de uma nuvem. Ela o reconheceu imediatamente. Era o porteiro cujo registro lera. O véu do turbante escondia um pouco do rosto desfigurado. A boca lembrava uma ferida aberta. Entretanto, Ophélie o entendeu perfeitamente bem quando ele ergueu os óculos redondinhos e falou em uma língua que ela nunca ouvira:

— Cuidado com o outro. Ele não é que nem esses pirralhos.

— Que outro? — perguntou Ophélie.

Como resposta, o porteiro voltou a contemplar a ilha e retorceu o que restava da boca.

— Se procurar E. D., o outro vai encontrá-la.

Ophélie acordou em um sobressalto. Ainda não amanhecera, mas ela não tinha sono nenhum. Na cama vizinha, embrulhada no lençol, Zen a espiou através da penumbra com olhos inquietos, como se temendo que a louca furiosa a atacasse.

Depois de pegar os óculos, Ophélie vestiu o uniforme e as botas atrás do biombo e desceu o transcendium correndo. Os cliques das asas preenchiam o silêncio do Lar. Ela passou o cartão de aprendiz na entrada do telégrafo. Era uma pena gastar pontos ganhos a duras penas para mandar uma mensagem simples, mas não tinha paciência para esperar.

— O destinatário é sr. Blasius, Memorial de Babel, departamento… é… de administração de coleções — ditou Ophélie no microfone. — Preciso vê-lo imediatamente para… hm… um conselho. Trata-se dos livros… que… que você mencionou no mercado. Assinado Eulalie… ehm… da segunda divisão da companhia dos arautos.

Depois de alguns segundos, o braço mecânico do guichê girou na base. O dedo de couro bateu os toques, curtos e longos, no telégrafo. Ela torceu para não reproduzir todas as hesitações.

Como tinha esquecido os livros de E. D.? Miss Silence os destruíra sem autorização, logo antes de morrer de ataque cardíaco, e Ophélie nunca nem pensara em contar isso para Thorn. Precisava corrigir esse erro o mais rápido possível.

Passou o resto do dia contando os minutos. A atmosfera da Boa Família se tornara irrespirável. A ventania tórrida sacudia todos os vidros e projetava areia até os átrios. Sempre que Ophélie se aproximava de uma janela, procurava com o olhar o Memorial, erguido na arquinha distante, através dos turbilhões de poeira. Tomara que o voo não fosse cancelado! Ela ficou a tarde toda trancafiada com os colegas no laboratório de análise, em meio a um silêncio em ebulição. Os Adivinhos mantiveram-na afastada de todas as atividades em grupo e Zen mudou de lugar para não ficar a seu lado. Octavio, que em geral a encarava o tempo todo, evitou seu olhar por causa do encontro no banheiro. Quanto a Lady Septima, não lhe dignou nenhum comentário durante o trabalho prático: avaliou, aconselhou e criticou todo mundo, menos ela.

Fora posta em quarentena. Espontânea e unânime. Dias antes da colação de grau.

Foi um enorme alívio perceber que o vento diminuiu mais tarde. O dirigível reservado à companhia dos arautos decolou no crepúsculo, o céu sulfuroso e ardente. Ophélie procurou um assento onde não ouviria tosses de reprovação. Por mais estranho que fosse, às vezes quase sentia saudade de Mediuna. Ao sumir, a Adivinha deixara um vazio que continuava a crescer ao redor de Ophélie.

Ela se acomodou no fundo do dirigível, ao lado de Elizabeth, que escrevia tranquila no caderninho, sem reparar na animosidade reinando a bordo nem no desespero da vizinha.

— Como você virou aspirante a virtuose?

— Hmm? Graças a muito café, muito mesmo.

— Por favor — suspirou Ophélie. — Comecei meu treinamento depois dos outros e Lady Septima não gosta de mim. Tenho pouco tempo para causar uma boa impressão. Conselhos seriam bem-vindos.

Elizabeth continuou a rabiscar no papel, alinhando uma sequência de números, letras e símbolos que aparentemente faziam sentido para ela.

— Seja neutra — acabou declarando, plácida. — Observe sem julgar. Obedeça sem discutir. Aprenda sem tomar partido. Interesse-se sem se apegar. Cumpra o dever sem esperar nada em troca. É o único jeito de não sofrer — concluiu, rasurando um bloco de instruções. — Quanto menos sofremos, mais eficientes somos. Quanto mais eficientes, melhor servimos à cidade.

Ophélie contemplou as mãos da outra, salpicadas de sardas. Elas escreviam, riscavam e repetiam a rotina sem se desencorajar.

— Você nunca se sente sozinha?

— Estamos sempre sozinhos.

Quando o dirigível chegou ao Memorial, desceu ainda mais decepcionada do que subira.

A sessão de catalogação pareceu interminável. Ela precisava cumprir a cota o mais rápido possível para ter tempo suficiente antes de encontrar Thorn no Secretarium. Estava com a cabeça tão cheia de perguntas que não conseguia se concentrar. Por que Miss Silence tinha destruído em segredo a obra completa de E. D.? Estaria ligado às pesquisas de Thorn? Por que um autor de livros infantis antigos deteria a informação que tornaria alguém "igual a Deus"? O que acontecera com Mediuna e com o professor Wolf também tinha conexão com o segredo?

Se procurar E. D., o outro vai encontrá-la.

Claro que era só um sonho, mas Ophélie tendia a levar a sério o que ressurgia na superfície do inconsciente. A memória que compartilhava com Deus parecia saber muito mais do que ela.

Quem era esse tal de *outro* de quem o porteiro morria de medo? O mesmo que Ophélie tinha soltado do espelho? Além disso, qual era a relação com E. D.?

Ela precisava desesperadamente conversar com alguém.

Olhou por cima da baia, esperando encontrar Blasius, mas só cruzou o olhar dos Adivinhos nas baias vizinhas. Sob os bigodes penteados com brilhantina se abriam sorrisos que a deixavam desconfortável. Quando acabou de catalogar e se levantou da cadeira, as vozes deles cantarolaram em uníssono:

— Previsão de hoje: onda de calor iminente.

Ophélie os ignorou. Correu para deixar os livros no balcão dos Fantasmas e perfurar os cartões no subsolo. Quando consultou o relógio da estátua mecânica do saguão, que recebia os visitantes com reverências profundas, suspirou. Tinha o tempo exato para encontrar Blasius.

Foi mais difícil do que esperava. O Memorial sempre fechava mais tarde aos sábados, normalmente por causa das exposições temporárias, mas havia ainda mais visitantes do que de costume naquela noite. No átrio enorme, autômatos manobravam uma grua para instalar um gongo de proporções monumentais. Eram preparativos para a cerimônia de inauguração do novo catálogo, no mesmo dia da colação de grau. Ophélie pisou em uma quantidade considerável de pés para subir nos transcendiuns e nas salas inversas. Sempre que passava pelo uniforme de um memorialista, prestava atenção, mas nunca era Blasius. Teria ficado absurdamente frustrada se tivesse batido à toa o recorde de velocidade de catalogação.

Na esquina de uma biblioteca, esbarrou na última pessoa que procurava. Um homem de cabelo prateado comprido sentado em um sofá de couro. Ele usava um fraque branco e óculos cor-de-rosa.

Era o inventor dos autômatos domésticos. O famoso viajante. O pai de Ambroise. Lazarus!

Ophélie pegou o maior livro a seu alcance e fingiu mergulhar na leitura. Aquele homem apertara sua mão no Polo: sabia quem ela era... e quem não era. Felizmente, Lazarus não a viu. Ele estava conversando animadamente com o velho faxineiro do Memorial, que espanava as prateleiras, centímetro por centímetro.

— ... é por isso que precisamos nos preparar para o futuro, *old friend*! — exclamou Lazarus, entusiasmado. — Você deveria largar essas vassouras, que não são dignas de você, e aproveitar uma aposentadoria merecidíssima! Por que não fazer uma viagem longa? O mundo além dessas paredes é *absolutely fabulous* e, acredite, sei do que estou falando!

Walter, seu inseparável mordomo mecânico, estava curvado sobre o sofá para pentear o cabelo comprido do mestre. Ele destacava cada palavra do discurso, assentindo com a cabeça sem rosto.

O velho faxineiro deu de ombros em resposta e voltou a espanar. Ophélie não viu a expressão sob a camada tripla de barba, franja e sobrancelha, mas se irritou por ele. Não podiam deixá-lo trabalhar ali se era o que gostava? Ela observou Lazarus no sofá, com as pernas casualmente cruzadas, sacudindo a cartola como um mágico, discursando sobre o futuro e a modernidade com frases enfáticas e elaboradas. Quando o encontrara pela primeira vez, o achara irresistivelmente simpático. Notou que agora desconfiava dele, não só porque poderia desmascará-la. Ele tinha estado no Polo quase ao mesmo tempo que Deus e, como Deus, tinha manifestado um interesse insistente pelo poder familiar de Madre Hildegarde.

— Psiu! Miss Eulalie! Aqui!

Era Blasius que, com a falta de jeito costumeira, tinha aparecido de repente entre as estantes do outro lado da galeria. Ele lhe dirigiu gestos que achou serem discretos. Sua única opção foi se juntar a ele, com o rosto ainda mergulhado no livro, sentindo o olhar intrigado do velho explorador.

— Quem estava ao seu lado era o sr. Lazarus? — cochichou Blasius. — Faz meses que ele voltou a Babel, mas eu ainda não o encontrei.

Ophélie franziu as sobrancelhas. Meses? Ambroise a evitava por causa da volta do pai?

— Você não parece muito feliz por vê-lo aqui — constatou ela, conforme se afastavam.

Blasius começou a empurrar o carrinho com passos pesados e as costas curvadas, como se levasse um caixão.

— Ah, nada disso — suspirou ele. — Admiro muito o sr. Lazarus. Sou grato, também. Ele foi professor na escola onde estudei e se mostrou mais generoso comigo do que qualquer outro adulto. Meu azar, minha falta de jeito, minhas... *Well...* minhas inclinações, nada disso nunca pareceu incomodá-lo. Ele me achava interessante. Eu quase me sentia *especial* quando conversávamos — murmurou Blasius, com um sorriso leve. — Entre nós, eu não gosto é dos autômatos. Eles substituíram quase todos os serviços de manutenção: talvez o sr. Lazarus esteja aqui hoje para apresentar novos modelos ao Memorial. Modelos capazes de limpar, mas também... de guardar livros e dar informações.

Ele esfregou o crachá com um gesto tão ansioso que Ophélie contraiu o maxilar. Não, Lazarus não lhe inspirava simpatia nenhuma.

— Você recebeu meu telegrama? — perguntou, devagar.

Blasius piscou os olhos grandes e úmidos várias vezes.

— *What?* Ah, sim, sim, li. Para ser sincero, seu pedido me surpreendeu. Também me preocupou. Depois do que aconteceu com Miss Silence... Enfim, espero que você não se meta em mais confusão. O que quer saber?

Ophélie confirmou, olhando ao redor, que não estavam ao alcance de ouvidos indiscretos. Exceto pelas estátuas majestosas que serviam de pilar, não havia ninguém na galeria. Nem no chão, nem no teto.

— Você pode me apontar o lugar exato onde estavam guardados os livros de E. D, antes de serem retirados?

— *Of course!* Siga-me.

No caminho, o carrinho perdeu uma roda e, quando Blasius se abaixou para botá-la no lugar, rasgou a costura da calça. Ophélie foi obrigada a admitir que ele era mesmo azarado. No departamento infantojuvenil, ela reconheceu o lugar onde tinham se conhecido. Lembrou-se de pegar os livros de E.D. que tinha derrubado. Pensar que os segurara nas mãos, só algumas horas antes da destruição...

— Miss Silence praticamente me acusou de roubo — lembrou ela, baixinho. — Quis até revirar minha bolsa.

Puxando o casaco para esconder o rasgo da calça, Blasius apontou com o queixo para a última prateleira, onde estavam alinhadas lombadas de todas as cores.

— A coleção completa de E. D. Estava lá em cima. Foi de lá que a Miss Silence caiu — acrescentou, franzindo o nariz com uma careta enjoada. — Ainda sinto o cheiro de medo.

Ophélie reparou numa escada de trilho elegante. Uma placa dizia: CRIANÇAS ESTÃO PROIBIDAS DE PEGAR LIVROS NO ALTO SOZINHAS

— Foi a escada que Miss Silence usou?
— Não, esta é nova — respondeu Blasius. — Nós nos livramos da velha por causa do acidente. O material não apresentou anomalia alguma, mas na dúvida...

Isso não ajudava Ophélie. *Ler* um objeto associado a mortes violentas era sofrido, mas talvez fosse a única testemunha do que acontecera.

— Você disse que a Miss Silence voltou aqui depois de destruir os livros?

Perplexo, Blasius esfregou o cabelo desgrenhado.

— *Indeed*, no meio da madrugada. Não consigo entender o porquê. Não havia nada de especial quando a encontramos aqui de manhã.

Ophélie puxou a escada pelo trilho e subiu até as prateleiras mais altas. Eram só edições recentes de dicionários.

— Não havia *mais* nada — corrigiu ela. — Talvez o que Miss Silence tenha vindo buscar já tivesse sido encontrado por outra pessoa.

Na hora que falou, foi tomada por uma intuição.

— O Memorial guarda um registro escrito dos livros destruídos pela censura? — perguntou ela.

Blasius estendeu uma mão para ajudá-la a descer, mas tropeçou em um desnível do chão e quase a derrubou.

— Ai, *sorry*! Para respondê-la: sim, no arquivo do serviço de censura. Miss Silence precisava avisar tudo para eles. Podia até tomar iniciativa demais, mas ela sempre respeitou o protocolo.

— Você pode me levar lá?

Ele consultou o relógio da galeria.

— Consigo abrir a porta, mas não posso demorar. Acabei o serviço e meus pais me convidaram para jantar, excepcionalmente. Não posso demorar — falou, escondendo o rasgo na calça.

— Eles têm tanta vergonha de mim que estão só esperando o pretexto para me deserdar.

A TRAIÇÃO

Ophélie nunca tinha estado no departamento de censura. Ficava no outro hemisfério do Memorial, que tinha sido completamente reconstruído depois do Rasgo. Era impossível andar ali sem pensar no vazio sob as toneladas de pedra. O lugar estava deserto e era de aparência mais industrial do que administrativa. Lâmpadas sem abajur projetavam uma luz fria nas caixas empilhadas até o teto. Reinava lá dentro um calor abafado.

— É o incinerador — explicou Blasius, mostrando a janela esfumaçada de uma porta pressurizada. — Eu... sou oficialmente proibido de chegar perto.

— Está funcionando? — se chocou Ophélie. — Achei que não pudessem destruir documento nenhum até o catálogo novo ficar pronto.

— Os livros não são destruídos, mas tem lixo. O Memorial recebe centenas de visitantes por dia, sem contar os funcionários. Você ficaria chocada se soubesse quantas latas de lixo esvaziamos ali toda noite. Os arquivos ficam por aqui, *miss*!

Blasius abriu outra porta, cuja maçaneta se soltou na mão dele. A sala de arquivo não era nada diferente do resto do departamento: caixas para todos os lados. Se o catálogo antigo fosse organizado desse jeito, Ophélie entendia melhor por que Thorn o recomeçara do zero.

— Tenho que ir — disse Blasius. — Não posso perder o bondalado. Confio em você para apagar a luz e trancar a porta quando sair.

— Pode deixar.

Ophélie também estava atrasada e não tinha tempo a perder. Ela arregaçou as mangas da jaqueta, deu uma olhada nas etiquetas das caixas e de repente notou que Blasius continuava na porta, o rosto tenso, com uma expressão atormentada.

— Você já pensou que talvez o Sem-Medo esteja por trás... disso tudo?

— Pensei, sim.

O Sem-Medo odiava a censura: Miss Silence tinha morrido em pleno exercício da função. Mediuna era vista como inimiga: deixara de ser arauta de um dia para o outro. Era um homem muito menos inofensivo do que parecia, extremamente bem informado e terrivelmente ambicioso. Ophélie não se surpreenderia se ele também estivesse atrás do livro que o faria ser igual a Deus.

— Tome cuidado, tá? Não acabe como sua colega. *Please*.

A voz de Blasius foi tão suplicante que ela se perturbou. Não soube o que dizer. Nunca sabia o que dizer nessas horas.

— Observatório dos Desvios — declarou ele, sério. — Foi para onde ela foi transferida. *Good bye, miss*.

— Eu... Obrigada.

As palavras saíram tarde demais; Blasius já tinha ido embora. Ophélie se obrigou a se recompor. Uma coisa de cada vez: primeiro, as caixas. Ela encontrou uma cuja data correspondia à morte de Miss Silence e folheou as pastas que continha.

— Pronto — suspirou.

Em uma das pastas, havia uma coluna inteira de "E. D." no campo "autor". Ophélie percorreu os títulos: *Viagem ao redor do novo mundo*, *As aventuras dos pequenos prodígios*, *Uma família linda e maravilhosa* e assim por diante. Os livros emanavam obediência, o que tornava sua destruição ainda mais incompreensível.

Na categoria "motivo de censura", Miss Silence anotara simplesmente: "Vocabulário rejeitado pelo Índex e falta de pedagogia."

Os livros de E. D. não tinham editora registrada, o que era comum em obras mais antigas, mas de acordo com o registro estimava-se que tinham sido impressos no primeiro século depois do Rasgo. Era uma época de reconstrução da humanidade, em plena renovação; a literatura dita otimista era muito valorizada.

Cada vez mais desconcertada, Ophélie ajeitou os óculos no nariz. Nada ali era chocante. Talvez no fim das contas a coleção de E. D. fosse uma pista em falso. E se o livro que procurava fosse na verdade um Livro com L maiúsculo? E se Deus tivesse sido criado como ele próprio criara os espíritos familiares? Se existisse um Livro que permitia reproduzir todos os poderes?

Se lesse o repertório com as mãos e penetrasse o estado de espírito de Miss Silence, ela poderia saber mais, mas para isso precisaria do aval do departamento de censura. Na última vez em que usara o poder sem permissão, tinha violado a vida particular do professor Wolf: essa falha de conduta ainda pesava em sua consciência.

Ophélie de repente notou uma anomalia no registro. Todos os títulos na lista de livros de E. D. eram acompanhados do carimbo "destruído".

Com uma exceção: *A era dos milagres*.

Um exemplar tinha escapado do incinerador? Era o que Miss Silence tinha ido procurar de madrugada! No lugar, encontrara a morte. Mas o que tinha acontecido com o livro?

— Será uma vez mais, daqui a pouco tempo, um mundo finalmente em paz.

Assim que Ophélie pronunciou a frase, se perguntou por que o fizera. Eram as mesmas palavras que pensara ao ler a estátua do soldado sem cabeça. Tinha a impressão de já tê-las visto em algum lugar; de tê-las decorado e depois esquecido.

Ophélie desviou bruscamente o olhar da pasta.

Ela só via caixas de arquivo a seu redor, mas, mesmo assim, por um instante, tinha notado um movimento pelo canto do olho. Como uma sombra se esgueirando ali atrás. Deu-se conta de repente de que estava encharcada de suor, não só por causa do calor. O coração batia rápido. Os óculos estavam repentinamente azuis.

Ophélie se sentia como se tivesse acordado de um pesadelo do qual nem lembrava.

Quando viu a hora no relógio da sala, deu um pulo. Era muito mais tarde do que achava! Todo mundo, inclusive Thorn, devia estar se perguntando aonde ela estava. Guardou a pasta correndo e apagou a luz, mas, na hora de fechar a porta, olhou hesitante para o incinerador. A janela era vermelha como um fogão. Era onde Miss Silence tinha destruído os livros de E. D., com uma exceção. Será que *A era dos milagres* podia ter ficado acidentalmente ali dentro?

Uma onda forte de calor dominou Ophélie quando entreabriu a porta pressurizada. A sala era quase inteiramente dominada por um forno. Emanava tal temperatura que só se aproximar dava a impressão de que ela viraria carvão. Seria preciso vestir um uniforme protetor antes de entrar, mas não tinha tempo para procurar um. Olhou rapidamente por todos os cantos, debaixo dos basculantes da lixeira, atrás da chaminé, onde quer que um livro pudesse ter caído e ficado esquecido.

Nada.

A única coisa que encontrou, quando decidiu que o calor era demais para aguentar, foi uma porta fechada. Do outro lado da janela, os Adivinhos se afastavam correndo.

Ophélie agarrou a maçaneta, tão quente que queimou os dedos apesar das luvas. Nada. Eles tinham trancado a trava de segurança.

"Previsão de hoje: onda de calor iminente."

Eles sabiam! Os Adivinhos tinham antecipado este instante desde o começo. Como sempre, tinham se tornado agentes das próprias profecias. Por mais que Ophélie batesse na porta pedindo socorro, ninguém apareceu. Também não podia contar com seu animismo para destrancar a fechadura.

O calor do forno era insuportável. Ophélie procurou outra saída, mas estava presa em uma armadilha. O suor escorria em gotas espessas pelo queixo. Os pés ferviam dentro das botas. Ela grudou o rosto na saída de ventilação da parede. Não dava para fugir por ali – mal passaria um braço –, mas era o lugar menos superaquecido da sala. O tempo se esvaiu e, com ele, toda a água de seu corpo. Não conseguia acreditar. Os Adivinhos sabiam que estava em perigo? Além deles, só Blasius sabia onde ela estava e seu bondalado já tinha saído fazia tempo.

Ophélie segurou o peito. O pânico, ainda mais do que o calor, era sufocante.

Ela secou o suor ardendo nos olhos: uma sombra se aproximou da janela. Um clique. A maçaneta girou; uma lufada de ar entrou.

Ophélie correu para fora. Tossiu até machucar os pulmões. Estava tão tonta que precisou se apoiar na parede. Teria chorado de alívio se sobrasse água para isso.

Quem abrira a porta? Os Adivinhos? Ela olhou ao redor, mas não havia mais ninguém no departamento de censura.

Correu aos tropeços até o banheiro mais próximo. Precisou se conter para não beber a água da torneira, porque não era potável, mas passou um lenço molhado pelo rosto e pelo pescoço. Estava vermelha como se tivesse pegado sol.

Precisava encontrar Thorn, rápido. Ele devia ser imperativamente informado do desaparecimento do único livro de E. D. que não fora destruído por Miss Silence. Talvez estivesse passando pelo objeto central da investigação sem perceber.

Assim que Ophélie saiu do banheiro, voltou para vomitar. Pendurada no vaso, tremendo de corpo inteiro, pensou seriamente em denunciar os Adivinhos. Ela o faria sem hesitar se não precisasse explicar, como consequência, o que ela mesma aprontava no departamento de censura. Não podia chamar a atenção de Lady Septima nem de nenhum Lorde de LUX para a investigação que conduzia.

Ophélie não passou por mais ninguém nos corredores, exceto por alguns autômatos limpando as vitrines. O Memorial estava fechado; os visitantes e a maioria dos funcionários tinham ido embora. Ela se dirigiu à baia de leitura para procurar Lady Septima. Restava esperar que ela concordasse em abrir acesso ao Secretarium apesar do atraso.

Os Adivinhos estavam sentados, candidamente concentrados nos livros, como se nunca tivessem saído dali. Sorriram com ironia ao encontrar seu olhar furioso. Pelo menos um dentre eles, no entanto, teve a decência de abaixar o rosto, com um desconforto visível. Ophélie se perguntou se fora ele que tinha aberto a porta, arrependido.

Ela franziu a testa ao ver que a baia de Octavio estava vazia na mesa dos Filhos de Pólux.

— *Well, well, well!* — disse Lady Septima, ao vê-la. — Eis de volta nossa desaparecida. Já faz uma hora que estamos procurando-a, aprendiz. Nenhum dos seus colegas soube me dizer onde estava. Qual é sua explicação?

— Eu me senti mal.

Não era mentira. A voz rouca, o rosto vermelho e o cabelo encharcado de suor comprovavam.

— Ora bem. E não achou de bom tom nos informar? Sir Henry precisou das suas mãos para mais uma análise. Você está atrasando todo mundo.

Lady Septima falou em tom de bronca, mas era só fachada. O olhar dela brilhava de satisfação. Podia retribuir à aluna a humilhação que sofrera na véspera como professora. Ophélie ficou imediatamente convencida de que ela sabia perfeitamente o que os Adivinhos tinham feito. Talvez até os instigasse.

— Vou compensá-los por isso — prometeu. — Pode abrir o acesso ao Secretarium, por favor?

— Não adianta, aprendiz. Sir Henry encontrou um substituto.

O efeito dessas palavras foi mais brutal do que o calor do incinerador. Era por isso que a baia de Octavio estava vazia!

— Se você quiser mesmo compensar, siga o exemplo dos seus colegas — recomendou Lady Septima, apontando para a mesa dos Afilhados de Hélène. — As horas extras de catalogação talvez atenuem a má impressão que causou por não fazer seu trabalho. Que pena, dias antes da colação de grau...

Ophélie se sentou à baia, mas não pegou nada para ler ou escrever. Ela se contentou em encarar fixamente o globo do Secretarium, cuja crosta terrestre vermelha e dourada refletia as luzes das galerias enroscadas a seu redor como anéis planetários. Dado que as baias ficavam no teto, ela o via ao contrário, mas enxergava perfeitamente a porta blindada.

Thorn a substituíra.

— A *signorina* vai chorar? — cochichou um dos Adivinhos através da baia. — A *signorina* quer um lencinho?

Ophélie o calou com um olhar. Sentia-se fervendo de ódio. Thorn a substituíra por culpa deles.

Ela saiu da baia assim que a passarela do Secretarium se desdobrou. Lady Septima estava instalada no balcão dos pneumáticos; se a visse sair do posto sem permissão, certamente seria expulsa.

— Peço permissão para ir ao banheiro.

— De novo?

A mulher nem levantara o olhar do caderno onde fazia anotações.

— Estou muito indisposta. Prefiro não vomitar no material do Memorial.

Ophélie não precisou fingir. Estava mesmo enjoada.

— Cinco minutos — decretou Lady Septima, sem parar de escrever. — E será marcado na sua ficha. Um virtuose deve dominar perfeitamente o organismo.

Ophélie não deu a mínima. Ela se encaminhou para o banheiro e mudou de trajeto quando sumiu de vista. Seguiu uma fileira de corredores e chegou ao transcendium setentrional no momento exato em que Octavio se preparava para fechar a passarela com a chave.

— Preciso entrar no Secretarium — disse ela, ofegante. — Só um minuto, por favor.

Ele franziu as sobrancelhas pretas e grossas. A semelhança com a mãe foi mais marcante do que nunca.

— Por quê?

Ophélie se sentiu afogada em impaciência.

— Porque preciso falar com Sir Henry. É confidencial.

— Não vai encontrá-lo no Secretarium. Ele acabou de ir embora. Vai à cidade, já tem um dirigível esperando por ele.

Ophélie pensou que não era mesmo sua noite. Nada se desenrolava como previsto. Ela desceu o transcendium o mais rápido que era fisicamente possível. Thorn estava atravessando as portas do átrio a passos largos; apesar da perna, era muito ágil. A diferença de temperatura entre o frescor do Memorial e a noite lá fora deu a ela a sensação de entrar em água quente.

Só conseguiu alcançá-lo quando ele passou pela estátua do soldado sem cabeça. A silhueta de um dirigível manobrava perto do cais, cintilando sob a lua.

— Espere...

Thorn se virou ao ouvir Ophélie. Era a primeira vez que o via usar o uniforme oficial dos Lordes de LUX. Os detalhes de ouro brilhavam na luz dos postes.

— Tenho pressa. Os Genealogistas me convocaram.

— Serei breve: por que você me fez isso?

— Não esqueça a quem se dirige.

A advertência não podia ser mais nítida. Naquele instante, Thorn era Sir Henry e, mesmo que estivessem cercados somente por acácias, estavam em público. Ophélie nem se preocupou. Não conseguia mais conter as emoções que a consumiam por dentro.

— Por quê? — insistiu, com a voz tensa. — É um castigo?

— Você não estava disponível. Esperar teria atrasado minha investigação.

Thorn se empertigou e olhou diretamente para frente. Inacessível. O distanciamento com que expunha os argumentos desencadeou a ira de Ophélie.

— Atrasar? Para sua informação, eu também estava investigando por minha conta. Talvez interesse saber...

— Por sua conta, é esse o problema — interrompeu ele. — Recomendei que nunca abandonasse a divisão e que me informasse se tivesse novidades. Nada mudou, você continua a tomar todas as decisões sozinha.

— Eu queria ajudar você — sibilou ela, apertando o maxilar.

Thorn ergueu a cabeça na direção do dirigível, agora tão perto da arca que as hélices balançavam todas as acácias dos arredores.

— Não quero suas desculpas. Preciso de eficiência. Se me der licença, tenho que pegar um voo.

O sangue de Ophélie queimou por todas as veias.

— Você é egoísta.

Ela queria enfurecê-lo e soube, pela forma como ele paralisou, que tinha conseguido. As sombras da noite de repente pareceram todas se juntar em seu rosto. Ophélie foi mergulhada em um olhar tão duro que vacilou sob o impacto.

— Sou exigente, estraga-prazeres, maníaco, antissocial e aleijado — listou ele, com uma voz horrível. — Pode me acusar de qualquer defeito, mas não permito que me chame de egoísta. Se preferir fazer as coisas do seu jeito, fique à vontade, mas não desperdice o meu tempo — concluiu, cortando o ar com um gesto.

Thorn lhe virou as costas para ir ao dirigível.

— Nossa colaboração chegou ao fim.

Ophélie sabia que tomar iniciativa só pioraria a situação. No entanto, não foi capaz de conter a mão que se esticou para segurá-lo, obrigá-lo a voltar, impedir que ele se afastasse.

Ela não o alcançou.

Um choque de dor atravessou seu braço como um raio. Sem ar, Ophélie se segurou na estátua do soldado para não cair. Arregalou os olhos atrás dos óculos tortos enquanto Thorn era engolido pela noite, o aço rangendo em passos sinistros, sem olhar para trás.

Ele tinha usado as garras contra ela.

SOMBRAS

O lápis voava pelo papel. Traçava turbilhões escuros enormes, se jogava à outra ponta da folha, a furava com o grafite e rodopiava de novo. Victoire parou o lápis para observar o resultado entre o longo cabelo claro.

Havia cada vez mais preto e menos branco nos desenhos.

— Não quer usar um pouco de cor, querida?

Victoire ergueu a cabeça. Mamãe tinha levantado a toalha de renda para vê-la desenhar debaixo da mesa da sala. Sorrindo, ofereceu todos os lápis que recusava há semanas.

Victoire escolheu uma folha nova de papel. Ela a esticou no chão e se dedicou a cobri-la, como todas as outras, de enormes redemoinhos pretos.

Mamãe não deu bronca. Mamãe nunca dava broncas. Contentou-se em deixar os outros lápis ao lado de Victoire, no chão. Em seguida, acariciou o rosto dela com uma mão suave, ajeitando o cabelo, e deixou a toalha de renda cair no lugar.

Victoire só via as botinas de cetim verde de Mamãe. Queria usar no desenho o verde das botinas de Mamãe. Queria usar também o azul dos olhos, o rosa da pele e o dourado do cabelo.

Não podia. As sombras da Dama-Dourada eram mais fortes do que todas as cores de Mamãe.

Desde que Victoire vira o que vira, mesmo sem entender exatamente o que era, tudo tinha mudado. Ela dormia e acordava em sobressaltos. Tinha perdido o apetite. Ficava de cama por dias com febre e, quando melhorava, preferia brincar debaixo dos móveis a ficar em cima das almofadas.

Ela não *viajava* mais.

Assim que começava a se sentir segura, a Dama-Dourada voltava. Mamãe abria a porta, oferecia chá, conversava e ria com ela. A Dama-Dourada nunca ficava muito tempo e ela não se interessava por Victoire, mas todas as visitas acrescentavam sombras aos desenhos.

As botinas de Mamãe ecoaram pelo chão do outro lado da toalha. Elas se afastaram, voltaram à mesa, hesitaram, foram de novo.

— Pelo amor de todos os sapatos, acalme-se! — exasperou-se a voz de Avodrinha do outro lado da sala.

As botinas de Mamãe pararam em frente à lareira, onde a madeira crepitava no fogo.

— Sou uma mãe ruim.

Victoire mal escutou o murmúrio sob o som das chamas. O grafite preto do lápis devorava o papel, centímetro por centímetro.

— Você é uma mãe inquieta demais, só isso.

— Exatamente, sra. Roseline. Eu tenho medo de tudo, o tempo todo. Dos degraus da escada, das quinas de mesa, das agulhas de bordar, das golas apertadas, de cada mordida de comida: onde quer que eu olhe, vejo perigo. Se qualquer coisa acontecer... Tenho tanto medo de perdê-la também.

A voz fraca de Mamãe ficou esganiçada. Victoire ergueu o olhar do desenho por um instante e viu os sapatos envernizados de Avodrinha atravessarem o chão até as botinas de cetim verde.

— Ela está bem, Berenilde.

— Não, não está. Ela não sorri nunca, mal come, está atormentada por sonhos horríveis. É por minha culpa, entendeu? Sei o que dizem lá em cima na corte. Sei que a chamam de retardada.

A voz de Mamãe ficou ainda menor quando continuou:

— A verdade é que, ao contrário, ela é muito sensível. Sente o que eu sinto e só a contamino de angústia. Sou uma mãe ruim, sra. Roseline.

— Olhe para mim.

Fez-se um longo silêncio na sala antes das botinas de Mamãe se virarem, uma de cada vez, para os sapatos de Avodrinha.

— Você renunciou a todas as travessuras de sua vida antiga para se dedicar à sua filha. Você é uma boa mãe, mas não pode constituir família sozinha. Ele também tem um papel nisso.

— Sempre achei que em algum lugar, no fundo, ele... Enfim, esperava que para a filha...

— Ele virá. Ele virá porque você pediu e porque o lugar dele, hoje, é aqui com você, não com aqueles ministros todos. Se ele não vier, juro que eu vou buscá-lo pessoalmente!

Victoire apertou o lápis com força. Ele virá? Será que estavam falando do Padrinho? Se alguém no mundo era capaz de afastar as sombras todas, era ele!

A campainha da casa tocou ao mesmo tempo que o coração de Victoire.

— Viu? — disse Avodrinha.

Sob a toalha de renda, Victoire viu os dois pares de sapatos saírem correndo da sala. Alguns instantes depois, pedaços de conversa vieram do pavilhão de música:

— O calendário do nosso senhor é excessivamente cheio... Há uma plenária no quadragésimo sétimo andar... que, como devo lembrar, continua aguardando ratificação...

Essa outra voz que cobria a voz doce de Mamãe não era do Padrinho.

Victoire ficou tentada, pelo intervalo de um tique-taque do relógio, a *viajar* para ver o que estava acontecendo. Não fez nada. *Viajar* significava ver coisas que não deveria.

As conversas se calaram bruscamente. Ela forçou o ouvido, parando o lápis preto no meio do desenho. A tábua do chão onde estava sentada ondulou de repente como se fosse água. Ouviu-se um rangido alto de madeira, seguido por outro.

Alguém estava andando na sala.

Victoire soube quem era antes mesmo de ver, para além da toalha de renda, as duas botas brancas enormes que se moviam devagar, muito devagar, através da sala.

Era Pai.

Esperou com todas as forças que ele não notasse sua presença debaixo da mesa, mas Mamãe a tirou do esconderijo. Ela a instalou em uma cadeira perto da porta, penteou seu cabelo, alisou o vestido, sorriu emocionada uma última vez e voltou ao corredor, onde um homem continuava a repetir "O calendário de nosso senhor é excessivamente cheio!". Se Victoire pudesse falar, teria gritado para não deixá-la sozinha com Pai.

Ele se dirigiu devagar, muito devagar, à outra ponta da sala, o mais distante possível da cadeira dela. Era tão alto que bateu a cabeça no lustre de cristal, mas nem foi engraçado. Aproximou-se de uma janela cuja claridade suave deixou seu perfil inexpressivo, sua trança e seu casaco de pele ainda mais brancos do que já eram.

Pai parecia as lindas estátuas do jardim que contemplava. Tinha os mesmos olhos vazios. Olhos que faziam Victoire ter a impressão de não existir.

— Qual é sua idade agora?

Uma vez, ela tinha batido com as duas mãos nas primeiras teclas do órgão da casa. A boca do Pai fazia um som ainda mais grave.

— Quantos anos você tem? — repetiu.

Victoire entendeu a pergunta; responder era outra história. Pai não gostava dela e acabaria gostando menos ainda. Mamãe tinha ficado no corredor, pedindo para o Seu-Calendário esperar.

Pai acabou tirando um caderno do casacão branco. Ele folheou as páginas, uma a uma.

Depois de um silêncio interminável, declarou:

— Ah, é. Você não fala.

Ele mergulhou na leitura do caderno durante vários tique-taques do relógio. Será que tinha esquecido Victoire de vez?

— Sua mãe escreveu aqui — disse ele, tocando uma página — que está preocupada com sua saúde. Você não me parece tão doente.

O corpo majestoso dele não se moveu, continuando de frente para a janela, mas seu rosto girou que nem um parafuso, como se o pescoço pudesse fazer aquilo inteiramente sozinho.

Assim que dirigiu seus olhos inexpressivos a ela, Victoire sentiu muita dor de cabeça.

— Exceto, é óbvio, pelo fato de ser incapaz de falar e andar.

Quanto mais Pai a olhava, mais dor Victoire sentia. Era um castigo e, se era um castigo, ela certamente era culpada. Ela estava com medo. Medo dele nunca gostar dela.

Ela sentiu uma lágrima escorrer pelo rosto, sem ousar limpá-la.

Pai arregalou os olhos antes de voltá-los para a janela. A dor parou imediatamente.

— Não foi proposital. Meu poder... Você provavelmente ainda não está pronta para suportá-lo. Nosso encontro foi prematuro.

Victoire não sabia o que Pai tentava explicar. Nem sabia se era com ela mesmo que falava. Ele sempre usava palavras complicadas.

— Não vou impor minha presença por tempo demasiado.

No momento preciso em que pronunciou esta frase, a campainha tocou de novo. Barulhos de passos, murmúrios abafados. Prisioneira da cadeira, Victoire esperou com Pai. O vestido tinha grudado no corpo de tanto suor.

Ela congelou quando um perfume forte queimou seu nariz.

— Meu senhor! Estava fazendo uma visita de cortesia às minhas amigas queridas, mas não sabia que o senhor estava aqui. Devo-lhe meu respeito.

Victoire tremeu toda. A Dama-Dourada estava lá, bem atrás dela. Os penduricalhos do véu tilintavam cada vez mais alto conforme avançava pela sala.

— Quem é você?

Pai fez essa pergunta sem olhar para Dama-Dourada. Ele parecia achar o vaso na beira da janela mais interessante.

— É a sra. Cunégonde, meu senhor. Uma de suas melhores Ilusionistas.

A chegada de Mamãe na sala não foi capaz de acalmar Victoire. Ela estava aterrorizada. A Dama-Dourada tinha apoiado uma mão na cadeira, as unhas enfiadas no veludo como facas vermelhas compridas.

— Peça perdão... quer dizer, eu peço perdão. Não queria interromper a reunião de família.

A Dama-Dourada acariciou o cabelo branco de Victoire, com a mesma mão que fechara as pálpebras da Segunda-Dama-Dourada. Estava tão próxima que cobria Victoire inteiramente na sombra.

Nas sombras.

Victoire correu para se esconder debaixo da mesa. Tinha *viajado* no desespero, abandonando a Outra-Victoire na cadeira e no vestido encharcado de suor. O véu brilhante da Dama-Dourada ainda era visível sob a toalha de mesa, ao lado das botinas de cetim verde de Mamãe e dos sapatos envernizados de Avodrinha. O coração palpitante da Outra-Victoire estava tão distante quanto a conversa, mas o medo continuava a gritar dentro dela com toda a força do silêncio.

Um novo par de sapatos adentrou a sala. Apesar de estar deformada pelo efeito da *viagem*, Victoire reconheceu a voz do Seu-Calendário:

— Peço mil desculpas por apressá-lo de tal forma, meu senhor. A presença do senhor está sendo requisitada na reunião. É que o calendário de meu senhor é excessivamente cheio!

Victoire ouviu o chão estalar como a madeira na lareira. As botas brancas enormes de Pai se dirigiram devagar, muito devagar, até a mesa. Para o pavor de Victoire, o chão rangeu ainda mais quando Pai se inclinou para a frente.

Com a ponta dos dedos – dedos imensos – ele levantou a toalha de renda.

— Ah, são só desenhos — disse Mamãe. — A menina se instala aí para brincar. Né, querida?

Os olhos de Pai, claros como porcelana, não se interessaram nem pela Outra-Victoire na cadeira nem pelos desenhos no chão. Só observavam a verdadeira Victoire, escondida sob a mesa. Pai a via?

— Meu senhor — murmurou Seu-Calendário depois de uma tosse impaciente. — Sua reunião...

— Vá embora.

Pai mal movera a boca. Ele continuava inclinado para a frente, segurando a toalha entre os dedos, a trança comprida escorrendo ao chão como leite.

— Imediatamente.

— Meu senhor? — se preocupou Mamãe. — Alguma coisa o contrariou?

Encolhida debaixo da mesa, Victoire o encarou, estupefata. Ela sempre achara que Pai não gostava dela, mas ele nunca a olhara como olhava para a Dama-Dourada agora.

Graças aos olhos de *viagem*, Victoire via a sombra de Pai. Uma sombra ainda maior e com mais garras do que a da Mamãe quando se irritava. Uma sombra que apontava com tudo para a Dama-Dourada.

— Não sei quem você é — disse Pai, articulando bem cada palavra —, mas nunca mais entre neste lar.

Como ele mantinha a toalha levantada, Victoire pôde ver os rostos surpresos de Mamãe, Avodrinha e Seu-Calendário se virarem para a Dama-Dourada. Ela sorriu com a boca vermelha, mas parou de acariciar o cabelo da Outra-Victoire. As sombras dela zumbiam sob seus pés como uma multidão frenética e desenfreada. Eram tantas! Será que atacariam Pai?

— Como sequer. Quer dizer, como quiser.

Em uma sinfonia de joias, a Dama-Dourada saiu da sala e todas as sombras se foram com ela.

Victoire não ouviu as exclamações que soaram na sala depois da partida. Tinha voltado ao lugar da Outra-Victoire na cadeira e só tinha olhos para Pai. Com gestos lentos, muito lentos, ele recolheu os desenhos e lápis sob a mesa e os entregou para ela, sem dar atenção às perguntas feitas por Mamãe, Avodrinha e Seu-Calendário. Victoire olhou para as sombras que tinha rabiscado mais cedo. Virou a folha. Do outro lado, o papel era todo branco. Branco que nem Pai.

O PÓ

Ophélie, ao longo da vida, tivera a oportunidade de passar por várias salas de espera, mas nenhuma se parecia com aquela. Um eucalipto se erguia bem no meio do tapete enquanto periquitos piavam empoleirados nas cadeiras.

O Observatório dos Desvios era um lugar certamente surpreendente.

Quando Blasius o mencionou, Ophélie imaginou um hospital sinistro. No entanto, o que encontrou foi um prédio alto e colorido que integrava a selva à arquitetura. Os pagodes, as pontes, as estufas e os terraços formavam um conjunto tão tentacular que o Observatório ocupava uma arca menor por conta própria. Não sabia que "desvios" eram observados ali, mas os responsáveis pelo instituto tinham recursos consideráveis.

Ophélie não teve que esperar muito tempo. Mal se sentou antes de uma adolescente vir encontrá-la. Ela vestia um sari de seda amarela, um pince-nez de lente escura, luvas compridas de couro e trazia um macaco mecânico no ombro. Ophélie nunca suporia que ela era uma funcionária se não fosse pelo sinal para segui-la.

— Bem-vinda a nosso estabelecimento, Miss Eulalie! A paciente foi levada para a redoma de visita; por favor, me acompanhe. Você é a primeira pessoa que veio visitar a coitada da Miss Mediuna — murmurou a adolescente quando saíram da sala de espera.

— Aproveitei a folga de domingo para visitar minha colega.

— Infelizmente, só podemos permitir cinco minutos com ela. Tenho certeza de que lhe fará bem ver o rosto de uma amiga.

Ophélie se absteve de corrigi-la.

— Foi Lady Septima que a trouxe aqui?

— E que se responsabilizou por todos os custos. Ela é uma santa, Lady Septima! Louvados sejam os Lordes de LUX!

A jovem babeliana se expressava com verdadeiro fervor religioso. Todos seus sorrisos eram raios de luz através da pele noturna.

Ao segui-la pelo corredor, Ophélie sentiu inveja. Sentia que ela própria nunca mais sorriria.

Nossa colaboração chegou ao fim.

Ela reprimiu as palavras de Thorn. Nada de pensar. Só agir.

— O que exatamente acometeu Mediuna? Me falaram que foi um derrame, mas não explicaram bem.

O sorriso da adolescente cresceu e seus olhos cintilaram atrás das lentes escuras do pince-nez.

— *Sorry, miss*, não estou autorizada a responder esta pergunta.

— Mas casos como o dela são a especialidade do Observatório?

— *Sorry, miss*, também não estou autorizada a responder esta pergunta.

No ombro da adolescente, o macaco mecânico se mexeu de repente para entregar um bloco de notas.

— Olha só, vejo que já temos uma ficha sua, Miss Eulalie.

— Minha? — se chocou Ophélie. — Deve ser um erro.

A adolescente caiu na gargalhada, folheando o bloco.

— Nunca cometemos erros, Miss Eulalie, somos muito bem informados. Temos nossos próprios arautos no Observatório — disse ela, com um olhar significativo para as asas nas botas de Ophélie. — Voltando à sua ficha, parece que você passou por um exame médico ao ingressar no conservatório da Boa Família. Os resultados dos exames nos foram transmitidos e, pelo que li, apresentam um traço... interessante. Você tem cinco minutos — lembrou a adolescente, abrindo uma porta de vidro. — Estarei no corredor, caso precise de mim.

Ophélie ficou imóvel. Exames médicos de admissão? Só se lembrava de fazer gestos sem pé nem cabeça e de dar quinze voltas no estádio que quase a mataram. Não sabia exatamente como isso seria interessante para ninguém.

Ela parou de pensar ao entrar na redoma de visita. Vitrais imensos transformavam a luz do sol em arco-íris. As cores ricocheteavam nos azulejos, se misturavam aos galhos de palmeira e atravessavam a água dos laguinhos de peixe. A tranquilidade ali dentro quase distraía do vento lá fora sacudindo todos os vidros na esquadria.

Mediuna estava sentada em um banco: agachada, com as pernas dobradas e os olhos arregalados. Não reagiu ao som conhecido de asas de arauto quando Ophélie se aproximou e se sentou a seu lado.

— Bom dia.

Mediuna não respondeu. Ophélie primeiro achou que ela admirava o vitral em frente ao banco, mas notou que os olhos estavam estáticos na órbita. O que olhava estava dentro de si. Ela estava irreconhecível naquele pijama largo. Os músculos tinham derretido, deixando só pele e osso. Onde estava seu poder? Onde estava sua graça e seu orgulho? A luz do vitral fazia cintilar as pedras preciosas incrustadas na carne do rosto; tantas cores no corpo sem alma pareciam deslocadas

Ophélie procurou as palavras, desconfortável.

— Você deve estar se perguntando o que me trouxe aqui. Você foi embora da Boa Família tão de repente... Deixou muitas perguntas sem resposta.

Mediuna continuou sem responder. Abraçando as pernas com força, continuou a encarar o vazio como uma gárgula de pedra.

— Sabia que você continua me atrapalhando? — murmurou Ophélie. — Seus primos me azucrinam. Sei que gostava de dizer que eles odeiam você, mas, acredite: estão me fazendo pagar caro por te substituir.

Ainda sem resposta.

Ophélie se virou no banco. Não havia mais ninguém ali dentro, mas a impressão de estar sendo observada não passava.

— O que aconteceu no banheiro do Memorial? — perguntou, baixinho. — Quem fez isso com você?

Mais silêncio.

— Preciso desesperadamente saber — insistiu ela. — Você descobriu alguma coisa sobre um livro? Talvez um livro de E. D.? — sugeriu, frente à inexpressividade de Mediuna. — *A era dos milagres?*

Nada ainda. Ophélie inspirou fundo. Tinha mais uma carta para abrir o jogo.

— "Quem semeia vento colhe tempestade." O Sem-Medo que me pediu para passar esse recado. Foi ele quem deixou você assim?

Ela esperou uma reação por muito tempo, torcendo para que o nome pelo menos causasse algum efeito, mas Mediuna nem piscou. Uma mosca pousou no seu lábio inferior, como se fosse só um cadáver. Ophélie prometera nunca sentir pena dela, depois da chantagem e da manipulação. No entanto, vê-la assim era dolorido.

— É isso, então? — reclamou em voz baixa. — Vai passar a vida toda de pijama num banquinho? Você sonhava em ser arauta, queria saber tudo. A Mediuna que conheci já estaria atrás de mais um segredo.

— Miss Eulalie?

Do outro lado da redoma, a adolescente abriu a porta e fez sinal para saírem, com um sorriso enorme no rosto.

— *Sorry, miss*, acabaram os cinco minutos de visita.

Ophélie se levantou a contragosto. Pelo menos tentou se levantar. A mão de Mediuna se agarrou à jaqueta para impedi-la. Nada na atitude mudara. Eram os mesmos olhos arregalados e vazios, o mesmo corpo tenso, mas a boca articulou uma palavra:

— Outro.

— Perdão?

Ela se curvou para encontrar o olhar de Mediuna. Só viu um pavor tão intenso que sentiu um nó no estômago.

— Outro... tem outro.

— Outro o quê?

Como resposta, Mediuna a soltou e voltou ao silêncio.

— Miss Eulalie! — chamou a adolescente, animada. — A visita acabou!

Ophélie tinha ido ao Observatório dos Desvios para encontrar respostas, mas saiu com outra pergunta: que "outro" era esse? Pelo menos uma coisa estava evidente, refletiu enquanto descia a escadaria de mármore que levava à estação de bondalado: Mediuna, Miss Silence e o professor Wolf tinham um ponto em comum – o pavor.

O vento se mostrou especialmente violento na plataforma, por causa da proximidade com o vazio. Levantava redemoinhos de pó tão densos que não dava para ver nem ouvir quase nada. O Observatório dos Desvios não era uma parada muito movimentada, então era preciso ter paciência para esperar o próximo bondalado. Paciência que faltava a Ophélie. Assim que parasse de agir, os pensamentos voltariam com tudo.

Nossa colaboração chegou ao fim.

Thorn a tinha rejeitado. Com palavras e garras. Ela se sentiu mais seca do que o pó ardendo em seus olhos. Estava com saudades dele. Sentia saudades o tempo todo, mesmo quando estavam perto. Não conseguira manter o posto de colaboradora, não tinha entendido nada do que ele realmente queria dela. Esperara o que ele não podia mais oferecer. Ainda se agarrava à investigação e revirava todos os cantos de Babel; mas, no fundo, só continuava procurando por Thorn.

Ophélie congelou. Através do dilúvio de pó fustigando os óculos, distinguiu uma silhueta na plataforma. Talvez fosse só outro passageiro, mas parecia observá-la insistentemente. De repente, a silhueta foi em sua direção com passos apressados. Ela tomou uma consciência brusca da proximidade do vazio. Pensou brevemente nas desventuras de todos aqueles cujos mistérios queria desvendar. O medo de Mediuna, o medo de Miss Silence e o medo do professor Wolf se tornaram seu próprio medo.

— O que você está fazendo aqui?

Ophélie reconheceu a voz desconfiada sob o burburinho do vento. A silhueta à sua frente era de Octavio. Ele tinha levantado a jaqueta para proteger a cabeça, o que o fazia parecer maior do que era. O dom de Visionário permitia que a enxergasse apesar da visibilidade ruim na plataforma.

— Você me seguiu? — insistiu ele. — O que quer comigo?

— Calma. Eu vim visitar Mediuna. E você?

Após um longo e tenso silêncio, ele respondeu:

— Não diga à minha mãe que me viu aqui.

O pedido podia soar como ordem, mas a voz de Octavio passara de hostilidade à preocupação.

— Como assim? Está me mandando mentir? Achei que a honestidade fosse um dever cívico em Babel.

Ophélie tossiu mais do que falou; sempre que inspirava, engolia pó. Ela se sobressaltou ao ouvir o rangido das rodas do bondalado chegando no trilho. Empoleirados no teto dos vagões, os pássaros gigantes se mantinham heroicamente dóceis apesar da ventania.

Os dois se enfiaram no bonde. Mostraram os cartões, sentaram-se em um banco e passaram vários minutos espanando as roupas sem trocar um olhar ou uma palavra. Só havia um outro passageiro no vagão, dormindo tão profundamente que o turbante estava caído no piso.

— Mentir é pecado — declarou Octavio quando o bondalado decolou. — Vou pedir a você, então, o que pedi aos funcionários do Observatório. Caso minha mãe pergunte, diga a verdade. Fora isso, aprecio a discrição.

Ela o espiou pelo canto do olho. A franja preta comprida atrás da qual ele costumava se esconder estava toda despenteada. O rosto tinha perdido a calma imperial. Até os olhos, decididamente virados para o vidro, brilhavam com menos orgulho. Octavio mantinha os punhos cerrados nas coxas, como se de repente se sentisse inferior. Humilhado.

Ophélie sempre o vira como uma cópia perfeita de Lady Septima. Saber que ele era capaz de desobedecer a mãe, uma

Lorde de LUX, ainda por cima, o tornava menos antipático. No entanto, ainda não estava prestes a confiar nele.

— Se eu preciso ajudá-lo a esconder alguma coisa, quero pelo menos saber do que se trata. O que veio fazer no Observatório dos Desvios junto comigo?

— Foi você quem veio junto comigo — corrigiu Octavio, arrogante. — Venho todo domingo.

Ele mordeu o lábio, como se hesitasse em revelar mais, antes de acrescentar:

— Venho visitar minha irmã.

Ophélie estava preparada para muitas respostas, mas esta não era uma delas.

— Você tem uma irmã?

— Ela se chama Seconde. Ela é... diferente. Sempre foi.

Octavio se desviou bruscamente da janela para encará-la, a desafiando a rir.

Ela não queria rir de nada.

— Eu também tenho uma irmãzinha diferente. Ela não fala quase nada, mas sabe se fazer entender mesmo assim. Não é motivo para vergonha.

Na hora de contar essa história, notou que tinha falado como Ophélie, não como Eulalie. A sinceridade pelo menos serviu para relaxar Octavio, que soltou os punhos.

— E o seu pai? — perguntou ela, cuidadosamente. — Ele também proibiu você de visitar sua irmã?

— *In fact*, faz anos que não nos falamos. Ele largou minha mãe um pouco depois do nascimento de Seconde. Do ponto de vista dos meus pais, dar à luz uma criança imperfeita desonrou toda a descendência de Pólux. Minha mãe acabou estimando que o melhor lugar para Seconde seria o Observatório, onde estudam o caso dela. Minha irmã também serve à cidade, de seu próprio modo.

— Você desaprova.

Ophélie só emitiu uma constatação, mas atingiu Octavio como um tapa. Ele a encarou em desafio, a corrente de ouro se sacudindo na sobrancelha.

— Não tenho nada a aprovar ou desaprovar. Minha mãe sempre se pôs a serviço do interesse familiar.

Ophélie limpou os óculos na manga igualmente poeirenta do uniforme. Até que ponto Octavio conhecia as forças dissimuladas por trás desse "interesse familiar"? Ele era dotado de um senso de observação fora do comum, mas era cego no que dizia respeito a Lady Septima.

— De qualquer forma, não pedi sua opinião — acrescentou ele, se endireitando no banco. — O fato é que minha mãe acha preferível que eu e Seconde vivamos nossas vidas separadamente. Só peço que não conte nada sobre minhas visitas, a não ser que ela pergunte *directly*.

— Não direi nada — prometeu Ophélie. — Mesmo que ela pergunte.

Os dois se calaram; durante o silêncio constrangido, só ouviram o bater de asas dos pássaros, a areia fustigante na janela e os roncos do terceiro passageiro. Ela não conseguia se livrar da sensação desagradável de estar sendo observada, mas, por mais que se virasse para conferir, não havia ninguém atrás dela.

— Todos os alunos do Observatório aproveitam o último dia de folga para correr atrás do estudo — comentou Octavio, de repente. — Mas você veio visitar Mediuna. Não achei que vocês fossem tão amigas.

Ophélie deu de ombros.

— Não acho útil revisar, já que não tem prova nenhuma para virar aspirante. Lady Hélène e Sir Pólux vão avaliar nosso percurso como um todo.

— Me disseram que Mediuna não estava mais em estado comunicativo. O que você queria com ela?

Ophélie sentiu o olhar insistente de Octavio. Não se veria livre dele tão facilmente.

— Estou tentando entender quem fez isso com ela e por quê. Suponho que, como sua mãe, você vá insistir que não há nada a entender.

— Supõe errado. Acredito que estamos todos correndo perigo. Inclusive minha mãe.

Ophélie deixou de esfregar os óculos para pô-los de volta no nariz, mais sujos do que antes. As sobrancelhas de Octavio tinham passado de acentos circunflexos a acentos graves. A expressão era seríssima.

— O professor Wolf — lembrou ela. — Você sabia que ele tinha sido ameaçado. Me avisou que o mesmo poderia acontecer comigo.

— Eu não sabia, mas supunha. O que aconteceu com Miss Silence e Mediuna só confirmou minha suspeita. Tem alguém por aí maltratando com gosto quem frequenta demais o Memorial.

— O Sem-Medo-Nem-Muita-Culpa?

— *Of course*, quem mais seria? Esse baderneiro ridiculariza nossas leis mais sagradas com provocações. Ele implanta nos espíritos o que os Lordes de LUX se dedicam a expurgar há décadas: ideias imundas, agressivas e degradantes. É esse indivíduo que deveria estar no Observatório dos Desvios.

Octavio se expressara com enorme calma, mas Ophélie não se convenceu. Os olhos ardiam como se atacasse o Sem-Medo em pessoa, através das paredes do vagão e dos quilômetros de nuvens. Ele era consumido por dentro por uma chama que só queria explodir.

Ophélie se perguntou se ele tinha se dado conta daquilo, mas a pergunta que lhe veio à boca foi inteiramente outra:

— Você já leu os livros de E. D.?

Arrependeu-se da imprudência imediatamente. A curiosidade com frequência a levava a fazer as perguntas certas para as pessoas erradas.

— As historinhas velhas de criança? — se chocou Octavio. — Folheei vagamente quando era pirralho. A coleção inteira está no Memorial.

Ou ele era excelente ator, ou não sabia o destino que Miss Silence escolhera para os livros.

— O que achou de *A era dos milagres*?

— Não é o melhor deles. Descreve o começo do novo mundo. Esse tal de E. D. era um autor pouco original. Por que se interessou por esses livros? Não foi Sir Henry quem pediu para analisá-los, né?

À menção de Thorn, Ophélie sentiu uma pontada brutal entre as costelas. Ela se concentrou nos barulhinhos metálicos do bondalado até a dor passar.

— E se a gente fosse visitar o professor Wolf? — propôs, de repente. — Perguntar na cara se foi o Sem-Medo que o ameaçou?

— Juntos?

Octavio pareceu tomado completamente de surpresa. Ophélie sentiu o mesmo. Antes daquele instante, não planejava se associar ao filho de um Lorde de LUX, mas, refletindo bem, a ideia não era tão absurda. Ele tinha mais influência, talvez pudesse abrir portas que ela encontraria fechadas. Começando pela do professor Wolf.

— Isso, juntos.

O VERMELHO

Eles desceram na estação seguinte para pegar uma gôndola pública. O piloto, um Zéfiro, era experiente e sabia canalizar o vento para atravessar as nuvens sem turbulência, mas Ophélie ficou aliviada ao chegar em terra firme. O bairro do professor Wolf não era pavimentado: o vento e a areia se misturavam tanto que formavam fumarolas ardentes. O sol era só uma lua pálida no meio do céu. A atmosfera era tão sufocante que não havia pedestres nem dodôs na rua.

Ela atravessou o pátio do prédio cobrindo o nariz com a manga da jaqueta para se proteger do pó. Os óculos pareciam cobertos de fuligem vulcânica. Mal enxergava a fachada engolida por vegetação à frente. A aldrava do térreo não bateu sozinha como na primeira visita. Inesperado, vindo de uma porta tão paranoica.

Fazendo sinal para Octavio aparecer na frente do olho mágico, bateu na porta três vezes, com cuidado.

— Professor Wolf?

Não tinha orgulho de aparecer ali de novo. Por mais grosso que fosse, aquele Animista a ajudara a comprar novas luvas de *leitura* e ela retribuíra revirando a lata de lixo dele.

Portanto, não foi uma surpresa que a porta continuasse fechada.

— Professor Wolf? — insistiu. — Precisamos conversar, é muito importante.

Ophélie grudou a orelha no batente. Não ouviu som nenhum dentro do apartamento.

— A proprietária me garantiu que ele nunca saía de casa — disse ela.

— Tente você, talvez ele dê um pouco mais de crédito.

Octavio não fez nada. Ele se afastou alguns passos, o cabelo vermelho de tanto pó, a cauda do paletó esvoaçando no vento. Então observou a fachada do prédio com enorme concentração, os olhos em brasa cada vez mais acesos.

— Não precisa — declarou, finalmente. — Ele não está.

— Você enxerga através de paredes?

— Se adaptar meu olhar, consigo detectar emissões próprias aos organismos de sangue quente. Não tem nada aqui.

— Ficamos de mãos abanando — suspirou ela.

Octavio franziu as sobrancelhas, girando devagar para trás, analisando desta vez a nuvem de pó.

— E cercados — murmurou ele.

Ophélie levou um instante para vê-los: silhuetas brancas vinham de todos os lados do pátio. Cada uma trazia um fuzil.

— Objetos proibidos — comentou Octavio, com desdém. — Os sem-poderes ficam cada dia mais baixos.

Uma gargalhada rugida respondeu à declaração. Ecoou nos muros dos prédios antigos, como se emanasse de todos ao mesmo tempo. Ophélie contraiu o corpo inteiro. Que ela soubesse, só um homem era dotado de cordas vocais tão potentes. A silhueta do Sem-Medo se destacou da nevasca vermelha, avançando tranquilamente na direção deles. Não estava armado. Não precisava. O tigre-dentes-de-sabre gigantesco o escoltava.

— Como reconhecer um filho de Lorde? — exclamou o Sem-Medo, em um aparte. — É *reaaaally* simples! Andam por aí como conquistadores, tilintam as botinhas elegantes bem alto e ainda dão um jeito de soar condescendentes!

A voz era tão ampla que cobria a tempestade, mas, quando parou na frente de Octavio, este não se mostrou nem um pouco impressionado. Ele o encarou sem piscar, com a coluna ereta e o queixo erguido, como se não estivesse na mira de vários fuzis.

— É você quem chamam de Sem-Medo-Nem-Muita--Culpa? Que decepção. Já ouvi você se gabar na rádio muitas vezes e imaginei que fosse menos sem graça.

Um sorriso sanguinário revelou rapidamente os dentes do Sem-Medo. Ele podia parecer um homem magrelo e fracote, mas escondia uma fera e não era menos temível do que a Besta rosnando ao lado.

O olhar de Ophélie quicou por todos os lados. O pátio do prédio era sem saída, então estavam encurralados. As ondas de pó a deixavam entrever silhuetas de homens armados aqui e ali. Ela os contou. Quatro, seis, oito... pelo menos dez. Além de um tigre gigante. Ergueu o olhar para as fachadas ao redor; as raras persianas que conseguia vislumbrar estavam fechadas. Provavelmente alguns observadores olhavam entre elas, mas nenhum deles, nem mesmo a proprietária, parecia disposto a intervir.

Ophélie se arrependeu de ter arrastado Octavio até ali. Thorn estava certo, ela era sobrenaturalmente predisposta à catástrofe.

— O que você quer? — perguntou ela.

O Sem-Medo mal a olhou, como se não tivesse nem consistência. Só Octavio lhe interessava.

— É essa minha pergunta. Vocês parecem *reaaaally* ter vontade de me enfrentar. A não ser, claro — acrescentou ele, fazendo beicinho —, que temam que eu os contamine com minhas ideias "imundas, agressivas e degradantes"?

Os olhos de Octavio queimaram ainda mais.

— São exatamente minhas palavras. Você nos espionou?

— Vou dizer uma coisa, *boy*. Piratas do rádio velhos que nem eu têm suas manias. Costumo espalhar microfones por aí. Dou umas gargalhadas *reaaaally* boas com vocês, arautos! Fingem saber de tudo, mas não sabem de nada. Os censores arrancam seus cérebros!

O Sem-Medo estava tão perto do jovem que cuspiu a última palavra bem na cara dele. Parecia se deleitar no nojo que inspirava.

— Você ameaçou as vidas do professor Wolf, de Miss Silence e da aprendiz Mediuna?

Ophélie encarou Octavio com um misto de admiração e exasperação. Ele fizera a pergunta diretamente, com um tom pretensioso, como se ditasse as regras. Também não recuou quando o Sem-Medo brincou com a corrente dourada que atestava sua filiação a Lady Septima.

— Você já se acha Lorde, mas nem homem é. Nunca será antes de enfiar um soco na cara de alguém. Sua mamãezinha nunca disse isso? É imundo, agressivo e degradante demais para vocês? Pelo menos confesse que está *reaaaally* morto de vontade agora!

A voz do Sem-Medo propagava vibrações tão fortes que Ophélie as sentia no estômago. Ele não devia mesmo temer ninguém, para insultar um Filho de Pólux assim no meio da praça pública.

Octavio tirou um lenço da jaqueta e secou as gotas de saliva do rosto.

— Não me rebaixarei a ponto de responder a tais provocações. Ordeno que você e seus homens se entreguem à justiça e se comportem a partir de então como "cidadãos honestos".

O Sem-Medo caiu em uma gargalhada tão forte que pareceu uma explosão, mas de repente voltou à seriedade. Ele fez sinal para os homens abaixarem as armas e, com um gesto rápido, arrancou a corrente do rosto de Octavio. Ophélie quis vomitar ao ver o sangue jorrar.

— Você é *reaaaally* cara de pau — resmungou o Sem-Medo, com uma careta triste. — Você faz a mínima ideia do ultraje que causa nessa gente quando se pavoneia aqui de uniforme chique? O seu destino está todo planejado. Já eles não têm destino nenhum, sabe por quê? Porque são os pirralhos mimados nojentos que nem você que acabam mandando na cidade. São vocês também que preferem contratar máquinas e deixar os "cidadãos honestos" desempregados.

Octavio recusou a mão que Ophélie estendeu. Ele se empertigou, orgulhoso, forçando o maxilar para não gritar de dor. Faltava um naco do supercílio e a narina estava rasgada pela metade.

O sangue se misturava ao pó da terra, mas esse vermelho nem se comparava ao brilho de seus olhos.

— Consigo até ver — provocou o Sem-Medo, rodopiando a corrente dourada entre os dedos. — Essa violência que você tanto despreza está se debatendo aí dentro. Pode fazer de tudo para escondê-la com bons modos, mas ela estará sempre aí. No fundo, você é como eu. Uma fera.

Octavio enxugou o rosto sangrento como limpara o cuspe logo antes: com gestos repletos de superioridade.

— Não me compare a você.

— Basta — soprou Ophélie. — Vamos embora.

O Sem-Medo a observou em silêncio. O uivo do vento, o crepitar do pó e os rosnados do tigre ocuparam a breve quietude.

— Certo — decidiu, por fim. — Vou deixá-los fugir. Com uma condição.

Ele esticou a mão com a agilidade de uma flecha. Agarrou Ophélie pelo cabelo e a jogou no chão, de joelhos. Ela sentia que o couro cabeludo estava prestes a rasgar.

— Tire seu uniforme, ovelhinha.

Não enxergava nada. Os óculos estavam pendurados, tortos. Queria se levantar, mas o Sem-Medo a obrigou a ficar ajoelhada. A força com que puxava seu cabelo era surpreendente para alguém tão pequeno.

— Tire o uniforme — repetiu. — A jaqueta, a camisa, a calça, as botas, *everything*! Se for comportada, pode ficar com as luvas de *leitura*.

Ophélie não era especialmente pudica. Ela se vestia e despia todo dia no vestiário da Boa Família. No entanto, pensar em fazê-lo obrigada ali, naquela posição e na frente desses homens todos, a enojou. Nem Octavio soube o que dizer.

— Tire o uniforme — rugiu o Sem-Medo, sacudindo-a pelo cabelo. — Senão, vou pedir para meus amigos tirarem por você.

A visão de Ophélie ficou turva, mas não só pela miopia. Por que as garras não afastavam a mão que a violentava? Por que nunca atacavam quando ela mais precisava? A resposta a atingiu com força. Porque estava assustada. As garras eram ligadas ao sistema nervoso. A fúria as atiçava; o medo as paralisava.

O Sem-Medo estava certo. Ela era só uma ovelhinha. Tudo que sofrera no Polo, em vez de fortalecê-la, a tornara mais frágil. Ophélie ajeitou os óculos com o que lhe restava de dignidade e desabotoou a jaqueta. O gesto simples e cotidiano exigiu dela, incuravelmente desajeitada, enorme perseverança. Tremer não ajudava em nada; Precisou se debater contra cada botão. Ela esperava que o Sem-Medo não notasse: não queria dar essa satisfação.

O vento arranhou seus braços nus quando tirou a camisa, restando só a malha que usava por baixo.

— A calça.

Ophélie lutou contra a náusea quando sentiu a ordem vibrar pela coluna vertebral inteira. A voz doía ainda mais do que a mão puxando o cabelo. Remexendo desajeitada na fivela do cinto, se desequilibrou por causa do suspiro exasperado do Sem-Medo.

— Espero *reaaaally* que o espetáculo valha toda essa es...

Ele não terminou a frase. Octavio o socou bem no meio da cara. O barulho de ossos quebrados foi tão sonoro que pareceu sair ao mesmo tempo de dedos e dentes. A força do golpe jogou os dois no chão. Sem perder um instante, Octavio se agachou em cima do Sem-Medo para imobilizá-lo e o socou com força de novo e de novo. O rosto tinha desaparecido inteiramente sob um dilúvio de cabelo preto. O corpo era só raiva em estado bruto, tão descontrolada quanto os elementos ao redor.

Quanto mais ele batia, mais o Sem-Medo gargalhava.

— Excelente, *boy*! Isso! Solte a fera!

Ophélie pulou de pé, mas não teve tempo de intervir. O tigre-dentes-de-sabre, que até ali observava tudo imóvel como uma estátua, se esticou como uma mola; a pata enorme jogou Octavio para longe em meio ao nevoeiro. Ophélie correu até ele. Estava enroscado no chão, coberto de pó e sangue vermelhos. O incêndio dos olhos se apagara. Não tinha sinal algum de ferida mais grave, mas o choque o atordoara.

A voz do Sem-Medo se sobrepunha ao tumulto do vento, exultante:

— Ele *reaaaally* conseguiu! Hahaha! Atravessou a linha vermelha!

Ophélie correu para tirar as asas dos próprios pés e dos de Octavio e enfiá-las no bolso. Agora que a hostilidade era aberta, eles precisavam fugir. Os inimigos estavam escondidos em meio à tempestade, mas os notariam no primeiro tilintar.

Assim que passou o braço dele por cima dos ombros, um tiro soou. A detonação se espalhou em ecos pelo pátio esfumaçado, ressoando nas fachadas dos prédios. Ophélie não se sentiu ser atingida, mas as veias pulsavam em tal ritmo que não tinha mais certeza de nada.

— Quem atirou? — berrou o Sem-Medo. — Eu falei: nada de iniciativa!

Ele não estava mais rindo. As vozes dos homens protestaram, todos afirmando que não eram culpados. Ophélie não entendeu o que tinha acontecido, mas estava decidida a se aproveitar da distração. Arrastou Octavio, cegamente. Ainda tonto, ele não conseguia andar direito. Já ela não via além de três passos à frente. Estava perdida. Engolia areia a cada inspiração.

Um grito a paralisou: um urro de horror que nunca na vida ouvira.

A voz do Sem-Medo.

Ela explodiu pelo ar como uma bomba, eclipsando o vento e o pó. Ophélie e Octavio taparam os ouvidos. O pátio inteiro era só um grito longo e interminável.

Enfim, a voz se calou.

Octavio apontou para a névoa onde uma silhueta gigantesca se erguia. O tigre-dentes-de-sabre estava bem na frente deles: prostrado no chão, as orelhas esticadas para trás, os pelos arrepiados, os olhos arregalados como faróis.

Apavorado.

Ophélie tropeçou em um corpo deitado de costas. Levou alguns instantes para reconhecer o Sem-Medo. A pele de seu rosto estava deformada, como uma máscara de tragédia antiga. A boca urrava em silêncio. Os olhos saltados encaravam o vazio.

— Morto — sussurrou Octavio.

— Assassinado — corrigiu uma voz atrás deles.

O professor Wolf surgiu da tempestade, sobrenatural como um fantasma. Estava vestido inteiramente de preto, rígido como um cadáver sob o colar cervical, a barbicha emanando um cheiro forte de queimado. Um bacamarte velho, cujo cano parecia ter explodido, pendia da alça em seu ombro. Provavelmente era ele quem tinha atirado.

O professor estendeu para Ophélie a jaqueta que pegara no meio do caminho.

— Sigam-me — ordenou, rangendo os dentes. — Quem fez isso talvez ainda esteja por perto. Acreditem, vocês não querem encontrá-lo.

A DATAÇÃO

O professor Wolf os guiou através da neblina. Quando Ophélie o perdia de vista, seguia o guincho dos sapatos. Só podia confiar nos ouvidos. Não havia mais barulho nenhum, nem um pio sob o vento. O que tinha acontecido com os homens do Sem-Medo? Teriam fugido? Estariam mortos?
E o assassino? Estaria ainda ali, escondido no pátio?
Ela mordeu a manga para se impedir de tossir. O pó a sufocava, cegava, ensurdecia...
Esbarrou em Octavio quando ele parou bruscamente. O professor os levara até o muro de um prédio.
— Subam — resmungou. — Rápido.
Ophélie encontrou a escada de emergência que levava ao teto. Escalou um degrau depois do outro, escorregando no musgo, desestabilizada pelo vento. Quanto mais subia, menos denso ficava o pó. Quando chegou ao último degrau, estava sem fôlego, mas era possível respirar melhor. Ajudou Octavio a subir também; o sangue escorrendo do supercílio e do nariz melava metade do rosto.
O teto era um terraço imenso de lavanda ondulando sob o vento, como um mar. O professor Wolf atravessou as plantas com passos nervosos. As roupas, o cabelo e a barbicha pretos manchavam como tinta as cores dos arredores. Impedido de virar a cabeça pelo colar cervical, deu meia-volta para mandar Ophélie e Octavio se apressarem e confirmar que não estavam sendo seguidos.

Os telhados eram conectados uns aos outros por arcos de pedra. Ali crescia de tudo: alecrim, louro, limão, urtigas e trepadeiras. Visto do chão, o bairro era um mundo de pó; visto de cima, era uma selva labiríntica.

O professor subiu a escada que levava a uma estufa velha e mais alta. A porta estava tão enferrujada que precisou forçá-la com o ombro e distribuir xingamentos animistas até fechá-la; em seguida, usou o bacamarte para bloquear a entrada. A estufa estava repleta de ervas-daninhas e moscas. Lenços multicoloridos abarrotados substituíam vidros quebrados. O vento assobiava por todas as fissuras, mas era silencioso se comparado com o tumulto lá fora.

Ophélie se jogou na beira de um lago artificial seco. Ela massageou o couro cabeludo dolorido; os cachos tinham tomado um volume apocalíptico.

— Você quer dizer o que...

— Cale a boca — interrompeu o professor Wolf. — Estou tentando me concentrar.

Ele tinha grudado o olho em um telescópio para observar o pátio lá embaixo. Ophélie olhou pelo vidro sujo: só enxergava turbilhões vermelhos se inflando, ondulando, estourando e se reformando em uma dança sem fim. Era quase impossível acreditar que estavam presos lá poucos instantes antes.

Ela lavou os óculos na torneira. Viu ao redor um arsenal de armas velhas entre as plantas, assim como uma cama de armar, latas de conserva, louça e pilhas de livros.

O professor tinha transformado a estufa abandonada em um bunker.

Ophélie se preocupou com o silêncio de Octavio. Ele se jogara em um canto, no meio das samambaias, abraçando as pernas. Segurando os joelhos com força, tentava acalmar o tremor dos dedos, inchados por causa dos socos. A franja escondia o rosto como uma cortina.

Ela procurou um recipiente. Como no apartamento do professor Wolf, os objetos ali eram ariscos como caranguejos escondidos nas cavidades rochosas. Pegou de jeito um pote de flandre que tentava fugir para trás de um cacto. Encheu-o todo e, segurando com força, mergulhou um lenço para limpar o sangue de Octavio, que permitiu sem protestar; seu olhar encarava um ponto distante, evitando cuidadosamente encontrar o dela.

Todo seu orgulho parecia ter sido arrancado com a corrente de ouro.

— Obrigada — murmurou Ophélie. — Nunca esquecerei o que você fez por mim.

Octavio retorceu a boca em uma careta amarga.

— Não sou nem metade do herói que você sugere. Eu queria socá-lo desde o instante em que ele apareceu. *Really* queria. Até agora que morreu, continuo querendo. Porque ele me viu melhor do que meus próprios olhos. Se minha mãe soubesse o que fiz... Ela saberá — se corrigiu imediatamente, com um nojo profundo de si mesmo visível na expressão. — Vou contar pessoalmente.

Ophélie olhou para a água avermelhada do pote que continuava se debatendo na sua mão. Quantos segredos, quantos pensamentos escondera da própria mãe para não ser julgada? Ela tirou as asas que tinha guardado no bolso para devolvê-las.

— É verdade — disse ela. — Você é uma boa pessoa.

O professor Wolf se virou bruscamente, deixando o telescópio se fechar sozinho com um clique.

— A guarda familiar acabou de chegar. Alguém deve tê-la chamado. Vão fazer uma investigação e concluir, como de costume, um acidente trágico. Afinal, crime não existe em nossa linda cidade.

Octavio ergueu o olhar por cima das samambaias para observá-lo, ofendido. Franziu as sobrancelhas, fazendo a ferida voltar a sangrar.

— Você está esbarrando no antipatriotismo, professor. Não o denunciarei se vier testemunhar comigo e com a aprendiz Eulalie. Devemos relatar os fatos como eles se desenrolaram.

Na verdade, Ophélie não planejava fazer isso. Se testemunhasse, verificariam sua identidade e perguntariam mil coisas que preferia evitar.

O problema se resolveu quando o professor Wolf empunhou uma carabina da coleção e a apontou para os dois convidados.

— Vocês não vão a lugar nenhum — sibilou.

A arma era tão pré-histórica quanto o bacamarte que explodira em sua mão, mas isso não parecia preocupá-lo. A barbicha queimada o tornava mais temível.

— O que vocês estavam tramando na minha porta? Quem mandou vocês?

O rosto de Octavio passou de bronze a chumbo. Ele não tinha recuado frente ao Sem-Medo porque a violência era para ele uma noção abstrata. Desde então, entretanto, vivera a experiência com o próprio corpo.

Ophélie, por sua vez, nem via a carabina do professor. Ela só enxergava o medo no fundo do olhar dele. Um medo maior do que o que ela mesma sentira no pátio daquele prédio.

— Viemos por vontade própria — respondeu ela. — Precisamos de sua ajuda. E eu preciso de seu perdão — acrescentou, respirando fundo — por ter violado a ética dos leitores sob seu teto. O senhor tem o direito de me considerar como inimiga, mas a recíproca não é verdadeira.

A boca do professor Wolf tremeu. Apesar de não soltar a carabina, abaixou quase imperceptivelmente o cano.

— Por que precisam de minha ajuda?

— Só você entende o que está acontecendo de verdade. E consegue falar, pelo menos — especificou Ophélie, pensando em Mediuna. — O que matou Miss Silence e o Sem-Medo... você já o encontrou, certo?

Os olhos do professor, agitados como balas de pistola, se viraram de Ophélie para Octavio.

— Vocês dois... não fazem a menor ideia no que estão se envolvendo. Um bom conselho: parem de se meter. Na minha experiência, só trouxe problemas. Quanto menos souberem, melhor se sairão.

Octavio, que estava enroscado no canto até ali, se levantou devagar, espanou o uniforme e endireitou os ombros.

— Somos aprendizes de arautos. É nosso dever saber fazer e fazer saber.

O professor Wolf riu, sem soltar a carabina. Entretanto, sua atitude estava cada vez menos agressiva. Os músculos do rosto e dos braços relaxavam aos poucos, cedendo sob o peso de um fardo pesado demais.

Ophélie estimou que era hora de dividi-lo.

— Você já leu os livros de E. D.?

Ela sentiu o olhar ardente de Octavio, que se surpreendeu ao ouvi-la repetir a pergunta.

O professor Wolf levou uma mão ao colar cervical, como se Ophélie o sufocasse.

— Como... O que você sabe?

— Pouco e muito ao mesmo tempo. Se devo sentir medo, gostaria de pelo menos saber o porquê. Preciso saber a verdade. A sua verdade — concluiu, delicadamente.

Depois de uma hesitação interminável, o professor se sentou na cama de armar e deixou a carabina de lado. Pareceu exausto de repente.

— Minha verdade — resmungou ele, ainda acariciando o pescoço — é que sou um covarde. Sentem-se. Vamos conversar um pouco.

Assim que grunhiu essas palavras, duas cadeiras de jardim saíram dos arbustos de amora e avançaram na ponta dos pés. Eram tão ariscas que Ophélie precisou se sentar com força para impedir a cadeira dela de dar marcha a ré. Finalmente veria as peças do quebra-cabeça se juntarem.

O professor suspirou profundamente, contemplando as luvas pretas de leitor.

— Sou especialista nas guerras do velho mundo. Já era, antes da palavra entrar no Índex — se irritou ele ao ver Octavio franzir a testa. — Talvez eu não seja um virtuose como vocês serão um dia, mas fui um dos maiores especialistas em datação. O Memorial sempre me fascinou, devido ao passado de escola militar. Antigamente, eu tinha acesso ao Secretarium e podia ler as coleções originais. Vi minha disciplina ser cada vez mais desmerecida pelas leis e decretos. Os Lordes de LUX revogaram meu acesso de um dia para o outro. Armas, decorações, testemunhos, correspondências... — listou, contando os dedos da mão. — Todas as coleções relativas à guerra foram evacuadas do Memorial como lixo. Depois chegou a vez dos livros. Romances de espionagem, livros policiais, histórias de aventura sumiram das estantes. Um verdadeiro expurgo!

O professor Wolf olhou para os dois aprendizes à sua frente com raiva, como se fossem pessoalmente responsáveis pelo acontecido.

Ophélie o entendia, mas não podia dizer nada; tinha sentido a evacuação do museu de Anima como uma amputação.

Octavio, por sua vez, não fez comentário algum. Assim que se sentou na cadeira do jardim, cruzou os braços e as pernas e manteve a atitude fechada.

— O Memorial de hoje em dia nem se compara ao que eu percorria quando estudante — continuou o professor Wolf. — Ficou cada vez mais difícil encontrar recursos para minha pesquisa. Assisti, impotente, ao empobrecimento dos documentos, dos arquivos e da literatura histórica. Na verdade, pior ainda. Aquela maldita Acústica... Miss Silence... As orelhas dela me seguiam de perto. Assim que me ouvia folhear um exemplar, o mandava imediatamente ao departamento de censura. Ela vigiava todos meus gestos e minhas ações no Memorial, como o voo de um abutre ao redor da carniça. Do ponto de vista dela, se um especialista do meu tipo considerasse um livro interessante, o objeto necessariamente era subversivo. Eu a evitava o tempo todo, andando na ponta dos pés para não ser ouvido. Foi assim que acabei me escondendo no departamento infantojuvenil.

Uma borrasca mais forte do que as outras fez trepidar um vidro da estufa. O professor Wolf não precisou de mais nada para pular de pé, com a carabina no ombro. Os olhos arregalados sob sobrancelhas pretas e grossas lhe davam um ar enlouquecido.

Ophélie não conseguiu se impedir de observar as ervas daninhas ao redor deles. Certamente estava contaminada pela paranoia do homem, mas continuava se sentindo espionada.

Quando entendeu que era um alarme falso, o professor se sentou com força, fazendo ranger as molas enferrujadas da cama. Esfregou uma mão no rosto fundo de insônia, perturbado pela angústia.

— Eu... não me interessei imediatamente pelos livros de E. D. Como qualquer jovem babeliano que se respeite, uma ou duas vezes eu tinha subido as escadas proibidas às crianças de minha idade, querendo me aproximar dos contos guardados no alto. Mas corri para botá-los no lugar, pois os achei mortalmente entediantes.

Octavio assentiu, sem descruzar braços ou pernas. Pelo menos nesse ponto ele concordava com o professor Wolf.

Frente às reações concordantes, a curiosidade de Ophélie ficou mais aguda.

— O que mudou? — perguntou ela. — O que descobriu nesses livros que não sabia quando criança?

O professor fez uma careta como se tivesse engolido leite azedo.

— No começo, nada, em absoluto. Eram as mesmas historinhas obedientes, o mesmo estilo antiquado, a mesma língua empolada da minha memória. Todos os contos pareciam ter sido escritos com uma intenção: louvar o novo mundo. Como os 21 espíritos familiares se tornaram pais formidáveis para a humanidade! — declamou, revirando os olhos. — Como as arcas foram milagrosamente repovoadas por seus descendentes! Como os poderes familiares se propagaram maravilhosamente ao longo das gerações! Como surgiram os "mestres dos objetos", "mestres do espaço", "mestres da gravidade" e o resto da patota! Como a paz substituiu as guerras, enfim, blábláblá desse tipo. Nunca teria ido mais longe se não fosse... outra coisa.

Ele engoliu em seco. Concentrada no rosto dele, Ophélie estava tão na beira da cadeira do jardim que quase caiu para a frente.

— Apesar das histórias de E. D. não valerem nada — continuou o professor Wolf, com a voz prudente —, os livros me intrigaram como objetos. Saiba que não se tratam de reedições: são todos exemplares da época, que achei surpreendentemente bem conservados. Até demais, na verdade. Sou especialista em datação — lembrou, com um sorriso sarcástico. — Eu estava convencido de que o memorialista que os catalogou tinha cometido um erro enorme. Aqueles contos não podiam ter sido impressos só um século depois do Rasgo, eram necessariamente mais recentes! Minha consciência profissional me mandou propor meus serviços de *leitor* ao Memorial, para que a coleção pudesse ser analisada devidamente. Não — murmurou o professor, mais para si mesmo do que para Ophélie e Octavio, que não parecia nem ver.

— Não foi minha consciência. Foi minha arrogância. Eu queria que se arrependessem de como me julgaram.

Ele gargalhou com tristeza.

— Não só ouvi uma recusa categórica — continuou —, como ainda atraí a atenção de Miss Silence para os livros de E. D.

Ophélie prendeu a respiração. O quebra-cabeça finalmente começara a se formar diante de seus olhos. Era por isso que Miss Silence tentara destruir a coleção inteira: por causa do interesse do professor Wolf!

— O que você fez, então? — perguntou ela.

— A coisa mais idiota da minha vida toda. Roubei um livro.

Octavio não falou nada, mas seus olhos se acenderam como brasas. Em Babel, o roubo era um crime extremamente grave.

Ophélie não compartilhava da desaprovação.

— Você ainda tem o livro? É *A era dos milagres*, né? Posso vê-lo?

— Não.

A resposta do professor foi brusca como um tapa.

— Não?

— Não, não pode ver. Não, não é *A era dos milagres*. Não, não tenho mais o livro. Se quiser ouvir "minha verdade" — insistiu, impaciente —, vai precisar fechar a boca, minha jovem.

Ophélie se calou e conteve as perguntas.

— Roubei um livro — continuou o professor Wolf. — Escolhi correndo um exemplar na coleção de E. D., o escondi debaixo do casaco e fugi, evitando as orelhas de Miss Silence. Assim que cheguei em casa, fiquei horrorizado pelo que tinha feito — murmurou, desviando o olhar. — Nunca me senti culpado por pronunciar palavras postas no Índex ou por colecionar objetos proibidos, mas roubar... Eu estava dando razão para todos os memorialistas que me consideravam indigno do título de professor. Pensei em mandar uma mensagem a Sir Henry para me entregar com honra, explicar minhas motivações e denunciar Miss Silence. Ele não é um Lorde conhecido pelo sentimentalismo, mas sempre se opôs à destruição de livros.

Ophélie engoliu saliva, com dificuldade. Sempre que ouvia falar de Thorn, se sentia esmagada.

O professor abriu um sorriso cruel, revelando os dentes de baixo.

— Não fiz nada disso. Não entrei em contato com Sir Henry. Não denunciei ninguém. Em vez disso, *li* o livro com as mãos.

O silêncio foi tão brutal que Ophélie e Octavio acabaram se entreolhando. Ele estava lívido. As costeletas pretas pingavam de suor. Quanto mais se aproximava do desfecho da história, mais os músculos do maxilar se tensionavam. O tremor se propagava pelo corpo inteiro, até o colar cervical e as molas da cama.

— *And?* — insistiu Octavio. — O livro que você... pegou era tão recente quanto pensava? Estava certo?

As perguntas impulsionaram o professor Wolf a responder.

— Não, meu jovem. Eu estava errado. Muito mais errado do que podia imaginar. Os livros de E. D. são muito mais antigos.

O professor enfiou uma mão embaixo do colchão da cama de armar. Tirou de lá um maço de cigarros certamente comprado no mercado clandestino. Foi ao ver a chama do isqueiro acender a penumbra que Ophélie notou que o crepúsculo descera sobre todos os vidros da estufa. O ar estava completamente silencioso: nem um sopro de vento, nem um estridor de inseto.

— Os livros de E. D. não foram escritos depois do Rasgo — declarou o professor Wolf, numa nuvem de tabaco. — Foram escritos antes.

Ophélie sentiu um calafrio percorrer suas costas como uma corrente elétrica.

— Impossível — suspirou Octavio.

O cigarro do professor Wolf crepitou. A voz dele tomou a mesma consistência fantasmagórica da fumaça que expirava.

— Foi o que pensei. Cortei um pedaço de página para apresentá-lo a um colega. Não dei indicação alguma da origem da amostra. Ele confirmou minha análise. A própria composição do papel não se parece em nada com o que conhecemos, a longevidade desafia a imaginação. Em outras palavras — articulou o professor Wolf —, os contos de E. D. nunca descreveram o novo mundo. Eles o anteciparam.

Ophélie foi tomada por uma vertigem brutal, como se descobrisse de repente que a cadeira estava suspensa no vazio. A última vez que sentira isso fora ao *ler* o Livro de Farouk.

— O Rasgo, as arcas, as famílias, o mundo que conhecemos hoje... — listou o professor Wolf. — Foi tudo planejado. E E. D. sabia disso.

— Impossível — repetiu Octavio.

Seus olhos brilhavam como pupilas de animais através da noite. Estava cada vez mais escuro na estufa. As silhuetas das plantas mal se destacavam do fundo azulado do vidro.

A brasa minúscula do cigarro sumiu quando o professor Wolf pisou nela. Suas palavras foram categóricas:

— Os livros de E. D. são perigosos. Minha vida virou de cabeça para baixo por causa deles. Literalmente. De cima da escada.

— Quem? — insistiu Ophélie. — Quem te empurrou?

A respiração do professor se acelerou na escuridão.

— Ele não me empurrou. Não precisou fazê-lo. Ele simplesmente surgiu na minha frente... surgiu do nada. Não precisou me tocar, nem falar. Só sua presença...

Ele se calou. Não precisou falar. O pavor era sentido na voz.

— Quer saber o que é mais irônico? Nem lembro qual é a cara dele. Eu me lembro de subir a escada. Ele estava esperando no alto. Depois... não sei... foi como cair em um pesadelo... não... no próprio material do pesadelo. Sem imagem, sem som. Só um buraco absurdo. O vazio em todo seu horror.

O professor Wolf inspirou devagar e profundamente para acalmar a respiração afobada.

— Foi a proprietária que me encontrou ao pé da escada no dia seguinte — continuou. — Quebrado em corpo e alma. Mais tarde me dei conta de que o livro que roubei não estava mais comigo. Soube depois que tinha sido posto de volta no lugar, no Memorial. Ninguém por lá parecia ter notado nada. Em Babel, só se vê o que se quer ver.

O professor se levantou, fazendo as molas rangerem.

— Pronto, é "minha verdade" — falou, desiludido. — Não tenho mais nada a contar que não seja ainda mais deprimente. Quando soube das novas agressões no Memorial, fugi do apartamento e me tranquei aqui como um covarde. Estava com medo, com um medo visceral de que ele voltasse e me visitasse. Não entendo nem quem ele é nem o que quer. Só estou certo de uma coisa — cuspiu, entre os dentes. — Vocês o atraíram até aqui.

As palavras do sonho atingiram Ophélie como um soco. *Se procurar E. D., o outro vai encontrá-la.*

— Eu sei o que ele quer — sussurrou ela. — Miss Silence jogou todos os contos de E. D. no incinerador e foi certamente por isso que ela foi... hm... apavorada. Todos os contos — falou mais alto para interromper Octavio e o professor Wolf, que já entreabriam a boca —, com uma exceção: *A era dos milagres*. O livro escapou da destruição e sumiu de circulação. Se seu visitante misterioso estiver protegendo a obra de E. D., como suponho, é isso que ele procura. Talvez Mediuna e o Sem-Medo tenham entrado no caminho dele sem nem saber?

A pergunta dela ficou suspensa no ar. O silêncio entre os três se tornou tão denso quanto a noite que caíra de vez. Os olhos arregalados de Octavio eram a única fonte de luz na estufa.

A sombra do professor Wolf acabou se movendo. Ophélie se sobressaltou quando ele jogou no seu colo uma cesta de onde saía um cheiro forte de figo.

— Comam e durmam enquanto eu fico na guarda. Não vai ter bondalado essa hora para o conservatório. Não se aproximem da cama de jeito nenhum — murmurou, se afastando. — Se alguém além de mim se deitar, ela se fecha que nem uma ostra.

A CONVOCAÇÃO

Ophélie passou a noite admirando as estrelas através do vidro sujo. Às vezes uma luz se acendia dentro da estufa, quando o professor Wolf tragava o cigarro, a cara colada na luneta. As revelações tinham sido um pouco decepcionantes. Era aterrorizante pensar que o Rasgo e a fundação das famílias tinham sido planejados com antecedência. No entanto, Ophélie continuava sem saber quem era E. D., onde estava *A era dos milagres* e se era a obra que Thorn buscava. Não sabia ainda quem era o assassino que apavorara tanta gente a seu redor.

Mais uma vez, tinha mais perguntas do que respostas.

Ophélie estava pegando no sono entre as samambaias quando Octavio a sacudiu e apontou para o céu; tinha começado a amanhecer. Eles se limparam, um de cada vez, no banheiro de cheiro esquisito. Os uniformes iriam precisar passar pela lavanderia.

O professor Wolf apagou o último cigarro sem falar nada. Ele pôs a jaqueta preta, tirou o bacamarte que travava a porta da estufa e os guiou através dos tetos até chegar à escada de emergência pela qual tinham subido.

— Nos separamos aqui — declarou ele. — Podem ir, eu fico.

Ele apertou a mão que Octavio ofereceu com a ponta dos dedos, o viu descer e segurou o ombro de Ophélie.

— Você confia nele?

— Confio.

A resposta espontânea a surpreendeu. Dois dias antes, ela o considerava um inimigo.

Os dedos do professor apertaram seu ombro com mais força, fazendo a luva guinchar.

— Ele continua sendo um Filho de Pólux. Vai contar toda nossa conversa de ontem para as autoridades. Se fosse você, não me apoiaria em gente que manipula a memória coletiva, especialmente agora que sabe o que eu sei.

Ophélie assentiu.

— Tenho um pedido — continuou. — Você me deve uma, minha jovem.

Ela assentiu de novo.

— Conhece um assistente do Memorial chamado Blasius?

Assentiu mais uma vez, agora mais hesitante. Sabia que tinha uma dívida a pagar, mas se precisasse comprometer um amigo, a história era outra. No entanto, o professor Wolf pareceu tão constrangido quanto ela. Acariciou os restos chamuscados da barbicha, franzindo a boca como se quisesse mastigar as palavras antes de dizê-las.

— Você pode... pedir para ele tomar cuidado?

Ophélie o olhou por cima dos óculos e a constatação a atingiu: o homem na vida de Blasius era o homem ali na sua frente.

— Ele sabe? — murmurou ela. — Blasius sabe o que realmente aconteceu com você?

O professor franziu a testa. Com o cabelo despenteado, a barba por fazer e a expressão agressiva, parecia mais um animal selvagem do que um cientista respeitável.

— Não — grunhiu. — Se ele souber, vai querer me ajudar e, se tentar me ajudar, vai se meter em confusão. Acredite, ele já é azarado por si só. Posso contar com você? Peça para ele se cuidar, mas não fale de mim.

Ophélie segurou a escada de emergência e pisou no primeiro degrau com cuidado.

— Acho que Blasius preferiria ouvir essas palavras de você.
Ela desceu a escada em recorde de lentidão. Equilibrar os movimentos à direita e à esquerda em vários degraus era absurdamente difícil. Quando chegou ao pátio velho do prédio, teve uma sensação curiosa. Ontem mesmo era um apocalipse de pó. Hoje, a aurora era límpida como um lago. O ar e o tempo estavam imóveis, como se nada tivesse acontecido.

Ophélie encontrou Octavio no meio do pátio, observando o chão. Não seria capaz de dizer onde estivera o cadáver do Sem--Medo, mas não havia mais rastro algum. A guarda de Pólux tinha limpado tudo. Ela pensou de repente no filho do Sem-Medo. Será que o informariam da morte do pai? Será que lhe restava alguma família?

— Vamos — declarou Octavio. — Não há mais nada aqui.

Eles andaram até o cais, subiram na primeira gôndola disponível no mar de nuvens e, chegando ao centro da cidade, pediram para um ta-chi levá-los à estação de bondalado. O sol mal tinha nascido quando o bonde decolou, mas os bancos já estavam lotados de passageiros.

Sentada ao lado dele, Ophélie observou Octavio pelo rabo do olho. A franja cobria metade de seu rosto, escondendo na sombra as feridas do supercílio e do nariz. O único olho visível estava inchado sob a pálpebra pesada da exaustão. Ele estava de braços cruzados, na defensiva, esfregando a insígnia de aprendiz de virtuose na manga com o polegar. Ophélie sentiu que algo nele tinha mudado.

— O que você vai fazer? — sussurrou ela.

Octavio ficou muito tempo encostado na janela do vagão, o olhar perdido no vazio, antes de cochichar entre dentes:

— *Well*... Bati num homem, assisti a um assassinato e testemunhei mais coisas proibidas em um dia do que no resto da vida. Contarei a verdade à minha mãe depois da aula. Ela saberá tomar a decisão mais justa. O que acha?

Ele fez a pergunta e se virou para Ophélie, com um olhar questionador. Ela entendeu então o que tinha mudado. O Visionário sempre vira o mundo com ar dominador, certo do lugar que ocupava e do papel que cumpria. Agora ele simplesmente tinha dúvidas.

— Acho — respondeu ela, depois de refletir — que você mesmo deve decidir o que é mais justo.

Octavio a encarou com intensidade repentina.

— Estou começando a pensar que eu talvez ame você.

Ophélie tirou os óculos para impedi-los de ficarem vermelhos. Ela se sentia imunda e fedida e aquela declaração era a que menos esperava!

— Octavio...

— Nem comece um discurso — interrompeu ele, tranquilo.

— Mesmo que estivesse interessada, nada aconteceria entre nós, nem só por causa das regras. Nossas vidas já são complicadas demais. Além disso — acrescentou ele, com um toque de ironia —, você é muito confusa para mim.

Quando Ophélie botou os óculos de volta, o perfil de Octavio voltou à nitidez; a pele e o cabelo escuros se destacavam na claridade da janela. Ele olhava para a frente, já concentrado no futuro. Ela se surpreendeu então ao admirá-lo. Eram quase do mesmo tamanho, mas ele parecia muito maior, porque tinha a coragem de assumir os pensamentos, os sentimentos e as transgressões.

Confusa demais, né?, pensou Ophélie, se encostando no banco. Era merecido.

Eles pousaram finalmente na estação da Boa Família. Assim que chegaram na entrada principal do conservatório, os alto-falantes dos vigias soaram em uníssono:

— Aprendiz Eulalie, aprendiz Octavio, vocês foram convocados urgentemente ao escritório de Lady Hélène.

Os dois se entreolharam, tensos. Dormir fora era uma transgressão que levava à punição, mas a diretora só faria aprendizes perderem aula em caso de força maior.

Atravessaram o labirinto de jardins e passeios, seu silêncio destacado pelas cigarras que paravam de cantar bruscamente quando passavam. Quando ladearam o anfiteatro dos Afilhados de Hélène, viram através das janelas compridas uma multidão de gente de olho neles. Uma convocação era mesmo mais emocionante do que as aulas radiofônicas de segunda-feira e talvez representasse menos concorrentes para a colação de grau.

Ophélie prendeu a respiração ao encontrar um zepelim amarrado bem na frente do prédio da secretaria. Um sol dourado enorme com cara humana estava pintado no dirigível branco.

— Chegaram antes de nós — comentou Octavio.

Depois de uma série de colunas e escadas, chegaram ao escritório da direção. Como sempre, reinava uma escuridão à qual Ophélie levou um instante para se acostumar. A silhueta elefantina de Hélène erguia-se no trono atrás da mesa de mármore; excepcionalmente, todos os braços articulados estavam parados. Havia mais três pessoas na sala: um guarda familiar segurando o capacete debaixo do braço, um fotógrafo de orelhas de abano e Lady Septima. Esta última nem piscou ao ver o rosto ferido do filho.

— O conhecimento serve à paz — cumprimentaram Octavio e Ophélie, batendo continência.

— O conhecimento serve à paz — respondeu o guarda.

A barba lembrava uma onda jogada ao céu. Cada pelo brilhava como prata no fundo castanho da pele. Pelo nariz leonino que aspirava o ar com força, era um Olfativo.

— Adianto minhas desculpas ao filho de Lady Septima pelo desconforto ocasionado por esta convocação. Estou ciente da proximidade da cerimônia de colação de grau e o senhor certamente não precisa ter suas aulas interrompidas.

Claro, pensou Ophélie. *Eu nada importo*. Pelo menos estava dito.

— Aqui, Octavio não é meu filho, mas um aprendiz como qualquer outro — garantiu Lady Septima, indiferente. — Assim como não sou sua mãe, mas a representante oficial de Sir Pólux. Por favor, interroguem-no como o dever exige.

O guarda assentiu e, sem maiores cerimônias, deixou um objeto cair no mármore da mesa.

— Aprendiz Octavio, isto pertence ao senhor?

Era a corrente de ouro arrancada pelo Sem-Medo. Ophélie sentiu um nó no estômago ao notar que um pedacinho de carne continuava preso a uma das pontas.

— Sim, pertence, *sir* — confirmou ele.

— Nós a encontramos ontem, no pátio de um prédio em um bairro de sem-poderes, próxima ao cadáver de um agitador que nosso serviço procurava há anos. Foi este o homem que fez isso? — perguntou o guarda, apontando para os machucados de Octavio.

— Foi ele, *sir*, mas não sou responsável por sua morte.

O guarda abriu um sorriso bondoso que esticou o bigode prateado para os dois lados.

— Ninguém é responsável. Não se preocupe, *my lord*, a causa da morte não será questionada.

Para Ophélie, nada mais era preciso. Ela se lembrou dos olhos saltados, da boca escancarada, do corpo em convulsão. Em Babel, só se via o que se queria ver. O professor Wolf estava certo.

Ela observou o corpo gigantesco de Hélène do outro lado da mesa, imóvel na cadeira, os compridos dedos aracnídeos apoiados uns nos outros. O sistema ótico estava direcionado aos hóspedes como binóculos de teatro, mas ela não parecia disposta a sair do papel de espectadora.

— O que queremos estabelecer — continuou o guarda — é se o Sem-Medo-Nem-Muita-Culpa de fato foi culpado de violência. É triste dizer, mas esse arruaceiro tinha uma certa popularidade, mesmo que relativa, entre os elementos mais fracos e influenciáveis de nossa cidade. Nós nos recusamos a permitir que essa morte o transforme em figura heroica — criticou, inflando as narinas indignadas.

Um brilho vivo atravessou a escuridão do escritório. O fotógrafo de orelhas de abano tirou uma foto de Octavio. Ophélie não duvidou nem por um segundo de que o Diário oficial do dia seguinte publicaria uma imagem ampliada das feridas.

— É só isso — disse o guarda, vestindo o capacete dourado.

— Agradeço a cooperação.

— Eu também fui culpado de violência.

A declaração de Octavio congelou o tempo no escritório. As pálpebras impassíveis de Lady Septima deixaram filtrar uma faísca. O fotógrafo interrompeu o gesto de guardar material. Hélène continuou imóvel como uma montanha.

O próprio Octavio se escondeu sob uma fachada de calma. Levemente afastada, Ophélie viu que ele apertava uma mão na outra atrás das costas para se impedir de tremer. Quase cedeu ao impulso de contar tudo, mas ele a dissuadiu com um olhar. Precisava lutar aquele combate sozinho.

— Vocês devem ter encontrado contusões no corpo — insistiu. — São marcas dos golpes que eu infligi.

Após certa hesitação, o guarda familiar olhou para Lady Septima e enrolou o bigode com o dedo.

— É uma pena, *indeed*. Entretanto, não considero este detalhe suficientemente pertinente para inclui-lo no relatório. Desejo aos senhores um excelente dia.

O guarda e o fotógrafo se curvaram e saíram do escritório. Octavio olhou para a porta fechada com uma expressão que Ophélie nunca vira nele. Nada do que tinha vivido nas últimas 24 horas o chocara tanto.

— Detalhe? — repetiu. — Mãe, não entendi, não devo responder também por minhas...

Lady Septima o interrompeu com um olhar.

— Aqui, não sou sua mãe, aprendiz Octavio. Não cabe a você julgar as decisões dos representantes da ordem. Aprendiz Eulalie, foi sua a iniciativa de visitar o bairro dos sem-poderes?

Sua voz era tão corrosiva quanto os olhos. Ophélie teve certeza, naquele instante, de que Lady Septima a odiava. Ela era a estrangeira que desviara seu filhinho perfeito do caminho correto. O problema agora era pessoal.

— Sim.

— Você incitou o aprendiz Octavio a se juntar?

— Sim.

— Provocou deliberadamente um encontro com o Sem-Medo-
-Nem-Muita-Culpa?
— Não.
— Pode afirmar que a probabilidade de encontrá-lo lá não
era nula?
Ophélie contraiu o maxilar. A forma como Lady Septima
orientava as perguntas era horrível. Hélène seguia o interrogatório em silêncio, como se não tivesse nada a dizer. O caso
não era da jurisdição dela, em vez da de uma representante de
Pólux? Seria esse espírito familiar tão manipulável quanto o
irmão gêmeo?
— Não posso afirmar, mas não sabia...
— Está ciente da proximidade da colação de grau? — continuou Lady Septima, sem lhe dar tempo para explicar.
— Sim.
— Está ciente de que penalizou o aprendizado de seu colega
além de pôr sua vida em risco?
— S-sim.
Ophélie não conseguiu conter a voz. Cada palavra da mulher lhe injetava um pouco mais de culpa.
— Peço permissão para apresentar minha versão dos fatos —
interveio Octavio. — Acompanhei a aprendiz Eulalie por vontade própria. Empreendemos uma investigação conjunta como
arautos. O que descobrimos é a prioridade de discussão aqui. Se
nos permitirem uma chance para explicar...
— Seu testemunho já foi ouvido — sibilou Lady Septima,
sem dar margem para contestação. — Aprendiz Octavio, ordeno
que se junte à sua divisão imediatamente. Passe antes somente na
enfermaria e no vestiário. Sua imagem fere deploravelmente a
do estabelecimento.
O olhar do filho sustentou o da mãe por muito tempo, como
fogos contrários. Ophélie viu a chama de Octavio se apagar aos
poucos. Nem quando a corrente tinha sido arrancada ele manifestara tanto sofrimento. De todas as ilusões, perdera ali a mais
preciosa.

Ele bateu a porta ao sair. A boca de ogro de Hélène se contorceu por causa do barulho.

— *My lady* — retomou Lady Septima, dando meia-volta. — Visto que se trata de uma de suas Afilhadas, é sua a decisão de castigo. Permita, entretanto, que eu recomende a expulsão imediata.

— Eu me recuso!

As palavras transbordaram de Ophélie junto com a raiva. Pela primeira vez, se tornou plenamente consciente das garras que prolongavam todas as suas ramificações nervosas. Um instinto primal a ensinou como ferir Lady Septima de forma tão dolorosa quanto ela ferira Octavio.

Bastava unir seus sistemas nervosos.

Bastava pensar.

Ophélie desviou o olhar e respirou fundo. No segundo seguinte, lamentou a tentação que a atravessara.

— Eu me recuso — repetiu, mais controlada. — Eu me recuso a ser expulsa sem poder comunicar o que tenho a dizer.

— Estou ouvindo.

A voz de Hélène soava com tom mineral, como se o interior de seu corpo fosse feito do mesmo mármore da mesa. Era a primeira vez que se manifestava desde o início da conversa. Em duas palavras, firmou sua presença na sala.

Ophélie concentrou sua atenção no aparelho ótico direcionado a ela. Precisava abstrair Lady Septima: se essa mulher queria tanto se livrar dela dias antes da colação de grau, era porque temia vê-la como aspirante e, portanto, acreditava em seu potencial. Tinha decepcionado Thorn em todo o resto, então devia a ele lutar por isso.

— Sou grata pela oportunidade que me foi dada ao integrar a Boa Família. Recebi aqui uma formação de qualidade que me permitiu não só apurar meu poder familiar, como também ampliar meu conhecimento. Eu me esforcei para pagar a contrapartida honestamente, investindo nos grupos de leitura. Da mesma forma, me esforcei para me mostrar digna da confiança que me foi dada ao tomar a posição de Mediuna no Secretarium.

Ophélie pigarreou e empertigou a coluna para liberar o diafragma. Não deixaria sua voz falha dominá-la. Hoje, mais do que nunca, era hora de se fazer ouvir.

— Se aprendi uma coisa aqui, é que um arauto não espera que a informação venha: deve ir atrás dela. Foi o que fiz. Descobri que edições únicas foram incineradas no Memorial e investiguei o motivo. O aprendiz Octavio me auxiliou. Supusemos que o professor Wolf seria capaz de esclarecer alguns elementos da pesquisa, mas não o encontramos em casa. Foi nestas circunstâncias que involuntariamente encontramos o Sem-Medo-Nem--Muita-Culpa.

Todos os fatos que Ophélie anunciara eram estritamente verdadeiros, mas tinha omitido os mais importantes. Ela não confiava o suficiente em Lady Septima para se aventurar a revelar mais. Entretanto, a julgar pelo leve sobressalto das pálpebras, sua surpresa era sincera.

Com lentidão paquidérmica, Hélène virou a cadeira.

— É verdade? Livros foram jogados no fogo? Não seria contra a própria vocação do Memorial?

— Eu não estava ciente — admitiu Lady Septima a contragosto. — Isso não desculpa em nada sua iniciativa, aprendiz Eulalie. Deveria ter vindo falar comigo.

Ophélie deu um passo à frente unicamente para tilintar as asas no tornozelo.

— Não tínhamos todos os elementos à disposição. Queríamos chegar à origem. Como a senhora nos ensinou, professora.

Foi uma enorme satisfação poder virar o próprio ensinamento de Lady Septima contra ela. Ophélie a achou menos brilhante de repente, apesar do belo ouro no uniforme.

Hélène descruzou os dedos intermináveis, pegou uma caneta e rabiscou um bilhete.

— A aprendiz Eulalie não será expulsa. Terá o direito de se apresentar à colação de grau assim como todos os aprendizes e, como eles, sua candidatura ao posto de aspirante a virtuose será admitida. Entretanto — acrescentou quando Ophélie começou a agradecer —, o orgulho e a falta de discernimento manifestados nesta situação vão contra o que espero de meus arautos. Por este motivo, a aprendiz Eulalie será posta em solitária até o dia da cerimônia. Ela não continuará o curso no conservatório, não terá a possibilidade de se comunicar com ninguém e seus desvios de conduta serão registrados. Aproveite esse tempo para refletir, aprendiz — concluiu Hélène, com sua voz sepulcral. — A solitária é ideal para isso.

Ophélie não ouviu mais nada. O sangue pulsava nos ouvidos como um cesto de máquina de lavar. A única realidade da qual estava cruelmente consciente era o sorriso triunfal de Lady Septima.

O ENTREMEIO

Por mais que Ophélie nunca tivesse visto a solitária, conhecia sua reputação. Era o cômodo mais temido do conservatório, destinado aos insubordinados mais cabeça-duras. Diziam que uma hora ali dentro passava como um dia inteiro e que tempo demais enlouqueceria qualquer um. Ela duvidara da existência desse lugar, mas não podia mais negá-la enquanto Elizabeth a conduzia ao finzinho do jardim, onde a selva era uma rede inextricável de cipós. Chegaram a uma estátua de uma mulher com cabeça de elefante sentada de pernas cruzadas. Era tão monumental que árvores se aninhavam em suas reentrâncias, espalhando na pedra raízes tortuosas. Elizabeth subiu a escada do pedestal e espalhou o mato com a ponta do pé. Assim, revelou um tampão redondo no chão.

— Abra, aprendiz Eulalie. É a tradição.

Ophélie girou a maçaneta várias vezes. Devia ser forjada de uma liga alquimista inoxidável porque, apesar da aparência antiga, não resistiu em nada. Entretanto, foi mais difícil levantar a tampa: era da espessura de um corpo! Os óculos empalideceram quando ela descobriu o poço escuro enfiado por vários metros na pedra do pedestal.

— Preciso mesmo descer. — Era uma constatação, não uma pergunta. Ophélie sabia que não tinha escolha. Contestar a sentença de um espírito familiar era contra a lei.

Com um gesto relaxado, Elizabeth largou a cesta de frutas secas que levara. O vime fez um som estranho ao atingir o fundo do poço.

— Lá embaixo terá água e luz em quantidade suficiente. É o que me disseram, pelo menos. Nunca estive na solitária. Virei buscá-la no final da semana, para a cerimônia. Tenha cuidado e distribua bem a comida, porque ninguém trará mais.

Ophélie esperou que ela dissesse que estava brincando, como de costume, mas, desta vez, não era piada. A ideia de ficar sozinha no fundo do poço por dias e noites a fio lhe inspirou uma crise violenta de claustrofobia.

— Pode... você pode explicar a situação a Sir Henry?

— Não se preocupe, aprendiz. Ele vai substituí-la, como substituiu Mediuna.

Ophélie se esforçou para não mostrar o quanto doía ouvir essas palavras.

— Acredita que ainda tenho alguma chance de me tornar aspirante de arauta, como você?

— Não, não acredito.

Mesmo acostumada com a neutralidade implacável de Elizabeth, Ophélie gostaria que a deixasse de lado. Quando desceu pela escada do poço, a outra jovem se curvou para a frente e afastou o cabelo grudado no rosto.

— Mas acredito em Lady Hélène. Você deve fazer o mesmo.

Com esta recomendação, Elizabeth fechou o poço. Suas sardas foram a última imagem que Ophélie viu do mundo exterior e sua voz foi o último som – os cantos de pássaros, macacos e insetos deram lugar a um silêncio duro. Ela sentiu o coração bater na garganta, controlado violentamente por angústia.

Não queria ficar sozinha ali.

Lutou contra o impulso de socar o tampão e implorar para Elizabeth abri-lo. Inspirou fundo e lentamente. O ar não era cheiroso, mas era limpo. Soltou os dedos da escada e, um passo após o outro, desceu.

Algumas lâmpadas de Heliópolis iluminavam com frieza o fundo do poço. A solitária era equipada com as comodidades básicas: um vaso sanitário, um chuveiro sem box, uma pia, uma caixa de primeiros socorros, um colchão e espelhos. Muitos espelhos. As paredes eram todas espelhos. O teto era um espelho. Até o chão era um espelho. Quando Ophélie pegou a cesta de frutas secas jogada por Elizabeth, seu movimento se multiplicou ao infinito. Ela se via de frente e de costas ao mesmo tempo, reflexos desaparecendo em repetições sem fim. Não se sentia em um espaço limitado, mas no meio de um túnel de mil direções ocupado por milhares de outras Ophélies, sem poder fugir.

Não havia telefone ou periscópio, nem nada para se distrair. Nada para ler, para escrever, para ocupar o vazio e o silêncio. Só ela. Uma infinidade dela.

Ideal para refletir.

Ophélie se sentou em um canto, abraçou as pernas e enfiou o rosto nos braços. O tempo escorreu como cola. Ela não tinha noção alguma de hora, pois não havia relógio na solitária, mas, quanto mais ficava prostrada, mas se sentia atordoada. Depois de duas noites em claro seguidas, precisava dormir, mas não conseguia. Sempre que chegava ao ponto de adormecer, o corpo se sobressaltava como um choque elétrico. Não ousava sair do canto, assediada pelo olhar dos inúmeros reflexos. Não era confortável, mas o fedor do colchão a repelia.

Quando Elizabeth tinha fechado o poço? Hoje? Ontem? Era noite lá fora? Se Ophélie pudesse pelo menos ouvir o gongo... Os únicos barulhos ali eram os que emanavam organicamente da tubulação e da sua barriga.

Roendo uma a uma as costuras das luvas, ela começou a pensar em tudo: Deus, o Outro, E. D., LUX, o Rasgo, esse desconhecido misterioso que deixava rastros de terror por onde passava.

Por mais que tentasse organizar os pensamentos, os espelhos da solitária a desconcentravam. Era uma passa-espelhos. Deveria se sentir em casa ali, mas estava presa em angústia. A última vez que tinha tentado usar o poder fora deprimente. Tinha medo de confrontar o reflexo e sabia que esse simples fato impossibilitaria qualquer passagem.

Porque Octavio estava certo. Ela se tornara muito confusa. Aonde iria, de qualquer forma? Até onde sabia, não havia mais espelho nenhum na arca da Boa Família. O lugar mais próximo no qual já se refletira fora o banheiro do Memorial e ela não era capaz de atravessar tamanha distância.

Ophélie se enroscou ainda mais. A verdadeira pergunta não era "aonde ir?", mas "por que ir?". Thorn não a esperava. Ele tinha interrompido a colaboração. Ela queria entregar de bandeja o livro que ele procurava, mas apesar de tudo que acontecera, apesar de tudo que aprendera, não tinha avançado. Ao contrário, tinha comprometido suas chances de se tornar aspirante.

Tinha fracassado em ajudar Thorn. De novo.

Esgotada, Ophélie se deixou cair no chão. Deitada no enorme vidro espelhado, viu seus múltiplos reflexos no teto como corpos celestes estranhos. Então, não viu mais nada. Seus pensamentos se diluíram, o sono a absorveu e ela se sentiu escorregar.

Quando Ophélie acordou, estava suspensa em uma névoa onde via imagens estouradas, cores flutuantes, sons disformes, como se à deriva sob a superfície de um lago. Não sentia medo ou surpresa. Na verdade, raramente se sentira tão calma. Tinha a impressão de deslizar pela rede elástica do espaço e do tempo. Conhecia esse lugar, ínfimo e infinito, por tê-lo atravessado centenas de vezes sem nunca parar. O chão da solitária a engolira durante o sono e ela não tinha saído. Não estava em lugar nenhum. Estava em todo lugar.

Estava no interstício entre espelhos.

— O que você veio fazer em Babel?

A voz de Thorn vibrou em Ophélie como um diapasão. Ele não estava fisicamente presente ali, no entremeio, mas a pergunta era muito concreta. Era a primeira frase que ele lhe dirigira na noite em que se reencontraram. O eco do passado voltava, implacável com o retorno do pêndulo.

Por que Thorn lhe perguntara isso? Não era óbvio que ele era o único motivo?

Assim que esse pensamento se formou, ela entendeu o motivo da passagem ao entremeio. Aquele espaço refletia seu estado interno. Nem criança, nem adulta, nem menina, nem mulher, tinha ficado presa na transição da vida. Esperava de Thorn palavras e gestos que nunca dirigira a ele. Ela nunca dissera "nós". Nunca se aproximara. Nunca se expusera.

A verdade, a única verdade, é que tinha sido covarde.

Essa consciência a perfurou em cheio. Parecia que a superfície inteira de seu ser rachava aos poucos, como a casca de um ovo. Doeu, mas Ophélie sabia que era uma dor necessária. O sofrimento explodiu quando sua identidade antiga se despedaçou em estilhaços.

Ela se sentiu morrer. Finalmente poderia viver.

Quando era pequena, um dia Ophélie brincou de correr de costas no jardim para ver o mundo andar de trás para a frente. Ela acabou tropeçando em uma bola e se sentiu ser jogada para trás, sem distinguir uma ponta da outra.

Foi exatamente o sentimento de sair do entremeio.

Caiu pelo ar com uma sensação surreal. Suas costas se chocaram contra o chão. Seus pulmões se esvaziaram com o baque. Por longos segundos, não respirou. Atordoada, encarou através dos óculos os meandros de teia de aranha brilhando acima dela. Um brilho claro como a luz da lua emanava de um orifício no meio do teto abobadado.

Ophélie saíra do entremeio, mas não voltara à solitária.

Ela se levantou, grudando nas teias de aranha. O lugar onde se encontrava estava banhado em uma escuridão nebulosa. Exceto pelo pequeno orifício no teto, não havia portas ou janelas aparentes. Por outro lado, um espelho velho no centro do cômodo a refletia com precariedade. A superfície estava coberta de uma camada espessa de poeira, exceto pelo espaço que Ophélie atravessara: o pó dali ainda voava pelo ar, como rastro da queda.

Onde estava? Como atravessara um espelho no qual nunca se refletira? Ia contra todas as leis animistas da física.

Ophélie reparou logo que não era a única singularidade do espelho: ele estava suspenso no ar. Não era o tipo de levitação visto por Babel inteira. Ao se aproximar, era possível notar que estava cercado por uma parede transparente e, pela forma como podia atravessá-la com a mão, imaterial. Da parede na qual fora preso só restava um fantasma.

Ophélie olhou ao redor da sala e depois para o teto, de onde escapava um raio de luz. De repente, soube onde estava. No coração do Memorial, no Secretarium, dentro do segundo globo flutuante. O espelho à sua frente pertencia a um dos últimos andares do prédio original. Ficava no ponto exato onde a outra metade tinha desmoronado no Rasgo. Por algum motivo, não tinha caído no vazio como o resto, mas ficado preso ao ar, absurdamente. Alguém construíra o globo ao redor dessa aberração para escondê-la. Seria obra de Deus? Quantas pessoas conheciam a existência desse espelho suspenso?

"A caixa-forte", constatou. "A verdade absoluta."

Com a luva, Ophélie esfregou de leve o pó cobrindo a superfície. Se estivesse certa, esse objeto tinha vários séculos de idade. Nenhum espelho vivia tanto tempo sem perder a camada de estanho. Normalmente, ela não seria capaz de ver o reflexo.

De fato, não era seu rosto refletido ali.

A mulher que a encarava tinha a mesma altura diminuta, o mesmo cabelo castanho, os mesmos óculos, mas não era ela.

Suas bocas se moveram ao mesmo tempo:

— Sou Ophélie — disse Ophélie.

— Sou Eulalie — disse o reflexo.

Ophélie fechou os olhos e os abriu de novo: a imagem voltara a ser dela. Ela desabotoou as luvas, as guardou no bolso e esfregou as mãos úmidas uma na outra. Não entendia nada do que estava acontecendo, mas tinha uma certeza:

Precisava *ler* o espelho.

Calou seus pensamentos um após o outro, os assoprando como inúmeras velas acesas. Quando se sentiu pronta, pressionou as mãos nuas contra as do reflexo. A primeira visão que a atravessou foi a da própria queda do espelho, o que era perfeitamente lógico.

Em seguida, nada aconteceu como previsto.

Ophélie se sentiu ser aspirada pelo próprio reflexo. Sua memória se virou do avesso como uma luva. Lembranças extremamente antigas, vindas de outra época, fulminaram no fundo da consciência. A recordação foi tão forte que ela se rasgou em duas, como o prédio fizera um dia. Metade dela de repente se tornara desconhecida.

Essa metade se parecia em todos os aspectos com a mulher que percebera no lugar do reflexo. Estava datilografando na máquina de escrever, em frente ao enorme espelho, na época onde havia ainda uma parede para acolhê-lo. Ophélie observava através dela como uma espectadora de teatro. O cabelo, escuro e desgrenhado, não era lavado há tanto tempo que grudava na testa. O nariz escorria sem parar, o que a obrigava a assoá-lo com uma mão, ainda datilografando com a outra.

— Logo — murmurou ao espelho. — Logo, mas hoje não.

Ophélie observou o ambiente através dos olhos da mulher pelo reflexo. Tentou, pelo menos. A outra parecia enxergar tão mal quanto ela e não tinha posto óculos. Ninguém mais se encontrava ali. Por outro lado, havia papéis amassados pelo chão inteiro.

Alguém bateu à porta. Ophélie parou imediatamente de datilografar e puxou uma cortina espessa, cobrindo o espelho por inteiro.

— Quem é? — perguntou.

A porta do quarto se abriu, deixando entrever uma silhueta borrada que Ophélie reconheceu ao se aproximar. Era o porteiro cujo registro tinha analisado. Como no sonho, usava oclinhos de ferro e um turbante cujo lenço tentava esconder o queixo mutilado pela guerra. Ele não conseguiu conter uma careta ao ver as folhas e os lenços amassados pelo chão. Na sua postura ereta havia um resíduo do militar que fora um dia.

— Nada de material refletor — disse Ophélie, depois de assoar o nariz com força.

O porteiro tirou os óculos com um gesto disciplinado. Isso não impediu suas mãos velhas de tremerem.

— Temos um problema da porra.

O dialeto que ele resmungava era desconhecido por Ophélie. Entretanto, ela o entendeu sem a menor dificuldade. Fez até o gesto educado de respondê-lo na própria língua:

— Vamos lá. O que ele fez agora?

— Ele matou as porras dos pardais, né. Não queria que entrasse no aviário, mas ele não aguentou. Juro que um dia eu mesmo vou matá-lo.

O porteiro olhou para trás, nervoso, como se temesse que outra pessoa o esperasse atrás da porta.

— Paciência — suspirou Ophélie. — Ele vai aprender a se controlar, que nem os outros.

— Ele não é que nem os outros pirralhos.

O porteiro sumiu de seu campo de visão. Ela esfregou o rosto, exausta. De tanto datilografar sem óculos, seus olhos ardiam. A sinusite crônica não ajudava em nada.

— O papel dele é diferente — disse ela. — Ele protege a escola.

— Eu também protejo essa escola de merda — murmurou o porteiro entre a boca deformada. — Se essas porras de soldados chegarem a essa ilha da porra, vou botá-los para correr.

Ophélie amassou o lenço em uma bola e o jogou no chão com os outros, arrancando um resmungo exasperado do porteiro.

— Você é só um homem — disse ela, suavemente. — Eu sou só uma mulher. Nós dois somos limitados. Ele não. Daqui ao advento da nova humanidade, ele nos protegerá. Confie nele.

Confie nele.

Essas duas palavras ecoaram através de Ophélie quando o velho porteiro, as folhas, os lenços, a máquina de escrever e a sala inteira se deformaram como ondas na água. Quando voltou ao presente, estava estendida no meio da solitária, ao mesmo tempo queimando e congelada, como uma náufraga rejeitada pelo mar.

Ela tinha saído do segundo globo do Memorial e atravessado o entremeio ao contrário sem nem notar.

Encarou o reflexo no chão por muito tempo, a visão embaçada pelas gotas de suor escorrendo no rosto. Seu poder familiar ainda arrepiava a pele inteira.

Nunca se sentira tão diferente. Nunca se sentira tanto si mesma. Ela sabia tudo. Sabia onde estava o livro que permitia ser igual a Deus. Sabia quem o protegia e por quê. Quer dizer, ela sabia que sabia. Sentia todas as respostas pulsando nas veias, mas ainda não as acessara.

Ophélie se despiu, tomou um banho e comeu algumas frutas. Sentiu tudo com nova precisão. Não vestiu as luvas: pela primeira vez, queria tocar o mundo sem barreiras. A onisciência dos reflexos a seu redor não a incomodava mais.

Quando estava suficientemente descansada, se sentou no meio dos espelhos e cruzou as mãos. Dessa vez, precisava aprender a *ler* o próprio corpo.

Ouviu atentamente o fluxo e refluxo da respiração. Ouviu atentamente todos seus pensamentos, mesmo os mais insignificantes. Ouviu atentamente o silêncio da solitária, que, pouco a pouco, se tornou dela. O tempo parou.

Ela se esqueceu para se lembrar melhor.

Uma avalanche de luz caiu na solitária, se espalhando pelos espelhos com a força de um rio. Carregou nas ondas os sons e cheiros da selva.

A porta lá no alto estava aberta.

— Ainda viva? — chamou a voz calma de Elizabeth.

Ophélie se levantou devagar, cega pelo brilho do dia. Um pacote caiu em seus braços. Era um uniforme limpo.

— Prepare-se, aprendiz. A cerimônia nos espera.

Ophélie assentiu. Ela sabia exatamente o que fazer.

A CERIMÔNIA

Uma frota de zepelins luxuosos, ta-chis voadores e gôndolas zéfiras tinham tomado o Memorial de Babel de assalto. Estavam amarrados como balões imensos, decorando o céu em uma constelação de corres. Bondalados complementares estavam em serviço, mas a arca menor era pequena demais para recebê-los todos; precisavam respeitar o horário de passagem no cais para evitar acidentes.

Ophélie desembarcou com os membros da divisão. Ninguém lhe dirigira a palavra durante o trajeto inteiro, com razão; os Adivinhos só olhavam para as pontas dos pés. Talvez ela estivesse imaginando coisas, mas todos pareciam decepcionados.

Eles atravessaram as portas altas de vidro da entrada. Arautos, tabeliães, engenheiros, escribas, guardiões, artistas: as companhias da Boa Família estavam completamente reunidas no átrio vasto. As fileiras eram tão apertadas que os uniformes pareciam costurados uns aos outros, formanda um único tecido azul imenso com detalhes prateados. Aprendizes e aspirantes a virtuose estavam em frente ao estrado onde se erguiam, gigantescos, os espíritos familiares gêmeos. Hélène era tão estranhamente perturbadora, com o retificador ótico e a anágua de rodinhas, quanto Pólux era imponente; ele piscava com bondade para os rostos virados para ele, sem fazer a menor ideia de quem era quem.

Ophélie ficou tonta no meio da multidão que invadira todas as galerias, os transcendiuns, as salas inversas, todos os pedacinhos de chão onde pudesse pisar um par de mocassins. Depois do intervalo de silêncio na solitária, o contraste era desconcertante. Aonde dirigisse o olhar, só via gente à frente, atrás, de cabeça para cima e para baixo. Os eruditos das academias vizinhas eram o próprio mar de togas universitárias. A propagação dos cochichos fazia vibrar todos os vidros da cúpula. Ela se perguntou se o equilíbrio arquitetônico que mantinha o Memorial milagrosamente pendurado sobre o vazio aguentaria essa lotação sem vacilar.

Obrigada a manter a posição dentro do grupo, procurou discretamente Thorn entre os Lordes de LUX alinhados atrás dos espíritos familiares. Não o encontrou, mas viu que Lady Septima vigiava o relógio da estátua-autômato, como se esperasse a chegada de alguém.

Havia no estrado um púlpito dourado onde o megafone aguardava o orador.

Ophélie desviou o olhar para Octavio, na divisão dos Filhos de Pólux. Era a primeira vez que o via desde a convocação. Tinha pontos de sutura na sobrancelha e nas narinas, mas aquelas feridas eram menos visíveis do que as internas. O rosto desconfiado expressava a luta interior implacável. Ele ignorava os sinais de apoio da própria divisão, tentando elogiá-lo até o último minuto, na esperança de que se lembrasse deles quando virasse Lorde. Não havia dúvida alguma de que ascenderia ao grau de aspirante a virtuose, mas ele parecia não querer o posto tanto assim.

Ophélie, por sua vez, queria. Mesmo que a chance fosse infinitesimal, seu desejo mais caro era se tornar aspirante, com Thorn presente para vê-la. Ela ergueu o olhar para o Secretarium, flutuando como um planeta acima deles. Será que ele viria?

De repente se sentiu observada.

Não era paranoia, mas como se alguma coisa viscosa grudasse na sua pele. Algum espectador no meio da multidão dirigia sua atenção a ela, só ela. Alguém espionava das sombras há dias, semanas, talvez mais. Nunca o via, mas sentia sua existência com uma consciência cada vez mais aguda.

Quem?

Ela se surpreendeu com um movimento. Blasius a encorajava com gestos enormes entre os memorialistas assistindo à cerimônia. Ophélie sorriu e mordeu o lábio quando ele deu um tapa acidental no vizinho. Com isso tudo, não tinha conseguido transmitir o recado do professor Wolf.

Os autômatos do Memorial compunham a primeira fileira da equipe de funcionários. Apesar de a cerimônia não ter começado, eles já aplaudiam em uma cacofonia de metal. O faxineiro velho não estava entre eles. "São os pirralhos mimados nojentos que nem você que preferem contratar máquinas e deixar os cidadãos honestos desempregados." O Sem-Medo certamente não tinha nada de anjo, mas Ophélie mesmo assim pensava que uma voz necessária em Babel se apagara com ele.

Quem não faltaria por nada, por outro lado, era Lazarus. Instalado em um balcão particular, ele sorria com modéstia para os fotógrafos que o bombardeavam com flashes químicos. De fraque de cetim branco e brilhantes óculos rosa, refletia todas as luzes. Ophélie esperava que, dali onde estava, ele não a reconhecesse. Ambroise não estava a seu lado.

Ambroise...

Ophélie sabia com certeza que suas trajetórias seriam levadas a um cruzamento em breve. Muito em breve.

Ela começou a se perguntar o que estavam esperando quando um barulho de motor cobriu os murmúrios. Todas as cabeças viraram como cata-ventos para a entrada principal onde, deixando-a estupefata, um avião se enfiou entre as portas altas de vidro. Era um biplano e parecia ter saído diretamente de um museu do velho mundo! Ele traçou uma longa curva aérea acima do átrio, contornando o globo do Secretarium. Desceu tão perto da multidão que gritos e turbantes esvoaçaram. Ophélie se agarrou aos óculos para enxergar melhor: duas pessoas estavam sentadas tranquilamente entre suas asas. Fez-se um clamor através do Memorial quando elas caíram no ar no instante de uma acrobacia aérea sob o imenso vitral da cúpula. Dois paraquedas se abriram. Os acrobatas desceram lentamente pelos cem metros que os separavam do chão em meio a aplausos que soaram como trovão. Depois de uma última volta, o avião saiu pela entrada como chegara, obrigando todos os aprendizes a se jogarem no chão do átrio. Quando Ophélie se levantou, completamente descabelada, pensou que era a coisa mais perigosa e estúpida que já testemunhara.

Os dois paraquedistas manobraram para aterrissar um no colo do outro, bem no meio do tapete púrpura do estrado. Eles se beijaram apaixonadamente, como se estivessem sozinhos, e arrancaram os capacetes de aviação com um gesto tão espetacular que os aplausos ressoaram no Memorial inteiro. O exibicionismo não chocou ninguém. Ophélie não estava suficientemente perto do estrado para vê-los bem, mas ficou igualmente impressionada pelos cabelos e pelas peles pintados de dourado.

O velho gongo soou para reestabelecer a calma.

O casal subiu ao púlpito de mãos dadas. Os megafones propagaram suas vozes como se fossem uma só:

— O conhecimento serve à paz.

— O conhecimento serve à paz — responderam em coro todas as pessoas presentes no Memorial.

Foi nesse instante que Ophélie entendeu que esses dois esquisitões eram os Genealogistas em pessoa. Não tinham nada a ver com o que ela imaginava. Olhando melhor, não eram tão jovens, mas eram tão vivazes quanto a maquiagem. Eles se consideravam sóis e, na verdade, seu brilho ofuscara a presença de Hélène, Pólux e todos os Lordes presentes no estrado, como se fossem os verdadeiros espíritos familiares de Babel. Até Lady Septima os devorava com os olhos, mostrando uma veneração que Ophélie nunca vira nela. Não queriam se tornar iguais a Deus: já se consideravam assim.

Thorn estava mesmo brincando com o fogo ao se aliar a eles.

— Hoje é um grande dia para nossa cidade! — proclamou a voz sensual da mulher no microfone. — Comemoramos um acontecimento duplo: um novo catálogo e novos virtuoses.

— Assistimos à reconciliação do passado e do futuro — continuou o homem, tão perfeitamente sincronizado quanto se fosse a continuação natural da parceira. — A modernização das técnicas de consulta foi usada a serviço de nosso patrimônio ancestral. Humano e máquina — declarou, enquanto a Genealogista apontava para os autômatos com ênfase — atingiram no Memorial um nível de cooperação até agora sem igual. Devemos estender esse modelo à Babel inteira!

— Para isso, precisamos de cidadãos esclarecidos e competentes — prosseguiu a mulher, dessa vez acariciando com o olhar as fileiras de companhias de virtuoses. — Precisamos de cidadãos com o caráter do professor Lazarus, que hoje nos honra com sua presença e, um dia, foi como vocês. Precisamos de cidadãos como você, Afilhada de Hélène! — concluiu, parando seu olhar em Elizabeth. — Seu trabalho na base de dados foi simplesmente notável. Aproxime-se, arauta! Venha buscar seu terceiro grau, que tornará você para sempre uma cidadã virtuose de Babel!

O convite tinha certa gula que Ophélie achou um pouco estranha. Elizabeth subiu no estrado, toda vermelha, como lhe era raro.

Reparou que os Genealogistas não tinham mencionado Thorn no discurso. Entretanto, ele estava no centro nervoso do projeto. Seria para proteger o disfarce de Sir Henry ou por que não tinham conseguido dele o único livro que lhes interessava?

Ela ergueu o olhar para o balcão de Lazarus, onde ele mandava seu mordomo mecânico fotografar a cena. Se eles soubessem o que ela sabia...

— Obrigada, arauta! — disseram os Genealogistas quando Hélène entregou a Elizabeth a fita prateada. — Você é a prova de que Babel é a cidade ideal, onde os descendentes dos vinte e um espíritos familiares, mas também seus não-descendentes, podem trabalhar juntos em nome do melhor mundo possível! Como sinal de gratidão, aceite também este prêmio de excelência. Venha, Afilhada de Hélène, junte-se a nós!

Elizabeth subiu os degraus do púlpito dourado onde os Genealogistas, ainda mais dourados, lhe entregaram um troféu, também dourado. Segurada dos dois lados pelo casal, ela agarrou o prêmio com as duas mãos. Seu corpo chato e comprido parecia querer ser ainda mais estreito, perder qualquer relevo, fugir dos milhares de olhos concentrados nele. Não era a primeira vez que Ophélie surpreendia fragilidade por trás da máscara de indiferença. Ela se sentiu desconfortável quando os Genealogistas a empurraram com cuidado, mas com firmeza, para o microfone.

— Hmm? Ah, eu... Precisávamos de um sistema de gestão... uma linguagem normalizada... um algoritmo de instrução... essas coisas. Nada além de um simples programa de consulta. Um pouco como... como uma memória. Nossa memória, de todos nós. O mais importante são os dados em si. Não teria feito nada sem os grupos de leitura e sem Sir Hen...

— Mais uma vez, parabéns, cidadã! — comemoraram os Genealogistas, com sorrisos calorosos. — Pode voltar a seu lugar.

Não era esquecimento, reparou Ophélie enquanto Elizabeth descia os degraus escondida atrás do troféu. Thorn havia sido deliberadamente posto de lado. Mais uma vez, o procurou com o olhar pela multidão no Memorial, sem êxito.

— Vamos agora distribuir os outros graus. Entre todos os aprendizes de virtuoses aqui presentes, os felizardos eleitos serão, infelizmente, raros. A tradição exige que um Filho de Pólux e um Afilhado de Hélène sejam promovidos a aspirantes em cada companhia e, acreditem, a escolha nem sempre foi fácil. Todas as fichas foram examinadas com a maior atenção pelos Lordes de LUX, assim como por Lady Hélène e Sir Pólux, é claro. Venham buscar o grau quando ouvirem seu nome. Companhia de escribas: Cornelia e Erasmus!

Dois aprendizes saíram do grupo para se dirigir ao estrado. Os rostos radiantes contrastavam com as expressões invejosas dos colegas, que se forçavam a aplaudir a contragosto.

Conforme os Genealogistas chamavam os aprendizes, a tensão se espalhou pelos músculos de Ophélie. Pronto. Chegara o momento decisivo. Dali a poucos instantes, ou ela viraria aspirante e poderia continuar a aparecer publicamente ao lado de Thorn, ou voltaria ao anonimato e todas as portas de Babel se fechariam.

Ela observou um a um os colegas cuja intimidade compartilhara nos últimos meses. Zen estava tão ansiosa que o uniforme não parava de encolher e alargar ao redor do corpo de boneca. Os Adivinhos, por sua vez, continuavam a encarar as botas, sérios. Será que já sabiam os resultados? Ophélie nunca mais os veria e quase sentiu uma pontada no coração ao notar que não sentiria saudade de nenhum. Só pensou mesmo em Mediuna, que deixara naquele banco, enroscada em frente ao vitral do Observatório de Desvios. Apesar de tudo, era ali, entre eles, que a Adivinha deveria estar.

— Companhia dos arautos — clamaram por fim os Genealogistas. — Octavio e Zen!

Ao ouvir o anúncio, Ophélie nem piscou. Entretanto, sentiu que a consciência tinha se enfiado bruscamente no fundo do corpo. Ela se viu de longe, virando a cabeça para Zen, que abafou um grito de surpresa. Ela se viu de longe, aplaudindo com o resto da multidão. Ela se viu de longe, seguindo com o olhar o caminho da outra na subida tímida do estrado com Octavio para pegar a fita.

Zen era uma mulher séria e competente. Não parara de apurar o poder familiar ao longo dos meses. A capacidade que ela tinha para miniaturizar e desminiaturizar documentos delicados sem causar dano algum certamente ajudaria o Memorial a melhorar o armazenamento e a circulação de informação.

Ela merecia.

Então por que Ophélie não aceitava perder? Por que o sorrisinho de Lady Septima, no estrado, causava-lhe tanta raiva?

Porque Zen não era uma verdadeira arauta. Porque ela não era realmente curiosa. Porque não era motivada pela sede da verdade e, especialmente, porque não precisava desse grau como Ophélie precisava.

"O que eu sei?", se perguntou ela imediatamente, chocada pelo próprio pensamento. "Nunca conversamos, eu e ela, eu mal a conheço."

Por um instante, Ophélie se imaginou no lugar de Zen no estrado, como se fossem reflexos inversos de uma mesma pessoa. Encarou as próprias botas com a mesma intensidade que os Adivinhos a encaravam. Não tinha só vergonha de ter fracassado. Sentia também vergonha de se ter deixado contaminar pelo espírito de competição que os impelira todos ao ódio mútuo. Se a solitária a ajudara a crescer, certamente não era para virar esse tipo de adulto. De certa forma, Ophélie sentiu alívio por Thorn não estar presente para vê-la assim.

Ela aplaudiu Zen, dessa vez com sinceridade. Dane-se. Havia infinitos futuros possíveis, só precisava escolher outro.

— Parabéns aos novos virtuosos! — exclamaram os Genealogistas depois de condecorar o último grau. — Quanto aos outros, talvez continuem a vida sem o uniforme de prestígio, mas sempre será parte de vocês, por meio do saber fazer e do fazer saber. O conhecimento serve à paz!

Todas as vozes da plateia se ergueram em uníssono para cantar o hino de Babel, o punho no peito. Começou então a lenta procissão de aprendizes reprovados que deviam entregar a insígnia aos pés de Hélène e Pólux. Ophélie foi carregada pelo movimento da multidão. Ela subiu os degraus do estrado como os outros antes dela e, chegando à imensa anágua de Hélène, se ajoelhou para soltar as asas de prata do tornozelo.

— Obrigada — disse Ophélie.

De todos os espíritos familiares que encontrara até ali, nenhum lhe inspirara tanto respeito quanto essa ogra saída de um pesadelo. Ela teria gostado de um último olhar, mesmo que filtrado pelo aparelho ótico terrivelmente elaborado, mas Hélène continuou marmórea quando as asas tilintaram na pilha de insígnias.

Lady Septima também fingiu não notá-la. A faísca em seu olhar, entretanto, revelava o júbilo puro. Ophélie não a agradeceu.

Em cima do púlpito, o casal de Genealogistas também se tornara completamente desinteressado pelo que acontecia no estrado.

Eles tinham desligado o microfone e conversavam em murmúrios, rostos tão grudados que parecia um beijo. Os cabelos compridos estavam tão entrelaçados quanto os dedos das mãos. A paixão que irradiava de seus corpos pintados de dourado transfigurava a maturidade dos rostos. Ophélie os achou fascinantes. Fossem ou não iguais a Deus, já havia neles uma pulsão imortal.

— Aprendiz Eulalie?

Ophélie se virou para Octavio, que a aguardava no pé da escada. Quase não o ouviu, por causa da décima-quarta estrofe do interminável hino familiar de Babel.

— Aspirante Octavio, não sou mais aprendiz.

— Perdão. Foi reflexo.

Ele pareceu tão constrangido que Ophélie relaxou um pouco. Ela apontou a nova fita na manga, que ele esfregava como uma coceira irritante.

— Parabéns. Você merece.

— É o que me dizem — murmurou Octavio, desviando o olhar. — Quando você fala, quase fico tentado a acreditar. Pode me seguir, por favor?

Sem dar tempo para resposta, ele atravessou o átrio pelo meio da multidão de aprendizes. Por mais que Ophélie empurrasse os outros na passagem, quase o perdeu. Preferiria ficar o mais visível possível para Thorn, mas será que ele a procurava? Sentia que Octavio queria, ao contrário, fugir do olhar superpotente da mãe no estrado.

Ophélie franziu a testa ao vê-lo subir o transcendium setentrional. Ele ignorou todas as mãos estendidas para parabenizá-lo. Tirou do bolso uma chave que ela reconheceu de imediato.

A passarela do Secretarium se abriu quando Octavio a ativou.

— Vamos logo — murmurou ele. — Sir Henry quer vê-la a sós. Tem tanta gente aqui hoje, não quero que visitas se convidem sem querer.

Ophélie nem ouviu o final da frase. Tinha ficado travada em "Sir Henry quer vê-la a sós". Ela precisou se concentrar para se prender à voz de Octavio, que andava à frente dela na passarela:

— Minha mãe nem quis ouvir. Ela não cede: o que aconteceu com Miss Silence, Mediuna e o Sem-Medo é só uma coincidência acidental. O testemunho do professor Wolf? Divagações. A má vontade dela é tanta que quase achei que... é horrível dizer... que ela estivesse me escondendo coisas. Mas acho que é pior, ela acredita mesmo nas próprias afirmações. É tão obcecada pela perfeição de nossa cidade que simplesmente não consegue conceber que a realidade seja diferente. Como com minha irmã — concluiu Octavio, suspirando. — É por isso que decidi contar tudo a Sir Henry. Acho que ele, pelo menos, me levou a sério. Ele me deu a própria chave para que eu abrisse o Secretarium para você depois da cerimônia. Acho que quer ouvir sua versão dos acontecimentos.

Ophélie abriu a porta blindada do globo terrestre. Thorn sabia tudo. Tudo, menos o essencial.

— Boa sorte — disse ela a Octavio. — Tenho certeza de que você usará melhor as asas do que imagina.

Depois de hesitar, rígido, ele apertou a mão que ela estendeu.

— Você também merecia esse grau, Eulalie. Não vou me despedir. Tenho motivos para acreditar que seremos levados a nos reencontrar.

Octavio deu meia-volta fazendo as asas tilintarem bruscamente e partiu apressado, seus passos ecoando pela passarela. Dentro da palma de Ophélie, havia agora a chave do Secretarium, mas também um papelzinho dobrado.

No papel, um bilhete muito mal escrito:
Venha me ver quando possível, você e suas mãos. Hélène.

AS PALAVRAS

Ophélie atravessou o pátio interno do Secretarium com a certeza de que aquela era uma das últimas vezes em que pisava ali. A comemoração lá fora ecoava em tons metálicos, como o tinido de um toca-discos velho. Ela ergueu o rosto para o globo do velho mundo flutuando em meio ao poço de luz. Era a cópia exata daquele que o continha, mas o segredo que guardava era maior do que todas as coleções reunidas.

Um espelho suspenso.
Um espelho preso entre duas eras.
Um espelho testemunha da história primordial.

Ophélie ainda não entendia como tinha feito aquela viagem, mas sentia gratidão por tudo que aprendera com aquele objeto.

Ela pegou o transcendium mais próximo. O batimento irregular no peito se misturou aos cliques dos cilindros da base de dados.

Sir Henry quer vê-la a sós.

Ophélie bateu duas vezes na porta antes de entrar na sala do Organizador. Ela se perguntou se tinha se confundido ao esbarrar em uma pilha de caixas. Flutuava na sala uma penumbra trêmula cuja natureza entendeu quando luz atingiu seus óculos de repente: apoiado em um banquinho, um projetor transmitia imagens fantasmagóricas na parede; o aparelho mudava de diapositivo a cada dez segundos, com um clique mecânico. Eram ampliações de textos impressos.

— Saia da luz.

A voz de Thorn emanara do fundo da sala, entre as pilhas vertiginosas de caixas, onde as sombras eram mais escuras. O corpo comprido e anguloso, retorcido como ferro, estava ao mesmo tempo empertigado no banquinho e curvado sobre um leitor de microfilme. A lupa binocular da máquina engolia seus olhos, que ele só levantava uma vez a cada dez segundos, com pontualidade astronômica, para olhar de relance a projeção de mais um dispositivo na parede. Seus dedos giravam com dedicação, milímetro a milímetro, os botões rotativos que faziam desfilar a fita da bobina através do vidro do leitor.

— Pegue uma caixa — acrescentou, sem parar.

Não foi exatamente afetuoso, mas Ophélie sentiu uma umidade incontrolável encher seus olhos, nariz e garganta. Ela notou então o quanto Thorn a assustara ao afastá-la e o quão tranquilizada estava por revê-lo. Reprimiu como pôde o choro na manga do uniforme e abriu uma caixa escolhida ao acaso entre as dezenas espalhadas pela sala. Estava transbordando de bobinas de microfilme marcadas por etiquetas desbotadas.

— Se conseguir decifrar a data, separe as mais antigas — explicou Thorn.

Com gestos de precisão cirúrgica, ele trocou a bobina do leitor. Ophélie teria gostado de vê-lo parar o trabalho por um instante, mas ele parecia ainda mais obcecado pelo tempo do que de costume. A lâmpada do projetor fazia cintilar a barba loira prateada que começava a tomar seu rosto. Por mais que ela estivesse do outro lado da sala, sentia a energia bruta que ele emanava como um campo eletromagnético. Há quanto tempo estava naquele banquinho? Estava pelo menos ciente da colação de grau que tinha acontecido bem abaixo de seu Secretarium?

Thorn franziu a sobrancelha quando olhou de relance para mais um dispositivo na parede e constatou que Ophélie não começara a triagem.

— Sei do seu conflito com o Sem-Medo-Nem-Muita-Culpa, da sua conversa educativa com o professor Wolf e da sua pesquisa sobre os livros de E. D. após serem destruídos por Miss Silence — listou em um fôlego só. — É uma pista excelente. Se aquela noite nós dois tivéssemos conversado em vez de nos enfurecer, teríamos ganhado tempo. Todos os microdocumentos que vê aqui foram feitos na época da Exposição Interfamiliar de sessenta anos atrás — explicou, voltando a olhar pela lupa. — Nunca foram guardados. É razoável supor que uma cópia dos livros de E. D. se encontre em alguma dessas ca...

— Não serei virtuose — interrompeu Ophélie.

Ela não estava nem aí para os livros de E. D.: nada naquele instante era mais importante do que a necessidade imperativa de ter uma conversa sincera com Thorn, imediatamente.

— Imaginei.

Ele respondeu sem levantar o rosto ou diminuir o ritmo da bobina.

— Dei uma recomendação contra sua colação de grau — continuou, com pressa. — Suponho que tenha pesado bastante.

— Quê? — balbuciou Ophélie. — Achei que você queria...

— Mudei de ideia. Recentemente percebi que os Genealogistas estavam interessados demais nos futuros arautos. Não deveria ter encorajado você a continuar os estudos. Seu disfarce não se sustentaria.

— Nesse caso, você poderia...

— Avisar você? — completou Thorn. — Você não estava exatamente acessível nos últimos dias.

Ophélie se calou. Reinava nela um tal caos de emoções que era difícil determinar se sentia um alívio imenso ou uma decepção horrível.

Ela respirou profundamente.

— Preciso dizer outra coisa. Já precisaria ter dito, na verdade.

— Certamente pode esperar um pouco — resmungou Thorn. — No ritmo de um diapositivo a cada dez segundos e um microfilme a cada quatro minutos, encontrarei o que procuro até o amanhecer.

Ao dizer isso, ele mudou a bobina do leitor e grudou os olhos na lupa de novo.

Ophélie atravessou a sala, com o cuidado de não derrubar caixa nenhuma, o que não era fácil. Thorn estava tão absorto nos microfilmes que nem a viu se aproximar. Ela contemplou, por falta de opção, a curvatura imensa das costas que ele insistia em virar para ela. Estava perto o suficiente para tocá-lo. Na última vez em que tentara cruzar a distância – o abismo – entre eles, Thorn a afastara com as garras.

Ergueu timidamente a mão até o ombro cujo osso se movia sob a camisa a cada volta de botão. Queria toda a atenção dele para liberar finalmente as palavras há tanto tempo engasgadas:

— Eu também te amo.

Ela se sobressaltou. Thorn se virou bruscamente veloz para segurar seu punho. A reação foi tão repentina, o brilho em seus olhos tão forte, que Ophélie achou que fosse afastá-la de novo. Em um movimento contrário, absolutamente imprevisível, ele a puxou para a frente. O banquinho se desequilibrou. Ophélie sentiu que se afundou com o peso todo entre as costelas de Thorn quando caíram juntos, em uma chuva de aço e uma avalanche de caixas. O leitor explodiu em cacos de vidro no chão ao lado deles.

Era a queda mais espetacular e incompreensível que já vivera. Seus ouvidos zumbiam como colmeias. A armação dos óculos esmagava sua pele. Ela não enxergava nada, mal respirava. Quando notou que estava esmagando Thorn, quis se soltar, sem conseguir. Ele a segurava em um abraço tão firme que nem era capaz de diferenciar os batimentos dos dois corações.

A barba áspera de Thorn entrou no seu cabelo quando ele falou:

— Nada de movimentos bruscos.

Depois da forma como eles os jogara no chão, essa ordem parecia um pouco incongruente. Os braços se relaxaram músculo por músculo ao redor de Ophélie. Ela precisou se apoiar na barriga de Thorn para se levantar. Meio afundado no chão, as costas contra uma estante, ele a vigiava com extrema tensão, como se esperasse que ela provocasse uma catástrofe.

— Nunca faça isso de novo — disse ele, forçando cada sílaba. — Nunca me pegue de surpresa. Nunca. Entendeu?

Ophélie estava tonta demais para responder. Não, não tinha entendido nada. Chegou a se perguntar se ele ouvira a declaração. Ela se assustou ao ver as peças de metal espalhadas pelo chão. Não restava muito da armadura de Thorn.

— Nada que não tenha conserto — comentou ele. — Tenho ferramentas no quarto. Por outro lado, isso é mais complicado — acrescentou, olhando de relance para o leitor de microfilme todo estilhaçado. — Vou precisar arranjar outro.

— Acho que não é a prioridade — se irritou Ophélie.

Ela mordeu a língua quando Thorn pressionou a boca contra a dela. No momento, não compreendeu. Sentiu a barba arranhar o queixo, o cheiro de desinfetante subir à cabeça, mas o único pensamento que lhe ocorreu, estúpido e evidente, era que uma bota pressionava sua tíbia. Tentou recuar; Thorn a impediu. Ele segurou seu rosto com as mãos, os dedos nos cabelos, apertando sua nuca com uma urgência que desequilibrou os dois. A estante os cobriu com uma chuva de documentos. Quando Thorn finalmente se afastou, sem ar, foi para encará-la com um olhar de ferro.

— Aviso logo. As palavras que me disse… não vou deixar que volte atrás.

A voz era firme, mas sob a autoridade havia uma fragilidade. Ophélie sentia o pulso precipitado das mãos desajeitadas tocando seu rosto. Ela assumiu que o próprio coração brincava de balanço. Thorn era sem dúvida o homem mais desconcertante que já conhecera, mas ele a fazia se sentir incrivelmente viva.

— Eu te amo — repetiu ela, inflexível. — Eu deveria ter respondido isso quando você quis saber por que eu estava em Babel. Eu deveria ter respondido isso sempre que quis saber o que eu tinha a dizer. Claro que quero descobrir os mistérios de Deus e tomar controle da minha vida, mas… você é parte da minha vida, afinal. Eu o chamei de egoísta, mas nunca me pus no seu lugar. Peço perdão.

Ophélie se supunha inabalável, mas ouviu a própria voz falhar, traindo sua emoção nas últimas palavras. Thorn olhou para a lágrima que escorreu em sua mão; ele arregalou tanto os olhos que a cicatriz se esticou inteira.

— Devo insistir — murmurou, firmando as mãos no rosto dela.

— Nunca mais se aproxime por trás ou por meus pontos cegos. Não faça movimento algum que eu não note antes ou pelo menos me avise em voz alta.

O projetor continuou os flashes esporádicos. A cada mudança, Ophélie via Thorn sob uma nova luz: os movimentos de recuo, os passos de lado, a existência reclusa, a distância escrupulosa que mantinha entre ele e o mundo.

— Você perdeu o controle das garras?

Thorn franziu o nariz e a boca. Todo seu rosto pareceu se encolher.

— Posso contê-las se elas não perceberem você como ameaça. Ainda preciso que siga minhas recomendações e evite ativar reflexos defensivos. Você não pode se permitir distração comigo, simples assim.

— Mas como isso aconteceu? — murmurou Ophélie. — A inoculação do meu animismo criou uma instabilidade no seu poder familiar?

As sobrancelhas de Thorn estremeceram.

— Isso te incomoda?

Ophélie soube então que essa perda de controle o humilhava mais do que a deficiência física. Ele não a atacara com as garras de propósito. Ele sequer se dera conta.

Ela se prometeu que nunca contaria.

— Não — respondeu, o olhando nos olhos. — Agora que sei, tomarei cuidado.

Thorn a encarou com uma intensidade quase violenta. Ophélie de repente sentiu uma consciência aguda e dolorosa do vazio que se abria em seu peito há três anos. Ela começou a tremer. Não tinha medo – não mais. Era uma vibração vinda das próprias raízes de seu ser.

A pressão dos dedos dele em seus cabelos ficou mais forte antes de soltá-la repentinamente, abaixando as mãos.

Ele pigarreou.

— Você... Minha caixa de ferramentas está debaixo da cama do quarto. Pode trazer? Preciso encontrar um novo leitor de microfilme e voltar ao trabalho, mas para isso — falou, com uma careta, tentando dobrar a articulação do joelho — preciso da minha perna.

Tudo que Ophélie tinha de mais egocêntrico se manifestou.

— É tão urgente assim?

Pela primeira vez em uma eternidade, ela viu na boca de Thorn o leve tremor que nunca soubera interpretar. Para sua surpresa, ele tirou do bolso o velho relógio, que abriu e fechou a tampa sozinho para indicar a hora.

— Na verdade, é, sim. Mais urgente, até. Preciso encontrar o livro que os Genealogistas pediram até o fim da festa de inauguração. Depois desse prazo, se eu não mostrar resultado, vão tirar Sir Henry de circulação. Pode trazer a caixa de ferramentas? — pediu de novo, guardando o relógio.

Ophélie o encarou, incrédula.

— Eles vão tirar Sir Henry de circulação — repetiu ela, com a voz oca. — Você é Sir Henry.

— É só uma identidade que os Genealogistas criaram para mim. Podem tirá-la a qualquer momento e me entregar a Deus, ou até pior. O que farão sem hesitar se eu não entregar o que esperam de mim antes do amanhecer. Por favor, a caixa de ferramentas.

— Você sabia desde o começo que seu tempo era contado e não me disse nada?

— Seria contraprodutivo contar a você.

Ophélie não entendia como Thorn era capaz de virá-la de cabeça para baixo com tanto talento. Um segundo antes, lutava contra a vontade de se jogar em seus braços; agora, resistia contra a vontade de lhe dar um tapa.

— Mas por que se aliar com gente assim? Por que sempre arrisca sua vida?

Enquanto tentava se apoiar melhor contra a estante, inquieto, Thorn pareceu notar de repente a bagunça de papel, metal e vidro a seu redor. Ele conferiu os botões da manga e a gola da camisa em gestos compulsivos, como se temesse ser contaminado pelo caos.

— Porque minha vida é a única coisa que me sinto no direito de apostar. Caixa de ferramentas, por favor. Um frasco de álcool desinfetante também, se possível.

— Mas por quê? — insistiu Ophélie, impaciente. — Por que se infligir isso? Por que se obrigar incessantemente a desafiar forças maiores? E nem fale de dever. Você não deve nada ao mundo. O que o mundo fez por você?

As sobrancelhas constantemente franzidas de Thorn se relaxaram de uma vez; não o bastante, entretanto, para apagar a ruga na testa.

— Você acha que faço isso pelo mundo?

A tensão que eletrizava seu corpo se intensificou, contraindo o maxilar e endurecendo o olhar. Ophélie notou então que o que sempre interpretara como determinação era na verdade fúria pura.

— Deus disse que ficaria de olho em você — murmurou ele, engasgado. — Bem na minha frente. Sou um marido horroroso, mas não permito que ninguém, muito menos ele, assedie minha esposa. É impossível arrancar você de Deus, mas posso arrancá-lo de você. É o que farei, assim que se decidir a trazer esse inferno de caixa de ferramentas. Se existir um livro que detenha o segredo de Deus e permita encontrar o ponto fraco em sua invulnerabilidade, eu o encontrarei.

Ophélie sustentou o olhar de Thorn, obstinada, antes de se levantar para buscar a caixa de ferramentas debaixo da cama.

— Conserte a armadura e esqueça esses microfilmes — disse, ao trazer a caixa. — Eu sei onde está o livro.

A GAVETA

Ophélie atravessou a multidão no contrafluxo. Ela saiu do Secretarium primeiro: ser vista em público com Thorn chamaria atenção e ainda havia gente demais no Memorial. Os visitantes vindos para a cerimônia seguiam os Genealogistas em um passeio pelas coleções. O silêncio era tão respeitoso que, apesar da quantidade e da vastidão do espaço, era possível ouvir a voz sensual do casal da ponta oposta do átrio. Um de cada vez, faziam perguntas extremamente técnicas aos memorialistas a respeito do funcionamento do novo catálogo. A festa de inauguração tinha ares de inspeção.

Ophélie achou ter visto por perto a cartola branca de Lazarus. Esperava que continuasse ali uma ou duas horas, para dar tempo de ela e Thorn fazerem o que precisavam.

Ela se dirigiu à saída, evitando cuidadosamente encontrar Blasius, Elizabeth ou Zen, que poderiam se sentir obrigados a reconfortá-la pela perda das asas. Tentaria se despedir direito deles quando essa história de livro acabasse finalmente.

Antes de cruzar as portas do edifício, olhou uma última vez para as silhuetas douradas subindo o transcendium meridional de mãos dadas, como dois astros solares. Talvez Thorn não tivesse escolha além de aliar-se a eles, mas quanto mais Ophélie observava, mais convicta ficava de que eram perigosos. Entregar o livro resolveria um problema, mas criaria outro no futuro.

Dane-se, pensou, saindo do Memorial. *Nós nos preocuparemos quando chegar a hora.*

Nós. Essa palavra lhe causou um calafrio inédito. Ela se sentou em um degrau da entrada para esperar Thorn. Ainda sentia no queixo a coceira do arranhão da barba. Levantou o nariz, inspirando profundamente o ar morno da noite. Os raios do sol poente brilhavam nas folhas de acácia e na constelação de zepelins. O céu de tempestade tinha a consistência flutuante de uma mistura onde se mesclavam cores contraditórias incapazes de se fundir. Ophélie estava prestes a se arriscar, mas, apesar de tudo, naquele instante se sentiu incrivelmente bem.

— Nós nos conhecemos?

Ela virou o rosto. Sentado no mesmo degrau, do outro lado da escada, um homem gigantesco a encarou com um sorriso confuso. Era Pólux. Ophélie o confundira com uma estátua de bronze. O crepúsculo destacava a noite da pele e o fogo do olhar. As mãos imensas folheavam distraidamente as páginas carnais do próprio Livro, como se tentasse ler sem convicção um romance complexo demais. Lembrava mais uma criança abandonada do que o patriarca venerado. A cena tinha algo de sobrenatural, considerando as centenas de descendentes do outro lado das portas.

— Você me lembra alguém — insistiu Pólux. — No geral, ninguém me lembra ninguém. Sofro para lembrar o nome da minha própria irmã gêmea. Mas você... — disse numa nota melancólica de sua voz de violoncelo. — Quanto mais a observo, mais a acho familiar. Será que nos conhecemos?

— Não nos conhecemos pessoalmente — respondeu Ophélie.
— Sou descendente de Ártemis.
— Ártemis — murmurou Pólux. — Lembro mesmo que uma das minhas outras irmãs tem esse nome. Será que é com ela que você se parece? Nem sei por que vim para cá — disse ele, virando negligentemente uma página do Livro. — Sou tão distraído...

Quando Ophélie se aproximou, Pólux contemplou a mão enluvada minúscula que ela estendeu. O sorriso tomou um ar hesitante, quase inquieto, mas ele acabou entregando delicamente o Livro. O exemplar, que parecia tão leve entre os dedos do espírito familiar, a obrigava a usar toda a força dos dois braços. Passou o olhar pela escrita tatuada na pele das folhas, o código que ninguém no mundo além de Deus sabia decifrar.

— Aqui — disse ela, apontando o resquício quase invisível de uma página rasgada. — Era sua memória. É o que você procura. Não vai encontrá-la, porque alguém a arrancou faz muito tempo. Sinto muito.

Ophélie devolveu o Livro a Pólux, cujos olhos arregalados piscaram, confusos.

— Nós nos conhecemos? — perguntou ele, de novo.

Ela não respondeu, mas a expressão perdida a impactou. Ele logo esqueceria a conversa. Talvez fosse melhor assim. Talvez o melhor fosse manter a ignorância dos espíritos familiares quanto ao que eram de verdade.

Ophélie ficou aliviada ao ver Thorn sair do Memorial. Ele tinha abotoado o uniforme prestigioso de LUX sobre a camisa e, pela bengala na qual se apoiava, não tinha conseguido consertar todos os detalhes da armadura.

Ela o seguiu, mantendo uma distância respeitável, no caminho para a plataforma da arca. Cada um esperou num canto, olhando para lados opostos, e, a bordo do bondalado, escolheram assentos diferentes. Talvez as precauções fossem excessivas, considerando a pequena quantidade de passageiros naquela hora, mas Sir Henry e Eulalie para o público eram meros conhecidos.

Ophélie notou, sem ar, a forma como Thorn se posicionava para ninguém se aproximar. Eles não cruzaram o olhar nenhuma vez no trajeto, mas ela nunca se sentira tão próxima dele. Estava sentado como de costume, rígido e impassível, mas Ophélie reparava o nervosismo sempre que ele tamborilava o castão cromado da bengala.

Ela queria se sentar ao lado dele, tranquilizá-lo, dizer que sabia exatamente o que estava fazendo, mesmo que não fosse verdade. Podia até saber a localização do livro, mas não o conteúdo.

Quando o bondalado manobrou para aterrissar no trilho da estação, sacudido pelo vento, fazendo os vagões estremecerem, Ophélie sentiu de novo: a impressão tenaz de ser observada. Era ainda mais forte do que uma impressão. O coração começou a bater com força no ouvido. Um calafrio gelado percorreu sua coluna. Ela se virou no banco para analisar os últimos passageiros. Quando estivera no Polo, já fora seguida por um Invisível. A sensação nem se comparava. Parecia que o próprio Terror, de tanto segui-la, se infiltrara em sua sombra. O assassino que aterrorizara Miss Silence, o professor Wolf, Mediuna e o Sem-Medo podia estar ali, com eles em um vagão? Ophélie tinha certeza de que o conhecia pessoalmente, sem ser capaz de identificá-lo.

Ela ficou aliviada de desembarcar.

Seguiu o passo metálico da bengala de Thorn na plataforma, evitando, como ele, a luz dos postes. A noite caíra inteiramente e eles eram só silhuetas pretas no fundo de tinta. A escuridão punha em relevo o perfume de resina e o farfalhar dos pinheiros-mansos que os cercavam.

— A partir daqui, vamos andar — anunciou ele, em voz baixa. — Devemos evitar as patrulhas de controle. Você não deveria mais usar o uniforme de virtuose e essa gente não brinca em serviço com o código indumentário.

Ophélie assentiu. Ela tinha buscado os documentos falsificados antes de sair da Boa Família, mas deixara a toga civil.

— Só fui uma vez à casa de Lazarus. Não tenho certeza do caminho.

— Eu tenho — disse Thorn. — Decorei os mapas da cidade toda desde que cheguei à Babel. O endereço não é aqui do lado, não podemos perder um segundo.

Eles atravessaram uma série de quadras escuras sem cruzar com ninguém além de gambás. A cidade era tão deserta à noite quanto agitada de dia: os Babelianos eram todos virtuosos e obedientes. Ophélie se virou várias vezes para confirmar que não eram seguidos, mas a ansiedade que a tomara no bondalado tinha desaparecido.

— Você está chateado?

Ela não enxergava Thorn tão bem na penumbra do bairro pelo qual subiam agora, mas algo no silêncio duro e no passo implacável da bengala ia além da impaciência. Por mais que Ophélie tivesse duas pernas saudáveis, tinha dificuldade para manter o ritmo que ele ditava. Era quase inacreditável que esse homem que perdia de vista a cada esquina a tivesse beijado duas horas antes.

— Estou pensando — murmurou Thorn, sem diminuir o passo. — Você passou o tempo todo procurando um livro que eu roubei. Tem o direito de se exasperar.

Duas faíscas na noite indicaram a Ophélie que Thorn virara seu olhar para ela.

— Se você não o tivesse tirado do Memorial, Miss Silence o destruiria e, com o livro, minha única chance de sobrevivência. O que me incomoda nessa história é um fato simplesmente matemático.

— Matemático?

— Levei mais de dois anos para organizar grupos de leitura qualificados que pudessem peneirar todas as coleções. O primeiro exemplar que você pegou por acaso é o certo. Sua propensão a desafiar estatísticas é assustadora.

Ophélie franziu as sobrancelhas. Lembrou-se do famoso dia quando conhecera o Memorial com Ambroise. Ela se viu derrubar e recuperar os livros de E. D. do carrinho de Blasius. Quase – quase – se lembrava do instante fugaz em que enfiara *A era dos milagres* na bolsa. Seria por isso que Miss Silence insistira tanto em revistá-la? Os ouvidos reconheceram o som característico do livro lá dentro?

— Não foi exatamente por acaso.

Ela se ajoelhou na calçada para amarrar o cadarço no qual estava tropeçando.

— Quer dizer — continuou —, uma parte de mim não escolheu o livro sem querer. Parte de mim o reconheceu. Parte de mim quis roubá-lo.

— Sua outra memória — comentou Thorn.

— Estou tentando entender de onde vem e o que quer dizer. Gostaria que ela ao menos me explicasse o que esse livro infantil tem a ver com Deus. Mas isso... — concluiu, dando mais um laço. — Isso vamos descobrir logo.

O olhar penetrante e intenso de Thorn a desestabilizou. Acima deles, lanternas sacudidas pelo vento os cobriam de luz trêmula.

— Quando resolvermos esse assunto, precisamos conversar.

— Conversar sobre o quê?

— Quando resolvermos esse assunto — repetiu ele, simplesmente.

Com a ponta de ferro da bengala, apontou para as colunas do outro lado da praça onde tinham parado. Ophélie reconheceu os laguinhos de vitória-régia refletindo as estrelas ao redor da residência. Tinham chegado.

— Espero que o Ambroise esteja em casa — cochichou ela, passando pelas colunas. — Deixei minha bolsa com ele, então me devolverá sem problemas se eu pedir.

Absteve-se de mencionar a mudança brusca de atitude do adolescente após a entrada na Boa Família. Ele nem se dignara a olhá-la na última vez que o vira na plataforma de bondalado, ignorando propositalmente seu chamado.

Quando Thorn bateu em uma das portas de entrada com o castão da bengala, um autômato veio abrir.

— Ambroise está? — perguntou Ophélie.

— PARA BOM ENTENDEDOR, MEIA PALAVRA BASTA.

Thorn entrou, apressado.

— Nós damos um jeito.

Ela olhou ao redor do átrio, onde aparelhos modernos se misturavam à arquitetura antiga. As lâmpadas atraíam enxames de mariposas. Só estavam lá as estátuas e o retrato de Lazarus, cheio de malícia sob os óculos cor-de-rosa.

— Ambroise?

Ophélie atravessou a sequência vasta de salas, fazendo o mármore ecoar cada passo. Voltar à primeira casa a acolhê-la em Babel depois desses meses todos causava nela um sentimento impossível de definir.

Thorn a acompanhou a passos duros, cada vez mais apoiado na bengala.

— Eu os acho perturbadores — resmungou.

Todos os autômatos da casa tinham se juntado para segui-los à distância. Pareciam indecisos quanto à conduta apropriada frente aos visitantes que se convidaram de tal forma. O comportamento deles não era nada hostil, mas não era confortável se sentir perseguida por uma reunião de manequins sem rosto.

— Ambroise? — chamou Ophélie de novo, entrando em outra sala.

Thorn fez sinal para que ela prestasse atenção. Um barulho emanou do fundo da casa. Não parecia tanto a cadeira de rodas de Ambroise; lembrava mais uma máquina de lavar roupa.

Quanto mais avançavam, seguidos pela procissão silenciosa de autômatos, mais alto ficava o barulho.

Ophélie reconheceu o chão quadriculado e os belos armários baixos do guarda-roupa de Ambroise. Fora ali mesmo que ele lhe emprestara a toga de sem-poderes. Para sua enorme surpresa, o barulho não vinha de uma máquina de lavar roupa, mas de uma gaveta, que se sacudia violentamente, como se tentando fugir da cômoda.

— Talvez seja minha bolsa — murmurou ela, hesitante. — Não a tive por muito tempo, mas talvez eu a tenha animado sem notar.

— Só temos um jeito de saber.

Thorn pegou um lenço para segurar o puxador da gaveta, como se micróbios fossem mais perigosos do que tudo que o móvel potencialmente continha. Ophélie se assustou quando uma forma pulou para fora da gaveta e se enrolou no braço do Thorn. A primeira coisa que pensou, desesperada, foi que se tratava de uma cobra enorme. A segunda coisa que pensou, incrédula, foi que a cobra era feita de lã.

Thorn nem se afastou. Ainda segurando a gaveta, estudou a criatura esmagando seu braço em anéis tricolores com um olhar cauteloso.

— Não é sua bolsa. É seu cachecol.

— Ele se perdeu de mim.

As palavras caíram da boca de Ophélie como pedras. Ela contemplou o cachecol agarrado a Thorn. Era o mesmo que tricotara novelo a novelo, que animara dia a dia, mas não conseguia assimilar a presença tangível ali, na frente dela.

— Ele se perdeu de mim — repetiu.

Esticou a mão com cuidado. O cachecol se desenrolou imediatamente do braço de Thorn para deslizar sinuosamente pelo dela e se enrolar no pescoço, possessivo e chateado. Só ao sentir o peso familiar Ophélie se deu conta de que ele não estava vagando pelas valas da cidade, que tinham se reencontrado finalmente. A culpa que ardera em seu peito há meses subiu à boca com gosto de sal. Ela enfiou o nariz no tricô.

— Ele se perdeu de mim — repetiu, com a voz abafada.

Logo sua alegria se rompeu. Como Ambroise tomara posse do cachecol? Por que o escondera no armário? Não tinha conseguido devolvê-lo? Não podia ter pelo menos mandado um telegrama? Quanto mais tentava entender, menos conseguia. A confiança que tivera nele de cara, a tristeza que sentira quando ele começara a evitá-la, tudo começou a desmoronar no fundo do peito.

Thorn a observou com seriedade antes de dizer em voz alta o que ela não queria formular:

— Tem certeza de que esse tal de Ambroise é um amigo?

— Vocês precisam ir embora.

Os dois se viraram. Uma cadeira de rodas se destacava na porta, cercada por um batalhão de autômatos. Ambroise se aproximou em um ronronar mecânico. O jogo de sombra e luz reinando no guarda-roupa acentuou a estranheza de seu corpo simetricamente invertido, a brancura imaculada da roupa e seu rosto escuro e aveludado.

As mãos ao contrário seguravam os braços da cadeira com força, tremendo.

— Saiam.

Ophélie engoliu em seco. Não era uma ordem. Era um clamor que Ambroise dirigia a ela, só a ela. A voz era tão suplicante que não soube mais o que deveria sentir.

Puxou o cachecol para liberar a boca.

— Vim buscar minha bolsa. Mas o que aconteceu com você? Não te reconheço mais.

Ambroise arregalou os olhos de antílope. No dia em que se conheceram, ele mostrara uma curiosidade bondosa por Ophélie. Agora, a observava como se fosse a coisa mais improvável que já vira na vida.

— Aconteceu que você não é quem diz ser.

O coração dela deu um pulo. Como ele a desmascarara? Será que o cachecol a traíra de alguma forma?

O constrangimento devia estar visível em sua expressão, pois Ambroise pareceu profundamente decepcionado.

— Então eu estava certo. Desde o começo, vi em você... Mas não achei que...

Ele se calou, respirou devagar e repetiu, com interminável carinho:

— Você precisa ir embora, *miss*. *Please*.

— Por quê?

A pergunta de Thorn soou calma, mas seu olhar era tão polar quanto o sotaque. Ophélie ficou tensa. Se ele não falava mais como Sir Henry, tinham mesmo passado de um limite. Havia no ar uma desconfiança geral que tornava o calor ainda mais sufocante.

— Porque, se não forem, tudo vai acabar muito mal — respondeu Ambroise.

Os traços delicados dele se contraíram dolorosamente, suplicando a Ophélie com o olhar.

— De qualquer forma — murmurou ele, tenso —, vai acabar muito mal. Afinal, *miss*, é você quem provocará o desmoronamento das arcas.

Os óculos de Ophélie ficaram verdes. A última pessoa a dizer isso era...

Thorn suspirou, irritado.

— Vou economizar tempo. Você está a serviço de Deus, não é?

Assim que pronunciou a pergunta, todos os autômatos, que até lá estavam parados atrás da cadeira de rodas, começaram a se mover. Em uma lenta procissão, invadiram o guarda-roupa, contornaram Thorn, Ambroise e Ophélie e se deram as mãos como crianças — crianças enormes sem boca, nariz, nem olhos —, formando uma roda. Assim que fecharam o círculo, um som de aço arrancou um calafrio de Ophélie. Dezenas, senão centenas de lâminas afincadas tinham perfurado as roupas dos manequins. O pouco de humanidade que tinham antes desapareceu: eram só uma barreira intransponível de espinhos. Uma armadilha.

Ambroise se apoiou na cadeira de rodas, desajeitado.

— Que pena — suspirou ele. — Você não devia ter dito isso.

— Retire a ordem — mandou Thorn.

Ophélie olhou para ele, inquieta. Não levantara a voz nem esboçara um gesto, mas os dedos apertando o castão da bengala estavam pálidos de esforço. As garras se sentiam ameaçadas e ele se esforçava para contê-las. O espaço não era amplo o suficiente para que pudesse se afastar dos dois sem ser empalado pelas lâminas dos autômatos.

— Ambroise, por favor — interveio Ophélie. — Sei que você não quer nos machucar. Retire a ordem e devolva minha bolsa.

O adolescente sacudiu a cabeça, triste.

— Não posso, *miss*.

Ophélie sentiu arrepios como se prestes a levar um choque. Thorn parecia contrair todos os músculos do corpo para impedir o poder dos Dragões de transbordar. As garras não teriam efeito nos autômatos, mas podiam rasgar Ophélie e Ambroise como papel picado.

— Retire a ordem — insistiu ela, concentrando todo o olhar no rosto desesperado de Ambroise.

— Ele não pode.

A voz que cantarolara a resposta ecoou pelas colunas da casa. Era leve como as asas de uma borboleta.

A voz de Lazarus.

— Eu posso. Alto, *boys*!

Assim que o comando foi dado, os autômatos retraíram as lâminas com um baque metálico, abriram o círculo e se afastaram a passos calmos.

Lazarus apareceu na porta. Tirou a cartola imensa e o cabelo se soltou em uma cascata prateada quando ele se inclinou.

— Sr. e sra. Thorn, é um prazer recebê-los em minha moradia! Se me esperassem no Memorial, teria oferecido de bom-grado uma carona de aeronave. Sigam-me até a sala, por favor — sugeriu, pondo o chapéu de volta com um gesto teatral. — Tenho certeza de que nosso bate-papo será muito interessante!

O NOME

A colher de Lazarus tilintou musicalmente na xícara de porcelana para misturar o sexto cubo de açúcar jogado no fundo do chá. A língua passava entre os dentes em uma expressão de estudante aplicado. Os modos do velho o tornavam engraçado de qualquer forma.

No entanto, Ophélie não queria rir nem um pouco. Sentada na ponta do sofá, o cachecol enroscado entre seus braços cheio de ciúmes, ela não tocou no chá nem nos macarons servidos por Walter, o mordomo mecânico. Conseguia sentir a atenção desamparada de Ambroise, que não abrira a boca desde a chegada do pai. Consultou Thorn pelo canto do olho para saber que tática adotar. Ele estava empertigado entre a abundância de almofadas, agarrado ao castão da bengala apoiada entre os joelhos como uma espada, sem tirar o olhar de Lazarus. As garras estavam sob controle, mas ainda atentas, à flor da pele, prontas para atacar no primeiro deslize. Só de Ophélie ficar sentada perto dele, sua enxaqueca não se dissipava completamente. Quando Walter encheu a xícara de chá de Thorn, este virou todo o conteúdo em um vaso de figueira.

— Ora, ora, nunca envenenarei convidados sob meu teto! — afirmou Lazarus, em tom brincalhão. — Não consigo nem matar mosquito sem uma culpa enorme.

O silêncio voltou, grudento como alcatrão. Ambroise observou Ophélie que observou Thorn que observou Lazarus.

— *Well!* — exclamou este último, fazendo tilintar a xícara no pires. — Vou abrir o jogo. Sim, conheço vocês-sabem-quem e trabalho para ele faz muito tempo. Eu ainda era um jovem aspirante a virtuose quando o conheci. *In fact*, para ser mais preciso, ele veio me recrutar. Foi uma experiência... como descrever? Com o dedo mindinho, Lazarus ajeitou os óculos cor-de-rosa, procurando a palavra precisa.

— Desconcertante — completou. — Um pouco como descobrir um irmão gêmeo de repente. Vocês-sabem-quem se apresentou com meu próprio rosto, minha própria voz, meu próprio uniforme... o mesmo que você usa agora, jovem lady — explicou, com uma piscadela cúmplice para Ophélie. — Ele me ofereceu, graciosamente, recursos consideráveis para concretizar meus sonhos de explorar o mundo. Só me pediu uma contrapartida insignificante... *Blast*!

Walter tinha exagerado no chá, que transbordou da xícara e espalhou líquido fervente na bela calça branca de Lazarus.

— Que contrapartida? — retomou Ophélie.

Esquecendo o calor do chá, o homem abriu um sorriso largo, inclinando-se exageradamente no pufe. Os olhos, os óculos, os dentes e a ponta dourada do nariz cintilaram na luz contrastante da sala. Aquele velho tinha a vitalidade de um jovem. Ambroise, sério e imóvel na cadeira de rodas, parecia o mais idoso. Para pai e filho, não se pareciam em nada.

— Uma contrapartida *extremely* simples — confessou Lazarus, com a voz vibrante e apaixonada. — Eu devia olhar.

— Olhar o quê?

— O que eu achasse interessante, jovem lady! Como acho tudo sempre interessante, passei todos os segundos do resto da vida olhando por De... por vocês-sabem-quem.

Carregado pelo entusiasmo, Lazarus tinha se recomposto no último segundo. Ele olhou ao redor para confirmar que os autômatos varrendo os cantos da sala não tinham voltado a formar o círculo de ataque.

Ele tirou um caderninho do bolso da jaqueta, agitando em um gesto triunfal como uma varinha de mágico.

— Fiz anotações de viagem! Tantas anotações que podem concorrer com os quilômetros que percorri nas explorações.

Em outras palavras, pensou Ophélie, acariciando o cachecol para se obrigar a se manter calma, *ele era um peão de Deus*. A situação parecia bem ruim. Ela olhou furtivamente para a enorme janela envidraçada que as luzes da sala tinham transformado em espelho. Refletia os quatro, cinco se contasse a silhueta sem rosto de Walter. Como Deus não tinha reflexo, era ao menos reconfortante constatar que nem Ambroise nem Lazarus eram impostores.

— Uns anos depois, vocês-sabem-quem veio me ver — continuou ele, depois de um gole barulhento de chá. — Me deu uma nova missão e novos recursos para colocá-la em prática. Uma missão *extremely* delicada. Encontrar o inencontrável em Arca-da-Terra! Ou, no mínimo, encontrar um Arcadiano. Só consegui encontrar a coitada da Madre Hildegarde — suspirou, parecendo arrependido. — Parece que ela desapareceu em circunstâncias muito preocupantes.

— Ela se desintegrou.

Ophélie olhou para Thorn, que acabara de falar. O perfil afiado como lâmina não deixava nada transparecer, mas na pausa seguinte havia uma acusação. *Ela se desintegrou por sua causa, porque você a assediou, porque Deus cobiçava seu poder familiar e porque ela preferiu se sacrificar a torná-lo mais nocivo do que já é.*

Lazarus acariciou o queixo imberbe com dedos enluvados brancos.

— Uma despedida muito triste para uma arquiteta tão brilhante. Continuo sem entender como a situação chegou a esse ponto... Se ao menos eu tivesse conseguido vê-la, conversar, certamente teria sido capaz de convencê-la de nossa empreitada razoável. Vejam — se extasiou Lazarus, unindo as mãos em prece —, vocês-sabem-quem é muito mais do que o pai criador dos espíritos familiares e da nova humanidade. Ele não quer glória nem agradecimento. Só aspira a uma coisa: se tornar a encarnação de todos vocês. Até eu, um mero sem-poderes, fui tocado até a alma pela beleza de sua obra, pela grandeza de sua causa! Infelizmente, minha origem faz com que eu nunca possa pertencer à bela e enorme família dele, mas usarei toda minha energia para que este mundo, o mundo dele, seja ainda mais *perfect*! Dane-se que os Lordes de LUX não me considerem digno de estar entre eles. Desde que estejam satisfeitos com meus autômatos e me ajudem a lutar contra a domesticação do homem pelo homem, serei um cidadão pleno!

Lazarus se expressou como se cada palavra fervilhasse na língua. Ophélie foi tomada ao mesmo tempo pela sinceridade e credulidade dele. No seu caso, encontrar Deus uma vez bastara para firmar a intenção de nunca o servir. Ela examinou Ambroise discretamente para verificar se era tão doutrinado quanto o pai, mas o adolescente contemplou a superfície alaranjada do chá com uma melancolia sem fim. A presença paterna parecia privá-lo da própria.

— Já que estamos falando de LUX — acrescentou Lazarus, apontando para o uniforme dourado de Thorn com um olhar significativo —, como raios foi capaz de se juntar a eles? Da última vez que tive notícias suas, você era um funcionário em desgraça do Polo, mas eis aqui um Lorde de Babel!

Thorn deu de ombros.

— Fui contratado pelos Genealogistas. Dirija quaisquer perguntas a eles!

Ophélie admirava a facilidade dele para dissimular o nervosismo. Não teria sido muito estratégico dar a entender que tinha se aliado aos Genealogistas contra Deus depois de tudo que Lazarus dissera.

— *By* Jove, evitarei fazê-lo! — gargalhou Lazarus, limpando os óculos na jaqueta. — Meu grau de iniciação está muito longe do deles. Os Genealogistas não têm direito de me revelar o que sabem e o mesmo vale para mim. Sem ofensa, sr. Thorn, Sir Henry, como quer que se chame, estou mesmo assim preocupado com o destino de sua companheira.

Ophélie apertou com mais força o cachecol, que chicoteou o ar como o rabo arrepiado de um gato. Lazarus pôs os óculos com gestos amplos e dramáticos para olhá-la através das lentes cor-de-rosa. Com uma única palavra dele, todos os autômatos da casa, talvez até da cidade, se transformariam em uma prisão espinhenta. Pior, talvez. Com o aumento da enxaqueca, soube que as garras de Thorn estavam prontas para passar à ofensiva se a situação pedisse.

— E o que você tem a ver com meu destino? — perguntou ela.

Lazarus se aproximou tanto que bateu com o joelho na bandeja de cobre na mesa de chá.

— Jovem lady, por que acha que vocês-sabem-quem me mandou procurar Arcadianos de um dia para o outro? Por que precisa urgentemente possuir o domínio deles sobre o espaço? Não veja isto como uma crítica, mas é por sua causa. Porque você quebrou o equilíbrio frágil de nosso mundo — declarou, com um sorriso indulgente. — E vocês-sabem-quem fará tudo que puder para resta...

— Não a denuncie.

Todas as cabeças, até o rosto vazio de Walter, se viraram para Ambroise. Ele falou em um murmúrio impulsivo e quase inaudível. Estava com a cara tão abaixada que o turbante ameaçava cair no joelho e a mão tremia ao redor da xícara de conteúdo intocado. Pelos olhos arregalados, estava também chocado por ter interrompido o pai.

— Não a denuncie — repetiu, mesmo assim. — Ela... ela me ajudou. Prometi ajudá-la em troca.

Ophélie sentiu que um peso se soltara de seu peito e caíra no fundo do estômago. Ela o ajudara? Ambroise falava do dia em que ela soltara suas rodas da calçada?

— Meu cachecol. Você o procurou de propósito?

Ambroise assentiu, sem desviar o olhar da xícara.

— Parecia muito importante para você, *miss*. Durante seu período probatório na Boa Família, conversei com os controladores de bonde. Precisei insistir um pouco. Acabei sabendo que seu cachecol tinha sido deixado no Achados e Perdidos. Suponho que estava desesperado por perder você; o caráter... *well*... pouco cooperativo incitara o funcionário a prendê-lo. Era preciso pagar uma multa para recuperá-lo. Queria devolvê-lo, juro, assim como sua bolsa.

Ambroise finalmente ergueu o olhar para Ophélie e em seguida para o pai.

— Houve um imprevisto. Preferi esconder suas coisas até encontrar uma solução.

— *By* Jove! — gritou Lazarus, com um sorriso perplexo.

— Sou o imprevisto, Ambroise? Foi minha volta que...? Vi que você estava esquisito nos últimos meses, mas se suspeitasse! Por que não explicou simplesmente... Espere um minuto — continuou bruscamente, olhando do filho para Ophélie, cada vez mais estupefato. — Quem *exactly* você acha que é essa jovem lady?

Ela ergueu as sobrancelhas e Thorn as franziu. Seguiram-se longos segundos mudos, ao longo dos quais um vento noturno levantou todos os mosquiteiros das janelas, carregando o coaxar dos sapos e o cheiro forte das vitórias-régias.

— Aquela que provocará o desmoronamento das arcas — cochichou finalmente Ambroise. — Aquele "Outro" de quem me falou tantas vezes, pai.

Com um movimento espetacular, Lazarus bateu com as duas mãos na mesa de chá, derrubando especiarias, creme e açúcar. Ele encarou Ophélie por cima dos óculos, intensamente curioso, como se quisesse vê-la de outra cor além do rosa.

— Isso é extremamente interessante!

— Não sou o Outro — protestou Ophélie.

— Ela não é o Outro — murmurou Thorn.

— Você não é o Outro? — se chocou Ambroise.

— Não é, *indeed* — afirmou Lazarus, com convicção inabalável. — Mas é quem o liberou. Ela tem os traços permanentes e fico consternado por não ter reparado sozinho — disse ele, pontuando cada sílaba com um tapa entusiasmado no cobre da mesa.

— Você também é invertida!

Ele analisou Ophélie da cabeça aos pés como faria com uma enorme descoberta arqueológica. Ela se perguntou se era um elogio ou uma ofensa. Thorn pressionou a ponta de ferro da bengala contra o tronco de Lazarus, cujo temperamento fogoso fazia as garras sofrerem, para incitá-lo a manter certa distância. Ele se sentou devagar no pufe, sem deixar de devorá-la com o olhar.

— Eu também sou! — anunciou, orgulhoso. — Nunca ouviu falar dos *situs transversus*, jovem lady? É como os médicos chamam anatomias como a minha. Não é tão óbvio quanto o caso de meu filho — disse ele, dando um tapinha na mão deformada de Ambroise no braço da cadeira de rodas —, mas, se pudesse ver meu corpo por dentro, constataria que todos meus órgãos estão ao contrário. Meu coração à direita, meu fígado à esquerda, assim por diante. Nasci assim. Ao liberar o Outro do espelho, sua simetria também se inverteu de certa forma, *isn't it*?

Ophélie assentiu com cautela. Thorn tirou o relógio de bolso, que começava a se sacudir, abrindo a tampa impacientemente, para lembrá-lo da hora. Era tudo interessante, mas não dizia onde estava a bolsa. Logo a cerimônia acabaria no Memorial e os Genealogistas precisariam do livro que os tornaria iguais a Deus.

— Somos parecidos! — se emocionou Lazarus, animado.

— Eu, você, meu filho, somos iguais! Essa particularidade que temos nos torna *extremely* receptivos a... a certas coisas. Não me surpreende que você tenha se tornado uma *leitora* excelente. Ambroise tem uma sensibilidade sensacional e, sem querer me vangloriar, tenho intuições que me tornam um visionário autêntico. Sabia que os canhotos já foram perseguidos? — perguntou, sem parar. — Eram chamados de "sinistros" por causa dessa percepção que tinham, que temos, do universo que nos cerca! Felizmente, hoje não há mais perseguição. Pode até surpreender você, jovem lady, saber que aqui em Babel temos um instituto especialmente interessado em casos como os nossos.

— O Observatório de Desvios — disse Ophélie, sentindo um choque no peito.

— Ah, você já conhece?

— Já estive lá. Eles têm até uma ficha minha. Quer dizer, de Eulalie. Disseram que sou interessante.

— *Of course*! Você é interessante!

A emoção de Lazarus era tanta que o cabelo prateado e comprido ficava mais arrepiado a cada instante. Ele olhava para Ophélie como se brigasse contra o impulso irresistível de dançar com ela.

— Aonde essa digressão nos leva exatamente? — perguntou Thorn, cujo relógio autoritário bateu a tampa.

— Não é digressão nenhuma. *In fact*, estamos bem no cerne do "problema" — disse Lazarus, fazendo aspas com os dedos.

— Afinal, tenho certeza de que vocês querem saber se vou denunciá-los a Deus ou não. Minha lealdade me impeliria a mandar um telegrama imediatamente, mas acho que talvez não seja necessário.

— É... pai? — interrompeu Ambroise, com timidez.

Lazarus não se deu conta que, ao ouvir "Deus", todos os autômatos da sala tinham largado os espanadores para se aproximar.

— *Blast*! — xingou ele. — Alto! Voltem ao trabalho! Não é minha melhor invenção — admitiu, suspirando de cansaço quando os autômatos voltaram a andar. — É a única solução que encontrei para que certos segredos não saiam daqui. Como eu dizia — continuou, sorrindo —, não sou imperativamente obrigado a entregá-los a vocês-sabem-quem. A maior prioridade dele, que é também a minha, é encontrar o Outro. Ora, jovem lady, você está conectada ao Outro e, cedo ou tarde, cruzará seu caminho. Estou pessoalmente convencido de que terá mais oportunidade de fazê-lo logo se ninguém prender você.

Ophélie mergulhou o olhar nas dobras de lã do cachecol para esconder a fúria escurecendo seus óculos. Lazarus falava de seu destino comum com o Outro e do desmoronamento do mundo como se fossem fatos inevitáveis. Até onde ela sabia, nenhuma arca tinha desaparecido. Mal se lembrava da noite em que libertara a criatura do espelho, chegando a pensar que era só um sonho. Esse velho louco os fazia perder tempo inestimável para divagações talvez irrelevantes!

O velho louco também comandava um exército de autômatos.

Quando Ophélie levantou a cabeça de novo, seus óculos já estavam transparentes.

— Entendido — prometeu, ignorando a contração de Thorn a seu lado. — Nós ajudaremos você a encontrar o Outro, na condição de sermos deixados livres para tomar nossas iniciativas. Agora, por favor me devolva minha bolsa e nos empreste sua aeronave.

Lazarus gargalhou com tanto ânimo que a cartola imensa caiu para trás.

— *Wonderful*! Podem contar com minha total cooperação. Ambroise, pode buscar o que a jovem lady pediu? Walter! — ordenou ao mordomo, esticando as próprias pernas como molas. — Vamos preparar o lazaróptero para nossos novos sócios!

Ophélie precisou admitir, ao vê-los sair da sala de repente, que estava preparada para negociar mais. Se Lazarus acreditava na palavra dela, sem exigir garantia, era tão ingênuo quanto aparentava.

No instante em que ficaram a sós, Thorn se recostou no sofá, como se a coluna vertebral comprida se recusasse a sustentá-lo por mais um segundo. Quando soltou a bengala, dedo a dedo, Ophélie viu a forma do castão impressa em sua pele. Ele fez uma careta quando tentou desdobrar um pouco a perna, em um tumulto de aço que derrubou um parafuso.

— Está doendo? — se preocupou Ophélie.

— Não a poupei dos Genealogistas para que negociasse com Lazarus.

— Ele não parece muito perigoso nem informado. Nem sabe o que viemos buscar aqui de fato.

Entretanto, Ophélie não sentiu o alívio que queria. Por um momento, chegara a acreditar que Lazarus podia ter atacado o professor Wolf, Miss Silence, Mediuna e o Sem-Medo. Se ele não tinha nada a ver com as agressões, a verdadeira ameaça continuava uma incógnita.

— Os Genealogistas são egocêntricos fáceis de corromper — disse Thorn. — Lazarus é um idealista que valoriza mais o bem geral do que o próprio. Ele não será tão manipulável quanto você supõe.

— Já consegui uma aeronave. Não me subestime.

Era evidentemente uma piada, mas foi pega de surpresa pela extrema seriedade de Thorn ao encará-la.

— Nunca subestimarei.

Ophélie engoliu de uma vez o chá que até então desprezara, sem se preocupar por respingar no cachecol, que se secou furiosamente. Estava frio, mas ajudou a engolir o nó na garganta. Imagina, fazer declarações como essa em um tom tão sério! Ela se sentia mais intimidada ali, nas almofadas do sofá, o joelho tocando o de Thorn, do que se sentira na mira de todas as lâminas dos autômatos.

Quando ergueu o olhar da xícara, Thorn desviara o rosto. Estava encarando a estampa do tapete com interesse excessivo. Desde a saída do Memorial, flutuava entre eles um não dito cuja natureza ela não entendia bem.

— Mais cedo, você me disse que precisaríamos conversar.

— Sim — confirmou Thorn, firme. — Será mesmo necessário.

— Gostaria muito de saber do que se tra...

— Sua bolsa, *miss*.

Ambroise apareceu, soando seus cliques mecânicos.

— Sinto muito por tê-la evitado como evitei — murmurou.

— Eu estava tão convencido de que você era o Outro, que achei melhor. Eu... eu espero que continuemos amigos?

Depois de tudo que fora dito naquela casa, os pensamentos de Ophélie estavam confusos demais para responder honestamente. De qualquer forma, não teve oportunidade. O olhar incisivo que Thorn direcionou a Ambroise o incitou a dar marcha a ré na cadeira de rodas até chegar na ponta oposta da sala.

Ela inspirou fundo antes de abrir a bolsa. Encontrou lá dentro o vestidinho cinza, as botas de inverno, o cantil de água com gás, biscoitos moles e o cartão-postal que ganhara do tio-avô antes da partida precipitada de Anima.

Tirou, finalmente, um livro infantil com capa roxa e letras douradas:

CRÔNICAS DO NOVO MUNDO

A ERA DOS MILAGRES

ESCRITO E IMPRESSO NA CIDADE-ESTADO DE BABEL
E. D.

Ophélie não foi capaz de conter o estremecimento nos dedos, apesar das luvas, ao abrir o exemplar que inspirara tanta cobiça e tragédia. Notou, na folha de guarda, o selo do Memorial. Não era especialista em papel, como a tia Roseline, mas ficou fascinada pela excelente conservação. Era difícil acreditar que o livro era anterior ao Rasgo. Teria as mesmas propriedades misteriosas do espelho suspenso dentro do globo do Secretarium?

Ao percorrer as primeiras linhas, não se chocou por sabê-las de cor:

Será uma vez mais,
daqui a pouco tempo,
um mundo finalmente em paz.

Nesta época,
haverá novos homens
e novas mulheres também.

Será a era dos milagres.

Ophélie virou as páginas uma a uma com uma sensação irresistível de familiaridade, como se já as tivesse folheado diversas vezes no passado. Não precisou ler a história para lembrar. Sabia que era dividida em vinte contos, cada um relatando o nascimento de uma nova família: os mestres dos objetos, os mestres dos espíritos, os mestres dos animais, os mestres do magnetismo, os mestres da vegetação, os mestres da transmutação, os mestres do charme, os mestres da adivinhação, os mestres do trovão, os mestres dos sentidos, os mestres do termalismo, os mestres do telurismo, os mestres dos ventos, os mestres da massa, os mestres da metamorfose, os mestres da temperatura, os mestres dos sonhos, os mestres da fantasmagoria, os mestres da empatia e os mestres do espaço.

Vinte famílias, vinte poderes.

Eram contos como descritos por Octavio e pelo professor Wolf. Mortalmente entediantes. Depois de aceitar a ideia revolucionária de que E. D. conseguira antecipar o surgimento do novo mundo em uma época anterior às arcas, as histórias em si não eram muito mais interessantes.

Não havia instrução nenhuma para se elevar ao estado de Deus.

Ophélie se sentiu atravessada por uma dúvida horrível e apavorante. Ela entregou o livro a Thorn, se esforçando para não revelar o desespero.

— Talvez... a informação que busquemos esteja em código?

Ele não respondeu, inteiramente concentrado nas páginas que fotografava com os olhos, folheando rapidamente com o dedo. Chegando ao fim da obra, ficou um bom tempo curvado no sofá, tão paralisado quanto a armadura da perna, antes de virar devagar, muito devagar, o nariz de águia para Ophélie. Ela parecia ter se tornado de repente a fonte de sua infinita perplexidade.

— Acho que você deve ler com cuidado até o fim — sugeriu ele, com uma voz que ela nunca ouvira.

Ophélie ajeitou os óculos para observar a última página, onde não tinha notado, de tanto que a tinta desbotara ali, uma pequena anotação manuscrita:

"Esperando dias melhores, minhas queridas crianças.

Eulalie Deos."

Ophélie leu e releu em sequência as palavras até impregná--las de cada partícula de seu ser.

Eulalie Deos.

Deos.

Deus.

Curiosamente, não sentiu surpresa nenhuma. Ela sabia. Sempre soubera e se perguntava como tinha esquecido uma coisa tão essencialmente fundamental. No dia em que Archibald pediu para escolher um nome para os documentos falsos, o que lhe veio espontaneamente foi Eulalie. Eulalie, a mulher cuja memória compartilhava, o reflexo do passado que vira no espelho suspenso. Ela se viu de novo naquele lugar, datilografando rapidamente na máquina de escrever, inventando inúmeros livros infantis entre espirros.

    Eulalie era Deus. Ou Deus um dia fora Eulalie, antes do Rasgo. Uma autorazinha cujo sobrenome era mal pronunciado. Isso não revelava por que Ophélie compartilhava a memória dela nem como Eulalie Deos conseguira criar os espíritos familiares, estilhaçar o mundo e se tornar, ao longo dos séculos, um Mil-Caras quase onipotente, mas explicava finalmente como um simples livro permitiria que um qualquer se tornasse igual a Deus.

    — Pois é ele que é igual a um qualquer — murmurou Ophélie, acariciando a anotação manuscrita.

    Ao fechar *A era dos milagres*, sacudida de novo pelo redemoinho de memória, sentiu na margem dos óculos um olhar concentrado nela e em Thorn, extremamente atento. Um olhar que finalmente reconheceu. Aquele que apavorara o professor Wolf, Miss Silence, Mediuna e o Sem-Medo estava no salão de chá ali com eles.

    Nunca deixara de estar.

    Apoiado no encosto da cadeira de rodas de Ambroise, Lazarus abriu um enorme sorriso.

    — A aeronave do senhor e da senhora está pronta!

O PAVOR

Ophélie não emitiu um único som enquanto Lazarus os conduzia entre os lagos de vitória-régia a passos dançantes. Ela comprimiu o livro de Eulalie Deos contra a barriga para controlar o tremor. Apesar da umidade da noite, tinha a impressão de que seu sangue congelara. A despeito do esforço para não deixar transparecer, o cachecol sentia seu medo e apertava o pescoço.
Thorn, absorto em pensamentos, batia a bengala no chão com determinação renovada. Ophélie queria gritar que o assassino estava entre eles, mas teria precipitado o fracasso. Não. Era imperativo que controlasse os nervos. Olhasse para a frente. Não causasse suspeita. Um plano – irracional, cheio de lacunas, mas ainda assim um plano – se formava pouco a pouco dentro dela.
— Está tudo bem, *miss*? — perguntou Ambroise educadamente.
Ele manobrou a cadeira para se manter à direita, o rosto doce erguido como se desejasse desesperadamente o perdão. Ophélie se contentou em assentir.
Ela se tranquilizou ao ver Lazarus subir aos pulinhos a escada de um terraço, as pontas do fraque agitadas como asas. Thorn subiu a passos pesados atrás dele, degrau a degrau, incapaz de dobrar o joelho da armadura. Não havia rampa de acesso: Ambroise não poderia segui-los. Pelo menos seria difícil. Quando Ophélie o olhou

uma última vez do alto da escada, a pele escura do adolescente e a madeira da cadeira se misturavam completamente à noite do jardim. Só as roupas brancas atravessavam a escuridão, dando a ilusão de um fantasma sentado em meio ao vazio.

O plano de Ophélie talvez funcionasse.

O "lazaróptero" esperava no terraço de mármore. Tratava-se de um aparelho cujas hélices e estrutura metálicas lembravam, na luz das lanternas, um esqueleto gigantesco de libélula. Walter pilotava a passarela de embarque. O movimento das hélices causava uma ventania tão forte que Ophélie sentiu o ar bater em seu rosto e bagunçar seus cachos. Ela respirou fundo para se armar de coragem e entregou *A era dos milagres* a Thorn, que se dirigia à passarela.

— A verdade que descobrimos — disse ela, alto o suficiente para ser ouvida apesar da cacofonia das hélices — provavelmente não é o que os Genealogistas querem ouvir.

— Não importa. Cumpri minha parte do acordo.

No momento de segurar o livro, Thorn fechou autoritariamente os dedos sobre os de Ophélie e a olhou nos olhos. O cabelo arrepiado pelo vento lhe dava um ar ainda mais ranzinza do que de costume.

— Você não tem intenção de me seguir ao Memorial — constatou. — Por quê?

Ela não parara de acumular mentiras desde a chegada a Babel, muitas vezes por necessidade, outras por facilidade, mas se havia uma pessoa no mundo com a qual queria ser inteiramente transparente era o homem à sua frente naquele instante.

Entretanto, mentiu deslavadamente, olhos nos olhos:

— Quero conversar com Ambroise. Precisamos esclarecer algumas coisas. De qualquer forma, você não queria me apresentar aos Genealogistas, não é?

Os dedos de Thorn esmagaram os dela com ainda mais força. Será que suspeitava que não estava sendo sincera?

— Não saia daqui até eu voltar. Pessoas morreram por se aproximar do segredo que detemos.

Ophélie quase cedeu sob o olhar de chumbo. Queria implorar para Thorn ficar com ela no terraço, mas se revelar ali garantiria que eles morreriam, os dois, de forma atroz. Só havia uma solução para impedir o assassino e exigia que Ophélie conversasse pessoalmente com ele.

Sem saber bem como, encontrou forças para sorrir.

— Não vou sair daqui.

Thorn soltou seus dedos a contragosto e ficou com o livro. Ophélie precisou se segurar para não correr atrás dele quando subiu na passarela.

Lazarus esticou a mão suspensa dela e a apertou, rindo.

— Foi um enorme prazer reencontrar você, lady! Não nos falaremos tão cedo, pois tenho muito a fazer nas próximas semanas e certamente não terei tempo de voltar para cá hoje à noite. Sinta-se em casa! Desejo boa sorte na procura pelo Outro — acrescentou, se aproximando de seu ouvido. — Não confie nos seus olhos para encontrá-los, pois ninguém conhece sua aparência ou a forma que tomará quando chegar a hora. Se me permitir um último conselho: se atente aos ecos. São a chave de tudo. *Blast*!

Ele correu pelo terraço. A cartola branca saíra voando para as estrelas, carregada pelas hélices.

Ophélie mal o escutara.

— Deixe que partam com o livro — cochichou ao vento quando Lazarus subiu a passarela. — Sou eu que interesso, certo?

A presença continuava ali. Sem a memória de Eulalie, provavelmente nunca a notaria. O aparelho levantou voo no ronco das hélices antes de se perder no infinito da noite. Thorn estava seguro.

O vento e o silêncio voltaram. Ophélie engoliu com dificuldade antes de virar o rosto de vez. As luminárias do terraço, cercadas de mosquitos, redobravam a sombra do homem que continuara a seu lado. Pela primeira vez desde o início da noite, ela o viu distintamente, apesar da camada espessa de cabelo, sobrancelha e barba. Até naquele instante, pareceu inacreditável que um velho faxineiro de aparência tão inofensiva tivesse apavorado tanta gente.

— Foi você quem abriu a porta quando fiquei trancada no incinerador — disse Ophélie, com uma calma que estava longe de sentir.

Ele não respondeu. Era impossível discernir a expressão sob os pelos que o cobriam.

— Você estava lá. Estava lá quando o Sem-Medo me ameaçou. Estava lá quando Mediuna me chantageou. Você me protegeu. Assim como protegeu minha obra — insistiu Ophélie, forçando a convicção no possessivo. — Você puniu o professor Wolf por roubar um dos meus livros e Miss Silence por quase destrui-los todos.

A silhueta emaciada do velho, cujo equilíbrio parecia vacilante sem a vassoura na mão, se esticou lentamente com essas palavras. Ophélie sentiu uma gota de suor escorrer entre as omoplatas. Seu plano dependia inteiramente na sua capacidade de encarnar Eulalie Deos na frente dele. Ele confundia as duas. Ela sabia, porque já tinha causado a mesma confusão em Farouk, Pólux, talvez até em Hélène e Ártemis.

"Outro... Tem outro", dissera Mediuna.

— Você também é um espírito familiar — declarou Ophélie, com convicção. — Um espírito familiar da sombra, desconhecido do mundo. Porque o seu papel é outro. Você protege minha escola. Você protege minhas obras.

O velho nem se mexeu, paralisado como uma estátua. Ophélie não se deixava enganar. As feras muitas vezes ficavam imóveis antes de abater a presa.

— Eu dotei você de um poder de dois gumes — continuou ela, com a voz quase estável. — Inspirar o pavor absoluto ou a completa indiferença. É um fardo pesado, que o fiz carregar durante séculos. Condenado a nunca existir de fato para os outros, a não ser que os apavorasse.

Ophélie anunciava verdades que o faxineiro já sabia, mas sentia nele certa hesitação. Precisava convencê-lo – convencer a si própria – de que era Eulalie, só Eulalie.

Precisou usar toda a força que tinha para não recuar quando o faxineiro se aproximou devagar, sobrepondo a sombra à dela. Ela se sentiu de repente apertada no próprio corpo. Queria desamarrar o cachecol que, cada vez mais ansioso, a sufocava um pouco, mas mal conseguiu mexer os dedos. Se não se acalmasse rápido, o espírito familiar nem precisaria usar o poder para matá-la de medo.

— Sinto muito — murmurou Ophélie. — Você passou tanto tempo solitário... Não está mais obrigado a fazer isso por mim. A escola que conhecemos deixou de existir. Seus irmãos e irmãs já cresceram bem. Meus livros não valem assassinato. Tudo que um dia foi importante não o é mais hoje. Você precisa passar para a próxima, entende?

Talvez fosse sua imaginação, mas ela pareceu distinguir uma faísca através da franja do velho faxineiro. Em dois passos lentos, ele cobriu a pouca distância que os separava e, com um movimento quase reptiliano, vértebra a vértebra, se curvou até suas costas formarem uma corcunda anatomicamente desumana. O matagal grotesco do rosto estava a milímetros do de Ophélie. Ele não respirava. Será que havia uma boca atrás da barba? Olhos sob as sobrancelhas?

O primeiro gesto impulsivo abriria a hostilidade.

O velho faxineiro ficou assim um bom tempo, em uma curva de quebrar os ossos, cara a cara, no limite da indecência. Quando decidiu finalmente se mover, foi para esticar o braço ossudo e comprido, erguer uma mão esquelética e afastar o cabelo.

A faísca que Ophélie vira não era do olhar, mas de uma placa de alumínio aparafusada diretamente na pele da testa. Havia nela uma inscrição minúscula, quase invisível na luz fraca das lanternas. Ela reconheceu os caracteres sem ser capaz de decifrá-los – a memória de Eulalie não chegava a tanto detalhe. Eram os mesmos arabescos nos Livros de espíritos familiares, códigos descrevendo sua natureza intrínseca e definindo sua existência.

A placa certamente era muito menos complexa do que um Livro, o que explicava o comportamento primitivo do velho faxineiro, mas não deixava de ser sua força vital. Ophélie estava tentando entender por que a revelara, mas ele bateu na placa com a unha comprida.

— Quer que eu tire?

Ela reencontrou a voz. Mesmo sabendo que a criatura antiga matara várias vezes, não sentia coragem de assassiná-la, nem no direito de fazê-lo. Por mais que estivesse aterrorizada, se sentia responsável por ele. Eulalie, ao deixar de ser Deos e se tornar Deus, o abandonara ao léu. Se Ophélie herdara sua memória, pela razão que fosse, não herdara também sua culpa?

— Miss Ophélie, é você? Não viajou com meu pai?

Era Ambroise, que provavelmente a ouvira lá de baixo e exclamara, surpreso.

Por uma fração de segundo, Ophélie reagiu instintivamente ao chamado. Foi um movimento breve e ínfimo do olhar para a escada, mas quando voltou ao velho faxineiro, soube que tinha se revelado. Ele não movera um fio de cabelo, ainda exageradamente curvado, levantando a franja com a mão, mas a atmosfera a seu redor se tornara bruscamente mais pesada.

Preciso fugir, entendeu. *Pedir socorro.*

Ela não fez nada. As pernas pareciam afundar no mármore. Cada inspiração era como um gole de água pantanosa. O corpo não a obedecia mais; era só um caos de entranhas cujas moléculas berravam no silêncio mais desesperado. Nunca, nem na solitária, Ophélie se sentira tão sozinha. Como se, com um golpe de tesoura sem piedade, tivessem cortado o vínculo que a prendia a tudo que o mundo tinha de bom e bonito. Até o cachecol pendia do pescoço como um peso morto, esvaziado de animismo.

Quando acreditou ter chegado ao fundo do horror, o medo de verdade começou a percorrer o corpo, inchar nas vísceras, invadir tudo, devastar tudo, até a explosão.

Ela levou alguns segundos para entender que a explosão não era dela, mas externa. Com os músculos paralisados e a barriga sacudida por espasmos, encarou o rosto do velho faxineiro à sua frente.

A placa da testa estava perfurada por um buraco enorme.

Nenhuma gota de sangue escorreu e, por um momento, ele continuou na posição absurda, curvado e corcunda, uma mão segurando a franja. Finalmente, então, caiu no mármore como uma marionete desmontada.

Morto.

As pernas de Ophélie cederam. Ela se encolheu, vomitou o chá e só em seguida encontrou a força de se virar para quem salvara sua vida.

Uma sombra estava acocorada na balaustrada do terraço, com uma escopeta em cada mão. Era tão pequena e leve que Ophélie pensou em um macaco, mas, quando a silhueta se empertigou, viu que era uma criança de tanga.

O filho do Sem-Medo-Nem-Muita-Culpa.

Sem uma palavra nem um barulho, ele se virou e mergulhou nos jardins.

— Miss Ophélie! — gritou Ambroise, alarmado. — O que foi esse barulho? Você se machucou?

Ela contemplou o corpo do velho faxineiro, um buraco no meio da testa. Ele perdia a consistência lentamente, se tornando pouco a pouco mais transparente, logo deixando entrever o mármore sobre o qual jazia. Alguns instantes depois, desapareceu completamente. Como se nunca tivesse existido.

— Está tudo bem — respondeu, finalmente.

Nunca sentira tanto alívio ao dizer isso.

BESTEIRA

Victoire pulou da cama. Gritos altíssimos atravessavam todos os andares da casa. Não demorou muito para Mamãe acender a luz do quarto; ela só vestia um penhoar de seda, o cabelo cheio de rolinhos.

— Não tenha medo, querida! — sussurrou, a pegando no colo.

Victoire não sentiu medo. Ela não sentia medo desde que Pai expulsara a Dama-Dourada e todas as sombras. Com os olhos pesados de sono, viu as estrelas de mentira piscando além da janela. Mesmo assim, estava curiosa quanto ao motivo dos gritos. Parecia a voz de Avodrinha e, se fosse, ela parecia estar com raiva.

— Sra. Roseline? O que houve? O que aconteceu?

Mamãe desceu a escada, abraçando Victoire apertado. Não havia ninguém nas salinhas, ninguém na sala de jantar, ninguém na despensa, mas quanto mais portas Mamãe abria, mais os gritos de Avodrinha doíam no ouvido.

— Onde já se viu! Eu podia ter te matado! Você... você é... é mais frustrante que um tubo de pasta de dente!

Victoire arregalou os olhos quando Mamãe entrou com ela no fumódromo. As lamparinas a gás estavam todas baixas, mas a luz bastava para enxergar. Reinava ali uma bagunça que Victoire nunca vira em casa. Nenhum móvel estava no lugar de costume. O belo tabuleiro de damas estava de pernas para o ar. No tapete, guimbas do cinzeiro estavam misturadas às peças pretas e brancas.

Avodrinha, de robe e touca, se erguia no meio do fumódromo com uma expressão temível. Um dos pés perdera a pantufa. Victoire apertou Mamãe ao ver uma sombra agachada atrás do sofá.

— Aparece sem avisar! — exclamou Avodrinha, escandalizada. — Entra na casa dos outros a qualquer hora! Ouvi um barulho aqui, achei... achei que era um assassino!

A sombra atrás do divã se levantou. Era um homem que, na verdade, não tinha nada de sombra. Seu rosto e barba brilhavam como o sol e, no meio do fogo, cintilava um enorme sorriso orgulhoso. Ele segurava um charuto parecido com aqueles expostos na vitrine do fumódromo. Com a outra mão, esfregava uma marca vermelha esquisita na testa, sem conseguir apagá-la.

— Sra. Roseline me bateu com uma espátula de cozinha. Ela é extraordinária.

Victoire sentiu um calafrio de corpo inteiro. Era Padrinho!

— Como você entrou? — perguntou Mamãe.

— Inventei um atalho. Vou cancelá-lo ao sair.

Padrinho apontou com o charuto para o enorme relógio de pé que marcava os segundos no fundo do fumódromo. Quer dizer, que deveria marcar os segundos. O pêndulo sumira de trás do vidro: no lugar, Victoire vislumbrou o asfalto de uma rua escura.

— Certo. Vou preparar um chá.

Mesmo que a acordassem no meio da noite e virassem sua casa de cabeça para baixo, Mamãe era sempre bem educada.

— Não faça nada, queridíssima. Não temos muito tempo.

Padrinho pulou sobre o sofá para se sentar no encosto, sujando as almofadas com os sapatos. A calça estava toda esburacada e ele nem passara os suspensórios sobre a camisa. O rosto, o pescoço, as mãos, cada pedaço de pele visível entre a roupa tinha cores incríveis. Victoire nunca o achara tão lindo.

— Na verdade — riu Padrinho, soltando uma baforada —, não tenho direito de estar aqui. Mas vocês me conhecem, né? Quanto mais me proíbem, mais transgrido!

Mamãe sentou Victoire a seu lado em uma cadeirinha e, com um gesto gracioso, cobriu seu nariz com um lenço para impedi-la de respirar a fumaça do charuto.

— Você é incompreensível, Archi. Mas suas explicações precisam esperar. Primeiro, devo fazer uma pergunta da maior importância. Você encomendou uma ilusão da sra. Cunégonde, por acaso?

— Que ideia! Por que pediria uma coisa que me enoja?

Padrinho caiu na gargalhada, mas Victoire viu um olhar nervoso entre Avodrinha e Mamãe. Nenhuma das duas viu graça na resposta.

— Foi mesmo um impostor. Pensar que abri a porta para ela dezenas de vezes, que a deixei se aproximar da minha filha! Quem quer que seja, essa pessoa está a sua procura, Archi. Portanto, responsabilizo-o por ter colocado nós três em perigo.

Sob a doçura de Mamãe, Victoire sentiu uma rigidez cuja natureza não entendeu. Longe de se interromper, o sorriso de Padrinho aumentou.

— Se você mencionou minhas atividades para o tal impostor — disse ele, forçando a última palavra misteriosamente —, também é um pouco responsável. Não importa! Vim colocar vocês três sob proteção contra o tal perigo.

Padrinho tirou do bolso, também furado, uma bola que jogou a Victoire, brincando. Pesava muito e tinha um cheiro delicioso! Mamãe a confiscou imediatamente, como se fosse um objeto perigoso.

— Uma laranja — declarou Padrinho. — Antes do seu nascimento, senhorita, nós as víamos em todas as mesas do Polo. Essa daí eu colhi não faz nem quinze minutos.

— Você conseguiu? — se chocou Avodrinha. — Encontrou Arca-da-Terra?

— Não foi fácil. Precisei atravessar cidades, montanhas e florestas para baldear entre as Rosas dos Ventos! E se chegar em Arca-da-Terra é difícil, sair é ainda pior. Os Arcadianos podem até ser meus primos distantes, mas não me receberam de braços abertos — declarou ele, coçando a marca de espátula na testa. — Dom Janus, o espírito familiar, me deu ordens claras de não sair da arca nem usar Rosas dos Ventos. Note que não é sofrimento algum, Arca-da-Terra tem jardins incríveis.

Victoire inspirou profundamente o perfume da laranja nas mãozinhas. Montanhas. Florestas. Jardins. Para ela, essas palavras eram só gravuras escuras em livros da biblioteca, mas quando Padrinho as dizia, ela ouvia "céu", "árvores", "passarinhos"!

— E você correu para desobedecer — suspirou Mamãe, com doçura. — Você desobedeceu a um espírito familiar.

— Só pela metade — disse Padrinho. — Vim ao Polo sem usar nenhuma Rosa dos Ventos! Levou muito tempo e esforço, mas consegui invocar um atalho entre as duas arcas. Não vai durar muito, então corram para arrumar suas coisas!

Avodrinha grudou o nariz no vidro do relógio e limpou o embaçado que a impedia de ver a rua.

— Quer dizer que isso...

— Não, é só a esquina, sra. Roseline. Meu atalho para Arca-da-Terra está em outro bairro da Cidade Celeste. Vamos lá, vou poupá-las de um périplo de milhares de quilômetros: não é só uma caminhada, né?

— Por que raios quer nos levar para lá?

Archibald recuperou a pantufa que Avodrinha perdera e a usou de leque.

— Sol, café, frutas, especiarias, ofereço o paraíso de bandeja e as senhoras desdenham?

Fez-se um silêncio ainda mais pesado do que a laranja apoiada no penhoar de seda de Mamãe, tão pesado que até o Padrinho perdeu de repente toda a leveza. Ele esmagou o charuto em um cinzeiro lentamente. A boca mantinha o canto malicioso que Victoire adorava, mas a voz com que voltou a falar foi muito séria:

— O impostor com o qual se encontraram é um megalomaníaco. Ele embolsou quase todas as instituições políticas, sem nem levar em conta sua capacidade de assimilar e reproduzir os poderes familiares de todos que cruzam seu caminho. Homens morreram, e eu quase morri também, porque um barão queria agradá-lo. Não é um caso isolado, sem dúvida. Só há um lugar no mundo, um único, que esse megalomaníaco ainda não conseguiu tomar: Arca-da-Terra. Finalmente entendi o que ele busca e por que os Arcadianos o mantêm afastado.

Uma faísca de luz se acendeu em meio à barba de Padrinho quando o sorriso revelou seus dentes.

— Meus primos detêm um poder dos mais fascinantes — continuou. — Já ouviram falar das Agujas?

Padrinho pronunciara "agurras", forçando bem o erre na garganta. Avodrinha franziu as sobrancelhas e Mamãe ficou em silêncio. Victoire não entendeu a pergunta, mas viu que nenhuma das duas sabia responder.

— Também chamados de "Ponteiros" — disse Padrinho. — É uma ramificação da árvore genealógica dos Arcadianos. Não os conhecia antes de encontrá-los, com razão: são extremamente raros e secretos. Imaginem-se, senhoras, dotadas de uma bússola interna que permite encontrar qualquer pessoa em qualquer lugar, sem falta. O alvo poderia estar escondido do outro lado do mundo, na fortaleza mais impenetrável, mas não seria capaz de fugir. Entenderam? É esse o poder dos Ponteiros! Imaginem agora o que esse megalomaníaco faria com o poder. Mais ninguém estaria a salvo de sua agulha.

Padrinho se calou para saborear o efeito. A única palavra que Victoire entendera no discurso complicado era "árvore". Não devia ser uma árvore qualquer, porque Mamãe e Avodrinha pareciam bem impressionadas.

— Se eu encontrei Arca-da-Terra, ele também encontrará, mais cedo ou mais tarde — acrescentou Padrinho, brincando com a guimba do charuto. — Por isso acho que precisamos usar o poder dos Ponteiros antes deles. Aí está o problema. Os Arcadianos, começando por dom Janus, são apegados especialmente à neutralidade sacrossanta. Não querem se misturar nos probleminhas do mundo se não for lucrativo o bastante. Passei a vida toda sendo neutro, como fui educado, mas, se aprendi uma coisa, é que "neutralidade" é um sinônimo bonito de "covardia". Chega uma hora em que é preciso tomar partido e, no que me diz respeito, me recuso a continuar do lado das marionetes.

Mamãe aplaudiu com as belas mãos tatuadas. Victoire a imitou, brincando.

— Parabéns, Archi, você cresceu um pouco. O que tem a ver com a gente?

— Quero convencer dom Janus e os Arcadianos a renunciarem à neutralidade, mas para eles sou só um ex-embaixador advogando em causa própria. Você, Berenilde, é, digamos, a primeira-dama do Polo. Sua palavra pesa mais do que a minha. Sem falar do seu charme.

Padrinho arregalou os olhos, olhos mais azuis do que o céu de mentirinha da casa jamais fora. Victoire queria voar naqueles olhos.

— Não — disse Mamãe.

— Não? — repetiu Padrinho, sorrindo mais.

— Você me pede o impossível. Se eu te seguir, não tenho garantia alguma de voltar e, diferente de você, nunca arriscarei uma catástrofe diplomática por desobedecer a um espírito familiar.

— Considere...

— Já disse e repito, Archi — continuou Mamãe, interrompendo Padrinho. — Meu lugar é aqui. Estou mais convicta do que nunca: nosso senhor precisa ter a filha por perto. Ele está tentando mudar, mudar a família e, se conseguir, é porque quer que ela tenha um futuro sem guerras entre clãs, sem conspiração ou assassinato. Se formos, ele esquecerá por que tem esse trabalho todo.

Desta vez, foi Avodrinha que aplaudiu. Victoire, divertindo-se na brincadeira noturna, fez questão de imitá-la também. Parecia uma das óperas que Mamãe às vezes descrevia.

Padrinho acariciou com o polegar o sorriso cada vez maior.

— O poder dos Ponteiros, Berenilde. Pense só! Se convencê-los a trabalhar para nossa causa, eles encontrarão o sr. e a sra. Thorn em um piscar de olhos.

Victoire sentiu o corpo de Mamãe se enrijecer ao lado dela. Quando Mamãe ergueu a cabeça, Victoire viu uma certa dor em seu rosto, como se tivesse se queimado, mas só durou um instante. Logo retomou a bela máscara de porcelana.

— Não procurarei Thorn nem Ophélie se não quiserem ser encontrados. Por outro lado, quero que eles possam me achar aqui quando for a hora. Eu e minha filha ficaremos. Ponto final.

Quando Mamãe acabou de falar, muito digna e empertigada na cadeira, Avodrinha estendeu uma mão autoritária para Padrinho. Após certa hesitação, ele devolveu a pantufas.

— Nunca forcei uma mulher a nada, não começarei agora. Dane-se! Vou-me embora agora, pois o atalho não durará muito.

O coração de Victoire bateu com força quando Padrinho se ajoelhou para segurar sua mão. O queixo dourado arranhou seus dedos. Ele sorriu, mas de uma forma diferente. Não havia alegria naquele sorriso.

— Não sei quando nos veremos de novo, mocinha. Não mude muito até lá, por favor.

Victoire sentiu frio de repente. Ela viu Padrinho espanar o enorme chapéu furado e sacudi-lo três vezes acima da cabeça, como se despedisse de cada uma delas.

Ela não queria.

Não queria vê-lo ir embora tão cedo. O céu de verdade, as árvores de verdade e os passarinhos de verdade iriam com ele. Mexeu a boca ao ver Padrinho se enfiar no relógio do fumódromo, mas ele não escutou.

Ninguém a escutava.

Sem olhar para Mamãe e Avodrinha, Victoire deixou a Outra--Victoire para trás e atravessou o relógio também. Ela se encontrou na calçada de uma rua enevoada que a *viagem* deixava ainda mais embaçada. Visto do outro lado do relógio, o fumódromo era só uma manchinha de luz no meio da parede. Padrinho fechou uma porta e a abriu de novo: não havia mais fumódromo, nem casa.

Victoire não sentiu medo. Continuava a sentir ao longe a presença da Outra-Victoire contra o corpo de Mamãe. Além disso, Padrinho estava ali. Mesmo que não a visse como Pai, ela sentia maravilhosa ao lado dele.

Desta vez, o seguiria até o céu de verdade!

Por enquanto, Padrinho não se mexeu tanto. Ficou de pé no meio da rua, com as mãos no bolso, olhando curioso para a névoa ao redor.

— Ah, que bom — disse ele, ao ver uma silhueta aparecer.

— Felizmente, você deveria ficar de guarda.

— Achei que tinha visto alguém. Alarme falso.

Victoire reconheceu o Moço-Grande-Todo-Ruivo. Até quando tentava cochichar, a voz grossa ecoava pela rua.

— E aí?

— Aí nada — riu Padrinho, dando de ombros. — Antigamente eu teria convencido qualquer uma a me seguir até o fim do mundo. Teria usado meu velho truque — falou, apontando para a lágrima preta entre as sobrancelhas —, mas prometi nunca mais usá-lo com Berenilde. Ela deve estar certa, talvez eu esteja crescendo. Que horror...

Victoire pulou de paralelepípedo em paralelepípedo para não perder Padrinho e Moço-Grande-Todo-Ruivo de vista. Eles andavam muito rápido pela bruma. Os murmúrios, deformados pela *viagem*, pareciam as bolhas de um canudo no copo de leite.

Eles se enfiaram num beco ainda mais escuro, que só levava a uma parede de tijolo e montanhas de lixo. Se Victoire sentisse cheiro na *viagem*, certamente precisaria tampar o nariz. Não era o céu que queria ver.

Padrinho subiu em uma caixa mofada que permitiu chegar à porta de uma carruagem velha sem roda. O Moço-Grande--Todo-Ruivo não fez pergunta alguma.

— Bem na hora, ainda está aqui — cochichou Padrinho, fazendo sinal para apressá-lo. — Com alguma sorte, dom Janus não terá notado nada.

A porta se abrira para uma luz viva, como se houvesse fogo dentro da carruagem. O Moço-Grande-Todo-Ruivo precisou virar os ombros largos para entrar. Padrinho deu uma última olhada para confirmar que não havia ninguém no beco, não viu a menininha bem ali, e entrou também.

Sem hesitar, Victoire pulou na luz com eles.

Por um instante, não viu mais nada. Nem luz, nem escuridão. Um dia, Avodrinha tinha rasgado a manga do vestido, presa na maçaneta da sala. Victoire se sentiu rasgada em dois, como a manga de Avodrinha.

Entretanto, a dor não doeu de fato e, no segundo seguinte, parou de pensar nela. Só via o céu acima. Um céu absolutamente gigantesco. Um céu que não se contentava em ser azul, mas também vermelho, lilás, verde e amarelo, com um sol deslumbrante e enormes turbilhões de pássaros. O céu de verdade! Até deformado pela *viagem*, era a coisa mais linda que já vira em sua curta vidinha.

— Falei que era perda de tempo.

Victoire se virou para a Moça-do-Olho-Esquisito. Estava bem ao lado, um cigarro pendurado na boca, soprando baforadas irritadas. Também tinha ganhado cor desde o último encontro.

— Ir até lá foi um risco estúpido e inútil.

Padrinho fechou e reabriu a porta de uma cabana com gestos exagerados.

— Pronto, acabou, nada de atalho! Aconteceu alguma catástrofe? Notaram nossa ausência?

— Sei lá — resmungou a Moça-do-Olho-Esquisito. — Eu e o gato nos contentamos em vigiar o laranjal para ninguém chegar perto desse atalho de merda do lado de cá do mundo.

Ela olhou irritada para o Moço-Grande-Todo-Ruivo, mas ele não parecia querer se meter na conversa. Encarava Pamonha, que cheirava os sapatos enormes com certo nojo, como se o mestre tivesse pisado em sujeira.

Victoire se deu conta de repente que estavam no seio de um jardim onde centenas de árvores – árvores de verdade! – pendiam sob o peso de laranjas como a que Padrinho levara para ela. A luz que reinava ali era mais forte do que todas as luminárias de casa e todas as ilusões do parque.

O fascínio dela foi rapidamente substituído por um sentimento de desconforto. Não sentia mais a presença distante da Outra-Victoire.

— Vamos parar de reclamar — declarou Padrinho. — É hora do plano B!

A Moça-do-Olho-Esquisito fez uma careta.

— Que plano B, senhor ex-embaixador?

— O que vamos inventar para convencer meus primos a caçarem Deus em vez de fugirem dele?

Ao dizer essas palavras, Padrinho se afastou, catando uma laranja, os suspensórios pendurados no quadril. Victoire não sabia mais o que fazer. Continuar a segui-lo? Não se mexer? Por mais que se concentrasse, não conseguia voltar. Nunca precisara de esforço: voltar para casa sempre fora natural, como acordar.

Victoire pulou na frente da Moça-do-Olho-Esquisito, esperando que seu poder estranho anulasse a *viagem*, mas não mudou nada. Ela cuspiu a guimba do cigarro, que atravessou Victoire como uma nuvem.

— Aquele imbecil não sabe o que está fazendo. E você, o que houve? — perguntou ela ao Moço-Grande-Todo-Ruivo. — Pegou um resfriado no Polo?

O Moço-Grande-Todo-Ruivo não respondeu. Tinha parado de encarar Pamonha, que continuava a cheirar os sapatos, para olhar para o céu.

Franziu as sobrancelhas grossas, preocupado.

— É o fim do começo. Ou o começo do fim.

Com um choque aterrorizado, Victoire de repente notou: as sombras sob os pés do Moço-Grande-Todo-Ruivo.

O OUTRO

O sopro do secador de cabelo cobria a voz do rádio e os pingos grossos de chuva batendo na janela. De qualquer forma, Ophélie não estava ouvindo nada disso. Também não se atentava ao empregado mecânico atrás da cadeira que declarava "SACO VAZIO NÃO PARA EM PÉ" e "UMA ANDORINHA SOZINHA NÃO FAZ VERÃO" enquanto secava os cachos indisciplinados dela. Tentara explicar que bastava uma toalha, especialmente com o calor abafado do quarto, mas não tivera escolha. Lazarus ficaria semanas fora e Ambroise tinha saído para trabalhar de ta-chi: na ausência deles, era melhor não contrariar autômatos capazes de apontar centenas de facas em resposta à primeira palavra errada.

Ela se concentrou no cartão-postal do tio-avô, armada com a lupa emprestada por Ambroise. As silhuetas da multidão da XXII^a Exposição Interfamiliar não eram fáceis de distinguir, mas uma era muito reconhecível: um velho afastado, varrendo a calçada do Memorial, o rosto escondido por uma mistura inextricável de barba, sobrancelha e franja. Não mudara nada em sessenta anos. Passara séculos inteiros cuidando do que restava da escola antiga onde viveram Eulalie e os espíritos familiares. Ophélie não conseguia afastar o olhar dele desde que o encontrara na foto. Mesmo que tivesse desaparecido, o pavor que causara continuava gritando dentro dela. Passara a noite tendo pesadelos e precisara de vários banhos para limpar o cheiro azedo de angústia da pele.

No entanto, me saí muito bem, pensou, erguendo o olhar para os rastros empoeirados de chuva na janela. Se o filho do Sem-Medo tivesse esperado um segundo a mais para destruir a placa, teria se visto, no melhor dos casos, no mesmo estado de Mediuna. Será que aquele garotinho a espionara sabendo que ela o levaria ao assassino do pai? Se fosse o caso, o substituto do Sem-Medo estava indiscutivelmente garantido.

Se o velho faxineiro que confrontara na véspera estava no Memorial sessenta anos antes, não podia ser o Outro que Ophélie soltara do espelho. Precisava admitir que considerara a possibilidade seriamente, mas não batia. Além disso, uma coisa era apavorar pessoas, outra era desmoronar arcas inteiras.

Ophélie ergueu a sobrancelha quando um cheiro de queimado emanou do próprio couro cabeludo.

— Acho que basta, obrigada — falou, com um sinal de dispensa educado.

O autômato desligou o secador e foi embora, se despedindo com "O SEGURO MORREU DE VELHO". A chuva e o rádio voltaram a soar. A mobília de madeira esculpida, a cama imensa com mosquiteiro e o belo espelho de pé eram muito diferentes do quarto austero da Boa Família. Pensar que Ophélie passara a primeira noite em Babel ali... Mal acreditava que já se tinha se passado quase meio ano desde então.

Ela desdobrou o papelzinho que Octavio entregara antes de se despedir.

Venha me ver quando possível, você e suas mãos. Hélène.

Era um convite tentador, mas preferia pensar duas vezes antes de chegar perto de outro espírito familiar.

Grudou o rosto no vidro, o reflexo devolvendo uma cabeça descabelada no fundo das gotas. A umidade era inesperada em meio à temporada de secas. Ophélie ouviu, sem escutar, o apresentador de rádio em uma reportagem sobre o Salão de Artes Domésticas no centro de Babel. Da mesma forma, olhou sem enxergar os lagos de vitória-régia cuja água era remexida pela que caía do céu. Lutava contra a necessidade de abrir a janela, se jogar na chuva e se pendurar na varanda para ficar de olho na entrada. Por que Thorn demorava tanto? Devolver um livro não deveria levar tanto tempo, não é? Será que os Genealogistas tinham criado problemas?

Ophélie se sobressaltou ao ouvir duas batidas autoritárias na porta do quarto.

— Poderia, por favor, me ajudar com isso? — pediu Thorn, quando ela abriu.

O cachecol estava enroscado na perna dele. Apoiado no batente, Thorn o puxara como um gato pela pele do pescoço, mas a lã estava presa na armadura.

Ophélie deixou escapar um sorriso enquanto tentava soltá-lo.

— Eu estava me perguntando onde ele tinha ido parar. Acho que tomou gosto pela independência.

Thorn entregou o guarda-chuva encharcado ao autômato que o levara até ali e bateu a porta na cara dele. Na falta de cara, na verdade.

— Onde está o filho de Lazarus? — perguntou ele, olhando com seriedade pelo quarto.

— Ele saiu, vai passar o dia fora.

Thorn trancou a porta.

— Melhor assim. Não seremos interrompidos.

Ele confirmou que não havia ninguém na varandinha inundada pela chuva. Agarrada pelo cachecol, Ophélie observava com cautela o perfil desconfiado de Thorn. Tinha penteado o cabelo, feito a barba e consertado, desta vez devidamente, a armadura da perna. Não era a aparência de um homem maltratado; contudo, exalava um cheiro excessivo de desinfetante.

— O que os Genealogistas disseram? — se preocupou ela.

— Estão decepcionados?

Thorn puxou a cortina, sem se incomodar com a penumbra completa na qual mergulhou o quarto.

— Ficaram satisfeitos. Até mais que satisfeitos.

— Mas?
— Mas nada. O livro que levei correspondeu plenamente às expectativas. Estão prontos a me dar outra missão.
— Qual?
— Ainda não sei.

Cada frase caía da boca de Thorn como chumbo. Ele pesava a atmosfera pela pura presença. Entretanto, Ophélie se sentia mais leve agora do que na ausência dele. Mais febril, também.

— E você? — perguntou ela. — Está decepcionado?

Thorn a encarou em silêncio, com a expressão intensa e séria que deixava Ophélie nervosa. Ela puxou mais forte o robe ao redor do pijama que Ambroise lhe dera de presente. Pensou no autômato e no maldito secador que transformara seus cachos em um matagal. Era uma experiência estranha essa de querer parecer mais arrumada.

— Não — respondeu Thorn, finalmente. — Não esperava derrubar Deus de primeira.

Ele pronunciou a palavra "Deus" com um olhar cuidadoso para a tranca da porta. Como nenhum autômato tentou arrombar a fechadura, encheu um copo d'água com a jarra da mesa de cabeceira, cheirou o líquido com um nariz desconfiado e se sentou na beira da cama.

— E você? — perguntou, por sua vez.

Ophélie decidiu não falar do velho faxineiro. Contaria depois – não queria esconder nada, mas sentia que não era a hora certa.

— Estou desorientada — falou, sinceramente. — Quanto mais remexo no passado de Eulalie Deos, mais sinto que a conheço, mas muitos séculos nos separam. O poder familiar que você me transmitiu não deveria permitir nada disso, né?

— Ela foi punida.

Thorn declarou isso depois de beber um gole prudente do copo.

— Punida? — repetiu Ophélie. — Não entendi.

— Nem eu. Já disse que eu mesmo tenho lembranças de Farouk, transmitidas de geração em geração, de memória em memória, pelo clã da minha mãe. Lembranças fragmentadas, impregnadas de subjetividade. Em uma delas, vi que Deus... Deos — se corrigiu — foi punida. Ainda não sei por quem, por que e como.

— A caixa térmica dos Necromantes garante conservação perfeita de alimentos o ano todo! — se extasiou o apresentador do rádio. — Sólido e leve, para um aproveitamento máximo de capacidade útil! Capacidade útil!

Ophélie encarou o aparelho que soltara um eco, pensativa.

— Talvez a transformação em Mil-Caras não seja uma escolha? Talvez seja uma maldição? Talvez tenha tudo a ver com o Outro?

— Isso é o que precisaremos descobrir. Se, é claro, você continuar disposta a investigar comigo.

Ele falou com dureza, o olhar mergulhado no copo. Ophélie ajeitou os óculos.

— Você tem dúvida?

— Enquanto ficar em Babel, por maior que seja a tentação e a solidão, você não pode ter contato algum com a família.

— Eu sei.

— Quanto mais se aproximar da verdade, maior será o perigo.

— Eu sei.

— Numa dificuldade, talvez não possa contar comigo. Estou à mercê dos Genealogistas.

— Eu sei disso também — disse Ophélie, suavemente. — É isso que queria me dizer ontem?

Thorn afastou finalmente o olhar do copo para encará-la. As íris claras projetavam um brilho incisivo na escuridão.

— Lembra o que falei naquela noite na frente do Memorial? Que não queria suas desculpas?

Ophélie assentiu.

— Fui sincero — continuou, implacável. — Não quero.

Ele fez uma careta, como se sentisse um gosto desagradável. Os dedos passaram o copo de uma mão à outra antes de decidir deixá-lo na mesa.

— Não só isso, pelo menos.

Ophélie molhou os lábios. Thorn tinha uma capacidade ímpar de fazê-la congelar e arder ao mesmo tempo.

— Você não...

— Não quero nada pela metade — interrompeu. — Não sou nem quero ser seu amigo.

— Experimentar o pegador de açúcar automático é adotá-lo! Adotá-lo! A mola se aciona com uma pequena pressão! Pressão!

Ophélie correu para abaixar o volume.

— Eu me recuso a viver com a sensação constante de te deixar desconfortável — continuou Thorn, abruptamente. — Se minhas garras te repelem... Estou ciente de ser pouco atraente... Essa perna não me impedirá de...

Ele esfregou a cara com desespero, como se enfrentasse uma verdadeira tortura gramatical.

Todo o nervosismo de Ophélie sumiu de uma vez. Tirou as luvas como se trocasse de pele. A violência ferira Thorn e o estrago era pior por dentro do que por fora. Prometeu a si mesma que o protegeria de todos que pudessem machucá-lo mais, começando por si própria.

Ela se aproximou sem sair de seu campo de visão. Era bom fazer isso, pois os mantinha em pé de igualdade. Ele estremeceu quando ela segurou seu rosto com as mãos. Era um ser pontudo de corpo e caráter, sem frases amáveis, gestos galantes ou palavras engraçadas, preferindo a companhia dos números à dos homens. Era preciso uma boa motivação para olhar nos olhos de Thorn.

Ophélie tinha uma ótima.

Ela beijou suas cicatrizes, começando pela que cortava a sobrancelha, em seguida a que cruzava a bochecha e, por fim, a que atravessava a têmpora. A cada contato, Thorn arregalou mais os olhos. Os músculos, ao contrário, se contraíram.

— Cinquenta e seis.

Ele limpou a voz com um pigarro. Ophélie nunca o vira tão intimidado, apesar do esforço para esconder.

— É a quantidade de cicatrizes que tenho.

Ela fechou os olhos e os abriu de novo. Sentiu novamente, com ainda mais força, o desejo imperativo no fundo do peito.

— Me mostre.

O mundo se transformou imediatamente de palavra em pele. A sombra pálida do mosquiteiro, o marulhar da chuva, os murmúrios distantes do jardim e da cidade, nada mais existia para Ophélie. Tudo que sentia, intensamente, era ela e Thorn, mãos se encontrando e se soltando a cada hesitação, apreensão e timidez.

Ophélie passara os últimos três anos vazia. Finalmente se sentiu completa.

Na mesinha perto da janela, o rádio soava em sussurros minúsculos. Nem Ophélie nem Thorn ouviram quando a reportagem sobre o Salão de Artes Domésticas foi interrompida bruscamente:

— Cidadãos de Babel, este comunicado é da maior urgência. Movimentos de terra importantes foram observados há vinte minutos no noroeste da cidade. Os jardins botânicos de Pólux e o mercadão de especiarias se... se soltaram da arca. Se estiverem próximos à zona instável, afastem-se e evacuem as moradias. Pedimos que toda a população se mantenha calma, os manteremos regularmente informados sobre a progressão da situação. *What*? Nos... nos informaram agora que várias arcas menores vizinhas foram também perdidas de vista. Sobretudo, evitem entrar em pânico. Repito: cidadãos de Babel, este comunicado é da maior urgência...

AGRADECIMENTOS

Para Thibaut, meu conselheiro, meu leitor, minha inspiração, meu amor.
 Para minha família na França e na Bélgica que cuidam de mim com carinho.
 Para meu irmão Romain e para Jason Piffeteau, cujas voltas me foram tão preciosas.
 Para Stéphanie Barbaras, Célia Rodmacq, Alice Colin, Svetlana Kirilina: vocês me ensinaram tanto.
 Para todos meus amigos de ouro de Plume d'Argent, que me apoiam através das arcas.
 Para Laurent Gapaillard, que soube transformar todos meus livros em obras de arte.
 Para a equipe toda da Gallimard Jeunesse, graças à qual Ophélie pode sair do espelho.
 Finalmente, para você, querido leitor, que veio especialmente me encontrar do outro lado.
 Que o cachecol esteja com você!

ÍNDICE

Lembranças do segundo volume — 10

O AUSENTE

A festa	14
O atalho	24
O destino	34
A separação	42
O Ta-chi	50
A memória	61
Os virtuosos	69
A candidatura	78
A tradição	90
O rumor	100
Viagem	114
As luvas	122
O *leitor*	135
O amuleto do azar	144
A acolhida	151
Surpresa	163

A VASSALA	170
OS PROIBIDOS	181
A FERA	192
A BÚSSOLA	199

O ESPANTALHO

O ENCONTRADO	212
A SUSPEITA	218
O AUTÔMATO	224
O PORTEIRO	235
O NÃO DITO	244
A RECORDAÇÃO	254
A TRAIÇÃO	262
SOMBRAS	271
O PÓ	279
O VERMELHO	289
A DATAÇÃO	297
A CONVOCAÇÃO	309
O ENTREMEIO	320
A CERIMÔNIA	329
AS PALAVRAS	339
A GAVETA	347
O NOME	358
O PAVOR	371
BESTEIRA	378
O OUTRO	388
AGRADECIMENTOS	395

ESTA OBRA FOI COMPOSTA EM CASLON PRO E
IMPRESSA EM PAPEL PÓLEN SOFT 70g COM CAPA EM
CARTÃO TRIP SUZANO 250g PELA CORPRINT PARA
EDITORA MORRO BRANCO EM AGOSTO DE 2020